LOCUS

LOCUS

LOCUS

L O C U S

RECREATION

R67
拯救（夜之屋12）
Redeemed (the house of night, book12)
作者： 菲莉絲・卡司特＋克麗絲婷・卡司特（P. C. Cast & Kristin Cast）
譯者：郭寶蓮
責任編輯：翁淑靜
美術編輯：蔡怡欣
校對：陳錦輝
法律顧問：全理法律事務所董安丹律師
出版者：大塊文化出版股份有限公司
台北市10550南京東路四段25號11樓
www.locuspublishing.com

讀者服務專線：**0800-006689**
TEL：(02) 87123898　FAX：(02) 87123897
郵撥帳號：18955675　戶名：大塊文化出版股份有限公司

總經銷：大和書報圖書股份有限公司　地址：新北市新莊區五工五路2號
TEL：(02) 89902588　FAX：(02) 22901658
初版一刷：2015年11月

定價：新台幣 280元
Printed in Taiwan

拯救

Redeemed

THE HOUSE OF NIGHT, BOOK 12

P. C. CAST + KRISTIN CAST
菲莉絲・卡司特＋克麗絲婷・卡司特 著　郭寶蓮 譯

1 柔依

這種黑暗的感覺，從未有過。

就連我被困在另一個世界，靈魂解離時，都沒有過這種感覺。那時，殘破的我，就要永遠失去自我。然而，我的內心雖然漆黑一片，但那些愛我的人就像明亮美麗的燈塔，給我希望，讓我從他們的亮光中找到力量，得以突破那黑暗困境。

但這次毫無希望，找不到一絲亮光。如果，就這樣迷失絕望下去，也是罪有應得。因爲，我沒資格獲得救贖。

刑警馬克思把我帶到陶沙郡警局後，並沒把我直接扔進牢裡，跟剛被逮的犯人關在一起。我們離開夜之屋後，在抵達第一街那棟褐石建材的偌大警局之前的漫漫車程中，他告訴我，他會打通電話，動用一些關係，然後把我關在一間特別的拘留室，等我的律師來，安排好提訊事宜後，我或許可以交保。然而，一路上，他不停透過後照鏡打量我，從他的眼神，我就知道他那種表情是什麼意思。

他認爲，我犯下這樣的罪，不可能有機會交保。

「我不需要律師，」我說：「而且，我也不想交保。」

「柔依，那是因爲妳現在還無法冷靜思考。給自己一點時間，好好想一想吧。相信我，妳會需要律師的，而且如果能交保，對妳來說，再好不過。」

「可是對陶沙市來說並不好。沒人可以接受殺人魔逍遙法外。」我淡淡地說，不帶任何情緒，其實內心已經吶喊過千萬遍。

「妳不是殺人魔。」刑警馬克思說。

「你看到被我殺的那兩個人了吧？」

他再次透過後照鏡看著我，點點頭，嘴唇抿成一條直線，彷彿在克制自己，免得說出什麼話來。而他那雙眼睛，不知何故，看起來好仁慈，仁慈到我無法跟它們對視。

我望向窗外，說：「所以，你應該知道我是什麼樣的人。殺人魔也好，凶手也罷，或者壞雛鬼也行，反正都一樣。我被關起來是罪有應得，不管未來要付出什麼代價，都是我該承受的。」

我很高興他聽我這麼一說，就沒再勸我了。

警局停車場的四周以黑色鐵欄跟外界隔開，刑警馬克思將車開到後側出入口，停下來確認身分後，巨大鐵門才緩緩開啓。下車後，他領著上銬的我從後門進入一間忙碌的大辦公室。當我們進去的時候，辦公隔間裡交談或講電話的警員，見到馬克思和我，立刻停止交談，瞠目結舌，表情變化之迅速，彷彿電器被驟然關閉電源。

我直直望著牆壁上的一個點，集中精神，努力不讓內心的吶喊從口中迸出。

我們硬著頭皮走過整間辦公室，穿越一扇門，抵達一間類似影集《法網遊龍：特案組》裡，飾演警探的瑪莉絲卡．哈吉塔審問壞蛋的房間。

我一驚，忽然發現自己竟然成了那些壞蛋的其中之一。

這個房間的彼端另有一扇門，通往一條小走廊，馬克思在這裡左轉，停步，拿出識別證掃描，厚重的大鐵門開啓。在大鐵門的另一側，是一條只有幾呎長的無尾廊。我們的右手邊，是另一道已經打開的鐵門。鐵門的下半部是密實的鐵板，高度大約在人肩膀以上的部分則是一根根又粗又黑的鐵條。刑警馬克思停下腳步，我望入裡面，只見一個如墓穴的房間。我頓時呼吸困難，視線不停游移在可怕牢房和馬克思那張熟悉的面孔之間。

「妳法力高強，我想，要從這裡逃出去應該不難吧。」他壓低聲音說，彷彿怕別人聽到。

「我把占卜石留在夜之屋了。我是靠著它，才有能力殺死那兩個人。」

「所以，妳不是靠自己殺掉他們？」

「我當時很生氣，對他們發飆，不過，是占卜石助我一臂之力，我才有辦法一出手就要了他們的命。馬克思先生，但不管怎樣，他們的死，終究是我造成的。就這樣，沒什麼好說的。」我很努力讓自己聽起來夠堅強，夠有自信，偏偏聲音無力又顫抖。

「妳有辦法逃出這裡嗎，柔依？」

「老實說，我不曉得，但我可以跟你保證，我連試都不會試。」我深吸一口氣，然後一口氣說出心裡的話。「因爲，我做了那樣的事，就該淪落到這種地方。而且，不管下場如何，都是我罪有應得。」

「嗯，妳在這裡很安全，不會受到騷擾。」他以和善的口吻說：「這點我可以保證。不論妳得承受到什麼樣的後果，起碼絕不會被暴民處以私刑。」

「謝謝你。」我哽咽著，聲音斷斷續續，但終究把話說出口。

他解開我的手銬。

可是我仍然無法移動。

「妳得進拘留室了。」

我努力移動雙腳。踏入拘留室後，我轉身，在他關上牢門的前一秒，告訴他：「我不想見任何人，特別是夜之屋的人。」

「妳確定？」

「確定。」

「妳明白自己在說什麼吧？」他說。

我點點頭。「我很清楚身為雛鬼的我，旁邊若沒有吸血鬼相伴，會發生什麼事。」

「所以，基本上，妳是在懲罰自己。」

他這話不是問句，但我還是回答他。「我只是在負起該負的責任。」

他神情躊躇，似乎有話要說，但最後只是聳聳肩，嘆了一口氣。「好吧，那，祝妳好運，柔依。我很遺憾發生了這些事。」

門關上，宛如封死一具棺材。

沒窗戶，外頭也沒燈，就只有從鐵欄間隙洩入的光線。一張床靠牆擺放，但所謂的床，不過是靠牆的某種硬木板上放了一席薄墊。離床不遠處，有一道平行於床的牆，這面牆的正中央，有一個鋁製的馬桶，但沒有馬桶蓋。黑色的水泥地，灰撲撲的牆，就連床上的毯子也是一片灰。我走向床，感覺自己像個正在做惡夢的夢遊者。

六步。拘留室就這麼長。六步。

走到牆邊後，我轉身九十度，走到拘留室另一側，五步。五步寬。

我想得果然沒錯。撇開高度不談，我確實被關在棺材大小的墳墓裡。

我坐在床上，將膝蓋縮到胸口，抱著膝蓋，我的身體搖晃，不停搖晃。

我就要死了。

奧克拉荷馬州有沒有死刑，我不記得，因為以前歷史課時，費茲老師都是放電影把這堂課混過去，在那種情況下，誰會好好上課啊？不過，反正這些都不重要。我離開了夜之屋，現在孤立無援，沒有吸血鬼在身邊，就連刑警馬克思都明白這所代表的意思，遲早，我會因為拒絕蛻變而死掉。

我的腦子彷彿被人按下重新播放鍵，一個個曾拒絕蛻變而亡的雛鬼出現在我緊閉的眼簾後方：艾略特、史蒂薇．蕾、史塔克、依琳……

我把眼睛閉得更緊。

很快就會解脫的，真的真的非常快。我跟自己保證。

隨即，另一個死亡情景閃過我的腦海——那兩個令人鄙夷的流浪漢。可是，在我失控發飆前，人家確實活得好好的啊。我想起自己是如何對他們發飆……如何把他們扔向伍得沃德公園那個小洞穴旁的岩壁……還有他們是怎麼躺在那裡，癱軟不起……

可是，他們明明有在動啊！我應該沒殺死他們！我沒存心要他們的命！這樁悲劇真的是意外！我的心在吶喊。

「不！」我嚴厲地對那個想找藉口脫罪，想逃避良心譴責的自己說。「他們之所以動，是因爲人瀕死之前會抽搐，我眞的殺死他們了，現在不管我做什麼，都無法彌補這個錯，就算因此賠上一命，也是罪有應得。」

我蜷縮在磨損、粗糙的灰色毯子裡，面向牆壁，不理會警方從門縫塞進來的那盤晚餐。我不餓，但就算餓，餐盤上的東西也絕不可能讓我有胃口。

不知怎地，牢房食物的噁心氣味讓我想起上一次的芳香美味——在夜之屋，在朋友圍繞下所吃的義義麵。

但那時，我被元牲／西斯／史塔克的多角習題搞得心力交瘁，沒用心去品嘗義義麵的滋味。同樣的，也沒好好感謝我那些朋友，或者史塔克。我不曾眞正感念他們帶給我的一切。也不曾停下來想想自己有多**幸運**，有兩個這麼棒的男孩愛著我，反而因爲這樣而生氣沮喪。

我還想到了愛芙羅黛蒂，想起聽到她和夏琳在談監視我的事時，我是怎麼怒火攻心，竟然透過占卜石，並把怒氣集中放大，毫不客氣地出手推了夏琳一把。

想起那情景，我就羞愧得發慌。

愛芙羅黛蒂果然是對的，我需要有人看著。她想跟我講理，卻不得其門而入。要命，人家是眞的試圖告訴我，但我根本不可理喻。

一想起我也差點對愛芙羅黛蒂發飆，我就不寒而慄。

「天哪！萬一我當時失控，很有可能會殺死朋友。」我羞愧得雙手摀住臉，對著掌心喃喃自語。

就算占卜石沒經我的請求，逕自強化我的力量，那又怎樣？我得到的警訊已經夠多了，但我只顧著生氣，任憑占卜石愈來愈燙。爲什麼我不停下來想想發生什麼事？爲什麼不跟別人求助？我竟然還跑去找蕾諾比亞，請她開導感情問題。還**感情諮詢咧！我真正該問的問題不是感情，應該是如何處理憤怒吧！**

但我完全沒求助，只狹隘地看到**自己**。

我根本是個滿腦子只有自己的爛人。

我淪落至此，根本是活該，罪有應得。

走廊的燈光滅了。我渾然不知時間。感覺上，離我仍是個人類——在該死的上學日必須早早上床睡覺的青少年——彷彿是好幾年前的事，而非幾個月。

我好希望能召來超人，請他繞著地球倒退飛，讓時間回到昨天。若眞能這樣，我絕對會好好待在家，跟朋友一起待在夜之屋，投入史塔克的懷抱，告訴他，我有多愛他，多麼感激他。我會對他說，元牲／西斯的事，我很抱歉，但我們二・五個人（畢竟元牲／西斯只能算半個人啊）會想出法子來面對的。不管發生什麼事，我都非常感激周圍有這麼多的愛，然後，我會扯下占卜石，帶著它去找愛芙羅黛蒂，將它交給她保管，把她當成《魔戒》裡那個保管魔戒的佛羅多。

然而，太遲了，時光不可能倒流，這些願望終將落空。因爲，世上沒有超人。

我沒睡著。夜幕降臨，而黑夜，卻是我的白天。照理說，我應該跟朋友一起在夜之屋，過我的日子，做一些（對我來說）平常該做的事，然而，此時的我，卻淪落至此，可憐兮兮地抱著自己。我應該更聰明，更堅強，更怎樣都行，就是不該當一個自私鬼。

幾個小時過去了，我又聽見門縫附近有動靜，翻身後，我看見有人拿走我碰都沒碰的餐盤。很好。說不定那噁心的氣味會因此消失。

我得尿尿了，但實在很不想，因爲馬桶就大剌剌地掛在牢房正中央的那道牆上，連蓋子都沒有，讓人看了好不舒服。我望向天花板與牆面交接的角落——攝影機。

警方可以觀看囚犯尿尿嗎？這樣合法嗎？

不過，話說回來，我需要去在乎這種繁瑣規定嗎？我的意思是，這世上恐怕沒有哪個雛鬼或成鬼站上人類的法庭接受審判，或者進了人類的大牢。除了我以外。**擔心這種事，根本是庸人自擾。說不定，在我站上法庭前，就會因為拒絕蛻變而喉嚨出血，窒息死亡**。

怪的是，這念頭竟然撫慰了我，於是，在走廊的燈光亮起時，我也沉沉地進入了無夢但不安穩的睡鄉。

感覺上，在我睡著後十秒，又一個鋁盤被粗魯地塞進來。被噪音吵醒的我，昏昏沉沉，試圖繼續睡，但培根和雞蛋的香味已經讓我流口水。我多久沒進食了？唉，感覺好糟啊。我費力起床，走六步到門邊，拿起餐盤，小心翼翼地端回那張凌亂的床上。

餐盤上除了稀稀糊糊的炒蛋、硬得像肉乾的培根，還有咖啡、一盒牛奶和乾巴巴的吐司。

我願意付出任何代價，只求一碗「巧古拉公爵」穀片和一罐可樂。

但我別無選擇，只能勉強湊合。吃了一口蛋，天哪，鹹得我差點窒息。

但我沒窒息，反而開始咳嗽，在劇咳中，我嘗到某種東西，某種有金屬味、溫熱黏稠，奇怪卻美妙的滋味。

是我自己的血。

恐懼占據我，我虛弱、暈眩又反胃。**怎麼這麼快？我還沒準備好！我還沒準備好！**

我吐掉炒蛋，試著清清喉嚨，試著呼吸，不理會稀爛的黃色殘蛋上摻雜的粉紅血絲。將餐盤放回地上後，我蜷縮在床上，雙手抱著自己，等著再次的劇咳和更大量的血。我顫抖著手，抹去唇邊剛滲出的液體。

我驚慌失措！

別慌，我告訴自己，設法克制快要迸發的猛烈劇咳。**妳很快就會見到妮克絲的，還有傑克，或許還有龍老師和安娜塔西亞。**

還有媽媽！

媽……我忽然好渴望見到她，渴望到心都痛了。

「眞希望我不是孤伶伶的。」我一張臉埋在扁硬的床墊上，粗嘎著聲音喃喃自語。

我聽見門開啓的聲音，但我沒翻身查看，因爲我不想見到陌生人看到我這模樣時的驚恐表情。我緊閉著眼，想像自己正置身於阿嬤的薰衣草田，睡在專屬於我的房間內。我努力假裝炒蛋和培根是她烹煮出來的，假裝我的咳嗽不過是讓我得以跟學校請病假的感冒罷了。

我辦到了！喔，謝謝妳，妮克絲！我發誓，我眞的聞到阿嬤身上總是散發的氣味。那種混和著薰衣草和香草的氣味，讓我有勇氣趕在聲音被血淹沒之前，對著站在門口的某人說話。「我沒事，雛鬼本來就會這樣，請離開，讓我獨自面對這過程。」

「噢，柔依鳥兒，我的**嗚威記阿給亞**寶貝，難道妳不知道我永遠都不會拋下妳嗎？」

2 柔依

我以為我快死了，眼前出現幻影——穿著紫色亞麻衣和破舊牛仔褲，臂彎掛著野餐籃的阿嬤。然而，當我轉身面向她，她立刻奔向我，坐在床沿，雙手擁著我，讓我沉浸在童年的氣味中。

「阿嬤！對不起！對不起！」我靠在她的肩上泣訴。

「噓，**嗚威記阿給亞**，我來陪妳了。」她在我的背中央輕輕畫圈、撫娑。

我趁著咳嗽暫時減緩時，趕緊說話。「是我太自私，可是，我眞的好高興妳在這裡。我不想孤單地死去。」

阿嬤拉開和我的距離，雙手抓著我的肩膀，凝重地搖搖我，說：「柔依．紅鳥，妳不會死。」

我一聽，潸然淚下，但我不理會滿臉的淚珠，直接伸手抹抹嘴角，然後朝阿嬤伸出我顫抖的手指，讓她看看上面的血。

我要給她看證據，但她幾乎連瞥都沒瞥一眼，就逕自打開野餐籃，拿出紅白格紋的餐巾布，開始輕拭我的淚水和鼻涕，就像我小時候那樣。

「阿嬤，我知道妳比任何人都愛我，」我努力克制淚水但未能如願，說：「可是，妳不可能阻止我的身體拒絕蛻變啊。」

「妳說得對，**嗚威記阿給亞**，我是不能，可是他們能。」她對著我背後的門口點點頭。

我轉身，看見桑納托絲、蕾諾比亞、史蒂薇．蕾、達瑞司和我的史塔克全都聚集在門口。史蒂薇．蕾還哭得唏哩嘩啦。我心裡納悶，剛剛怎麼會沒聽見她的哭聲呢。

史塔克也在哭泣，但沒出聲。

「我不是說了嗎？別跟著我！我是罪有應得。」現在，我哭得跟史蒂薇．蕾一樣唏哩嘩啦了。

「那就好好活下來，面對妳該承受的一切！我就在這裡，在法律許可的範圍內，我會盡可能靠近妳，陪著妳面對一切！」史塔克一口氣說出這些話。

「來不及了，我已經開始拒絕蛻變。」我哭著說。

「孩子，妳阿嬤說得對，除非妳的身體已經徹底拒絕蛻變，不然，我們的出現，是可以阻止那過程的。」桑納托絲說。

「妳**不會**死！我不會讓妳死掉！」史塔克淚眼婆娑，激動地提高分貝，還走進拘留室。

「小伙子，站住！我說過了，一次只能一個人進去。」一個穿著警察制服的傢伙從我那群朋友的後方走出來，擋在他們和拘留室之間。「馬克思是交代過，你們這群吸血鬼出現時，准許你們進去，可是，我不能違反規定，允許一次出現多名訪客。這位阿嬤算是她的家人，但你們其他人恐怕得到偵訊室等著。」他狠狠地瞅阿嬤一眼，說：「妳還有十五分鐘。」說完後，用力關上牢門。

「才十五分鐘，」阿嬤發出不滿的嘟噥聲，「哪夠探訪呀，頂多只能煮顆全熟的水煮蛋。算了，我別耽擱才是。柔依鳥兒，擤擤鼻子，站起來，我來用草束好好幫妳燻一燻。唉呀，眞是的，剛剛搜查違禁品的人把我的籃子弄得亂七八糟。」

她說著說著，開始在那深不見底的野餐籃裡翻找起來，我只得抓住她的雙手來阻止她，要她專心聽我說話。

「阿嬤，我愛妳，妳知道的，對不對？」

「當然啊，**嗚威記阿給亞**，我也愛妳，非常愛妳，所以，我才要用草束幫妳燻一燻啊。可惜這裡沒有浴缸，不然水槽也行，這樣可以把妳淨化得更乾淨。不過，用草束來薰沐是一定要做的。我忙了整晚，最後決定拿這個牡蠣殼作爲薰沐的工具。這牡蠣殼啊，就是妳剛滿十歲的那年夏天，我們一起沿著密西西比河散步到海灣時挖到的那個。這事，妳還記得嗎？」

「記得，當然記得，可是阿嬤……。」

「記得就好。我把鼠尾草、雪松和薰衣草磨碎了混和在一起，這樣，就是很有淨化效果的薰沐草束，對身心都很有幫助。」她把磨碎的乾燥藥草從黑色的絨質囊袋倒出來，置於牡蠣殼上。「我還帶了一根老鷹羽毛和我最愛的綠松石原石。我明白，他們如果發現妳有這些東西，很有可能直接沒收，沒關係，我把它們藏在妳的被子裡，這樣應該可以保佑妳……」

「阿嬤，不要麻煩了。」我打斷她，直視著她的眼睛，說：「我殺了兩個人，我沒資格被淨化或保佑。你們來這裡之前，我所承受的一切，都是我該受的。」

我無意把話說得冰冷絕情，可是看她怵縮的表情，我顯然嚇到她了，於是我把聲音放柔，但不減決心。「我的吸血鬼朋友或許可以幫助我不被自己的血噎死，但不能改變我是殺人凶手的可怕事實。而基於這個事實，我該受到懲罰。」

正忙著準備薰沐儀式的阿嬤停下動作，以銳利的眼神迎視我。「告訴我，**嗚威記阿給亞**，妳爲什麼要殺那兩個人？」

我搖搖頭，伸手撥開臉上的糾結亂髮。「我不曉得我殺死了他們，是刑警馬克思來夜之屋找我時，我才知道的。我只知道他們讓我很生氣。他們在伍得沃德公園遊蕩，尋找目標，主要是找女性恐嚇取財。」說到這裡，我停下來，再次搖搖頭。「可是這不代表我那樣做是正確的，畢竟，他們發現我是吸血鬼後，就沒打算繼續煩我。」

「可是他們打算尋找下一個目標。」

「或許吧，不過，他們並沒有打算殺人，他們只是恐嚇乞討，不是殺人狂。」

「好，那妳告訴我發生什麼事，妳是怎麼殺掉他們的？」

「我對他們發飆，就像稍早前我用力推了夏琳一把，害她跌坐在地上，只是我在公園時，脾氣更火爆。不知怎地，占卜石強化了我的憤怒，還增強我的力量，讓我出手攻擊時的力道變得非常驚人。」

「可是妳並沒殺死夏琳。」阿嬤試圖說之以理。「我來這裡之前，還在夜之屋看見那孩子。我覺得她看起來活蹦亂跳的，沒問題啊。」

「沒有，我當時是沒殺死她，可是，萬一我沒趕緊離開現場，跑去公園，把怒氣發洩在那兩個人身上，誰知道接下來會發生什麼事啊？阿嬤，我失控了，我變成大壞蛋。」

「柔依，妳是做了可怕的事，但這不代表妳是大壞蛋。妳自首認罪，放棄占卜石，這些都不是大壞蛋會做的事。」

「可是，阿嬤，我殺死了那兩個人！」我又淚水盈眶了。

「所以，現在妳必須承擔後果。可是，這不代表妳該放棄求生意志，讓愛妳的人更痛苦。」

我咬著唇。「我的意思是，我想自己承擔後果，不想傷害任何人，尤其是我所愛的人。」

「柔依鳥兒，我不知道妳怎麼會讓這種事發生，但我絕不相信妳是殺人凶手。」見我想說話，她舉手阻止我。「對，我知道有兩個人死了，也知道妳似乎該為他們的死負責。可是，妳也說了，那塊占卜石似乎跟這起意外有很大的關係，這代表古魔法在當中產生作用。」

「對，我利用了古魔法。」我斷然地說。

「或者該說它利用了妳。」阿嬤提出不同看法。

「不管是誰利用誰，總之後果都一樣。」

「**嗚威記阿給亞**，對那兩個人來說，後果都一樣，對妳來說卻不盡然。現在，站起來，站到我面前，妳需要讓心智更清明，靈魂更淨化，這樣才能理智地思考為什麼會進警局的拘留室來。我來這裡，不是要幫妳隱瞞妳所做的事，而是要幫助妳真正面對它，妳明白嗎？」

阿嬤那諄諄說理的慣有口吻流露出無條件的慈愛，所以，我站起來，決定讓自己擁有短暫的撫慰片刻，靜靜地看著她一手托著牡蠣殼，另一手將一小塊圓形的木炭放在混和的香草粉中，點燃木炭。木炭燃著後，她說：「**嗚威記阿給亞**，做三次深呼吸，每次吐氣時，就把盤據在心智中、害妳的靈魂變黝暗的毒性能量釋放出來。柔依鳥兒，想像一下，那股能量是什麼顏色？」

「噁心的綠色。」我說，想到了上次鼻竇炎時流出的噁臭黏稠物。

「太好了。吐氣，想像妳在吐氣時，把那些東西都排出來了。」

炭火熄滅，周緣開始變灰色。阿嬤將手伸入黑色的絨質囊袋中，抓出一把香草粉，撒在木炭上，然後說：「白鼠尾草之靈，我感謝你，給我們能量、純淨和力量。」一陣芬芳輕煙立刻從牡蠣殼中冉冉升起。「我感謝你，雪松之靈，感謝你在俗世與另一個世界之間建立橋梁，並以你的神聖本質薰沐我們。」

更多的氤氳繚繞，我持續地深呼吸，深吐，深吸。

「薰衣草之靈，我照例感謝你安撫我們，讓我們得以釋放憤怒，擁抱靜謐。」接著，阿嬤開始以順時針方向繞著我走一圈，同時用那根老鷹羽毛將薰煙拂到我身上。她那種配合心跳節奏的古老移步法，讓薰煙彷彿充滿電流，滋滋地輸送到我的身體裡。阿嬤的舞步完美，沒半點兒差池，而且她配合著移動節奏說出的話語透過她的活力，傳遞到我身上。「吐出那膽汁般的綠色毒性能量，吸入純淨的銀色芬芳輕煙。」

她繞著我走時，我全神貫注在當下，很自然就能沉浸在儀式裡，就像童年時期的自己。

「療癒吸入後，淨化吸入後，寧靜吸入後，綠色膽汁自然會走，取而代之的是銀亮和澄澈。」阿嬤對著我吟誦。

我舉高雙手，將輕煙撥到我的頭部四周，專注想著銀色的淨化力量。

「**歐斯達**。」阿嬤用切羅基族語說完後，又用英語重複一次。「很好，妳找回核心了。」

阿嬤的吟誦聲音和芬芳氤氳讓我陷入出神般的痦寐狀態，我眨眨眼，像從海底浮上水面般，驚訝地睜大了眼。透過迷濛輕煙，我清楚看見泡泡狀的澄澈銀光圍繞著我和阿嬤。

「柔依鳥兒，妳當下的內在，投射出來的就是這樣，這澄澈銀光已經取代妳內心的黑暗。」

我又深吸一口氣，察覺胸臆有一種不可思議的輕盈感。幾分鐘前開始咳嗽後，胸口有一種可怕的壓迫感，但現在那種壓迫消失了，深沉的絕望感也不再，這種絕望的感覺，已經好久好久……

到底多久了？我納悶著。但不管多久，它眞的消失了，而消失之後，我才發現它之前壓得我有多喘不過氣來。

阿嬤停在我面前，把仍冒著煙的牡蠣殼擺在我倆之間的腳邊，然後牽起我的雙手。

「有些事情我也不知道，所以，對於妳在尋求的東西，我沒有答案。我能做的，只有幫助妳，淨化療癒妳的心智和靈魂。我沒辦法把妳帶出這裡，也無法改變妳之所以來到這裡的事實，我能做的，只有繼續愛妳，並且提醒妳這個小小的原則：我們無法掌控別人，只能掌控自己及自己對別人的反應。我這輩子，就是照著這個原則過日子。當事情都不如人意時，我選擇慈悲，我表現出慈悲，這樣一來，就算我做了不好的決定，起碼不會傷害到我的靈。」

「阿嬤，我沒做到這一點。」

「是之前沒做過，妳應該把之前的錯誤留在過往，從錯誤中學習，記取教訓，往前邁進。不要再犯這個錯，**嗚威記阿給亞**，也就是說，如果妳必須接受審判，必須爲了那件憾事坐監服刑，那妳就必須坦誠面對，說實話，表現出慈悲——這是身爲女神的女祭司長該有的態度。」

「我不該把愛我的人推開。」我這話不是問句，但阿嬤還是回答我。

「推開那些深愛著妳，時時為妳著想的人，確實非常幼稚，不是女祭司長該有的行為。」

「阿嬤，妳認為妮克絲還願意讓我當她的女祭司長嗎？」

阿嬤笑著說：「她當然願意啊，不過，我怎麼想並不重要，重點是，妳對妳的女神有多少信心？柔依，妳認為她是那種陰晴不定，會一下子愛妳，一下子又拋棄妳的神嗎？」

「所以，不是妮克絲的問題，是我自己的問題。」我坦言。

「對，所以妳必須反求諸己，堅守核心價值。」她再次拿出剛剛放回野餐籃的綠松石原石，將它放在我的手上。「不管妳是有意或無意，之前妳確實利用占卜石來強化妳的攻擊力道，現在，我認為妳必須找到自己的內在焦點。綠松石本身有保護力，妳也必須找到自己的力量——源於妳內在的力量。從現在開始，不要訴諸憤怒，柔依鳥兒，要訴諸慈悲和慈愛。」

「永遠不變的就是愛。」我替她把話說完，接下她遞給我的綠松石，觸摸它的光滑表面。

「使用這顆石頭時，妳必須堅守自己的眞我，還有，記住，我永遠相信，妳比妳自己認為得更堅強，更有智慧，更善良。」

我雙手摟著她，緊緊擁抱她。「我愛妳，阿嬤，我永遠愛妳。」

「時間到！」警察的聲音讓我不得不放開阿嬤。「喂，這是怎麼一回事？妳們在燒什麼東西？」

阿嬤轉身面向他，露出微笑，以她最甜美的聲音說：「甭擔心啦，親愛的，我只不過做了一些淨化儀式。喔，你喜歡巧克力餅乾嗎？我做的有獨家祕方喔，保證好吃到讓人難以抗拒。眞巧，我帶了十幾片來，就放在我的籃子裡。」說著說著，她還拍拍他的胳臂，順勢把他推向門口，並從她那神奇的籃子中拿出一個裝滿巧克力餅乾的紙盤，然後轉身對我眨眨眼。「親愛的，巧克力餅配咖啡最棒，這樣吧。我們去喝點咖啡，趁這時候，就讓那個心腸超好的小吸血鬼史塔克進去跟我的孫女聊一聊吧？」

史塔克！

我坐在床上，緊張地拉拉衣服，用手指梳梳像鳥巢的亂髮。才一會兒，他就出現在門口。一見到他，我完全忘記要擔心自己的模樣，忘記一切，只知道我好高興能見到他。

「我可以進去嗎？」他問，語氣躊躇。

我點點頭。

沒幾秒鐘，他就走完六步寬的拘留室，抵達我身邊，但我還是等不及，當他一走到我伸手可及的距離，我就立刻起身抱住他，將臉埋在他的肩膀上。

「對不起！別恨我……拜託你別恨我！」

「我怎麼會恨妳呢？」他把我摟得好緊，緊到我幾乎無法呼吸，但我不在乎。「妳是我的女王，我的女祭司長，也是我的愛——我唯一的愛。」他稍微放開我，以便凝視我的眼眸。「妳絕對不能自殺，柔依，妳若死了，我也活不下去，眞的，我絕對活不下去。」

他的肌膚蒼白得好可怕，把他的黑眼圈和紅色刺青襯托得更加醒目。才一天，他憔悴得彷彿老了十歲。

我眞不想見到他這種病懨懨的模樣，更痛恨是我害他變成這樣的。

我凝視他的眼眸，以我最大的溫柔和不捨對他說：「我犯了錯，不會再犯第二次，我好難過，都是我害你去經歷這些。對不起，未來你也必須跟著我受苦。」我伸手指指拘留室。

他以幾近虔敬的神情，溫柔地摸著我的臉頰。「妳人在哪裡，我就在哪裡。我們之間的誓約連結，亙古不變，柔依．紅鳥。我們若能彼此擁有，任何苦難都能承受。柔依，我們仍擁有彼此嗎？」

「有，我們有。」我給了他一個久久且深情的吻。我原本以爲是我在安慰他，但隨即明白，其實，是我被他的撫觸，他的味道，他的愛給安慰到。

就在那一刻，我才眞正明白，我有多愛史塔克。

「瞧，」他說，往我整張臉快速吻了好幾下，抹掉我臉頰上的淚水，「是不是好多了？一切都會沒事的。」

我不想告訴他，我不確定眞的會沒事，但對他說這種話，實在很不慈悲，所以，我只是牽著他的手，走到那張硬邦邦的小床，坐在床上，依偎在他的臂彎裡。

「我們會輪流來這裡陪妳，這樣，妳的身體就不會又拒絕蛻變。從今天開始，妳的門外隨時都會有個吸血鬼。」史塔克輕聲解釋，同時將我摟向他。「他們在走廊弄了一張行軍床。」

「眞的嗎？你們可以離我這麼近？」

「是啊，刑警馬克思說服警局了。他人眞的很好。他告訴警局局長，不讓吸血鬼靠近妳，就等於拿剃刀給囚犯後閉上眼，不管他的死活。他說，這樣很不人道，況且，妳都俯首認罪了，就該跟其他犯人擁有同樣的待遇。」

「他人眞的很好。」這時，我忽然查覺到時間，最晚也正午十二點了吧。「等等，你們不能在這裡，現在外頭是大白天。」我坐起身，開始檢查他的身體，想看看他有沒有被太陽灼傷。

他笑著說：「我沒事，史蒂薇・蕾也很好。我們來這裡時，是躲在校車的後車廂。妳知道的，就是那輛完全沒車窗的廂型車。」

我點點頭，終於能咧嘴一笑。「就像連環漫畫《變態色狼契斯特》（Chester the Molester）裡，那輛裝滿糖果，但沒車窗的廂型車。」

「對，我就是搭這種車來的。」他恢復了招牌的冷傲笑容。「馬克思讓我們停入警局旁那個有屋頂的停車場，所以，我們沒人被陽光傷到。」

「嗯，還是小心一點，好嗎？」

他對我挑起眉，說：「是喔？**妳**現在會叫**我**小心一點？」

「其實應該說是請求你。」我說，想起了阿嬤交代的仁慈。

他哈哈笑，抱著我，說：「柔依・紅鳥，妳這個慘兮兮的可憐小辣妹。可是，我偏偏愛妳。」

「我也愛你。」

但我話才說完，他就放開我，表情轉爲嚴肅，對我說：「好，現在，我要妳把整個過程一五一十告訴我。我知道當時妳對那兩個人很生氣，用了些力量對付他們，可是，我要知道更具體的細節。」

「史塔克，我們能不能就……」我開始跟他討價還價。我眞的不想把獨處的寶貴時間浪費在我惹出的大禍上。

他打斷我。「不行，我們不可以把它丟到一邊，柔依，妳是千面女郎，可以扮演各種角色，但妳絕不可能是殺人凶手。」

「我確實把那兩個人砸到岩壁上，而他們死了，所以，我是殺人凶手，史塔克。」

「瞧，這就是我懷疑的地方。我認爲，他們之所以死掉，讓妳變成凶手，全是因爲占卜石。所以，妳才把它交給愛芙羅黛蒂保管，對吧？是它讓妳把不成比例的怒氣發洩到那兩人身上。」

我張嘴想告訴他，其實連我也不懂自己怎麼了，但這時，走廊傳來的奔跑聲打斷我。看守拘留室的警察紅著臉，眼神殺氣騰騰，出現在我的牢房門口。

「走了，走了，出來，現在就出來！」他對史塔克說，還朝他猛揮手。「按照規定，只有一個吸血鬼可以留在這裡，而且必須待在走廊上，不能進去，其他人都得離開。反正你們從哪兒來，就回哪兒去。」

「等等，不是有十五分鐘嗎？現在連五分鐘都還不到欸。」史塔克說。

「沒辦法啦，整個城快封鎖了。市中心出現緊急狀況。」

跟著史塔克走到門邊的我，感覺一塊冰沿著我的脊椎往下滑。

「市中心的哪一帶？發生什麼事？」我問。

「馬佑大樓出現暴動，所有可以調度的警察都出發了。」

拘留室的房門砰一聲關上，史塔克和我只能透過鐵欄相望。

「奈菲瑞特。」史塔克說。

「啊，要命。」我百分之百同意他的推論。

3 奈菲瑞特

適合慵懶睡覺的週日早晨。十點左右，奈菲瑞特命令她的黑暗絲線敞開懷抱，好讓她能駕騰在一團由死亡和鮮血交織而成的厚厚雲霧上，移動到馬佑大樓前方的人行道。抵達後，她拉拉那套亞曼尼白色套裝，將一頭赤褐色長髮往後撥。奈菲瑞特已經準備好光榮返回她位於大樓頂層，以昂貴大理石和頂級絲絨打造的閣樓豪宅。她打開大廳那扇以古銅和玻璃爲材質的復古大門，駐足片刻，愉快地環視眼前這個大到足以當舞池的大廳。華麗的白色大理石，如雕像般莊嚴優雅的圓柱，還有一九二〇年代富麗堂皇風格的家具擺設，以及一道雙旋梯，往上蜿蜒到可居高臨下的樓中樓，優雅弧度宛如女神的滿足笑容。

她挑起兩道濃眉，一雙綠眸犀利掃視，帶著全新眼光，興致盎然地打量四周。

「這棟大樓夠氣派，有資格當女神的神殿。」奈菲瑞特得意地笑著說：「當**我的**神殿，**我的**家。」

「奈菲瑞特小姐！真的是妳？妳的閣樓被大肆破壞後，大家都好擔心妳，深怕妳出什麼意外。」

奈菲瑞特的視線從豪華大廳轉向接待處那個正對她微笑的年輕女子。

「我的神殿，我的家，**我的奴民**。」現在，她知道該怎麼做了。眞怪，怎麼會這麼久才知道呢？可能是之前沒機會像剛剛那樣，一次就盡情飽足死亡的滋味吧。奈菲瑞特的忠誠卷鬚簌簌顫動，而她，也因爲握有凡人的生死大權而亢奮。同時，這種大權在握的感覺，讓她的思慮更爲集中和清晰。「對，就是要這樣。這棟大樓的每個人都必須臣服、崇拜我。」

「不好意思，夫人，我沒聽懂妳的意思。」

「喔，妳會懂的，很快就會懂的。」接待小姐的笑容開始消褪。奈菲瑞特以凡人所不能及的移動方式，滑向年輕女子，朝她的金色名牌瞥了一眼，說：「喔，親愛的，凱莉小姐，很快妳就會完全懂我的意思。不過，首先，妳得告訴我，目前飯店住了多少客人？」

「不好意思，夫人，」凱莉一臉不自在地說：「我無法透露相關訊息。不過，或許妳可以告訴我，妳需要……」

奈菲瑞特傾身向前，伸手撫摸櫃檯的昂貴大理石檯面，直盯著女孩的目光，打斷她的話。「妳不能質問我，永遠都不可以。妳只能照我說的話去做。」

「不……不好意思，夫人，我無意冒犯妳，不過，飯店房客的資料是機密。我們最致力遵守的原則之一，就是保護客人的隱……隱私。」接待小姐說話結巴了，伸手去抓脖子上那條十字架金鍊時，手不停顫抖。

就算奈菲瑞特沒有心應能力，也可以感受到凱莉這女孩有多恐懼。

「太好了！既然妳願意遵從我的命令，那我希望妳對於隱私，**我的隱私**，更加愼重保護。」

「不好意思，夫人，妳的意思是，妳已經買下馬佑飯店嗎？」凱莉的疑惑隨著恐懼逐漸增強。

「喔，不只如此。現在，我對這棟大樓可以主張的權利，比買下它更恆久了，因爲，我已經決定把這麼棒的大樓作爲我的第一座神殿。不過，我剛剛不是說了嗎？不准妳質問我。」奈菲瑞特嘆了一口氣，彈舌發出嘖嘖聲。「凱莉啊，未來妳可得好好表現才行。不過，別擔心妳這顆金色的小腦袋瓜，畢竟，我是個仁慈的女神，要求妳當我的完美奴民之前，我一定會讓妳獲得需要的協助。」

凱莉張口喘著氣，那模樣就像離開水的魚。奈菲瑞特轉身背對她，面向大理石地板上那一大群正在她腳邊磨蹭的卷鬚。而這景象，愚蠢的凱莉是看不見的。「孩子，我之前把你們餵得那麼飽，現在，該回報我了，這樣才不枉費我對你們那麼慷慨。」卷鬚興奮地扭動，像一窩小蛇，奈菲瑞特鍾愛地看著它們。「對，我跟你們保證過。現在，才正要開始吃大餐呢，不過，要吃之前得先勞動喔，我可不喜歡不乖的小孩。」她開心地放聲大笑。「現在，我要你們其中一個去占領那個人類。但是不可以喔，不可以殺死她。」奈菲瑞特見到十幾條卷鬚興奮地往凱莉直直而去，趕緊先把話說清楚。「跟隨我的心思，進入她的心思，以我爲途徑，進入她最深處的思緒、願望、慾望，然後盤據在那裡，包圍她的意志，用力擠壓，但可別殺死她，也別奪走她原本擁有的才能。我可不希望我的神殿裡淨是口齒不清的白癡。我要的是一群忠心耿耿的僕人。占據她的身心靈，這樣我才能確保她百分之百順從！」

奈菲瑞特旋即轉身，面向女孩。在女孩蒼白的臉色對比之下，那雙褐色眼睛宛如臉上的嚴重瘀青。

「奈菲瑞特小姐，拜託，別傷害我！」她說著說著，還哭了起來。

「凱莉，親愛的，妳是我的第一個奴民欸，對妳來說，這也是最好的結果。自由意志是一種可怕的負擔。以前，比妳小不了幾歲的時候，我也有自由意志，然而，那時，我被困在非我所願的人生裡，被人糟蹋地過日子。很多人類的命運也是這樣。看看妳自己，做這種低賤的工作，穿這種古板的制服，難道妳不想擁有更好的人生嗎？」

「想……我想。」凱莉說。

「好，這就對了。拿走妳的自由意志，我也會連帶拿走生命必有的無預期恐懼，所以，從這一刻起，凱莉，我會保護妳，妳的生命不再有突如其來的驚懼。」奈菲瑞特凝視女孩圓睜的雙眸，探入她的內心深處。奈菲瑞特全神貫注在凱莉身上，沒分神往下看，但她還是知道有一條忠誠強壯的卷鬚正遵從她的指令，滑上女孩的身體。凱莉沒去看是什麼東西爬上她的腳，但她顯然感覺到了，因爲她張大了嘴，開始尖叫。「終結她的恐懼，進入她的身體！」奈菲瑞特一下令，那條卷鬚立刻往上彈，衝入女孩的嘴巴裡。

凱莉窒息抽搐，多虧奈菲瑞特全面掌控她的心智，她才沒昏厥。「多麼人性，多麼脆弱。」奈菲瑞特女神嘟噥，繼續探索女孩的心智，這時，她察覺到一種熟悉的感覺——黑暗出現了。找到凱莉的意志核心，也就是她的靈魂和她的意識後，奈菲瑞特下令：「困住它！」透過一個多世紀前，另一個女神賜給她的心應天賦，奈菲瑞特感受到黑暗正在囚禁凱莉的意志。

女孩癱軟，跌在地上，身體抽搐。奈菲瑞特的雙手迅速一拍，對卷鬚說：「孩子們，好好記住我剛剛引領你們的路徑，凱莉只是第一個，後面還會有很多。」接著，她對女孩說：「該醒了，凱莉，親愛的，該打起精神了，妳的生命更豐富了，況且我有指令要妳遵從呢。」

凱莉立刻坐起身，整個人就像拉繩木偶似的。

「瞧，好多了吧，現在，告訴我，飯店裡有多少房客？還有，記住，不准再有惱人的尖叫聲。」

「是的，夫人。」凱莉立刻回應，但聲音宛如機器人。

奈菲瑞特的臉上又恢復笑容，整個人因爲權力而亢奮抖擻。人類非得膜拜她不可，因爲他們意志薄弱，心智容易被操控，所以，別無選擇，只能膜拜她。「還有，不准叫我夫人。改叫我女神。」

「是的，女神。」凱莉以機械化的腔調回答，聲音不帶任何情緒。然後，開始敲打鍵盤，面無表情地看著電腦螢幕。「目前有七十二位房客，女神。」

「很好。凱莉。那這裡的住戶有多少人？」

「五十人。」

奈菲瑞特伸出修長的手指，抬起凱莉的下巴，逼她再次看著她的眼睛。「五十人，然後呢？」

凱莉全身顫動，宛如一匹想抖掉身上蚊蟲的馬，但那雙空洞的眼睛仍睜得斗大。她立刻改口說：「五十人，女神。」

「非常好。凱莉，我待會兒要回我的閣樓。妳記住，現在這棟大樓是我的神殿，我非常重視隱私，也強烈要求我的神聖肉體必須受到保護，妳明白嗎？」

「明白，女神。」

「那妳應該知道，如果有人來找我，妳必須告訴他們，妳很確定我不在這裡，然後把他們打發走。」

「我明白，女神。」

「凱莉，妳很能幹，我會准許妳活得夠久，能好好膜拜我。」

「感謝您，女神。」

「不客氣，親愛的。」

奈菲瑞特開始滑向閃閃發亮的電梯，並且舉起手，向卷鬚示意。「孩子，來，我有直覺，回家後有得忙了，得好好整理一番。」

吸飽了血的黑暗卷鬚膨脹顫動，迫不及待地滑向主子，追隨其後。

「果然如我所料，亂七八糟！太過分了。」奈菲瑞特跺步繞行翻倒的椅子和客廳裡的髒汙地毯。原本悉心維護的豪華閣樓，完全變了樣。「腐敗的血味，整個屋子都是那個氣味！

清乾淨！」她下令。卷鬚遵從指令，但明顯意興闌珊，完全不像她提供新鮮血液時那麼興奮。「嘖，還挑剔，這些血有的是卡羅納的欸，這不死生物的血就算腐敗，也帶著很大的能量。」卷鬚一聽，爲之一振，滑行起來有精神多了。

趁著卷鬚清理血跡，奈菲瑞特走到吧檯，卻發現酒櫃是空的。她最愛的名貴紅酒赤霞珠全都不見了。「我人不在這裡看著，那些懶惰的人類就怠忽職守，讓我的酒被偷得一瓶都不剩，還讓整間屋子亂七八糟！」惱怒的奈菲瑞特看見地上散落著綠松石礫末，這是卷鬚之前把那個死腦筋的席薇雅囚困在黑暗牢籠時，從牢籠掉出來的。「還有那個！把那討厭的藍綠粉末清掉。它們在那裡，比那些骯髒的波斯地毯更汙染我昂貴的條紋大理石。」有幾條卷鬚想遵從她的指令，但無論如何就是無法靠近那些藍綠色的礫末，彷彿那些綠松石碎礫仍有能力驅逐它們。一條膽子最大的絲線試圖鑽入礫塵堆，但終究還是顫抖退縮，而且原本橡皮似的光滑肌膚開始冒煙，流出惡臭的深色液體。奈菲瑞特皺起眉，召喚那條卷鬚過來，然後，用銳利的指甲劃破自己掌心。「過來，吸我的血，療好自己的傷。」她喃喃下令，等著卷鬚那冰冷的嘴吸吮她肌膚時的痛苦感覺。它在她的深情撫摸下，震顫地吸吮著她。

「這樣行不通。這團混亂是人類搞出來的，叫我這些忠誠的孩子去收拾，太委屈它們了。人類拉得屎，得由人類奴民自己清理，所以，我需要人類當奴民，乖乖聽我吩咐，減輕我的工作負擔。可喜的是，這棟大樓裡，正好有上百個人類可以當我們的奴民。他們所有人，除了那個得力小幫手凱莉，還不知道自己即將有得忙了。嗯……該怎麼讓我的新奴民開始動起來呢？」

奈菲瑞特甩掉正在吸她血的卷鬚。「別這麼貪心。能痊癒就夠了。」卷鬚一溜煙地滑開。奈菲瑞特一邊撫摸自己修長的細頸，一邊思考，得想出最好的方式來進行，而且，必須加快腳步。

她沒在波士頓大道教會留下任何活口。她離去後，那裡只剩下幾百具血被吸乾的殘軀屍體。

「警方一定會先到夜之屋，桑納托絲會堅稱學校裡的善良師生不可能做出這種事。然後，那個老女人會把矛頭指向我。不管他們相不相信她，到最後，就算是最無能的當地警察，也會來這裡找我。」奈菲瑞特走到令人失望的空蕩吧檯，伸出修長銳利的指甲，在黑色大理石檯面上敲啊敲。她可沒太多時間琢磨，除非她選擇直接躲起來。

「不，我絕對不再躲藏。我是女神，是不死生物，擁有掌控黑暗的天賦。妮克絲從來沒有了解過我，卡羅納也不懂我。從來不曾有人了解過我。現在，我會讓他們看清我的能耐，我會讓他們所有人都明白！**是陶沙市的市民該躲我，不是我躲著他們。**」

她得在警方前來馬佑大樓，試圖逮捕她（但絕對會無功而返）之前；或者，她在教會享用大餐一事登上媒體，嚇跑這裡的所有住戶、她未來的奴民之前，果決迅速地行動。

奈菲瑞特找到電視遙控器，打開牆壁上那個在混戰場面中倖存的平面大電視，找到當地的新聞臺，設成靜音，雙眼盯著螢幕，一邊踱步，一邊自言自語。

「要是我不能把人類囚禁起來——就像之前把席薇雅那個老太婆關在籠子裡，等我需要他們來膜拜我，或者替我服務時，再把他們放出來，那就太可恥了。處理人類，對我來說，比應付那老太婆簡單多了。況且，最終看來，人類對我而言，會比那老女人更重要。我敢說，他們全都不像席薇雅．紅鳥那樣難搞。不過，親愛的孩子啊，普通人類應該不可能進出你們所打造的黑暗囚籠，而據我觀察，這些人類再普通不過了。」奈菲瑞特戛然停步，思索著。**「我的奴民是普通人類，陶沙市裡都是普通人類，而我，已經遠遠超越普通的人類或吸血鬼。」**

奈菲瑞特失神地撫摸著一條纏繞在她手臂上的卷鬚。「我不該把人類囚禁在這裡，應該要**保護**他們，讓他們得以擺脫乏味的人生，獲得敬拜我之後的滿足感，就像凱莉那樣。」她愛撫著正愉悅蠕動的卷鬚。「我不需要囚禁人類，我要珍惜人類才對！」

奈菲瑞特的雙手往外大大一揮，對著她那些既美麗又可怖的黑暗爪牙咧嘴一笑，「關於我們的兩難，我有答案了，孩子！我們用來囚禁紅鳥老太婆的籠子可笑又不堪一擊，從那晚之後，我就了悟很多事情，同時，功力也變得更高強——我是說**我們**的功力。從現在開始，我們不用籠子關人，因爲，我是女神，可不是獄卒。孩子，我要用你們那難以攻破的神奇絲線來覆蓋這棟神殿的每一面牆，這樣一來，我的新奴民才能不受阻撓地全心膜拜我。而這只是開始，等我吸納了更多能量，到時，我們乾脆把整個陶沙市圍起來，如何？現在，我明白了，明白我的天命了。就從陶沙市開始，我要將它變成我的奧林帕斯山①，從此樹立我黑暗女神的地位！跟希臘神話不同的是，我的故事，絕不會是兒童間流傳的三流神話，因爲，我的是眞實故事。我在人間，建立了黑暗國度！在我的黑暗國度中，再也不會有純眞的孩童被惡人凌虐，所有的善良百姓都會受我保護，我會把他們的命運掌握在我的手中，他們只需仰望我，就能享有福祉。啊，到時他們會多麼崇拜我啊！」

她四周的卷鬚興奮地顫動來回應她。她微笑，撫摸最靠近她的那些卷鬚。「對，對，我知道，到時一定很棒，不過，孩子，現在我最需要的是客房服務。我們來召喚新奴才吧，叫幾個人把我的寢室整理妥當，另一些幫我把美酒補齊。所有奴民都必須遵從我的指令，不得

① 譯按：希臘神話中，眾神與其僕人的居住之所，可謂諸神的天堂。

有異議。你們也得準備好，因爲，黑暗女神奈菲瑞特的時代就要來臨了！」

計畫進行得比奈菲瑞特的預期更順利。那些人類容易被操控的程度，讓奈菲瑞特簡直不敢置信，此外，就和小姑娘凱莉一樣，他們面對單單一條黑暗卷鬚的侵擾時，半點抵抗能力都沒有。果然被她說中，他們的人生迫切需要她來指揮，正如寶寶不能沒有母親。

唯一的問題是，奈菲瑞特能支使的卷鬚不夠多。在她解離之後，留在她身邊的，只剩下那些最忠心，眞正稱得上是她孩子的卷鬚。

有那麼片刻，她考慮召喚更多黑暗卷鬚來她身邊，但隨即打消念頭。她才不要獎勵那些在她最危難、最低潮的時候，棄她於不顧的叛徒卷鬚。

奈菲瑞特拿著水晶杯，啜飲她最愛的紅酒之王赤霞珠，同時繞著她的閣樓豪宅慢慢踱步，清點來整理屋子的人數——他們正認眞地收拾柔依和她那群朋友留下的爛攤子。四個女人是家政派遣公司找來的，兩個男的來自客房服務部——奈菲瑞特噘起唇，打量他們。其實，這兩個金髮男子稱不上是男人，應該說是小伙子來著，尤其他們爲她服務的神情，可說是迫不及待。從電梯出來時，他們的念頭就清楚表露在臉上，根本用不著她使出心應天賦去探測。他們想要她，非常非常想要。他們顯然以爲她在品嘗美酒的同時，會想來點血和性。

蠢！這會兒，他們成了機器人，一口令一動作，乖乖完成她交辦的事項，沒有怨言、沒有憂慮，也不會有煩人的挑逗眼神。他們年紀輕輕，安靜順從，她喜歡的人類男人，就像這樣。

「兩位男士，人生很精采，是不是啊？」

兩顆金色頭顱抬起來，轉向她。「是的，女神。」兩人異口同聲地回答，腔調像在背誦答案。

奈菲瑞特笑著說：「就像我常說的，自由意志是沉重的負擔。歡迎兩位擺脫了這種負擔。」接著，她下令：「回去工作。」

「感謝女神。是的，女神。」兩人重複道，乖乖聽從指示。

就這樣，奈菲瑞特已經用掉六條絲線。不，應該是七條，如果把服務臺那個小姑娘凱莉也算在內的話。奈菲瑞特若有所思地瞥了那窩聚集在破門處的卷鬚一眼。它們爭先恐後擠在那道通往天臺的門附近，就為了飽食卡羅納的殘餘血漬。那群的數量有多少？她試圖數算，但怎麼可能算得清楚？它們幾乎時時刻刻快速移動，一會兒想聚在一起，一會兒又想分開，不過，看起來仍然為數不少，而且，飽食之後，每一條都變得更粗大，顯然更強壯。

我必須確保它們時時都飽足，不能讓它們凋零，否則，我對人類的絕對控制權也會跟著削弱。

奈菲瑞特以果決的姿態拿起電話，按下0，打給服務臺。

「服務中心您好，有什麼可以爲您服務的嗎，奈菲瑞特小姐？」凱莉在第一響就接起電話，以輕快的聲音說道。

「凱莉，我打電話給妳時，妳應該說：『有什麼可以爲您服務的嗎，女神？』」

凱莉的語氣轉趨平淡，以不帶情緒的聲音說：「有什麼可以爲您服務的嗎，女神？」

「很好，凱莉，妳學得很快。我想知道，今天有多少人在我的神殿裡工作？」

「六個房務整理員，兩個門房，四個客房服務，加上我。本來瑞秋應該和我一起在服務臺，但她今天請病假。」

「可憐的瑞秋。不過這樣剛好是幸運十三。當然，不把餐廳員工算在內的話。今天餐廳會營業嗎？」

「對，每星期日會供應早午餐，到下午兩點。」

「餐廳今天有多少工作人員？」

凱莉停頓一下，才開始數算。「主廚，二廚，工作檯前還有一個廚師，加上由經理兼任的酒保，以及三位外場服務員。」

「所以總共是二十人。凱莉，我要妳這麼做：立刻關閉餐廳，不准任何員工離開，跟他們說，餐廳經營者換人了，新東家要召開員工會議，所有員工都必須出席。」

「我很願意照您的話做，女神，可是餐廳並不屬於斯尼德家族。」

「斯尼德家族又是哪方神聖？」

「這個家族在二〇〇一年買下馬佑大樓，重新整修，所以目前這裡的所有權屬於他們。」

「親愛的，凱莉，我要糾正妳。他們之前或許**擁有**一間名爲馬佑飯店的建築物，但不管怎樣，**現在**，這裡已經變成我所**掌控**的神殿。這一點，我很快就會讓所有人清楚知道。這會兒，我要妳做的，是召集每個員工，包括餐廳和旅館部，叫他們三十分鐘內到我的閣樓來報到。然後，我會取消所謂的員工會議，給這場聚會一個名副其實的名稱：女神敬拜會。這個名稱聽起來，是不是比員工會議更好啊？」

「是的，女神。」凱莉說。

「太好了，凱莉，那，三十分鐘後見。還有，我要見到所有的新奴民。」

「女神，我不能丟下服務臺不管，萬一有人要來辦入住和退房手續，那該怎麼辦？」

「凱莉，很簡單啊，把神殿的每個出入口用鐵鍊鍊起來，緊緊鎖上，然後帶著鑰匙來找我。」

「是的，女神。」

奈菲瑞特非得另找地方來安置她的奴民不可，畢竟，閣樓是她的私人寓所，不該出現這麼多人類，不過，此刻她也只能暫時容忍他們出現在這裡。先前她已下令房務拿蠟燭來她的寓所，並關閉所有亮晃晃的電燈。所以，此刻她站在彩繪玻璃門前——這道門原本破裂，但已被兩個金髮小伙子的其中一人修補好了——看著各式各樣的蠟燭。長條狀的照明蠟燭、許願祈福用的短燭，以及裝在盆子裡的蠟燭，占滿了花崗石吧檯、壁爐檯、裝飾藝術風格的大理石茶几，以及木質大餐桌。此外，她還要求門兩側燈籠裡的明亮燈泡都要拿掉，改用纖細的白燭心來取代，以便製造出溫暖搖曳的熒熒微光。她在心裡默記，晚一點要派手下去拿更多蠟燭，愈多愈好。

奈菲瑞特的目光掃過她的閣樓寓所，滿意得不得了。現在看起來好多了。她一邊享受第二瓶赤霞珠，一邊想著待會兒哪個奴民會私下主動獻血。奴民的血摻混入名貴紅酒赤霞珠時，滋味一定很美妙。

奈菲瑞特精心打扮。她很高興在她離開的這段期間，所有的衣裳仍完好無缺。今天，奈菲瑞特照例讓自己的赤褐長髮披散，如閃亮髮瀑直下腰際。至於衣服，她挑選一襲金紗縫製的禮服，這禮服之貼身，讓她得以享受肌膚宛若被愛撫的感覺。全身上下，沒有任何其他女神的標誌，因為，她不再准許那高舉雙手的銀色刺繡圖像，出現在她身上。那些刺繡圖案的最後一條繡線，已經被她親手拆光。

奈菲瑞特有新的象徵圖案。這可是她精心思索很久才想出來的，而且迫不及待等著她的奴民去慕笛珠寶店為她訂製，然後獻上那顆狀如完美淚珠的六克拉紅寶石，給她一個「大驚喜」。到時，她會表現得感動萬分，拿條粗厚的金鍊子串上，成天戴著它。這條鍊子，這樣的象徵圖案，對她這個黑暗女神、陶沙市女神、混亂女神來說，實在適合不過。

電梯響了。「孩子，來這裡。」黑暗絲線立刻奔向她，圍繞在她身邊，撲打她赤裸的腳，給她舒適的冰涼感覺。「喔，奴民，你們也可以過來。」她轉頭對那幾個僕人說。剛才她要他們到一旁等著她吩咐。就在他們拖著腳步，倉皇地走到她身邊時，電梯門開啓，凱莉領著其他員工來到閣樓。

「歡迎！」奈菲瑞特舉起酒杯，說：「你們很有福氣，才有機會來我這裡。」

多數人一臉困惑。兩個穿著侍者制服的女人互視、嘟囔了幾句。奈菲瑞特銳利的目光特別看了她們一眼。一個戴著白色蠢廚師帽的男人開口，「妳可以告訴我們，這到底是怎麼一回事嗎？叫我們打烊，還把客人趕出去，不管有些人還在用餐。我告訴妳，現在外頭有幾個客人氣得半死，以後大概**不會**再光臨了。」

「你叫什麼名字呀？」奈菲瑞特保持一貫的愉快口吻問他。

「托尼．威德畢，不過大部分人都叫我大廚。」

「喔，托尼，我可不是大部分人。你知道嗎？**多數人**都叫我女神。」

他迸出乾笑，不敢相信她會說出這種話。「妳在開玩笑吧？我的意思是，我看到妳身上的刺青，知道妳根本就是吸血鬼。吸血鬼又不是女神。」

奈菲瑞特很高興見到凱莉一聽主廚這麼說，立刻挪步遠離他，彷彿不想被抗命的他給汙染到。凱莉真的變成很稱職的奴民了。

奈菲瑞特連瞥都沒瞥大廚一眼，逕自低頭，微笑看著她那群顫顫蠕動的孩子。「這麼迫不及待啊，」她半責罵，半鼓勵地說：「你挺聰明的嘛，知道快有大餐可以吃了。」還彎下腰，撫摸那條纏繞在她的腿上，幾乎快爬到她大腿的早熟卷鬚。

「妳可得告訴我們　妳在開什麼玩笑，否則，我就要打電話給餐館老闆。」主廚說，但她繼續對他視而不見，氣得他開始發飆。「這實在太扯……」

「現身吧，」奈菲瑞特對那條卷鬚下令，「去占領他！」

卷鬚具體現身，飛向主廚，巨大的它，輕輕鬆鬆就纏住他的粗腰，並迅速盤旋而上。

「幹！放開我！」主廚尖叫，踉蹌往後退，徒勞無功地伸出肥厚的雙手，死命拍打卷鬚。

奈菲瑞特心想，他的哀叫聲，可眞像被蜘蛛嚇到的小女生。

這時，一個穿著門房制服的高大帥氣黑人，走向主廚，試圖幫助他。

「別過去，否則，你的下場就跟他一樣！」奈菲瑞特厲聲說。

男子愣在原地。

「不……！」主廚張大嘴，歇斯底里地哀號，奈菲瑞特看見卷鬚趁機爬上他的頸部，鑽入他的嘴裡，不由得鬆了一口氣。終於可以不用再聽他淒厲哀叫。他的嘴被粗厚的卷鬚撐得嘴角裂開流血，沒一會兒，巨大卷鬚就消失在他的體內。主廚癱軟在地。

「一個大男人，叫得跟受驚的小女生似的，眞可悲。你們說，是不是呢？」

那些還沒被奈菲瑞特的「孩子」占領的人類驚恐地呆望著她，一副不敢置信的表情。那兩個竊竊私語的女服務生還哭了起來。另一個剛剛沒回應奈菲瑞特召喚的女房務，開始以西班牙語祈禱，還緊緊抓著脖子上那條廉價銀鍊子上的十字架。除了那個搞不清楚狀況而活該受苦的托尼，所有人像牛群一樣緊挨在一起，退到電梯門。

「不行喔，」奈菲瑞特故意以溫和的口吻說：「沒有我同意，你們不能離開欸。」

「妳是不是打算把我們全殺掉？」一個女人問道。她緊握著朋友的手，全身不停地發抖。

「殺掉？當然不會啊。放心，托尼沒死。」奈菲瑞特對著仍癱在地上的主廚說：「托尼，親愛的，起來，告訴大家，你很好。」

托尼木然地起身，轉身時動作僵硬、斷斷續續，如機器人般，終於面向奈菲瑞特時，他那張沾滿鮮血的臉毫無表情地說：「我很好。」

「你忘了什麼啊？」奈菲瑞特說。

托尼的身體猛然一搐，彷彿體內有股電流擊中他。他倉皇改口。「我很好，女神。」

「瞧，看到了嗎？人家好得很呢。親愛的，那妳叫什麼名字啊？」她問那個發抖的女人。

「艾琳諾。」她回答。

「好可愛的復古名字啊。現在都聽不到這類名字了，眞可惜。艾琳諾、伊莉莎白、葛楚、葛萊蒂絲和菲莉絲，這些名字都到哪兒去了啊？不用，不須回答我。我知道它們都被海莉絲、卡莉絲、瑪蒂森和喬丹取代了。說到這種現代名字，我就感歎啊。妳知道嗎？艾琳諾，我得謝謝妳，妳這麼有品味的名字幫助我做了決定。我決定要妳當我的新奴民。至於你們其他人，名字太過開朗活潑的，我會重新幫你們命名。」奈菲瑞特瞥向凱莉，笑著說：「凱莉，妳除外，因爲我非常喜歡妳那個金色的名牌，所以不會換掉妳的名字。」

「女神？」艾琳諾低聲說出這個名字時，帶著疑問的語氣。

「什麼事，親愛的？」

「妳……妳現在是我們的新東家嗎？」

「喔，不只這樣。現在，妳不只爲我工作，還可以膜拜我。你們二十個很幸運，是第一批見證我以黑暗女神的身分來統治世界的人類。你們每個人都有特別且重要的任務在身，除了敬拜我，還要滿足我的每個需求。你們必須爲我獻上禮物和祭品，而我，會免除你們的苦擔，從此之後，你們不再有自由意志——這東西只會令人心力交瘁，而且它顯然已經壓迫你們，讓你們活得沮喪消沉。臣服於我之後，你們何苦再做那種毫無意義的卑賤工作呢？」

「我不明白，這到底是怎麼一回事？」艾琳諾哭著說。

「可愛的艾琳諾，妳很快就不再有疑惑。別擔心，痛苦只有一下下。」奈菲瑞特舉起手，開始下令。「孩子……」

「等等！」剛剛想幫托尼的那個門房往前一步，無懼地直視奈菲瑞特的雙眼。「妳剛剛說，如果我們去幫主廚，我們的下場會跟他一樣。我沒幫他，我們沒人幫他，所以，妳必須遵守諾言，不可以派那些像蛇一樣的東西來傷害我們。」

「你叫什麼名字啊？」

「朱德森。」回答後，他停頓一下，接著補上一句：「女神。」

「朱德森，這名字是美國內戰前舊南方人會取的名字。這個，你知道嗎？」

「不知道，我……我不曉得。」再次停頓，然後補上稱呼。「女神。」

「嗯，這是眞的，所以，我也不打算改掉你的名字。至於我剛剛說的話？我是騙你們的。孩子，占領他們吧！」奈菲瑞特對卷鬚下令。

幸好，她的孩子早就預期她會下此命令，已經準備妥當，因此動作十分迅速，沒兩下就終結了惱人的哀號、尖叫聲。

4 奈菲瑞特

奈菲瑞特要她那些被她的孩子所占領的新奴民，一個個單獨去膜拜她，並命令新奴民去找飯店裡的房客和大樓住戶，要他們到大廳集合。

奈菲瑞特決定把她的敬拜堂設在大廳，因爲這裡有環繞大廳的大理石柱，還有高聳的天花板、裝飾藝術風格的水晶吊燈，以及寬闊的雙旋梯。樓梯的蜿蜒扶手由精美鑄鐵打造而成，樓梯底部和頂部的樓中樓之間，有個樓梯平臺。樓梯底部是奴民站立之處，而居高臨下的樓中樓，只有最親近她的膜拜者，或者負責照料她需求的奴民才可進入。至於其他人，只能待在自己的房間或去地下室的「待宰區」。好心的凱莉告訴她，地下室有這麼一個空間可以暫時留置那些還沒當奴民的人。或者，要是他們太囉嗦，就乾脆把他們送給她的孩子當食物，省得浪費卷鬚去占領他們。

當然，能被奈菲瑞特品嘗的，只有那些她看中的人。

奈菲瑞特還賦予凱莉一項任務，要她去張羅一把像樣的椅子，暫時充當女神寶座，直到奈菲瑞特找到另一把可以精雕細琢的眞正神座。

「妳得找個工藝大師，按照我的要求，打造出我要的椅子。木頭必須染成牛血那種暗紅色，」她一邊細選坐墊款式，一邊說：「最高委員會喜歡那種冷冰冰、硬邦邦的爛椅墊，但我可不要。我要有金色絲絨的坐墊，這種椅子才有資格讓我坐在上面。」

奈菲瑞特讓最美的兩個房務員幫她披上皇家紫的豪華長袍，最後一刻決定不穿鞋，因爲，她要像個剛誕生的女神，所以打赤腳再適合不過。她赤腳走回客廳，將酒杯斟滿酒，暗自氣惱此刻竟沒男人迫不及待地趴在她身上。她焦躁地等著那些乖順的員工把房客和住戶驅趕過來，好讓她可以在眾人夾道下風光走入大廳。

「就連女神要找到好幫手都這麼難。算了，不計較了，誰叫他們只有二十個人。這會兒，他們大概忙著把其他人趕來我的敬拜堂，這次先放他們一馬吧。」她啜飲豐醇紅酒，享受摻著鮮血的美酒滋味。血，是那個高帥挺拔的門房提供的，他風度翩翩地主動劃開自己的肌膚，讓她的紅酒更添風味。這時，她的眼角餘光瞥到電視，一則新聞快報出現在螢幕下方：**陶沙市發生凶殺案**。主播雪拉．希美子表情嚴肅，正在說話。

奈菲瑞特興味盎然地按掉靜音鍵，打開聲音，以便再次經歷她當時享用大餐的精采細節。然而，螢幕上出現的，竟然不是波士頓大道教會，而是伍得沃德公園一片焦土殘破的醜陋景象。攝影機的鏡頭一轉，奈菲瑞特的眉毛也跟著揚起，雙眼直視著電視上的岩壁。她之前就是把岩壁旁那處獸穴當作避難所。她急躁地猛按音量鍵，及時聽見希美子以嚴肅的聲音播報：

「這裡是兩個男人被謀殺的可怕現場，昨天早上，消防員發現他們的屍體。根據稍早前的報導，強烈雷暴雨夾帶著時速超過一百一十公里的強風，同時引發致命雷擊。擊中陶沙市的閃電奪走五條人命，造成十人重傷住院，然而，這兩人的死因顯然與雷暴雨無關。記者亞當．帕魯卡現場連線警官凱文．馬克思，請他說明細節。亞當？」

雷暴雨蹂躪公園的畫面消失，現在螢幕上出現一間簡樸的辦公室，一名警官坐在辦公桌前。奈菲瑞特認出他了。這傢伙之前似乎很同情柔依．紅鳥，想到這點，奈菲瑞特就有氣。她繃著臉，觀看記者對他的簡短訪問。

「刑警馬克思，請你說明伍得沃德公園這兩名死者的狀況，還有，你真的認為他們的死跟雷暴雨無關嗎？」

「這兩名死者都是四十多歲，昨天被人發現陳屍在公園。兩人的死因相同，都是被重擊後失血而亡。」

奈菲瑞特咧嘴而笑，心想，先來個精采預告也好，反正他們很快就會發現那場大屠殺了。

「還有，警局真的拘捕了自首的人嗎？」

奈菲瑞特揚起眉。「自首？拘捕？不可能啊。」

「是的，我很難過地跟各位報告，我認識的一名年輕雛鬼，主動出面認罪，承認她殺了那兩個人。」

「雛鬼！」奈菲瑞特從躺椅上猛然起身，對著電視螢幕咆哮。

「我們可以知道這個雛鬼的名字嗎？」

「柔依．紅鳥。」

奈菲瑞特尖叫，還拿起之前被她拔掉插頭的燈具用力砸向電視。

「那個沒用的傻妞以爲自己殺了那兩個人？拜託，是我發現他們神智清醒地出現在我的避難所附近欸。喝了他們的血之後，我才有力氣去波士頓大道教堂吃大餐。柔依．紅鳥殺了兩個成年男人？笑死人了！她哪有這個能耐啊！還俯首認罪？這傻妞根本是我見過最蠢的白癡。」奈菲瑞特仰起頭，譏諷笑聲在閣樓裡迴盪。

奈菲瑞特站在馬佑飯店大廳雙旋梯的正中央，這位置正好是許多盲目人類舉行婚禮，宣讀婚約誓詞的地方。眞是太諷刺了，偏偏奈菲瑞特就愛這種諷刺。

「外帶盒子裡的義大利麵，保存期限都比人類的婚姻還久，你們知道嗎？」她微笑看著那群聚集在發亮黑白大理石地板上的人。先前她就交代過，這裡的豪華吊燈要調暗，樓梯中央的平臺要點上枝型燭臺，分別放在她的左右兩側。她知道，在搖曳的燭光中，她那襲閃閃發亮的長袍更能襯托自己的神靈之美。

她命令二十個奴民的其中一半圍繞在她兩側，但不准站上她所在的平臺，另外十個被卷鬚占據的人類，要站在神殿入口處。此外，她還下令：她的神殿，不准有任何人進或出。她的黑暗孩子在她身旁顫顫蠕動，它們熟悉的猴急行徑惹得她心花怒放，不過那些瞠目結舌的人類看不見它們。

「啊，你們沒回答是正確的。這種問題根本沒資格出現在女神第一次對她所揀選的子民所發表的談話中。重來。」

奈菲瑞特站在寶座前，雙手往兩側大大張開，說：「注意！我是奈菲瑞特，黑暗女神，特西思基利之后。這間飯店已經成了我的黑暗神殿，而你們，你們這些少數的幸運兒，將成爲我的忠心奴民，我所揀選的子民。虔敬膜拜我，我就讓你們免去俗世生活的煩擾和痛苦。你們不必再辛苦忍受毫無意義的工作，不必再回到令人厭煩的配偶和不知好歹的子女身邊。

從今天起直到死亡，你們唯一要做的，就是崇拜我。歡慶吧，人類！」

她演說完，眾人一陣沉默，久久之後，才開始出現緊張的竊竊私語聲。

奈菲瑞特知道接下來會發生什麼事，一想到這裡，她的臉上泛起滿足得意的笑容。她眞的好喜歡教導人類，讓他們懂得人生功課啊。

果不其然，奈菲瑞特沒等太久，就見一個女人走上前。她身材高挺，髮膚深褐，年紀恐怕五十好幾，不過保養得宜，外表看起來勤於健身，就爲了抓住青春的尾巴。她穿著一身悉心剪裁，品味出眾，翠綠色系的美麗洋裝。

「妳那件漂亮的衣服哪兒買的？」奈菲瑞特搶在女人開口前問她。

女人眨眨眼，顯然很驚訝奈菲瑞特會這麼問，不過她還是回答：「這是設計師候司頓的衣服，我在『傑克森小姐』買的。」

「凱莉，」奈菲瑞特俯望著站在樓梯底部的凱莉——這女孩面無表情，像個機器人。「記下來，我要妳去『傑克森小姐』幫我挑幾套衣服。一定要有候司頓設計的。」

「是的，女神。」凱莉應道，連聲音都毫無情緒。

奈菲瑞特看著凱莉，皺起眉頭。她眞的要這女孩去幫她挑選衣服嗎？這小女生不滿二十歲吧，如果她那頭醜巴巴的髮型可以反映出她的時尚品味，那她所挑選的衣服，絕對會是災難……

「說呀，妳說說看，這**到底**是怎麼一回事。我可沒時間在這裡消磨。」翠綠衣裳的女人回神後，打斷奈菲瑞特的內心思緒。她一手插在精瘦的臀側——看得出來連手都花了不少時間保養，一隻腳不耐煩地猛點地。「傍晚五、六點我得去峰頂俱樂部跟人家聚餐，晚點還得搭飛機回紐約欸。」

「我剛剛就說了，」奈菲瑞特說：「現在，我是你們的女神，你們不能去峰頂俱樂部參加聚餐，也不用搭機回紐約，除非我要妳跑腿，為我去紐約辦事。妳唯一該做的，是膜拜我，而我，會免除你們在俗世的勞苦和責任。對了，妳那件衣服是幾號？四號還是六號？」

「說真的，這個玩笑一點都不好笑。這全是法蘭克．斯尼德策畫的，對不對？法蘭克。」女人不理會奈菲瑞特，開始扯開嗓門喊男人的名字，還四處張望，彷彿他會出現在哪個角落。「她那身穿著打扮，簡直像電影裡唱歌劇的，我猜，她會獻上一首〈煙霧迷濛你的眼〉（Smoke Gets In Your Eye）來慶祝我的生日，對吧？你怎麼有辦法請到吸血鬼啊？還是，那些刺青是畫上去的？」女人繞了大廳一圈，邊走邊說，再次面向奈菲瑞特時，直直盯著她，那樣子彷彿很想伸手抹掉她身上的刺青。

奈菲瑞特受夠了，她的耐心已經耗盡。

「我親自揀選的子民，妳得好好學著這個教訓。我**沒在**開玩笑，我是妳的女神，法力無邊、徹底掌控、永遠不死、全知全能。我的耐心快要用罄，而我永遠，永遠都無法忍受的，就是笨蛋。」奈菲瑞特傾身向前，一手擱在樓梯的欄杆上，直視女人的雙眼，鑽入她毫無防備的心智中。「好，妳叫南西，今天是妳的生日。」奈菲瑞特笑得跟貓咪似的。「妳五十三歲了，但妳都跟朋友說妳四十五歲。」

女人全身一搐，倒抽一口氣，被奈菲瑞特的入侵嚇到六神無主，但無力抵抗。「妳怎麼知道？妳怎麼可以做這種事！」

奈菲瑞特嘖了一聲。「以美麗之名，行自我剝削之實啊，南西。難道都沒人告訴妳，**不管身為人類的妳怎麼努力，終究會年華老去**？妳眞該好好享受義大利麵，盡情喝紅酒，跟鄰居那個年輕小伙子多上幾次床。還有，二十五年前妳那個可憎的丈夫第一次外遇時，妳就應該離開他的。南西啊，我之所以知道這些，是因爲我是女神，而我敢說出來，也是因爲我是**妳的**女神，雖然，妳顯然不配當我的子民。」

南西周圍的人開始移動，彷彿想離她遠一點，不過，一張張蠢臉仍帶著疑惑與震驚。

「離南西遠一點是明智之舉。我知道神殿有洗衣設備，不過，還是沒必要汙染你們的衣服。」最靠近南西的那幾個人一聽，躊躇地退離她幾步。奈菲瑞特對他們微笑，以示鼓勵，同時彎腰，抓起在她腳邊拍打的其中一條卷鬚。夠粗夠重，奈菲瑞特很滿意。它盤繞在她的手臂上，那橡皮似的冰冷肌膚一抽一搐地拍打著她的肌膚。「殺了南西，讓她痛苦，反正她這輩子本來就過得很痛苦，所以，痛苦地死去，對她來說，反倒是一種解脫。」奈菲瑞特以慈愛的口吻對她的孩子說：「還有，現身給他們看喔。」

她將卷鬚擲向南西，就在半空中，它具體現形，眾人一陣錯愕、驚呼，就在卷鬚纏繞住南西的脖子，開始慢慢地割刎，準備切斷她的頭時，尖叫聲四起。

眾人驚慌地尖叫著，同時拔腿衝向出口。

「我可沒准許你們離開！」奈菲瑞特的聲音充滿不死生物的驚人力量，在偌大的接待廳裡轟隆迴盪。**「所有的孩子，現形給我的子民看。」**

圍繞著她的一窩黑暗生物窣窣顫動，開始現形，但注意到的人寥寥無幾。因爲驚恐的人們正忙著張大眼，看著守在出口、那些宛如機器人的人類——他們敞張的嘴裡正冒出一顆顆黑色的蛇頭。這些之前就占領員工身體的卷鬚，應奈菲瑞特之令，全部現形。

奈菲瑞特在心裡暗記，她得好好獎勵那些自願占據員工身體的孩子，畢竟，這種差事乏味透頂。它們眞的很聽話，叫它們做什麼，就做什麼，她得盡快幫它們準備另一頓大餐才是。

奈菲瑞特感覺一股力量滑入體內，立刻把注意力轉向南西。終於，她的頭被切斷了。不過，流血過多，光一條卷鬚，吸吮速度實在太慢。奈菲瑞特嘆了一口氣。看來閃亮的大理石地板要被汙染了。難道什麼都得她自己來嗎？

「吸光她的血，快！」奈菲瑞特對身邊的孩子下令。「我不能容忍我的神殿被搞得亂七八糟。」然後，她又嘆了一口氣，把注意力轉向那群驚慌的人類。「你們一開始就給我搞砸！」她斥責：「你們只要乖乖聽話，膜拜我，我就可以讓你們的人生有新的意義和目的，可是，南西不願意乖乖照我的話做，你們都看到她的下場了，好好記住這個教訓啊。」

「那是什麼生物？」一個矮胖的男人問道，還用手摩娑他旁邊那女人的手臂，顯然在壓抑恐懼情緒。那個女人，跟他一樣矮胖身材，巴在他的西裝上哭個不停。

「它們是我的孩子，以黑暗所製造出來的，只聽命於我。」

「它們爲什麼出現在那些人的嘴裡？」他問。

「因爲這些人是我的員工，也必須只對我忠心。占領他們，比割掉他們的頭省事多了。現在，你們應該知道，照我的話做，絕對比被割下頭，或者被它們占領，更輕鬆好過吧？」

「太扯了！」一個站在大廳後端的男人吼道：「妳眞以爲我們會乖乖站在這裡膜拜妳？我們有自己的人生，有自己的家人，有人會想念我們的。」

「我相信他們會。不過，他們是人類，不是不死生物，所以，我壓根不會在乎他們。不過，如果你表現得很好，非常非常好，或許我會准許你的家人一起來這裡。」

「妳不可以做這種事。」有個女人哭著說：「警察會來救我們的。」

奈菲瑞特哈哈大笑。「喔，希望如此，我正期待看到衝突場面呢。我可以跟妳保證，陶沙市警方絕不會是勝利的一方。」

「現在該怎麼辦？我們該怎麼辦？喔，天哪，我的天哪。」又一個女人開始尖叫。

「讓她閉嘴！」奈菲瑞特下令，一條卷鬚立刻飛向女人，纏住她的臉，鉗住她的嘴。她掙扎蠕動，癱倒在地。

女人不再尖叫，那些像驚慌獸群擠在一起的人也安靜下來，奈菲瑞特吁出長長一口氣。她拉拉原本就完美無缺的合身長袍，平靜地對那些看著她的驚嚇奴民說：「現在，你們應該從別人的經驗中學到教訓了。」她伸出修長的纖指，比劃出打勾的手勢，表示他們該學的這堂課已經教導完畢。「我無法忍受歇斯底里的行徑，無法忍受不忠誠的行爲，此外，我也不怎麼喜歡中年白人婦女。現在，我需要六十個自願者，誰願意到我的閣樓幫我處理一些重要的事？」

沒人舉手，沒人迎視她的目光。奈菲瑞特又嘆了一口氣，說：「放心，我不會吸這六十個自願者的血。」一個年輕女子舉起顫抖的手。「嗯，親愛的，有事嗎？」

「那，妳……妳會叫那些蛇鑽入我們的嘴裡嗎？」

奈菲瑞特給她一個甜美親切的笑容。「不會，我不會這麼做。」

「那，那我自願。」她說。

「很好！」奈菲瑞特稱讚她。「妳叫什麼名字？」

「史黛西。」

「不要這個名字，我給妳取名葛萊蒂絲。這名字高貴多了，妳說是不是？」

年輕女子點頭如搗蒜。

「好，葛萊蒂絲，妳站到敬拜堂的左側。現在，我還要五十九個和葛萊蒂斯一樣有熱忱的人。」

沒人移動，奈菲瑞特憤怒地吼道：「快！」

彷彿被鞭子揮中般，一群人立刻衝到葛萊蒂絲旁邊。

「凱莉，清點一下人數，剛好六十人時告訴我一聲。」

奈菲瑞特等著，愈來愈不耐煩了。終於，凱莉喊道：「女神，六十個人了。」

「很好。凱莉，幫個忙，把他們帶去我的閣樓，叫他們在陽臺等我下令。對了，開幾箱香檳，讓大家盡量喝。自願幫忙的人值得獎勵一番。」

這六十人雖滿腹狐疑，但也鬆了一口氣，拖著腳步走到電梯。奈菲瑞特把注意力轉回剩下的膜拜者。他們看著她的表情，好似等著她把斷頭臺的巨大鍘刀落在他們頭上。

「乾脆派卷鬚把他們全占領，這樣還省事些。要教導這些現代人如何好好膜拜女神，實在太累了。」奈菲瑞特喃喃自語，手指輕敲著樓梯的鐵欄杆。

就在她旁邊，能聽得到她喃喃自語的距離內，有個女人朝樓梯移動幾步，然後，凝視奈菲瑞特的目光，彎腰深蹲，優雅地對她行屈膝禮。奈菲瑞特揚起眉，打量這個仍屈著膝，恭敬頷首的女人。女人看起來比南西年長，但沒大多少，不過，有品味多了，一身剪裁合宜的昂貴套裝，穿著打扮符合眞實年紀該有的樣子。

「起身。」奈菲瑞特終於說話。

「謝謝妳，女神，可以容許我向您介紹我自己嗎？」

「當然可以。」奈菲瑞特說，對她產生了莫大興趣。

「我叫麗奈特·威澤斯本，是『永恆傳情』企業的負責人。我希望有榮幸爲您服務。」

「麗奈特，嗯，這名字還可以，妳就繼續用這個名字吧。對了，『永恆傳情』企業是做什麼的？」

「這是我自己創業的公司，專門爲尊貴客戶規劃、設計並籌辦各式各樣的活動。」

奈菲瑞特很欣賞她那種自信驕傲的語氣。「那妳打算爲我做什麼？」

「任何事。」麗奈特以堅定的口吻說，然後環視背後那群擠成一堆的人，接著，直率地迎視奈菲瑞特的目光，「我認爲，敬拜女神這麼重要的事，應該持續不斷地進行，而且進行過程必須流暢，展現出品味。如果您同意，我可以跟您保證，敬拜您這位女神的每場儀式，絕對會隆重盛大。」

「有意思……」奈菲瑞特若有所思地說：「麗奈特，妳可以讓我看一下妳的動機嗎？不會痛苦的。」儘管說得像問句，但根本她根本不等麗奈特回答，就逕自鑽入女人的心，只是這次動作比潛入南西的內心時溫柔多了。

結果，女神的發現讓女神笑了起來。「麗奈特，妳是投機份子喔。」

「對……我是。」她的聲音有點顫抖。這時，奈菲瑞特已經離開她的心了。

「而且，妳厭惡男人。」奈菲瑞特的微笑咧得更大。

「我不是神，所以只能用猜的，我猜，您明白那種厭惡。」麗奈特說。

「我喜歡妳，麗奈特，我願意讓妳負責籌畫我的敬拜活動。」

麗奈特再次屈膝，深蹲行禮。「感謝您，女神。」

「好，那妳的第一個工作指示是什麼？」奈菲瑞特實在好奇這個特別的人類在盤算些什麼。

「嗯，」麗奈特說，伸手拍拍她的髮髻，轉身打量背後那些靜靜站著，看起來很蠢的人。「所有的活動儀式都從兩件事開始，合宜的服裝和適當的布置。」

「我只有一個要求，就是要能讓我讚歎。」奈菲瑞特說。

「好的，女神。」麗奈特恭敬地說。

「你們，我的奴民們，」她看著像牛群般擠在一起的人，「照麗奈特的話去做。」奈菲瑞特往麗奈特瞥了一眼，補上一句：「只要她沒叫你們離開神殿。」

「女神，我絕對連想都不敢想。」麗奈特趕緊說。

「喔，親愛的，妳已經想過了，只不過妳剛剛發現，這種念頭非常不明智。」

麗奈特垂下頭，說：「您說的是，女神。」

「現在，我就把我的臣民留給妳了，我相信能幹的妳，一定會善用他們。我先回我的閣樓，去準備……」

奈菲瑞特被高個兒門房朱德森打斷。他站在那道已經上鎖而且掛上鐵鍊的大門前方，大聲喊道：「女神！警察來了！」

5 麗奈特

「救命啊！警察先生！她要把我們關在這裡！」麗奈特認出尖叫喊救命的女孩是昨晚那場豪華婚禮的伴娘。這女孩從一個被蛇東西占據的員工旁邊跑到大門，拚命拍打厚重的玻璃門。

「爲何啥事都得勞駕我來？除了朱德森，所有員工把住戶和房客帶到地下室！」奈菲瑞特惡狠狠地說，嚇得員工像被電擊般，隨後開始粗暴地將驚恐的人群趕向最近的緊急出口。吸血鬼女神飄下樓梯，飄過大廳，經過麗奈特身邊時，紫色長袍還掠過她的腳，把麗奈特嚇了一跳，趕緊往後退，試圖低調地讓自己融入陰暗處，避免被奈菲瑞特注意到。沒想到女神還是注意到她，厲聲說：「妳，跟我來，我不想讓妳錯過**我**即將展開的行動。」

「遵命，女神。」麗奈特挺直脊背，強忍恐懼，跟隨奈菲瑞特前去。不管怎樣，她應該不至於像那些可憐的傻員工，被噁心的蛇東西占據，嘴巴裡還冒出蛇頭來。而且，她也不會做蠢事，搞得自己人頭落地。當年還小時，她就有辦法捱過酗酒的母親，和白人廢物老爸的家暴，堅強地活下來，甚至建立起自己的企業王國，擁有財富和名聲，開賓士S-Class級的名車，在陶沙市中心最高級昂貴的地段擁有近一百七十坪的豪宅，搭頭等艙去法國度假，所以，她絕對能夠他媽的逃出那個自以為永生不滅、瘋狂嗜權的吸血鬼的掌心，而且想辦法從這個局勢中大賺一筆。

奈菲瑞特飄到了那個尖叫求救的女孩面前。「妳這個奴民真差勁！」接著，奈菲瑞特以不可思議的驚人力道，一把抓住女孩那頭過度梳整的金髮，狠狠地往後一拽，麗奈特相信，再大力一點，女孩的脖子絕對會應聲而斷。然後，奈菲瑞特指著女孩的嘴巴，對卷鬚下令：「占領她！」

麗奈特想撇頭不看，但迫於奈菲瑞特的淫威，她非看不可。黑蛇竄入女孩嘴裡，她的眼睛往上吊，開始翻白眼，身體整個癱軟，全靠奈菲瑞特抓著她的頭髮才能繼續站著。「我要把妳的名字改成梅貝兒，以後我一下令，妳必須心悅誠服地順從我。」奈菲瑞特怒聲說，抓著女孩頭髮的手用力一拽，讓女孩那張失去意識的臉仰起，離她自己的臉只有一根手指的距離。女孩迷茫空洞的眼睛眨呀眨，臉上的驚恐表情乍然消失——彷彿吸血鬼女神往電器的開關一關。那雙空洞的眼睛，只剩下木然但專心聆聽的表情。

「是的，女神。」她的語氣如機器人般，毫無情緒可言。

那些可怖的蛇完全掌控了他們所占領的人。麗奈特心想，**我不會這樣的**，她跟自己保證，**這種事情不會發生在我身上，我寧可死，也不願有這種下場**。

奈菲瑞特放開女孩。女孩踉蹌一下，好像失去平衡，但仍能保持站立。吸血鬼撫摸自己完美的長髮，拂掉肩膀上某個隱形汙漬，然後怒目看著麗奈特，說：「妳現在應該知道，如果不當個稱職的奴民，讓我失望，會有什麼下場。」

麗奈特直視著吸血鬼那雙翠綠眼眸，毫不閃躲，並再次屈膝深蹲，對吸血鬼做出她剛剛很滿意的行禮姿勢，然後對她說：「我不會讓您失望的，女神。」

她可以感覺到奈菲瑞特又開始鑽入她的內心，不由得一陣作嘔，但她還是努力專注於這個念頭——她絕不會做出任何讓吸血鬼對她不滿的事。

「麗奈特，妳很快就會相信我是女神，而且，妳註定要服事我。」麗奈特還來不及回應，奈菲瑞特就轉身背對她，對朱德森下令：「朱德森，解開大門的鐵鍊。麗奈特，妳跟我出去。孩子們，隱形起來，隨我來！」

馬佑大樓的古銅玻璃雙扇門，「嗖！」一聲開啟，那聲音，讓麗奈特想起富豪世家的奢華。奈菲瑞特大步邁出門外，麗奈特緊跟在後，和奈菲瑞特之間的距離，近到她能感覺到那些隱形的蛇東西所散發出來的可怖寒氣。

兩輛陶沙市警局的警車和一輛沒有任何標示的高級轎車，排成一圈，怠速停在飯店大門的正前方。四名穿著制服的基層員警正在跟一個穿著便衣的高個子男人說話。高個子男人顯然是長官，也就是某種警官之類的。他們一見到奈菲瑞特，注意力立刻轉向這位美麗的吸血鬼。刑警對其他人點點頭，他們全都往後退一步，然後，他一臉嚴肅地走向奈菲瑞特。

「別過來，待在你的車子旁。」奈菲瑞特說。她站在鑄鐵打造的雨棚底下，這正是馬佑大樓出入口處的標誌，緊挨在大門邊，說完這話後，她往旁挪一小步，一手搭著麗奈特的肩，然後推她一把。

麗奈特毋需心應能力，也知道這個吸血鬼要她做什麼，所以，她毫不猶豫往前一步，擋在奈菲瑞特和警方之間。奈菲瑞特的手仍搭在她的頸肩處，她可以感覺到這個吸血鬼堅硬銳利的指甲按住她的脖子，就在那條用力快速跳動的頸動脈上。

麗奈特一動都不敢動。

高個子男人只遲疑了幾秒鐘，但對麗奈特來說像一輩子那麼久，便和其他警察往後退幾步。

「瞧，這樣好多了吧。」麗奈特可以聽出奈菲瑞特聲音裡的笑意。「現在，大家可以較文明地聊一聊了。馬克思刑警，你人眞好，還特地來拜訪我。今天下午天氣很不錯，是吧？

昨天的狂風暴雨好像把城市徹底清洗了一番喔。」奈菲瑞特故作友好地說，一隻手仍放在麗奈特的肩膀。

「奈菲瑞特，我有幾個問題非得問妳不可。可以麻煩妳跟我們到警局一趟嗎？去那裡會比在這裡當場詢問妳來得好。」

奈菲瑞特發出一種誇張的失望嘆息。「唉，我們之間，連社交客套都免了嗎？」

「妳應該很清楚，妳和我曾和諧共處過，所以平常我絕對可以跟妳社交客套，不過，昨天陶沙市發生的事太可怕，太不尋常了，所以，我只能開門見山，沒時間說客套話。」說完後他停了一下，指著麗奈特，說：「這未免太諷刺了吧，妳嘴巴說要客套，卻挾持一個人質，要她擋在妳面前。」

奈菲瑞特壓住麗奈特脖子的力道登時鬆開，轉而把手移到麗奈特的臉頰，親暱地撫摸她。「刑警，你誤會了。麗奈特，妳是我的人質嗎？」

「不是，女神，」她回答，並搖搖頭，努力表現得很自在，彷彿被一個具心應能力的吸血鬼抓在面前當盾牌是家常便飯。「我是自願當您的奴民。」

「就說吧。沒事，沒事，麗奈特之所以在這裡，只是因爲她很崇拜我。不過，你怎麼會來這裡呢，警官？是不是伍得沃德公園和波士頓大道教會發生的事，讓你想問我一些問題？」

麗奈特看見刑警瞇起眼，問奈菲瑞特：「妳怎麼知道波士頓大道教會發生事情？」

奈菲瑞特放聲大笑。「我什麼都知道啊！你隨便、儘管問。對了，你想不想知道，我殺了那個牧師之前，他哀號求饒多久？或者，當你們在那個所謂的聖殿外，發現某議員老婆全身失血，氣盡命絕時，爲什麼她身上那套很好看的白色亞曼尼套裝會消失？眞是巧，那件衣服正好是我的尺寸。你知道嗎？好的布料沾到血，眞是難清理啊。」

奈菲瑞特說話時，麗奈特看著那些警察臉上的變化，先是震驚，接著，就在他們舉起槍時，臉上寫著嫌惡和憤怒。

刑警的槍瞄準麗奈特的右肩。「麗奈特，」他對她說：「妳直直走到我們這裡來，雙手露出來，放在我們看得見的地方。」

麗奈特知道就算奈菲瑞特沒碰到她，也能取她的命，所以，她根本毫無選擇。「不需要，謝謝。」她說，還成功地讓聲音不顫抖。「我很開心能和女神待在這裡。」

「妳在說什麼？」警員之一衝口而出：「教堂那些無辜的人，就是這個他媽的吸血鬼殺害的！她不是女神。」

「麗奈特，我很不喜歡髒話，妳呢？」奈菲瑞特問。

麗奈特屏息，搖搖頭，非得這麼回答不可：「我也不喜歡。」

奈菲瑞特側著頭，打量那個警察。麗奈特看見他的身體抽搐了一下。「賈米森長官，當你的性幻想對象是你那十歲的繼女時，你是不是一邊意淫她，一邊滿嘴髒話啊？還有，當你看著她睡覺，以及承認幾天前你把對她的慾望從幻想變爲眞實時，是不是也在內心飆髒話？」

員警的臉頓時毫無血色。「他媽的，妳在胡說八道些什麼！」他咆哮。

「又說髒話。『我認爲那男人申辯過度了。』」奈菲瑞特對麗奈特說，一副等著他中計的表情。「《哈姆雷特》裡的句子原本是『我認爲那女人申辯過度』，我把它改成男人，雖然引用不盡正確，不過，這樣比較符合當下情境，妳說，是不是啊？」

「是的。」麗奈特說，仔細打量該名員警。他滿臉通紅，彷彿隨時就會爆炸，這時，麗奈特才明白，原來奈菲瑞特不是在胡說八道，也不是故意挑釁他。她潛入了他的內心，揭發他齷齪的祕密。

「妳這個可惡的臭婊子！」警員賈米森咆哮。

「夠了！」刑警馬克思對這名基層警員下令，然後重新把注意力放在麗奈特和奈菲瑞特身上，以清晰穩重的口吻說話。那種聲音，讓麗奈特好想逃離吸血鬼的瘋狂掌控，直直奔向他的保護。「麗奈特，如果妳選擇和奈菲瑞特在一起，那妳將來很可能也會入獄。奈菲瑞特，我要以涉嫌謀殺波士頓大道教會全體教友的名義逮捕妳。」

奈菲瑞特放聲大笑，那笑聲冰冷殘酷，毫無幽默感。「你連個罪名都說錯，刑警。」

「妳剛剛承認妳殺了他們！」馬克思說。麗奈特聽得出來，他原本始終保持的專業客觀口吻，已經不見了。她的胃揪得好緊，因爲她發現，奈菲瑞特眞的做出屠殺教會裡所有無辜的教友，這麼可怕，讓人難以置信的事。

她那雙擱在身體前方的手緊緊交握，免得顫抖。

「馬克思刑警，你的目光怎麼這麼短淺呢，眞令人失望。我在教堂做的，不是屠殺，是獻祭，而且，是一場光榮的獻祭。眞希望當時你也**在場**，不過，話說回來，如果你在場，現在你就不會站在**這裡**看著我統治我的帝國。唉呀，我離題了。我剛剛說你對我的指控錯誤，是因爲你沒完整說出我做過的事。你忘了啊，幾天前我把你們那個市長當點心吃了欸。」

刑警馬克思一臉嫌惡。「之前夜之屋的吸血鬼說，市長是妳殺的，當時我的直覺就告訴我他們說的正確。」

「喔，他們難得正確。不過，我還有另一件事要**招供**呢。眞可惜，昨天在伍得沃德公園，沒人親眼見到我走出我那個庇護獸穴時的光榮姿態。當時那兩個男人見到我後不僅目瞪口呆，還央求我吸光他們的血呢。」刑警驚愕地睜大了眼。奈菲瑞特冷笑道：「眞不曉得哪個比較讓我難以置信，是那個頭腦簡單的柔依．紅鳥自以爲她有本事殺掉兩個男人，還可憐兮兮地主動認罪？或者，你們竟然相信那個傻妞有能耐殺人？反正，無論如何，從這情況來看，你的辦案能力恐怕不太好。」

麗奈特看見那兩個基層警員聽到奈菲瑞特這番大剌剌的招供後，震驚得臉色發白，就連賈米森也是，不過，刑警馬克思卻一臉剛毅，以冷靜的權威口吻說：「奈菲瑞特，我准許妳打一通電話到最高委員會，然後，妳必須投案，和我回警局，準備爲妳的暴行付出代價。」

「最高委員會比你還奈何不了我，他們對我根本沒約束力。」奈菲瑞特說：「因爲，我不是吸血鬼，我是黑暗女神，特西思基利之后。我**再也不會**稱臣於任何威權。很快的，你們所有人、陶沙市，甚至包括全世界，都得膜拜我，這是我的神授君權。等著看吧。梅貝兒，過來！」

女孩立刻遵命，穿越朱德森已爲她開啓的大門，走到奈菲瑞特身邊。

「挾持更多人質也沒用，奈菲瑞特！」刑警馬克思說。

「我說了，你們這些人類等著學會教訓吧。我沒人質，只有心甘情願臣服於我的奴民。現在，好好看看你們未來的下場！」奈菲瑞特對著那個被她喚爲梅貝兒的女孩張開雙臂。麗奈特趕緊往旁挪一步，因爲那個女孩正主動奔入奈菲瑞特的懷抱。「我是妳的女神，把妳自己獻上吧。」

出於一種病態的好奇心，麗奈特張大眼等著，想知道那個女孩會被迫做出什麼事。結果，不到幾秒鐘，答案就揭曉了。

「妳是我的女神，」女孩說，聲音像機器人，接著，往自己的脖子用力抓下去，皮開肉綻，鮮血瞬間滲出。

「稱職的奴民，就是該**這麼**做呀。」奈菲瑞特俯身，準備吸吮梅貝兒獻上的祭品。女孩倒抽一口氣，全身顫抖，但沒閃躲，反而喊道：「感謝您，女神！」聲音充滿狂喜。

「很好。」奈菲瑞特說，嘴唇離梅貝兒血淋淋的頸項只有幾吋。在她開始吸吮之前，先對她的孩子下令：「防護我們！」

不到一秒，槍擊聲震耳欲聾。麗奈特趴在人行道上，身體縮成一團。雖然知道沒用，但還是舉起雙手投降，試圖保護自己。

一陣痛苦的哀號傳來後，警員開始咆哮。麗奈特全身劇烈發抖，從雙手之間往外覷。奈菲瑞特正專心地吸吮女孩的血，不理會眼前的槍林彈雨。

原本往奈菲瑞特發射的子彈——或許麗奈特也是目標——看來擊中了奈菲瑞特召喚來防

護她的什麼東西，反彈回去，打中了那個滿嘴髒話的戀童癖員警。

「喔，天哪。」麗奈特低聲驚呼。

「妳的意思應該是，『喔，女神』吧？」吸了血的奈菲瑞特，滿嘴血紅地低下頭，笑著對麗奈特說。

「對……對，我就是這個意思。」麗奈特說，一陣頭暈目眩。

奈菲瑞特放開梅貝兒，女孩立刻重癱在水泥地面上。接著，吸血鬼對麗奈特伸出手，麗奈特伸手抓住，起身時全身顫抖，奈菲瑞特對她說：「別怕，我不會讓他們傷害妳，我不會讓他們傷害所有忠心於我的奴民。」然後，她的注意力重新回到警方。他們將彈痕累累的賈米森拖到警車後方，也就是其他警員蹲躲之處。麗奈特聽見他們呼叫救護車和警力支援，無線電劈啪作響。

「刑警馬克思，現在你明白了吧？有沒有學到教訓？」

「我們學到的是，妳果然是殺人魔！」他咆哮：「我們不會善罷甘休的，事情還沒結束！」

「難得你會說對。我是不會善罷甘休的，所以還沒結束。我才剛要開始呢，你們就等著學教訓吧。」奈菲瑞特重複這句。「起來了，孩子，隨我來！」她對卷鬚下令，然後挽著麗奈特的手，轉身背對警察，逕自回馬佑大樓。

「朱德森，把門鍊起來。」

「遵命，女神。不過，光是鐵鍊可能也擋不了太久。」

「我知道！反正就照我的話做，剩下的，依照慣例，我會自己處理。」

「是的，女神。」

「麗奈特，我要妳和我一起到我的閣樓露臺，那裡即將發生一件大事。」

「是的，女神。」麗奈特說，隨著奈菲瑞特進入電梯。

奈菲瑞特微笑，那笑容帶有心知肚明的味道。「妳幾乎要相信我是神了，但仍有一絲絲懷疑。」

麗奈特沒回應。她能說什麼呢？不管說什麼，奈菲瑞特都有辦法探入她的內心去挖掘眞相。所以，再一次，她只能這麼說：「奈菲瑞特，我在這裡就是爲了服事妳。」

「好，那妳就好好地服事我。」

通往閣樓的門開啓。「凱莉，」麗奈特臉色很蒼白，去倒一杯我最好的紅酒，端來露臺給她。」奈菲瑞特從凱莉身邊走過去，麗奈特緊跟在後。她打開屋內和露臺之間的玻璃門。寬敞的露臺上站了六十個驚恐的人，其中有不少人站在石欄邊，從他們臉上的表情看來，他們顯然聽見大樓底下的槍聲，而且目睹了剛才發生的駭人場面。

「麗奈特，妳在這裡等著，先喝酒，讓酒精把妳的酡顏喚回來。我可不想見到我最愛的奴民病懨懨的。」奈菲瑞特說，然後逕自走向石牆。最靠近她的那群人，嚇得往兩旁散開。「現在的教育太失敗了，身為你們的女神，我有責任讓你們知道……」說到這裡，她打住，指著雕刻石欄，然後才繼續說：「那種牆，叫做護欄。至於這裡，這裡，還有這裡，那些等距隔開，一根根粗厚的小柱子，叫做欄杆。真巧，我這座神殿的露臺欄杆剛好是六十根。你們每個人選一根，站到那一根的前面。」

「妳……妳該不會叫我們往下跳吧？」一名嚇壞的老婦問道。

「不會的，老奶奶，」奈菲瑞特親切地說：「我沒有理由這樣做啊。你們剛剛不是親眼見到了嗎？我保護麗奈特，不讓警方那些瞄準她的致命子彈擊中她。」

一陣長長的靜默後，終於有人開口。「對，可是，我們也見到妳吸了那個女孩的血。」

「那是因為梅貝兒不聽話。難道你們想跟她一樣的下場？」

她這句話一出，人群彷彿被踢馬用的靴刺戳到般，嚇得立刻散開，各自站在一根欄杆前。

「很好！凱莉，再幫我的奴民們斟上香檳。我要先跟我的黑暗孩子私下說點話。」

麗奈特喜歡名貴紅酒，這樣的好酒，通常她會細嘗慢酌，但這會兒可不然，而是咕嚕咕嚕大口灌下。那個如機器人般的凱莉經過她身邊，準備返回屋內拿更多香檳時，她還一把抓走女孩手上的酒瓶。麗奈特很高興在她看著吸血鬼的同時，酒精能帶給她一種跳脫現實的超然感覺。奈菲瑞特移動到遠離石欄的陰暗角落，彎下腰，對著空氣講話。

見識過剛剛那些場面，麗奈特已經知道，再過一、兩秒，吸血鬼腳邊的空氣就會出現波動，如夏天柏油路面的熱氣冉冉蒸騰，然後，她的那些蛇東西就會現身。見到吸血鬼這會兒正專注在她那群「孩子」上，麗奈特不由得鬆了一大口氣，因爲，她已經嫌惡到忍不住簌簌顫抖。她想起小時候觀賞過的一部老西部片，電影裡，一群驅趕牛隻移動的牛仔在渡河，其中一個小伙子摔下馬背，掉入一大群正在交配的水蛇當中，慢慢被牠們殺死。現在看來，奈菲瑞特似乎就站在類似的蛇中間，只不過她的蛇更大隻、更黑，而且比電影裡的西部毒蛇更具致命的危險性。

它們到底是什麼鬼東西？麗奈特的確跟吸血鬼不熟，雖然她很希望跟他們做生意，畢竟吸血鬼這個族群可說富可敵國，但從沒吸血鬼雇用過她。她沒接觸過吸血鬼的高層人士，但她很確定，如果他們有這種致命的蛇東西，她應該聽過才是。就她所知，跟吸血鬼友好的動物應該是貓咪，不是天殺的蛇才對！

麗奈特將酒瓶裡剩下的香檳倒入自己的酒杯，又灌下長長一口，臉頰開始紅熱時，整個人也輕鬆起來。很好，現在，奈菲瑞特所說的「酡顏」回來了。麗奈特很確定，這個吸血鬼不高興的話，可以在彈指之間要了她的命，所以，她偷偷地擰擰自己臉頰，確保整張臉是奈菲瑞特說的「酡顏」狀態。

到底要怎麼逃出虎口？現在，她已經不在乎能不能從這個情勢中獲利，她只想平安逃出去，沒有吸血鬼那些變態的孩子在後追捕。

「太好了！」奈菲瑞特挺直身子，重新把注意力放回那六十個站在欄柱的人。「現在，我的孩子清楚我的要求了，我準備跟你們這些忠誠的奴民分享它們。」她站在露臺正中央，以便所有人都能看見她。「凱莉，大家的香檳喝夠了，現在，你站到麗奈特旁邊。」想當然耳，凱莉乖乖照做。

麗奈特偷偷斜瞟女孩一眼，看不出女孩有被蛇東西占據的跡象，不過她的嘴巴緊閉，顯然處於無意識行動的狀態，而那雙眼睛雖是睜著，但眼神空洞，臉上毫無表情。這次，麗奈特壓抑嫌惡的冷顫。誰知道吸血鬼旁邊的那個東西會跟她打什麼小報告？

「我有問題問大家，任何人都可以回答。現在，你們最關切的是什麼？」奈菲瑞特問。

麗奈特心想，她的語氣竟能聽起來這麼正常，甚至可說和善，但這些全是裝出來的，只是裝得非常好。

沒人回答奈菲瑞特的問題。她露出溫暖的微笑，以鼓勵的口吻說：「大家說說看啊！我是你們的女神，我有責任，也很樂意傾聽你們所關切的事情。而你們身爲我的奴民，有責任讓我知道你們在意的事。拜託，別逼我強迫你們盡到自己的責任喔。」

終於，有個男的開口。「我最關心的，是自己會不會被殺掉，或者，比死掉更淒慘的遭遇。」他說，緊張地朝吸血鬼身邊那一窩蠕動的黑暗東西瞥一眼。

「很好！說得很棒。其他人也有同樣的擔心嗎？」

奈菲瑞特的口氣好誠懇，彷彿眞的很關心大家，就連麗奈特都發現自己跟著大家點點頭。

「太好了！」奈菲瑞特說：「我就知道，你們最關心的是自己的命能不能保住。現在，我不是要責備你們，也沒對你們生氣，我只是想提醒你們，你們眞正該關心的，是我，以及自己有沒有好好敬拜我。」好幾個人準備出聲抗議，顯然很怕吸血鬼接下來可能會做出什麼事，不過，奈菲瑞特舉起手，以女王的威嚴姿態，阻止他們。「不用說，不用說，我明白，我眞的明白，所以，我絕不會讓任何人傷害我的奴民。這樣，你們才能好好地虔誠膜拜我，是不是？」

麗奈特心想，這種話從奈菲瑞特口中說出來，眞是天大的諷刺。就在這時，幾輛警車的嗚笛聲從下方傳來，逐漸逼近。

「爲了保護我所有的奴民，我需要各位的協助。你們只要照我說的去做，我保證我的神殿會固若金湯。」

麗奈特輕輕嘆了口氣。眞是的，怎麼沒人說出大家心中所想的呢：**我們擔憂的，不是外面的人啊，而是妳啊**！不過，沒人說出來也是意料中的事，畢竟把大家嚇得呆楞的人就是奈菲瑞特。

「你們必須做的事情很簡單，首先，轉身面向外面。」這六十人勉爲其難地緩緩轉身，直到面朝外。「現在，舉起雙手，閉上眼睛，跟著我一起深呼吸三次，讓心智清明。來，吸、吐……吸、吐……吸、吐。」麗奈特聽見大家跟著奈菲瑞特一起呼吸。「我要你們把注意力放在我的聲音上，其他的都別想。」說到這裡，奈菲瑞特打住，環視露臺一圈，彷彿要確定所有人都確實照做。當她看見麗奈特，那雙豐唇一咧，露出奸笑。

一種不祥預感讓麗奈特的胃揪緊，她眞怕剛剛灌下的紅酒會吐出來。

奈菲瑞特的目光離開她，移到她腳邊那些蠕動的蛇東西上。「孩子，時候到了！」接下來，她以唱歌的口吻說話，聲音出奇地撫慰人心，幾乎要讓人進入催眠狀態中。

迅雷速度，必殺無誤
下方觀者，才知我怒
滿足權力，暢吮無阻
為我打造，完美囚奴

麗奈特可以感覺到，這位吸血鬼的法力，隨著每字每句，益發增強、壯大，但麗奈特無能為力，只能和其他六十個舉起手的怔忡人類，眼睜睜看著即將發生的事。

要創造嶄新世界
神殿必須神聖不摧！
在我眼裡，你們永須真實不偽
給陶沙看看正義的女神歌訣！

麗奈特一輩子都不可能忘記接下來的景象。就在奈菲瑞特舉起手，說出「女神歌訣」

時，六十條彷彿等待就緒的蛇東西，如同接收到訊號般，立刻衝出去，奔向那些背對它們，仍在狀況外的人。麗奈特屏氣斂息，等著那些蛇東西溜上他們的腿，占領他們。然而，她猜錯了。蛇東西沒占據那些人，而是整齊劃一地對著他們的背部中央撞上去，穿透他們時，力道之猛烈，使得模糊血肉如紅雨，隨著蛇東西噴向石欄。驚愕不已的麗奈特看著那些生物滑下馬佑大樓的牆面，出現一片闇黑血簾，緩緩下垂。

這時，一種怪聲讓麗奈特再度將注意力放回奈菲瑞特身上。仍驚楞的她看見吸血鬼繼續舉著雙手，頭無力似地往後垂，身體陣陣痙攣，發出愉悅的呻吟。麗奈特很確定自己見到吸血鬼的四周出現閃爍黑光，而且那光芒不斷擴散。忽然，她明白了。**那些人快死了，她正在攝取他們的靈魂，來滋養茁壯自己，而她的生物，則是攝取他們的肉體**。

仍在屋頂上的所有蛇東西，正在攝取那些剛死去的人。麗奈特感覺自己的頭不停搖晃，不敢置信。好多蛇東西，多到難以估計。

麗奈特一邊搖頭，一邊看著那些生物在死人的身上和周圍攀爬遊走，如巨大血蛭，吸吮他們癱軟軀殼上剩存的精氣血。奈菲瑞特放下手，拉拉袍子，整理儀容，連瞥都沒瞥那六十人一眼，直接轉身，笑著走向麗奈特。

「凱莉！在我的孩子吃飽後，把屍體從欄杆丟下去。對了，記得叫朱德森和其他員工撤守，不需要再守大門。大家都安全了。任何東西都不可能穿透我的黑暗屏障，從現在起，沒有我的准許，任何人都無法離開或進入我的神殿，所以，叫員工去告訴剩下的奴民，不需要待在那沉悶的地下室，大家可以回房間，不用害怕，我會保護大家，只要你們繼續膜拜我。現在，所有人該敬拜我了。」

「是的，女神。」凱莉說，消失在閣樓門的另一邊。

奈菲瑞特那雙綠眸凝視著麗奈特。「妳對剛剛那一幕，有何看法？」

麗奈特將喉頭裡那股讓她幾乎窒息的噁心感嚥下去，據實回答。「我從沒見過這樣的事。」

「從沒見過這樣的事，然後呢？」奈菲瑞特等著她回答。

「我從沒見過這樣的事，**女神**。」麗奈特說，彎曲顫抖的膝蓋，深蹲行禮。

「妳回答得很有誠意，很好，我很滿意。起身，麗奈特，我的好奴民，給咱倆倒杯酒吧，我們邊喝邊討論妳即將爲我籌辦的敬拜儀式。」

麗奈特起身，遵照女神的吩咐。

6 刑警馬克思

打從那個下雪的漆黑夜晚，柔依．紅鳥要他去舊火車站之後——她和那個少年差點喪命該處，刑警馬克思就對當時陶沙市夜之屋的女祭司長奈菲瑞特多所懷疑。總之，他就是覺得她**不對勁**。他送雛鬼柔依回夜之屋時，奈菲瑞特一副眞誠歡迎的模樣，然而，雛鬼明顯對她有戒心，始終提防著她。柔依甚至露出女神當晚賜給她的新刺青，刑警那雙訓練有素的眼隨便一瞄，就知道雛鬼藉由刺青，成功地讓這個位高權重的吸血鬼知道，最好別去煩她。

馬克思知道，他應該站在成鬼那一邊，質疑雛鬼的態度，可是，每次在奈菲瑞特旁邊，他的肌膚底下就會刺刺癢癢的。那種刺癢感，成功地幫他躲掉街上的無數次危險。而柔依，他就是喜歡這女孩，在她旁邊時，他的肌膚不會有刺癢感。至於，奈菲瑞特，他**打從心底**不喜歡她。

他曾問過他那二十年前被標記的妹妹關於奈菲瑞特的事。當時安妮罕見地以一句話打發他：**奈菲瑞特是個很厲害的女祭司長，離她遠一點**。當他繼續追問細節，安妮就閉口不談，之後一整個禮拜，甚至避接他的電話。她這種反應，實在反常，因爲他和安妮是雙胞胎，兩人感情好得不得了，即使她被標記，之後蛻變爲成鬼，也無損於兄妹感情。現在，她在舊金山的夜之屋教「咒語與儀式」課程，馬克思每年休假時起碼會去那裡找她一次，甚至多次以她訪客的身分住在校園裡。安妮通常很坦然地讓他了解她所屬的吸血鬼世界，因爲她知道這個哥哥可以信任，然而，一提起奈菲瑞特，安妮就會築起一道高牆，擋在她和哥哥之間。

馬克思實在痛恨這種不被妹妹信任的感覺，所以後來他乾脆不再問她奈菲瑞特的事。

就連這位女祭司長離開陶沙市夜之屋，召開記者會譴責主流的吸血鬼社會——尤其是她原本所屬的夜之屋，馬克思也不曾就這事跟妹妹聊過。

就連奈菲瑞特的閣樓寓所被大肆破壞後，她忽然消失得無影無蹤，他也沒問過安妮。還有淘沙市夜之屋的新女祭司長桑納托絲，出面控訴奈菲瑞特殺死市長拉芳特，以及有人匿名打電話到警局專線，說親眼看見有個符合奈菲瑞特外貌特徵的全裸吸血鬼進入波士頓大道教會……就連發生這些事，他都不曾問過妹妹。

然而，就在二十多分鐘前，他改變心意。

「這裡！來這裡！」馬克思對著一路鳴笛而來的救護車揮手。他和其他警員躲在湊合著當屛障的警車後面，旁邊的賈米森看起來快不行了。奈菲瑞特的隱形盾牌將六顆子彈反彈出去，好死不死全擊中賈米森，而且，他全身上下傷痕累累，但防彈背心保護的部位連個彈痕都沒有。**她到底是怎麼辦到的**？馬克思絕對會去問妹妹的問題當中，又多了這一道。

更多警車疾駛而來，緊急剎車後滑行，停在馬佑大樓四周的街道中央，數量多到馬克思一時無法數算。有些員警奔向馬克思所在之處，提供支援，其他的則趕忙去疏散附近建築物內的人。馬克思已經透過無線電請求支援，並且通報了挾持事件的重大進展。

霹靂小組的隊長康諾一出現，馬克思立刻鬆了一口氣，但也開始懊惱。康諾隊長不是一個能圓融處理事情的人。

「警官，最新狀況如何？」隊長說。

「奈菲瑞特承認波士頓大道教會的屠殺是她幹的。現在，她挾持了人質，就在大樓裡。我無法判斷她是否使用魔法，或者，他們已經被她嚇到願意為她做任何事。總之，你一定不敢相信她要那些人做出什麼可怕的事。」

「目睹過她在波士頓大道教會的屠殺現場，現在她做的任何事都嚇不了我的。」隊長冷冷地說。

「看看那具屍體。那個女孩自己撕裂喉嚨，讓奈菲瑞特吸她的血，她一邊撕還一邊說：『女神，感謝您。』」馬克思轉頭看著那具原本是年輕女性的血淋淋軀體。

「大樓裡有多少人被她挾持？」

馬克思搖搖頭。「應該有上百個，但這也只是我們的猜測。她關閉餐廳，鎖上整棟大樓，照這情勢看來，她不打算放任何人出來。」

「嗯，她非得讓我們進去不可。」

「隊長，我認爲我們最好先掌握人質的狀況。大家都不希望再發生教堂那種憾事。她殺了那些教徒，可是我從沒見過哪個吸血鬼會把屍體蹂躪成那樣。他們面目全非，被啃得亂七八糟，全身的血還被吸光，奈菲瑞特的可怕程度絕不是我們所能應付。」

「對，我見到那些屍體了。」隊長搖搖頭，說：「一個吸血鬼怎麼有辦法做出這樣的事？我聽說過，女祭司長可以擾亂人的心智，控制，甚至抹除人類的記憶。我也知道她們武功高強，雖然在這點上比不上吸血鬼戰士。可是，教堂那樣的屠殺……」他搖搖頭。「我壓根沒聽過這樣的事，你呢？你妹不就是吸血鬼嗎？」

「沒錯，她是吸血鬼，我會打個電話給她，不過，有件事我得讓你知道。奈菲瑞特說她不是吸血鬼，她自稱爲女神，還具體地說出黑暗女神和特西思基利之后什麼的。她說，她已經把馬佑大樓當成她的神殿，她要整個陶沙市膜拜她。」

隊長發出譏笑的哼聲。「我聽她放屁。等我們搞清楚人質的狀況，我們就攻進去，到時她就等著看狙擊兵的點五口徑狙擊槍會怎麼對待她幻想中的神殿國度。」

馬克思點頭附和，可是肌膚底下又出現熟悉的刺癢感。這樣的警告讓他對即將發生的事有不祥預感。

「那些天殺的吸血鬼最近瘋了，先是殺了市長，然後是公園裡那兩個人，接著是教堂大屠殺，現在又挾持人質。我看，我們不只要封鎖夜之屋，還要圍剿他們，把他們徹底趕出陶沙市！」

「隊長，關於公園裡那兩個人，」馬克思皺起眉頭，準備解釋。他知道，目前社會大眾反吸血鬼的情緒達到最高點，但他真的不願意從警政主管的口中聽到這種充滿種族歧視的話語。

「嗯，那兩個人怎樣？不是有個女雛鬼承認殺了他們？而且你還把她逮捕了？要命，拉芳特市長該不會也是她殺的吧！」

「長官，其實，奈菲瑞特剛剛承認，市長和公園那兩個人，都是她殺的。她對這兩起犯罪，還沾沾自喜，跟談到教堂屠殺案時一樣。」

隊長驚愕地眨眨眼。「那，那個雛鬼幹麼說自己是殺人犯啊？難道她跟奈菲瑞特是一夥的？」

「這點我強烈懷疑。柔依・紅鳥和奈菲瑞特老早就不合。我認爲情況很可能是柔依跟這兩人發生衝突，她做出自衛的舉動，後來聽說他們死了，她便認爲是她無意間殺死他們。隊長，她是個好孩子，我認爲她會投案，是因爲她懊悔自責。她甚至不要任何成鬼出現在她身邊。」

隊長一臉茫然，馬克思壓抑住嘆氣的衝動，開始跟隊長解釋。「如果雛鬼身邊沒有成鬼，她的身體會百分之百拒絕蛻變，然後死亡。柔依已經自我審判了，她判定自己就是該死。」

「我都忘了你對吸血鬼很了解。」隊長搖搖頭，一副厭惡的表情。「看來不管是人類或雛鬼，青少年就是搞不清楚狀況。」

馬克思張嘴想出聲抗議。嚴格來說，其實他知道有些青少年的頭腦是很清楚的，柔依・紅鳥就是其中一個，但這時基層警員之一大叫一聲，打斷了他。

「天哪！看看上面！」

馬克思的頭猛一抬，視線朝天空一望，恰好見到某種類似蛇的可怖黑色生物——但它們沒有眼睛，張著濕漉漉的血紅大嘴，裸咧著牙，被某種隱形力量丟過閣樓的石欄杆。那些生物往下墜時，還夾帶著殘肢斷軀及模糊的血肉、內臟。就在往下墜時，它們擴散開來，從無眼睛的蛇狀生物，變成一道被腥血玷汙，還會砰砰顫動的黑色簾幕，緊貼著馬佑大樓的石砌牆面，緩緩往下展開，用闇黑和鮮血包覆整棟大樓。

「射擊！斃掉它們！」隊長吼道。

馬克思想阻止他，想提醒他，裡面的無辜百姓會受到傷害，甚至被誤殺。他想告訴隊長，發動攻擊只會激怒那個挾持人質，而且已經瘋狂到自以爲是不死生物的吸血鬼。然而，四周爆出的激烈槍聲完全淹沒他的話語。

一開始，馬克思不想抬頭看，不想見到彈痕累累的馬佑大樓，不想去收拾隊長草率下令後所留下的爛攤子。然而，他偏偏不是那種會逃避難題的人，他所選擇的事業，就是在處理難題。於是，他毅然地抬起頭。

由蛇東西構成的血簾已經擴散到整棟大樓，宛如長出一層又紅又黑的皮，這層皮之堅固，就連警員手上的格洛克手槍也無法穿透。

大家看著那片紅黑血簾往下擴散，直抵地面，最後匯聚在馬路上，窸窣竄動的聲音讓馬克思想起那次他去紐約，住在廣場飯店時犯下的錯誤——半夜三點到外頭抽菸。老鼠。廣場飯店大門前是一片寬闊空地，他走向空地邊緣那一排修剪整齊的樹籬，這時聽見窸窸窣窣的聲音。低頭一看，幾十隻在樹叢間奔竄的肥老鼠把他嚇得差點魂飛魄散。這會兒，奈菲瑞特製造出來的黑暗血簾蔓延到地面，拂過二〇年代石牆所發出的聲音，就像那些肥老鼠。

「對著大門開槍。擊破那鬼東西，準備衝進去！」隊長吼道。

「不要！」馬克思大喊，但四周的基層警員已經跳起來，準備執行隊長的命令。

馬克思決定要讓自己活著，以便改天再戰，所以趕緊蹲到警車後方。

攻擊行動短短幾秒就結束。警員奔向雙扇門，對著覆滿黏滑模糊血肉的玻璃開槍。一聽到哀號聲，馬克思就知道完蛋了，立刻透過無線電呼叫，「又有警員倒了！馬佑大樓需要更多救護車！還有警力！更多警力！陶沙市所有的警力全都派來！」

隊長踉蹌往後退，重重倒在人行道上。他的額頭正中央被警方自己的子彈貫穿，血紅一片，眼睛往上吊，顯然已經死亡。馬克思別無選擇，只能扛起指揮重責。

「停火，撤退！撤退！」他喊道，警員們露出鬆了一口氣的表情。

一個年輕警員蹲在他旁邊，不停喘氣，雙手顫抖。馬克思心想，這孩子頂多二十一歲吧。

「天哪，那片黑色鬼玻璃連個裂痕都沒有！還把子彈反彈回來，瞄準我們。那到底是什麼東西？」他說，聲音跟雙手一樣抖個不停。

「魔法。」馬克思說：「黑色、邪惡的魔法。」

「那我們怎麼可能對抗它？」

馬克思直視小警員的雙眼，說：「**我們**無法對抗它，我們需要幫忙。幸好，我知道可以向誰求助。」

柔依

「好想知道到底發生什麼事！」史塔克在拘留室外的走廊踱過來踱過去。

「去看看阿嬤是不是還在等候室。她有辦法知道到底發生什麼事。沒人抗拒得了她做的餅乾。」我說。

「好主意，我去去就回來。」

史塔克奔向走廊另一頭，換我替他踱過來踱過去。

奈菲瑞特。如果馬佑大樓發生事情，奈菲瑞特一定脫離不了干係。我好想抓住牢房的鐵欄，發瘋似地搖動它們，放聲吶喊，**放我出去**，**放我出去**！如果奈菲瑞特正在外頭興風作浪，搞些女神才知道的鬼名堂，那我也應該在外面，想辦法阻止她才是。

如果，我沒失心瘋，沒殺了那兩個人，現在我就在外面想辦法阻止奈菲瑞特了。

史塔克小跑步回來，將手放在我那雙握住鐵欄的手上。我抓住鐵欄，彷彿眞以爲自己可以它們扳開。

「他們要桑納托絲和其他人離開時，一定也把阿嬤打發走了，現在，外頭除了服務臺，沒有半個人在。這裡空得跟鬼城似的！如果我有鑰匙，就可以不費吹灰之力讓妳離開這裡。」他揚起眉，手繼續貼著我的手，輕輕搖晃鐵欄（它當然文風不動），然後對我露出他可愛的冷傲笑容。「可惜我沒鑰匙。不過，妳會不會剛好知道有誰可以，嗯，召喚元素之類的，然後，我不知道啦，比方說，把這扇鐵門給吹倒？」

「史塔克，我被關在這裡，是有原因的。我做的那件事，眞的，眞的非常糟糕。所以，越獄對事情並**沒有**任何幫助。」

「如果奈菲瑞特在外頭作亂，吃掉無辜的陶沙市民，那就有幫助。說不定，大家還會忘了公園那件事，感激妳解決掉那個邪惡瘋婆子呢。」

我苦笑了一下。「或許大家會忘記，但我自己不可能忘得掉。況且，史塔克，我阻止不了奈菲瑞特啊。」

「妳以前阻止過她。」

「那也只是暫時的，而且，若沒人幫忙，我也辦不到。」

「呃……」他敞開雙臂，說：「有人可以幫忙啊！」

我哼了一聲，「光靠你我是不夠的。如果光靠我們就夠，那上次將奈菲瑞特轟出去後，她應該沒辦法再回來作亂才對。」說完後，我忍不住垮下肩膀，但隨即聳聳肩，說：「說不定，根本不是她，是有人搶銀行。」

「在馬佑大樓？喂，柔依，那裡只有飯店，沒有銀行。」

「呃，那有可能是……」

走廊一頭的門猛然開啓，用力撞上牆面，發出金屬的撞擊聲音。刑警馬克思疾步走向我們，一臉狼狽，是眞的很狼狽：衣服沾了泥土，一隻褲管的膝蓋處還磨破。我聞到血的氣味，但裝作沒聞到。這次，我輕而易舉就能忽視血味，因爲他臉上的表情，成功地轉移了我的注意力。

他，一臉驚恐。

「伍得沃德公園發生了什麼事？」他一走到史塔克身邊，劈頭問我。

「我全都告訴過你了。」

「再告訴他一次。」史塔克說。

「爲什麼？怎麼了嗎？」

「反正妳先回答我的問題。」

「喔，就像我之前說的，那兩個人惹毛了我，我就對他們發飆。」

「他們做了什麼，讓妳那麼生氣？」他問。

「反正他們做的事，不至於讓我有理由殺掉他們。」我說。

「直接回答我的問題！」馬克思厲聲說。

我被他的口氣嚇到，接著聽到自己這麼說：「他們在公園遊蕩，恐嚇女生，要她們給錢。他們一開始沒看見我的刺青，所以過來騷擾我，但看見我的刺青後，他們知道我不是那種柔弱的小女生，就改變心意，沒再嚇唬我，然後說，他們要去找其他小女生。我聽了之後，非常非常生氣。」說到這裡，我停頓一下，然後繼續說：「可是，情況沒那麼簡單。其實，我到公園時，整個人已經非常憤怒，所以我才去那裡，想要冷靜一下——當時，我根本控制不了我的脾氣。」

「把所有細節告訴他，包括妳對他認罪時，為什麼要把占卜石交給愛芙羅黛蒂。」史塔克堅持要我說。

「當時我不明白，但現在我知道，那塊占卜石——我在斯凱島時有人送我這個當護身符——對我的情緒造成影響。它會放大我的情緒，或者說，讓我有情緒。要不就是，我的壓力會增強它的能量。總之，我之所以能把那兩個大男人舉起來，砸到岩壁上，絕對跟占卜石有關。」

「所以，現在沒有了占卜石，妳就辦不到，是嗎？」馬克思問，瞅著我細細打量。

「應該是不行，起碼光靠我一個人絕對辦不到。我得召喚我的元素之一，或者全部元素。我的守護圈成員跟我在一起，我們五個人同時導引元素時，它們才能發揮最大力量。」

馬克思若有所思地點點頭。「那，妳離開公園時，他們兩個死了嗎？」

「我不知道。我的意思是，我知道我把他們砸到岩壁上，可是，當時我像瘋了一樣，整個人爆炸開來，其實我自己也嚇了一大跳。」我說，失神地把右掌心放在牛仔褲上摩搓，不經意低頭一瞥，發現掌心那些格狀刺青的正中間，有一個正圓形的烙印。我舉高掌心好讓刑警看得見。「中間這個記號，這個圓圈，就是占卜石烙印出來的，就在我對那兩個男人發飆時，我感覺到占卜石散發出一股力量，貫穿我整個人。回神後，我才知道自己做了可怕的事，所以趕緊走過去看看他們。」我努力壓抑不安的感覺，回想當時情景。

「結果妳看到了什麼？」馬克思不耐煩地催促我。

「他們躺在那裡，就在鄰近二十一街的公園岩壁底下。我……我記得他們其中一個在呻吟，另一個身體抽搐，一看就知道我傷了他們，或者造成更嚴重的後果。我一怕就跑掉了。

他們一定是在我溜走後死掉的。對不起，我眞的很難過，我知道現在說再多都沒有用，我也知道，就算他們在公園騷擾小女生，就算那塊占卜石害我對他們下重手，這些都不能減輕我的罪孽。是我的怒氣害死那兩個人，我願意接受法律制裁。」我咬著唇，**不**讓自己哭出來。

「不，柔依，其實，人不是妳殺的，妳不需要爲他們的死負責。」他把鑰匙卡往拘留室的門刷過去，鋼鎖發出一聲喀，門開啓。

「啥？」我眨眼看著他，感覺像在作夢。我再看看史塔克，他也直盯著刑警猛瞧。

「那兩個人的死，一定跟奈菲瑞特有關。」史塔克說。

「凶手就是她。」馬克思說：「她已經承認她殺了那兩個人。不，這樣說不盡正確，應該說，奈菲瑞特**得意地炫耀**她殺了那兩個人。」

史塔克高聲歡呼，一把將我抱起來。「柔，妳沒殺死任何人！」

「我沒殺死任何人！」我重複史塔克的歡呼聲，讓他繼續抱著我，開心笑個不停。我整個人輕飄飄的，幾乎要暈眩起來。我沒殺死任何人！眞要命，我差點拒絕蛻變！差點死掉。而這都是奈菲瑞特惹出來的。

歸根究柢，全都是她。

我猛捶史塔克的肩膀，要他放我下來（不過我還是繼續抓著他的手）。

我看著刑警馬克思，問：「她還做了什麼？」

「妳和妳的朋友說得對，市長是奈菲瑞特殺的。他和公園那兩個人都被她當成點心。後來，她跑去波士頓大道教會，屠殺教堂裡的所有人，此刻，她甚至公開宣稱自己是女神，還把馬佑大樓視爲她的神殿，對大樓裡的人施了魔咒，讓他們心甘情願當人牆。」

「可惡！」史塔克說。

「喔我的天哪！奈菲瑞特終於幹出這種事，她終於露出眞面目，讓**所有人**看到她的眞正企圖。」

「妳自由了，柔依，所有罪名都洗刷了，不過，在妳離開之前，我想請妳幫個忙。」

我直視他的眼。「你不必請求我，我很樂意，我會盡我所有的力量來阻止她。」

馬克思肩膀一垂，整個人鬆了一大口氣。「謝謝妳。我不想欺騙妳，所以我就直接說了，馬佑大樓的情況很糟，眞的非常糟。奈菲瑞特太厲害了，她是很可怕的危險人物。」

「而且絕對是邪惡的瘋婆子，」我接話。「這點我知道，幾個月前就知道。」

「所以，妳知道妳即將對抗的是什麼樣的角色。」

「我們大家都知道。」史塔克說：「因爲只有我們跟那個瘋婆子交手過。」

「那就好。在我帶妳去馬佑大樓之前，妳需不需要回去拿那個占卜石……」

「等等，馬克思警官，你可能誤會我的意思了。我剛剛說，我會盡所有的力量來阻止奈菲瑞特，不表示只靠我一個人。」我捏捏史塔克的手。「從過去經驗，我很清楚學到，跟朋友在一起時，我才會變得更有力量。」

「妳需要什麼，儘管告訴我，我會配合妳。」馬克思說。

「我只需要夜之屋。」我說。

「那麼，柔依，我送妳回家。」

7 柔依

我人還沒完全步下刑警馬克思那輛彈痕累累的房車，就見阿嬤從學校前門衝過來，一把將我摟入懷中。

「**嗚威記阿給亞**！眞的是妳！我就知道，我就知道妳會平安回來。」

我趕緊回抱她，然後勾著她的手，和她走進校園，刑警馬克思和史塔克則緊跟在後。太陽逐漸下山，但我很清楚，這種陽光仍會讓史塔克很不舒服。我們疾步走入建築物的同時，我笑著告訴阿嬤：「我沒殺人！」但一想起是誰殺了他們，以及那個人還幹了什麼事，我的笑容立刻褪去。「是奈菲瑞特殺的。」

「奈菲瑞特？」我的視線從阿嬤那張開心的臉，轉移到桑納托絲、愛芙羅黛蒂和達瑞司，他們正走出女祭司長的辦公室。

「柔依，刑警馬克思，這到底是怎麼一回事，請解釋一下。」桑納托絲說。

「奈菲瑞特承認她殺了公園那兩個人……」刑警馬克思開始解釋，但我打斷他。「等等，情況不是麼簡單，我的守護圈成員也必須知道這些事。」我看著桑納托絲，繼續說：「奈菲瑞特出現了，我們必須加快腳步。」

「達瑞司、史塔克，去召集柔依的守護圈成員，把他們帶到校務委員會的會議室。另外，也去找蕾諾比亞，她是這所夜之屋最年長的女祭司，我們可以借用她的智慧。立刻行動！」桑納托絲說。

史塔克和達瑞司迅速離去。

「刑警先生，我來帶你去會議室。席薇雅，如果能夠借助妳的智慧來對付奈菲瑞特使出的任何把戲，我會很感激。請問，妳願意加入我們嗎？」

「當然願意。」阿嬤苦笑著說：「我太了解奈菲瑞特了，也很清楚她那套獨一無二的邪惡伎倆。」阿嬤在我的臉頰輕吻一下，便隨著桑納托絲和刑警馬克思走向樓梯，準備到樓上的會議室。

現在，只剩我和愛芙羅黛蒂。

「我不會問妳要不要讓我參加，反正，這個會議，我是去定了。」愛芙羅黛蒂說完後，隨著三名成年人的腳步而去。

我趕緊碰了一下她的手，她轉頭看著我。我分辨不出她眼裡的表情是恐懼或憤怒。總之，這兩種情緒都讓我覺得難受。

「對不起。」我直截了當地說：「我錯了，妳始終都是對的。妳去找夏琳，也是正確的，妳要她看著我，不告訴我妳出現靈視，這些都是正確決定。我應該聽妳的話，可是我沒有。即使妳把妳的靈視告訴我，我大概也聽不進去。我失控了，變成眼中只有自己的自私鬼，我真的太蠢了，對不起。」我再次跟她道歉。「請原諒我。」

愛芙羅黛蒂靜靜聽我說話，沒有把手擺在臀側、輕蔑冷笑，也沒傲慢地甩髮離去。她那雙明亮的眼睛專注地看著我，聆聽我，大半晌沒任何回應。終於開口時，她的口氣不虛僞、不惡毒，也不譏諷；而是很嚴肅、很冷靜，看起來、聽起來，完全就是稱職的女神先知。

「我以爲妳是我的朋友。」她說。

「我是啊。」

「妳傷了我的心。」

「我知道。我很希望能告訴妳，我不是故意的，可是我不願對妳撒謊。當時，我確實故意傷害妳，因爲我覺得自己很受傷。愛芙羅黛蒂，占卜石對我造成某種影響，但我不想用它當藉口，來爲自己說的蠢話、做的蠢事脫罪。被占卜石影響的我，仍然是**我**，不管怎樣，我就是錯了。我說這些，只是想讓妳知道，現在我知道當時發生了什麼事，或者，起碼我知道它是**如何**發生的。我向妳保證，我絕不會再讓這種事發生。」

她還是不說話，只是靜靜地看著我。

「我也要跟夏琳道歉。」我說。

愛芙羅黛蒂點點頭，說：「妳是該跟她道歉。妳把她嚇壞了。」

「我不會再做出這種事。」我嚴肅地說：「我發誓。」

「妳要把占卜石拿回去嗎？」

「不要！」我立刻拒絕，往後退一步。「妳繼續留著，別讓它靠近我。」

「我正打算這麼做。」她說：「我只是好奇妳怎麼想。」

「我還沒眞的準備好跟大家道歉，請求妳和夏琳，呃，還有其他人原諒我。」

「想也知道。」愛芙羅黛蒂說，語氣像在自言自語。「妳這人不管什麼事都準備不足，就連打扮也是。牢房裡沒熨斗啊？」她還朝我那頭亂髮打量一番。

「沒有。還有，在牢房裡，頭髮怎樣根本不重要。」

「唉，我以前聽說奧克拉荷馬州的監獄很爛，現在我終於證實了。」

她這話逗得我笑出來。「所以，妳原諒我了。」

「能不原諒嗎？瞧妳這可憐又狼狽的模樣。我實在很不想再口出惡言，批評妳在吃牢飯這短短幾小時所造成的時尚災難。」

我噗哧一笑，挽著她的手。「妳怎麼有辦法什麼都扯到時尚啊？」

「對。不客氣。」

我又被她逗笑了。我們走向樓梯時，我整個人好輕鬆，好開心，完全忘記奈菲瑞特這號麻煩人物。我的心思只專注在妮克絲，並默默地對祂傾訴：**女神，謝謝妳，賜給我這麼棒的朋友！**

「喂，妳別以爲妳可以做出擁抱我之類的動作喔，我可不是那種喜歡抱抱的人。這裡還是非碰觸區。」她空著的那隻手在身子前揮一圈，「不過，達瑞司當然例外。」

「瞭啦。」我說，但繼續挽著她的手，一前一後爬上樓梯。「妳那個非碰觸區，我絕對不敢越雷池一步。」

「很好。」她嘴裡這麼說，但讓我繼續勾著她的手。我們走到會議室外，她頓住，轉身面向我，表情又轉爲嚴肅，對我說：「柔依，我原諒妳。」

「謝謝妳。」我趕緊眨眨眼。眞沒想到眼眶瞬間就噙淚。

「靠，」她忽然這麼說，四下張望，確定旁邊沒人後，一把抱住我，低聲說：「我愛妳，柔。」

快要涕泗縱橫的我趕緊吸吸鼻子，回抱她。「我也愛妳。」

樓梯門開啓，她一聽到聲音，立刻從我身邊彈開。「不要哭，」她凶巴巴地說：「一把鼻涕一把眼淚的，只會讓妳身上的時尚災難雪上加霜。」

「好。」我又吸吸鼻子。

「小柔！聽說妳被放出來了！啃呵！」元牲開心地歡呼，那口氣像極了西斯，感覺很怪，但也讓我很高興。他跑向我，顯然試圖進入**我的**非碰觸區。我趕緊往後挪，但見到他緊急止步的窘樣，我立刻楞住。天哪，該怎麼辦才好？我的意思是，我們之前說好了，只當朋友的。朋友的擁抱。不過，話說回來，我們只當**普通**朋友的那個決定，嗯，其實，是我單方面的決定。

「喂，拜託，滿足這牛傢伙一下吧，人家沒見到妳，難過得如喪考妣欸。」愛芙羅黛蒂說完後，露出嫌惡的表情，搖搖頭，說：「天哪，我竟然說出成語，看來我該跳樓自盡了。好啦，要吸臉什麼的，就快一點，然後趕緊挪駕到會議室。可惜喔，現在沒時間搞男女私情。」她把頭髮往後一甩，打開會議室的門，扭腰擺臀走進去。

元牲和我相覷一眼。

「吸臉？」他問。

我的臉頰紅燙起來。「她的意思是接吻。」

他揚起眉。「那，妳想吻我嗎？」

幸好，除了那句**唷呵**，他沒半點口氣像西斯。我清清喉嚨，說：「我不認爲這是好主意，不過，多謝你這麼問。」

「嗯，我眞的好高興妳能回來。」他怯怯地笑著說。

「我也是。」我也對他微笑。「雖然這一切讓人困惑，但我也很高興你回來了。」

我的原意是讚美他，或是開點我倆才知道的玩笑（如果什麼事都能一笑置之，日子不是比較好過嗎？）。誰知道他一聽，笑容立刻褪去。

「你說的不是**我**，妳是指西斯。抱歉，我不是西斯。達瑞司說，我應該進去開會。」他都這麼說了，我只好往旁邊挪步，讓他開門。他沒幫我撐門，等我進去，而是當著我的面，把門甩上，留下我一個人像傻子般站在走廊上。

好，我告訴自己，**就讓元牲對我不爽，或者至少對我不耐煩，沒興趣**，這樣我的日子會輕鬆一些。愛芙羅黛蒂這女人也未免太有洞見吧，說得話經常都是對的。我確實沒時間搞男女私情（不過，我倒不覺得這有什麼好可惜的）。

我用手指梳梳我的一頭亂髮，挺起肩膀，走進校務委員會的會議室。

會議室其實很大，不過，中間擺了一張超級大圓桌，使得它看起來略顯侷促。我很確定，擺上這張大圓桌，是爲了仿效亞瑟王（沒錯，他曾是吸血鬼女祭司長摩根勒菲的伴侶）的圓桌騎士團，所以，即使沒有眞正的主位，但凡現任女祭司長所坐之處，自然就是主位。

說到現任的女祭司長，當我進了會議室，關上門時，驚訝地見到桑納托絲正從後門進入。她對元牲點了點頭——他立刻站到門邊守著；然後朝我望過來，示意我坐到阿嬤和愛芙羅黛蒂之間的空位。她自己則坐在阿嬤的左邊，旁邊是刑警馬克思。我坐定後，努力保持鎭定。桑納托絲傾身向前，繞過阿嬤，對我說話。

「柔依，我要正式歡迎妳回家。」死亡使者女祭司長說。

「我眞的好高興能回到這裡，而且知道我沒殺死任何人。」我說。

「可是，妳從這件事學到寶貴教訓。」阿嬤說。

「對，教訓就是，我們非得阻止奈菲瑞特不可，不能再讓她繼續到處殺人。」愛芙羅黛蒂說。

「喔，也對啦，不過，我想阿嬤所說的教訓是，當我們懷疑時，應該選擇仁慈。」我說。

「對於奈菲瑞特這種人，我可不認爲這樣的教訓對我們有多大幫助。」愛芙羅黛蒂嘟噥。

「很難說喔，孩子。」阿嬤輕聲說，對她露出睿智的一笑。

門開啓，史蒂薇．蕾奔進來，後面跟著史塔克、戴米恩和簫妮。

「柔！我的天哪，眞是太棒了，妳自由了！」史蒂薇．蕾衝向我，給我一個大熊抱。

「我就知道妳不可能殺人。」

我立刻回抱她一下，然後抽身，看著她的眼睛，對她說：「我有些話想跟大家說，不過，想等到大家都到齊再說。」

「不用等，我的帥哥來了。」愛芙羅黛蒂說，對著達瑞司嫣然一笑。他和蕾諾比亞及夏琳也來了。達瑞司和史塔克各守在主門的兩側。史塔克對我眨了一下眼，見到他不再臉色蒼白，黑眼圈也沒了，我好高興。從他容光煥發的模樣看來，太陽肯定下山了，我心想，說不定利乏音也隨時就到。

蕾諾比亞坐在刑警馬克思的旁邊，親切地對他點頭打招呼。夏琳選的位子離我遠遠的，而且還避開我的視線。我站起來，清清喉嚨。

「各位，我知道奈菲瑞特在市中心作亂的事情很急迫，不過，在我們開始處理她的事之前，有些話我想先告訴各位。放心，我會長話短說的。各位知道，今天我發現自己沒殺死公園那兩個人，但就算他們不是被我殺死，我也可能要了他們的命。我失控了，因爲占卜石影響我，但我終究是**我**。我錯了，愛芙羅黛蒂確實做到了女神期望女先知做的事——她讓夏琳知道我不對勁。」我注視著夏琳，直到她勉強抬眼看著我。「夏琳，我已經跟愛芙羅黛蒂道過歉，可是，我還欠妳一個道歉，我應該要跟妳鄭重說聲對不起。妳跟蹤我是對的，妳告訴愛芙羅黛蒂，我的氳氣顏色改變了，這樣做也很正確，我眞的千不該萬不該動手推妳，亂發脾氣。我在這裡，不只要請妳接受我的道歉，」我打住，環視房間內的所有朋友，「而且，我要向這裡的每個人發誓，我會盡我最大的努力，讓這種事不再發生。」

「我原諒妳。」夏琳毫不猶豫地說，不過笑容仍顯遲怯，看起來餘悸猶存。「對了，妳的顏色恢復正常了。」

「謝謝妳。」我說：「還有，如果妳發現我的顏色又變混濁，請務必讓我，或者這裡的任何一個人知道。之前我說妳不應該把這種事說出來，我錯了，這不是侵犯隱私，而是發揮女神賜給妳的天賦。」

「柔依，占卜石在哪兒？」桑納托絲問。

「在我這裡。」愛芙羅黛蒂搶先我一步回答。

「我不想把它拿回來。」我說。

「如果這東西眞有你們說的那種力量，那我認爲柔依別無選擇，非得把它拿回去不可。」刑警馬克思開口：「因爲，我們勢必需要很大的力量，很大的魔力，才有辦法對抗奈菲瑞特。」

「刑警，該你發言了，請詳細說明奈菲瑞特做了哪些事。」桑納托絲說。

我坐下來。胃緊揪著，聆聽他說話。這時，有一種可怕的感覺，或許馬克思說的對，我必須把占卜石拿回來。

柔依

刑警馬克思詳細描述奈菲瑞特在教堂的屠殺，以及此刻馬佑大樓發生的事情。他說完後，整個會議室陷入令人難受的久久沉默。

「我之前就感受到死亡。」桑納托絲難過地搖搖頭。「我知道這死亡的氣息來自於很多人類死亡，而且地點就在陶沙市附近，所以，我一直密切注意新聞，以爲會聽到國內飛機失事，或者又發生校園槍擊之類的事件，沒想到竟然是她。我眞的沒料到奈菲瑞特會是這些事件的凶手。」

「她的行徑已經失控到讓人難以預料，不過，我們可以去回溯她的犯罪過程，藉此預知她未來可能會有的行爲。」阿嬤說：「她先殺了市長，吸納他的能量，然後才有力氣走到伍得沃德公園。」阿嬤打住，對愛芙羅黛蒂苦笑了一下，說：「孩子，不好意思，我以這種置身事外的口氣來談論妳父親的死。」

「我能理解，也希望妳這麼做。」愛芙羅黛蒂眞誠地說：「如果我爸的死可以幫助我們搞懂該如何打敗奈菲瑞特，那起碼他死得**有意義**。」

阿嬤點點頭，繼續說：「在柔依跟那兩個男人發生衝突之前，奈菲瑞特肯定已經在公園躲一陣子了。」

「那兩個人騷擾我時，我就坐在獸穴旁的長椅上。」我說，想把情況完整拼湊起來。

「奈菲瑞特很可能就躲在那個獸穴裡。」

「我會派幾個警員過去看一下獸穴。」刑警馬克思說，在他那本小小的黑色活頁本上寫下這件事。

「公園那兩人的死，一定給了奈菲瑞特能量，讓她可以去波士頓大道教會。」阿嬤說。

「然後，在教堂，她又找到更大的力量來源。」蕾諾比亞補充。「我們必須記住，奈菲瑞特最在乎的，就是這種掌權的力量。」

「她利用這種力量去控制那些像蛇一樣的生物，讓它們去殺害馬佑天臺上的人，還製造出……我甚至不曉得你們會怎麼稱呼那東西。」馬克思停頓下來思考。「那是一種具保護作用的外殼，或者說障礙物，總之，那東西很厲害。」

「那些蛇東西源自於黑暗。你可以這麼想：它們是邪惡憎恨的念頭具體成形之後的結果。」我跟刑警馬克思解釋。「他們之所以願意聽從她的命令，是因爲她會給它們祭品。我跟你保證，教堂那些人不全是奈菲瑞特吃掉的，她是拿教徒當祭品，獻給那些蛇東西，好讓它們繼續聽她差遣。」

「特西思基利需要很多血，才能握有權力。」阿嬤說。

「特西思基利，特西思基利之后，」馬克思說：「奈菲瑞特自稱爲女神時，也提到這個名稱。」

「特西思基利是我的族人給某些女巫的稱呼，這些女巫選擇黑暗，放棄光明。她們被族人唾棄，離群索居。」阿嬤說到這裡，打了個寒顫。「根據部落傳說，她們噬取靈魂維生。」

「死亡。」桑納托絲說：「我早該想到的，奈菲瑞特是靠那些瀕死者脫離肉體的靈，來獲得能量。」

「喔天哪！」蕾諾比亞一臉驚恐，手壓在胸口。「我認識奈菲瑞特超過一百年，每次有雛鬼拒絕蛻變，瀕臨死亡，她就會守在他們身邊，大家都以為——所有的女祭司都認為——奈菲瑞特是利用她的療癒天賦來安撫那些即將死亡的年輕人。」

「她不是在撫慰他們，而是利用他們。」我說。

「我們幾個人死掉又復活，肯定也跟奈菲瑞特有關。」史蒂薇．蕾說：「雖然真實狀況我不記得，或許我想記也記不得。唉，我不曉得啦，」她顫抖地說：「可是我知道，那種感覺就像我被四分五裂，」她的視線尋找會議室內另一個紅吸血鬼史塔克。「你記得些什麼？」

「痛苦、黑暗、恐懼、憤怒。」史塔克的話字字分明，雖然聲音細微，我們得豎起耳朵才能聽得清。「還有，當我離開那個狀態，我已經不再是原來的我，直到柔依說她相信我，信任我，我才找回自己。」

「我也是，直到愛芙羅黛蒂說她相信我，信任我，我才真正脫離那種狀態。」史蒂薇．蕾說。

愛芙羅黛蒂哼了一聲，「我印象中才不是這樣。我只記得，妳想吃掉我，還讓我失去雛鬼的身分。」

「那是因爲妳願意讓我這麼做。妳爲了我，捨棄妳做爲人的本質。」史蒂薇・蕾說。

「因爲被妳吃掉，可不好玩。」愛芙羅黛蒂嘟噥。

「愛的力量能勝過仇恨，這是宇宙天地間的唯一眞理。愛可以戰勝黑暗。」阿嬤說：「我們只需弄懂如何利用愛來對抗奈菲瑞特。」

這時，嘆息聲四起，和我的嘆息相呼應。

「好，我同意愛可以戰勝一切，」刑警馬克思說：「可是，我們還得對付那些蛇東西。」

「它們是靠奈菲瑞特才得以存活。」說出這些話的同時，我很確定自己說對了。「她給了它們想要的——用鮮血供養它們，於是它們才遵從她的命令。如果我們可以掌控奈菲瑞特，讓她變弱，或者起碼限制住她，讓她無法再殺更多人，她就不能再餵養它們，這樣一來，它們自然會離開她。」

「我同意，不過，柔依，我認爲，事情沒那麼簡單。那些黑暗卷鬚不斷改變，跟著奈菲瑞特一起演化。」桑納托絲說：「這五百年來，我從沒見過有哪個吸血鬼，或者聽過有誰能製造出馬克思刑警所描述的那種屏障。」接下來她對馬克思說：「而且，你說它們彷彿有意識，能把子彈彈回特定的警員身上？」

「這點我很確定。我就在現場，清清楚楚目睹那個景象。我們第一波朝奈菲瑞特發射的子彈，**全部**彈回到那個對她口出惡言的警員身上，而且，全擊中沒有防彈背心保護的部位。下一波子彈，則擊傷其他警員，而負責下令進攻的隊長，則被擊中身亡。」馬克思說。

「蕾諾比亞，妳聽過這種事情嗎？」桑納托絲問。

「從沒聽過。」

「好，那就召集兵力，」馬克思說：「請吸血鬼的最高委員會出手，或許她們可以幫助我們想出法子來阻止奈菲瑞特的惡行。」

「最高委員會已經拒絕協助。」桑納托絲說：「我們是**唯一**的兵力。」她起身。「好，馬克思刑警，我們去馬佑大樓，看看要對抗的是何方神聖吧。」

會議室的後門開啟，卡羅納赤裸著胸膛，琥珀雙眼目露凶光，大步走向桑納托絲。「該是你召集頂尖兵力的時候。我是死亡使者的戰士，所以，妳去哪裡，我就去哪裡。至於人類怎麼看我，我不在乎，反正我豁出去了。」他的巨大黑翅一展開，幾乎占滿整個會議室。

刑警馬克思驚愕地掉了下巴，嚇到合不攏嘴。

「哇靠。」愛芙羅黛蒂低聲驚呼。

「深有同感。」我說，納悶接下來到底會如何。

8 刑警馬克思

這傢伙好巨大，**而且還有翅膀**。那對翅膀，他媽的大到嚇死人。馬克思很高興自己是坐著，因爲光看到那……不知是什麼的鳥東西……就讓他的膝蓋癱軟如橡皮。

一開始是那個瘋婆子吸血鬼／女神，和馬佑大樓的黑紅色血幕，現在又來個自稱是死亡使者的戰士。

他是在作該死的夢嗎？

嗯，如果眞的在作夢，那這個夢還眞沒完沒了，因爲，桑納托絲開始跟那個有翅膀的巨人說話了。馬克思很確定，自己眞他媽的還沒清醒。

「跟我去？就這樣大剌剌出現在陶沙市中心……」

「不跟妳去，萬一奈菲瑞特的黑暗絲線攻擊妳，那該怎麼辦？這個現身的黑暗東西，我可說瞭若指掌，畢竟之前在另一個世界，我跟它們交手過多次。」巨人聲如洪鐘。「人類該怕的是什麼，現身的邪惡力量？或者在陶沙市街頭對抗邪惡力量的天神？」

「問題是，人類不再相信天神會在人間行走。」桑納托絲說。

「妳說到重點了！」長著翅膀的巨人說：「奈菲瑞特的行徑已經推翻了常理。人類早該從沙子中抬起頭，明白這世上本來就充滿著神祕、魔法和危險的事物。而我，也該善盡我的天職，當個稱職的戰士，對抗黑暗。」

女祭司長若有似無地點了一下頭，默許長翅巨人的看法。然後，她對馬克思說：「刑警，容我在此向你介紹我的誓約戰士，卡羅納。他負責保護我，此外，他也是夜之屋的劍術大師。他會隨同我們去馬佑大樓。」

馬克思半晌不知所措，最後只能做他唯一想到可以做的事，對巨人伸出手，說：「卡羅納，很高興認識你。」

卡羅納抓住他的前臂，行吸血鬼的傳統禮。「我也很高興認識你，刑警。」

「你好像不是吸血鬼？」馬克思忍不住開口問。

卡羅納露出輕蔑的冷笑，說：「我當然不是。」

馬克思瞥了一眼巨人那對已經收攏、緊貼著背部的翅膀。那天殺的翅膀好長啊，幾乎快碰到地板了。「那，你是**什麼**？」

卡羅納咧出更大笑容，而且態度似乎轉為誠懇了。「很難三言兩語道盡。我答應你，等我們解決掉奈菲瑞特，我會好好告訴你。」

「我會記住你的承諾。」馬克思說，設法避開巨人的眼神，因為，一注視他的眼睛，刑警就會頭脹目暈，感覺像頭顱裡塞滿了棉花球。

「你不需要記住，刑警，我自己會信守諾言的，因為，過往那些慘痛教訓，已經教我學會這一點。」

「所以，**所有人**都要去馬佑？」愛芙羅黛蒂問。

「不是。卡羅納和我，以及史塔克、柔依和她的守護圈成員去。至於達瑞司、元牲和愛芙羅黛蒂，你們和蕾諾比亞留在學校。你們召集全校，讓所有老師、戰士和學生知道發生什麼事，但只需大概描述，不用太詳細，重點是全校師生必須提高警覺，畢竟，我們不曉得奈菲瑞特接下來會做出什麼事。」

「妳眞的認爲奈菲瑞特的這些行徑，該讓所有人知道？」史蒂薇·蕾說，呼應了馬克思的想法。

柔依搶在桑納托絲回答前開口。「我認爲黑暗害怕被亮光照到，所以，我們要把大大的聚光燈打在奈菲瑞特身上，讓所有人知道她幹了什麼事。」

「這樣一來，也可以知道哪些人想和奈菲瑞特一起躲在獸穴裡，哪些人願意和我們挺身而出對抗她。」史塔克說。

「我的想法跟你們兩位一樣。」桑納托絲說。

「好，那我就去找克拉米夏幫忙，她經常知道誰在幹什麼事。」愛芙羅黛蒂說。

「聰明的女先知就是懂得善用女神賜與其他人的天賦。」桑納托絲說，讚賞愛芙羅黛蒂的決定。

「聰明的女先知，也該把手機帶在身邊。萬一地獄那些牛鬼蛇神全跑出來——喔，這是隱喻，也是寫實的說法，就趕緊打電話通報。」愛芙羅黛蒂說。

「就這麼辦。」柔依說。

「我們這就跟你去，刑警先生。」桑納托絲說。

馬克思深吸一口氣，將理智徹底關閉。「好，我們走吧。」

麗奈特

「麗奈特，我是喜歡驚喜……」奈菲瑞特躊躇了一下，才舉起一根纖細的手指，繼續說：「如果這驚喜能讓人開心的話。反之，若不能讓人開心，那驚喜就是惱人的干擾。我痛恨被干擾，也痛恨被惹惱。」她的視線離開麗奈特，轉移到自己赤裸的腳。「說到惱怒，你們到底還在這裡磨蹭什麼啊？我很安全，你們也都吃飽了，去一旁找樂子吧，少在這裡煩我。滾！滾！」奈菲瑞特不屑地揮揮手指，然後把注意力轉回麗奈特上。

麗奈特沒看見蛇東西，但可以感覺到有**東西**滑過她身邊。她克制自己，才沒嫌惡地發抖。

「親愛的麗奈特，我們剛剛說到哪兒啦？噢，對，我想起來了，妳說妳打算給我一個小驚喜。繼續說吧。」

麗奈特毫不畏懼地直視女神的目光。匯聚在她胸骨底下的驚恐簌簌顫動，但她勒緊心裡的韁繩，約束驚恐情緒，只准許心中充滿籌畫盛大活動時的喜悅。麗奈特充滿笑意的聲音洋溢著自信。「女神，我在這一行非常專業，所以，即便是遇到資源有限這種罕見的狀況，我還是有信心，我的驚喜會讓您很開心。」

「資源有限？怎麼感覺起來這個驚喜會庸俗、廉價啊。」奈菲瑞特皺起眉，說：「我可不希望妳認爲妳的女神很吝嗇喔。」

「喔，我完全沒這麼想！」麗奈特要她放心，暗自希望自己沒觸動奈菲瑞特的瘋狂開關才好。「我給自己有限的時間和資源，是因爲我想向您證明我的價值。所以，當然啦，這只是每天的小驚喜。如果我有更多時間和資源去運用，還會有更大的驚喜等著您。」

奈菲瑞特的濃眉舒展開來。「妳很聰明，麗奈特，讓我看看妳為我籌畫了什麼樣的驚喜吧。如果我看了開心，絕對會給妳無上限的資源，至於時間，我可就沒耐心給妳太多時間，畢竟，我等著統治我的王國，已經等太久了。我迫不及待見到我的奴民膜拜我。」

「我完全可以了解，女神。」麗奈特說：「在籌辦活動時，我只擔心錢，對於時間我永遠不擔心。」

奈菲瑞特打量她。

麗奈特一心一意打拚事業。她很傑出，對她的事業很有自信，做生意這種事完全難不倒她，也嚇不了她。

奈菲瑞特笑笑。「妳很誠實，長久以來妳最在乎的就是妳的事業和賺錢。開始吧，奴民！讓我看看妳給我的驚喜。」

麗奈特屈膝，領著奈菲瑞特從閣樓進入電梯，到了樓中樓那一層時，她讓電梯停住。

「請稍待，女神。」

奈菲瑞特微笑，表示同意，麗奈特按下電梯門的延長鍵，然後拍拍那個幾乎隱形在她耳朵裡的耳機，迅速悄聲地說：「凱莉，十秒鐘後，就開始四重奏。」

「是的，麗奈特。」耳機裡傳來凱莉如機器人般的回應。

麗奈特往右一瞥，比劃出「過來」的手勢，那個門房帥哥朱德森立刻從陰暗處走出來。他穿著剛燙整過，無懈可擊的制服，手上端了一個閃亮的銀盤子，盤子上是一個裝滿粉紅氣泡香檳的高腳杯。他機器人似地對奈菲瑞特行了一個完美的鞠躬禮，說：「女神，可以爲您獻上香檳嗎？」

「可以啊。謝謝，朱德森。」

奈菲瑞特一從銀盤上舉起酒杯，優美樂聲立刻響起，麗奈特好高興見到女神的嘴角泛起笑意。

「史特勞斯的〈藍色多瑙河〉，我最愛的華爾滋之一。啊，維也納，以前那裡眞是美啊，充滿頹廢的藝術氛圍。」

「請隨我來，女神。」麗奈特恭敬地說，領著奈菲瑞特繞過樓中樓層，來到她的寶座暫時安放的地方——就是三個小時前她對新奴民發表演說的樓梯平臺的上方。現在，那個樓梯平臺上，坐著昨晚在婚禮上表演的弦樂四重奏，他們這會兒雖然緊張，但仍演奏得很精采。

奈菲瑞特優雅地坐在寶座上，俯視著四重奏。「演奏得很好，不過，我比較喜歡完整的管弦樂團。」

「不好意思，時間和資源有限。」麗奈特說，苦笑了一下。

女神的嘴角一播，說：「我會記下來。」

麗奈特對奈菲瑞特鞠躬，再次不動聲色地拍拍耳機，對著耳機說：「下一個六拍開始的時候，叫他們出來。」說完後，她屏息等著，祈禱接下來這十二個表演者能鎮定地完美演出。

下方舞池四周的厚重絨幕緩緩開啓，舞池兩側分別出現六對男女。他們迅速走到大理石的舞池正中央。麗奈特費了一番心思才找到色系相近的六件鮮紅色禮服給女士穿，至於紳士們的服裝，則是她很努力從昨晚婚宴的賓客中蒐集來的燕尾服，起碼還算乾淨，派得上用場。

派得上用場！這正是這個變態盛會的唯一問題。要從麗奈特偷偷稱之爲囚犯的人群中，找出派得上場的六男六女，實在不容易。必須外表還算好看，氣質還算優雅，頭腦還算有辦法學習基本的華爾滋舞步。對，她是可以用那些被蛇東西入侵的員工，他們肯定會百分之百遵守她的命令，只要她沒要他們逃出馬佑大樓。然而，出於直覺，麗奈特知道，這些由她操控的人，硬學硬記而跳出來的舞，絕對無法取悅奈菲瑞特。

不行，麗奈特很確定，奈菲瑞特想要且需要被膜拜的感覺。所以，她只能威脅、利誘，拜託那十二個貌美俊俏的人替她完成這件任務。

麗奈特看得出來他們很緊張，其中兩個女人還發抖得雙臂不停晃動，不過，他們還是遵照她的指導，一對一對站成大圓圈，而且成功地在第一個六拍結束時站在該站的位置。第二組音符一響起，十二個人抬頭看著奈菲瑞特，停頓三拍後，整齊劃一地，男士對著女神點頭鞠躬，女士則屈膝行禮。

但麗奈特還是抓到失誤。那個叫辛蒂的女孩差點跌倒，幸好她的舞伴及時從她的肘部扶住她。那個名叫坎頓的高個兒男孩則鞠躬過久。他是昨晚婚禮的伴郎，倒楣的他，喝得酩酊大醉，沒趕上一大早的飛機，和那對新人飛往達拉斯，所以被困在這裡。要是這個被寵壞的花花公子把這場舞搞砸，他肯定比她更倒楣。

麗奈特瞥向奈菲瑞特。她看起來很開心，臉上掛著微笑，莊嚴地點頭回應這些舞者。

現在，只要專心跳舞，別笨手笨腳的就好！麗奈特暗中祈禱。

十二個人翩翩起舞。他們整齊地在同一個音符邁出舞步，以幾乎正圓的形狀繞著舞池跳舞。稱不上完美，不過，音樂如此悠揚，即使幾個人舞步出錯，也無損〈藍色多瑙河〉的迷人魅力。最後一個音符響起，六對舞者再次對奈菲瑞特鞠躬或屈膝，這次，他們定格在行禮姿勢，就連麗奈特也承認那畫面美呆了。

奈菲瑞特起身鼓掌，高聲暢笑，麗奈特鬆了一大口氣。

「非常好，你們大家跳得很棒！朱德森，開一瓶香檳給這些可愛的奴民。」

「女神，他們正等著您同意他們起身。」麗奈特低聲提醒奈菲瑞特。

「喔，對，親愛的麗奈特，謝謝妳提醒我。你們可以起身了！」奈菲瑞特往下大聲告訴他們。「好好享用香檳吧，女神我對你們的膜拜方式很滿意。」

麗奈特又拍拍耳機。「凱莉，叫樂團開始下一首。」幾秒鐘後，樂音再度飄揚在舞池中。

「芭蕾舞劇《胡桃鉗》裡的〈花之圓舞曲〉，這兩首曲子選得眞是好呀。」奈菲瑞特說。

「所以，您滿意我爲您設計的驚喜？」

「很滿意。浪漫燭臺、鮮花、燕尾服、鮮紅晚禮服，每一樣都是精挑細選過。麗奈特，作爲我的活動籌辦人，妳已經有了很好的開始。我非常肯定妳這場活動的主軸——優美旋律、精心規劃的空間，還有如此隆重的敬拜儀式。」

「所以，將來我可以爲您規劃更多類似的活動？」

「可以，不過，下次請用我最愛的一九二〇年代當主題。那麼美好的年代，值得重新體驗一次。妳會查爾斯頓舞嗎？這可是那個年代最流行的舞步。」

「我可以上網查一下嗎？」

「可以，當然可以，而且，我會給妳一個容量很大的專案網路帳戶。」奈菲瑞特笑著對麗奈特說，那笑容彷彿在告訴她，妳在打的主意，我心裡有數。

「那，我應該可以學會查爾斯頓舞，這樣一來，您的奴民也會。」

「我們還需要更多樂手。」奈菲瑞特說。

「是的，女神，我會去找更多樂手。」麗奈特說，已經開始拍打耳機，準備交代下去。

「還有服裝，服裝得多樣化一點。」

「當然，女神。」麗奈特同意。

「還有，不只要有舞蹈，雖然以舞蹈來開場很棒。」

麗奈特的視線從筆記本移向奈菲瑞特。女神沒看著她，而是一邊撫摸著水晶香檳杯，一邊俯視著舞池，看著那六對挨擠成一小圈的男女舞者。他們神情緊張地接過朱德森遞給他們的香檳。麗奈特循著奈菲瑞特的視線望過去，那個被寵壞的花花公子正灌下第二杯香檳。奈菲瑞特的目光彷彿要吃掉他。

「看到我的奴民都是俊男美女，我很開心。」她說。

麗奈特忍不住發出不屑的哼聲，但奈菲瑞特的目光一掃過來，她立刻懊惱自己的失態。

奈菲瑞特揚起她赤褐色的眉毛。「啊，我知道了，這十二個是精挑細選出來的。原來，我的奴民，並不全是俊男美女。」

她這話並不是問句，但麗奈特覺得自己有義務回答。「對，是的。」她不安地動動肩膀。「對不起，女神，我只是希望第一次的小派對能讓您開心。」

「我可以理解，親愛的麗奈特。其實，我很讚賞妳的努力，同時，也讚賞討我歡心的所有東西，和人。」在寶座上的奈菲瑞特傾身向前，以商討陰謀似的音量對麗奈特說：「身為活動策畫人的妳，應該把這一點當成職責。」

「女神，我很樂意滿足您的所有吩咐，」麗奈特努力搞懂她的意思。「不過，恕我斗膽請問，您要我當成職責的『這一點』是指什麼？」

「當然是盡量讓我的每個奴民都貌美俊俏。我相信妳對於美容、美體也很有天分。」

「美容、美體。」麗奈特重複這句話，同時腦海所浮現的影像，卻讓她幾乎喘不過氣。奈菲瑞特那些外貌平庸的奴民一個個閃過她的腦海。**需要減個二十多公斤的五十來歲婦女……骨瘦如柴，臉上全是青春痘坑疤的少女……還有那個頭禿、腹鼓，三層下巴活像甲狀腺腫的生意人……**

奈菲瑞特嘲諷的笑聲打斷了麗奈特腦海閃過的幻燈片。「別煩惱，親愛的麗奈特，靠我們兩個，可以去蕪存菁的。我可以控制他們的飲食、控制他們的一切。妳說說看，飲食和運動是不是很重要？」

麗奈特感覺自己點頭如搗蒜。她努力讓自己的心思只專注在奈菲瑞特那雙綠眸上。

「除了讓他們節食，上神殿裡的健身房，我相信妳也會給他們一些髮型、化妝和穿著的技巧，對吧？」

「是的，女神。」她不加思索地回答。

「很好，我很高興妳讓我留意到這一點。我的奴民必須展現出最好的一面，畢竟，從某方面來說，他們也代表我。」接著，奈菲瑞特彷彿決定結束這話題，倏地把目光移向下方的人群，像見到獵物般，視線戛然停在坎頓身上。

「這個舞者選得好，麗奈特。夠高，夠年輕，而且金髮。我就喜歡這樣的男人。」奈菲瑞特說：「他叫什麼名字？」

「坎頓。」麗奈特說：「昨晚我來馬佑飯店打點的那場婚禮，他就是伴郎之一。」

「伴郎？是嗎？」奈菲瑞特那雙綠眸閃爍著危險的熾烈光芒，麗奈特很慶幸那種熱烈眼神不是聚焦在她的身上。「或許我應該測試一下坎頓是否有資格當個『什麼』都懂的伴郎。」

麗奈特克制自己，才沒嚇得發抖。「需要我去找他過來嗎？」

「不用。親愛的麗奈特，我可以輕輕鬆鬆把伴郎坎頓喚過來。說不定，人家比較想去看看我的閣樓露臺呢。」她那雙如綠寶石的眼眸轉向麗奈特，殺氣目光，震懾逼人。「我的員工應該把那些礙眼的屍體殘骸處理掉了吧？」

糟糕！我忙著打點這場表演，都忘了要派人把那些屍體殘骸扔下露臺。麗奈特思緒奔騰，終於想出該怎麼回答後，鬆了一大口氣。「女神，我相信凱莉會負責處理好您的露臺。」

「那位姑娘啊，」奈菲瑞特嘟噥，啜飲一口香檳。「她在某些方面還可以，但是得有人監督著她。妳用妳那個厲害的耳朵小機器去提醒她吧。」

「當然，女神。」麗奈特說。

「還有，趁著妳監督凱莉處理屍骸，我想我應該和我這些美麗迷人的奴民聯絡一下感情。如果我同意伴郎坎頓請我跳舞，這小伙子不知會有多樂呢？」

幸好，奈菲瑞特這話不是真的想問麗奈特，所以，這位女神沒等著她回答，就逕自轉身背對她，繼續啜飲香檳，走向那道寬敞的雙旋梯，準備移動到下方舞池中。

麗奈特留意到這次奈菲瑞特不是用滑行的。**因為，那些蛇東西已經被她打發到一旁玩耍了**。麗奈特心想。它們不知怎麼辦到的，有辦法扛著她，或者說透過某種力量舉起她，讓她騰空移動。不管是用什麼方式，總之都很扯。

她搖搖頭，模樣像在甩開蜘蛛網。現在，她沒本錢想太多，沒本錢做其他事，只求能好好活著。

麗奈特拍拍耳機。「凱莉，奈菲瑞特待會兒要檢查她的露臺。動作快，她要妳趕緊把露臺清乾淨。」

「我明白，立刻遵命。」凱莉像機器人似地回答。

麗奈特重重嘆了一口氣。蹣跚後退幾步，倚在大理石柱上，給自己一點喘息空間。

終於通過奈菲瑞特的第一項考驗。她倖存下來了，而且沒被那些蠕動的東西給入侵。可是，如果她想繼續這樣清醒地活著，就不能鬆懈。等到一切結束，有的是時間讓她徹底放鬆。麗奈特一定可以撐到一切結束的。之前生命中那些鳥事，她還不都撐過來了。

首先，要列出清單。

大樓內每一個人都要讓她看過，然後加以分類：好看的、還可以的，以及需要改造的。**需要改造**那一類，還得細分成胖子、時尚美感不足，或者醜到沒藥醫。前兩類或許有救，但第三類，嗯，恐怕得讓他們學點技能，好讓他們隱身在幕後。

「比如煮菜或縫紉……」

麗奈特喃喃自語，同時在智慧手機上寫下筆記，就在這時，她聽見舞池傳來尖叫聲。又怎麼了？奈菲瑞特還能再幹出什麼事？恐懼和疲憊把她的整個人往下壓得好沉重，但她還是設法移動雙腳，到樓中樓層的欄杆處，以便看個究竟。

奈菲瑞特站在坎頓旁，這小伙子怔怔地看著女神那件絲絨禮服的深低領口。其他十一個舞者則驚恐地看著盤繞在奈菲瑞特赤裸腳踝上的蠕動蛇東西。

「拜託，安靜，」奈菲瑞特厲聲喝斥尖叫的女人。「妳得習慣我的孩子，因爲它們時時刻刻都會在我的附近。你們這些忠誠的奴民也一樣，必須永遠隨侍在側。」

「對……對不起，女神。它……它們看起來好像蛇，我……我最怕蛇。」女孩話都說得結巴了。

「它們不是蛇，它們比蛇危險多了。還有，我沒說妳不准怕它們，我是命令妳不准發出聲音。」奈菲瑞特的視線往下移，看著在她腳邊興奮蠕動的蛇東西。「怎麼啦，寶貝？」

「女神，刑警回來了。」站在門廳前方的朱德森喊道。「他還帶了更多人來。」

「那又怎樣，就算他把整個奧克拉荷馬州的國民兵帶來，也無法侵入我打造的護幕。」

「他沒帶軍隊來，女神，他帶了一個吸血鬼來，那個女吸血鬼的身體周圍會發光。旁邊還有一個很高大的男人，他穿的長風衣底下好像藏了一對翅膀。」

「你怎麼不早說？」奈菲瑞特尖著嗓子說。「孩子！隨我來！」一窩現形的蛇東西將女神抬離地面，她騰空滑向大門。

麗奈特全身發冷。她脫掉腳上的時髦高跟鞋，悄悄繞過樓中樓層，來到偌大的觀景窗，俯瞰著馬佑大樓的前方，努力不胡思亂想，尤其努力不抱著希望。

9 柔依

「要命，整棟馬佑大樓看起來好可怕！」我脫口而出。

「那流淌的東西散發著死亡氣息。」戴米恩的聲音聽起來跟我一樣害怕。

「不是死亡。」桑納托絲說：「凡人都會死，死亡不好也不壞，它只是生命循環的一部分。奈菲瑞特給這大樓覆上的，是痛苦和恐懼、鮮血和絕望。」

她的聲音變得很怪。阿嬷、史塔克、夏琳和我擠在學校這輛悍馬車的中排座位，桑納托絲和馬克思坐在前座。我察覺到，愈接近馬佑大樓，這位女祭司長就愈來愈煩躁，甚至眞的坐立不安起來。她有這樣的舉動，眞的超級奇怪，因爲，平常的她可說鎭定如山。

看她緊張成這樣，我的胃也跟著揪緊。

「混亂。」卡羅納說。我轉頭，望向他和戴米恩及簫妮的那排座位（他們是眞的挨擠在一起，因爲他的翅膀占了人家太多空間），發現他嫌惡地邊說邊搖頭。「奈菲瑞特利用黑暗絲線去製造混亂，藉此保護自己。」

「嗯，混亂的味道好臭。」我說，皺起鼻子。

「又噁又臭。」戴米恩附和。「我們連大樓的一扇窗戶都還沒打破欸。」

「對不起，」馬克思說：「我忘了先提醒你們這裡很臭。」

「不需要對不起，」阿嬤說：「我想，就算你事先提醒，也無法預期情況這麼糟。」

「或許妳說的對，不過，我還是應該先讓你們知道，我不確定所有屍骸是否已經清除乾淨。」馬克思說：「所以，待會兒請留意腳步。」

「屍骸？」我尖著嗓子說。

馬克思點點頭。「那些蛇東西爬過露臺時，殺死了很多人，它們拖著模糊的血肉和烏黑的東西，沿著大樓的牆面一路往下擴散。整個晚上，奈菲瑞特的人不停把血被吸光的屍骸從閣樓的露臺往下扔。」

「我可以感覺到她利用鮮血、死亡和黑暗所編織出的魔咒。」桑納托絲說：「她利用那些人的死來製造屏障。」

「奈菲瑞特施展了魔咒，但她不會動手清理的。她才不會弄髒自己的手。」卡羅納以凝重的口吻說：「這代表，裡面仍有人活著，受她擺布，對她言聽計從。」

「誰動手的一點都不重要吧？尤其奈菲瑞特基本上挾持了他們當人質。」簫妮說。

「眞正重要的是，大家必須記住，如果能阻止奈菲瑞特，就能阻止這些瘋狂行徑。」桑納托絲說。大夥兒面色凝重地點點頭。

馬克思將車子駛過警方封鎖的區域，停在馬佑大樓的對街，石油天然氣公司歐尼克大樓的寬敞人行道邊。我們一群人坐在車裡，瞠目結舌地看著對街的馬佑大樓。

「我們在歐尼克大樓裡設置了兩個指揮哨，三樓那一個，有全套的錄音錄影設備，在屋頂的那一個，有狙擊手戒備。」我們一邊呆望著被模糊血肉覆蓋的大樓牆面，一邊聽馬克思解釋。

「狙擊手無法除掉奈菲瑞特。」卡羅納說。

「是啊，我們已經發現了。」馬克思冷冷地說：「可是，他們可以殺掉人類，即便是被奈菲瑞特下了魔咒的，也殺得掉。」

「你們不能殺人！他們是受害者。」坐在我身邊的阿嬤說，激動地挪了挪身子。「他們的行爲不是自己可以控制的，眞正的禍首是奈菲瑞特。」

「妳說的對，女士，這點我知道，我也不想殺人。萬一奈菲瑞特命令她這群爪牙，或者隨妳怎麼稱呼它們，攻擊我們或者陶沙市民，我們別無選擇，只能動手阻止他們。」

「這樣就稱了她的意。」桑納托絲忿忿地說，視線仍落在馬佑大樓上。我覺得，她的臉色似乎比平常更蒼白，不過，話說回來，她當了幾百萬年的吸血鬼，膚色本來就很白，所以我不確定是不是自己的錯覺。「他們一死，只會讓她變得更有力量，而你錯殺無辜，也會讓她獲得很大的滿足。」桑納托絲說，視線移向卡羅納。「我們不容許這種事發生。」

「同意。」卡羅納附和。

「很好。」她說：「我受夠了坐在車裡揣測。我先出去，弄清楚我們要面對的是什麼狀況。」桑納托絲下車後，用力關上這輛悍馬的車門。我們其他人儘管百般不願，還是只能跟著下車。

卡羅納迅速跟上前，跟她並肩而行。我聽見遠處傳來聲音：「喂，有吸血鬼欸！」、「鏡頭瞄準，馬佑大樓前要發生事情了！」

卡羅納這位長著翅膀的不死生物披了一件黑色長風衣，蓋住平常袒露的上半身，同時成功地遮掩他的一對巨翅，不過，我看到他還是不自在地動來動去，試圖藏好那對巨大的羽翼。他不悅地瞥了封鎖線外的群眾一眼，然後視線回到刑警馬克思，對他說：「我認爲你應該把民眾趕出這個區域。這裡非常危險。」

「是啊，你可以去跟媒體說啊。我們已經很努力地把他們堵在那裡了，新聞自由這該死的東西我可沒辦法應付。」

卡羅納聳聳肩，「那他們只好自己看著辦了。」說完這句令人發毛的話之後，卡羅納重新關注馬佑大樓。桑納托絲也凝視著它，彷彿被催眠般，整個人看得出神。我嚥下恐懼感，站到她旁邊，很高興史塔克就在我眼前，帶給我無比的安全感。

「我早該知道的。」桑納托絲的聲音聽起來很緊張。她往大樓走幾步。「可是我很少被召到人類死亡的地點，而且是這種規模的死亡。」她更靠近大樓，站在通往氣派大門的環狀車道上。桑納托絲舉起手，掌心朝外，開始發抖。「用來打造這道屏障的驚駭情緒，仍流連在這裡。」

「女祭司，我建議妳別靠近大樓。」卡羅納說，迅速站到她身邊，輕拉她的手肘，試圖將她帶回路邊。

「我必須幫助他們。」她說，搖頭拒絕卡羅納。

「他們？」馬克思問。

「有些死者沒離去。他們的死亡過程太暴力、太驚恐，遠超出這些可憐的人類所能想像。我感受到那些驚恐的靈魂仍徘徊不去，找不出路，無法從人間移動到下一個階段。」

「妳幫得了他們嗎？」站在悍馬旁的阿嬤高聲問道。

「可以，我相信我可以。」

「那就快點試試看。」卡羅納說。

「需要我設立守護圈嗎?」我問。

「不需要，柔依，妳和所有人退到安全的地方，我只要卡羅納留下。我必須靠自己完成這件事，我們的女神把需要的能力都賜給我了。」說到這裡，她打住，以欣賞的目光對卡羅納一笑。「包括一位了不起的守護者。我必須相信妮克絲賜給我的能力。」

「聽桑納托絲的話，退到悍馬車旁。」史塔克說，拉著我往後退。馬克思後退得更緩慢，雙眼繼續聚焦在桑納托絲身上。

「戴米恩!嗨，戴米恩!」一個年輕俊美的人類忽然衝出來。

戴米恩一轉身，剛好被他的大擁抱給擄獲。

「亞當!你不該在這裡，這裡很危險。」戴米恩輕斥他。

「喂，我是記者欸，我本來就有冒險犯難的精神。」他咧著笑臉說。

我終於認出他了。是亞當·帕魯卡，福斯新聞臺的記者，奈菲瑞特召開那可笑的記者會後，他來學校訪問過我們。我知道他和戴米恩正在約會，這會兒，從他倆相視微笑的表情看來，這段情路應該走得很順利。唉，我忙自己的事忙昏頭，都沒想到去關心戴米恩，問問他傑克離開後，他又重新約會……

「你必須退到封鎖線之後。」馬克思說，怒目橫眉地走向亞當。

就在這時，桑納托絲開始施咒，大家的注意力全被她吸引過去。這位女祭司長高舉著手，閉著眼睛，開口說話時，原本的不安情緒已經消失。她的聲音平靜，話語帶著節奏，彷彿具有催眠效果。此刻的她，英勇、智慧又美麗，我好驕傲自己是她旗下夜之屋裡的雛鬼。

受苦的靈魂，到我這裡來

我的聲音是救生索，讓你倚賴

平靜、祥和，女神的恩賜撫慰你的傷害

桑納托絲四周的空氣開始閃閃發亮，彷彿有人對她投擲了能飄浮在半空，閃閃發亮的雪花玻璃球。

「我的天哪！發生了什麼事？那個吸血鬼在做什麼？」我太專注於桑納托絲所施念的咒語，幾乎沒注意到後面那群記者發出的背景雜音。不過，我倒是感覺到亞當拿起iPhone（不是看見，是感覺到），然後聽見表示開始錄音的訊號聲。史塔克捏捏我的手，壓低聲音說：

「馬克思一副要踢飛那些記者的模樣。我去看看可以怎麼幫他。妳、守護圈成員，以及阿嬤，要留在悍馬旁邊喔。」

我點點頭，接著隱約察覺到史塔克正爲了亞當是否該離開一事，和戴米恩起爭執，而馬克思則以堅定的步伐走向封鎖線。但自始至終，我的視線都沒離開女祭司長。離開不了，因爲桑納托絲完全吸引了我的注意力。

世間的苦痛，我來領你離開
恐懼已盡，聆聽你祈求的是愛
平靜、祥和，你的靈無罣無礙！

發光的球體將桑納托絲團團包圍。說出最後一句咒語時，她敞開手臂，瞬間，所有的發亮體全都奔入她懷裡。桑納托絲喜悅地歡笑著，臉上散發著愛的光輝。接著，她把雙手往上一拋，發亮的球體衝上夜空，宛如國慶日的燦爛煙火，只不過，這些發亮球體消失後留下的，不是灰濛煙霧，而是一波波湧來的舒緩與幸福氛圍，讓我忘了當下的壓力環境。可怖的鮮血、腥噁的臭味，以及被黑暗覆罩的馬佑大樓，什麼都忘得一乾二淨，只記得在我們當中，無論對人類或吸血鬼來說，唯一不變的眞理：愛。永遠不變的，就只有愛。

但奈菲瑞特旋即衝出大樓正門，徹底破壞我的幸福時刻。以前我總覺得她像瘋子，但現在我發現自己錯了。跟現在的奈菲瑞特比起來，以前的她只不過是那種養一堆貓的古怪老女人，身上隱約散發著尿騷味和貓草味。看到眼前的她穿著綠色短洋裝，我幾乎鬆了口氣，起碼她不是裸著身子出來見人。對，她是沒穿鞋，不過，這應該沒什麼大不了的。然而，仔細看了她的腳之後，我不再這麼想了。一群蠕動的黑色卷鬚圍繞著她簌簌顫動，攀沿在她的腳踝和小腿上，還把她騰空舉起。

然而，這還不是最扯的。現在，奈菲瑞特的眼睛完全透露了她的瘋狂野性。她的眼珠子不見了，取而代之的是一對綠得徹底的詭異玻璃珠。

「那女人的眼睛……」亞當開口表達困惑，但被奈菲瑞特的咆哮聲給打斷。

「死神的老女人，妳無權管到我的神殿！」奈菲瑞特指向桑納托絲，兩條卷鬚立刻循著她的手奔向我們的女祭司長。

卡羅納一個箭步擋在桑納托絲和發動攻擊的生物之間，速度快到我們甚至沒看見他移動。他脫掉身上的長大衣，抽出那支掛在背上的烏黑長矛，在卷鬚迎面而來之際，一對巨翅嘩地展開，將一條卷鬚狠狠甩開，就在它半死不活地痛苦扭動時，一個迴身，揮出長矛，將另一條卷鬚狠砍對半。

奈菲瑞特尖叫，好似感受到了重傷卷鬚的痛苦。「不要管卡羅納！先殺掉桑納托絲，然後解決掉其他人。」

倏地，萬象爆開。黑暗絲線宛如毒蛇噴濺的毒液，從奈菲瑞特的腳邊湧竄奔出，繞過卡羅納，直抵桑納托絲和我們。史塔克立刻跳出來，把阿嬤和我推到他的背後，並喊著要戴米恩、亞當、簫妮和夏琳進入悍馬車。

我踉蹌後退，以為我就要眼睜睜地看著桑納托絲被奈菲瑞特的生物劈成四分五裂，接著是史塔克，然後我們所有人會被它們吞沒。

然而，這些景象都沒發生。這一役，黑暗沒能得逞，勝利的一方是有翅膀的不死生物。卡羅納乘奔御風般，無所不在，揮矛之疾速，只聞咻咻，不絕於耳。

「光劍。」戴米恩驚愕地喘著氣說：「光劍真的出現了，不再只是《星際大戰》裡的道具。」

「保護他們！」卡羅納對馬克思喊道。

馬克思奔向女祭司長，卡羅納趁機利用自己的身體、翅膀和長矛掩護我們，讓我們有時間衝回悍馬車。

「各位，抓緊了，我要把車衝上人行道，把他一起帶離這裡！」馬克思說，發動車子，催下油門。

「等等。」桑納托絲說：「他過來了。看看那些卷鬚，它們一旦遠離奈菲瑞特，力量就會變弱。」

女祭司長說的對。傷痕累累，血流不止的卡羅納一邊跟生物搏鬥，一邊朝我們移動，遠離馬佑大樓後，那些卷鬚就不再糾纏他了。

就在卡羅納抵達悍馬車的後方時，奈菲瑞特舉起雙手，下令：「孩子，回來！我會好好療癒你們。」蛇東西一聽，滑回她身邊，纏繞著她的手臂和雙腿。她撫摸它們，彷彿在安慰它們，接著，她忽然移動到馬佑大樓內，一雙綠眸怒火熊熊地盯著我們。「感謝你們讓我學到這個教訓。下回，贏的人必定是我。」

柔依

「不用，眞的，我不需要去人類的醫院。」卡羅納反覆婉拒了馬克思上萬次。「我說過，只要給我水，酒更好，讓我去屋頂獨處一下，我就能療癒自己。」

我們開車繞到歐尼克大樓的後方，從後門進去，到三樓跟陶沙市警方的指揮哨會合。我可以理解爲什麼馬克思這麼擔心卡羅納，因爲他傷痕累累啊。房間裡的所有人都努力假裝不看他，卻又大剌剌地直盯著他。說眞的，若非他是不死生物，應該早就沒命了吧。

馬克思嘆出一口氣，手指耙過自己的頭髮。「好，我知道了，你沒事的。卡特！」他呼喊著一名基層警員。原本假裝專心看著電腦螢幕的卡特，一聽馬克思召喚，立刻回應。「去總裁的專用會議室，裡頭應該有酒。」接著，視線回到卡羅納，問他：「威士忌可以嗎？大老闆好像都偏愛威士忌。」

「可以。」卡羅納說。

「去拿酒。」馬克思吩咐卡特。「好，趁著卡羅納在屋頂休養生息，我們來控制一下災情。帕魯卡，把你的手機給我，然後滾出這裡。」

「你不能沒收我的手機，這樣不合法！」

「那支手機是證據，關係到我們目前正在調查的多起命案，所以，我不是要沒收，只是暫時保管。」馬克思說。

「等等，刑警。」阿嬤說。

「夫人？」馬克思和所有人都一臉困惑地看著阿嬤。

阿嬤淡淡地笑著說：「亞當，如果我說錯的話，請糾正我。我相信，剛剛外面發生的事，親眼目睹的人絕對不只有你。」

「妳說的沒錯。」亞當說。

「嗯，果然如我所料。這代表在警方的封鎖線之後，有好幾個攝影人員在拍攝，至於順手拿起手機錄影，比如你，就更甭提了。」

亞當回答時，我聽見馬克思嘆了一口氣。「妳又說對了，夫人。」

阿嬤和桑納托絲互覷一眼後，女祭司長接著阿嬤的話說下去。「帕魯卡先生，你想獨家訪問卡羅納和我嗎？」

亞當眼神一亮，看起來很興奮，不過，他仍保持專業的態度，說：「我非常樂意，女祭司長。」

「好，那就這麼辦。」桑納托絲說，然後瞥向馬克思。「有時候，比較好的做法是不去控制，順其自然。」

「起碼得先把他身上的血清理乾淨吧。」馬克思嘟囔，「還有，給我來一把止痛藥。」

柔依

卡羅納確實努力清理身上的血。他全身傷痕累累，有的是鞭子揮過般的細長傷口，還有一些是較小但更深的咬痕。雖然，這會兒他行動自如，似乎如往常般強壯、沉默但威武懾人，可是我總覺得仍流著血的他，看起來還是滿慘的。桑納托絲爲他披上了長大衣，她說待會兒亞當．帕魯卡在訪問中所播放的打鬥影片，就足以充分展現他那對駭人的翅膀了。我沒說話，但同意她所說的。此外，我認爲他身上那些血肉模糊的傷口，確實用大衣遮掩一下比較好。這次我難得乖乖閉上嘴，坐在鎂光燈以外的地方，讓其他人去面對奈菲瑞特惹出來的爛攤子。我依偎在史塔克旁邊，享受短暫的輕鬆時刻，和阿嬤、戴米恩、夏琳及簫妮一起看著卡羅納接受陶沙市電視臺的訪問。這樣的畫面，幾個月前我根本想都不敢想。

亞當已經叫來了燈光人員和攝影師，他們掩飾得很好，沒瞠目結舌地盯著卡羅納猛瞧。亞當跟大家說明，他會先播放剛剛打鬥的影片，然後再進行訪問。他也說了，這是現場節目，會當成新聞快報來處理。

「天哪，眞高興在臺上的人不是我們。」我低聲說。

「亞當好專業喔。」戴米恩輕聲說，眼露笑意地看著他的記者愛人。

「我喜歡他。」我說。

戴米恩看著我，說：「妳想，傑克會喜歡他嗎？」

我繞過史塔克，捏捏戴米恩的手。「他會喜歡他的。」

戴米恩點點頭，眨眨眼，忍住不掉淚。「不知爲什麼，想到傑克會喜歡他，我就比較容易接受這段感情，雖然只是稍微容易一些，但已經讓我夠感激了。」

攝影機上的紅燈停止閃爍，變成持續發亮，大家的注意力開始轉向亞當。我們先觀看可攜式字幕機上播放的影片：卡羅納對抗黑暗絲線的畫面。

「我是亞當．帕魯卡，在此爲您現場訪問到剛剛那段影片所出現的吸血鬼和戰士。這段影片裡的驚人畫面，剛剛才發生在陶沙市中心，馬佑大樓的前方。當時，那個名叫奈菲瑞特的吸血鬼女祭司長，正對幾個無辜市民，包括我本人，發動攻擊。」說到這裡，亞當打住，給卡羅納一個溫暖的微笑，對他說：「我要謝謝你救了我的命。謝謝！」

卡羅納一臉訝異，還露出類似羞怯的表情。他點了一下頭，說：「不客氣。」

「卡羅納是我的誓約戰士，善盡職責。奈菲瑞特已經不再被任何吸血鬼高層視爲妮克絲的女祭司，她甚至出手攻擊我和我的人，是卡羅納發揮職責，保護了我們。」桑納托絲說。

「桑納托絲，很高興能訪問到妳。我們很多觀眾知道妳是陶沙市夜之屋最新的女祭司長，可否請妳告訴觀眾，妳爲何出現在馬佑大樓？」

女祭司長深吸一口氣，然後以清晰的口吻慢慢解釋，彷彿想讓每個人都能了解她說的話。「現在，各位應該知道我們之前所揣測的事。那就是奈菲瑞特徹底發狂，無法無天了。她承認一連串的殺人事件是她幹的，包括陶沙市長、伍得沃德公園的兩個人，接著是週日早上波士頓大道教會的無辜教徒，以及如今被她封鎖起來的馬佑大樓。她在馬佑大樓裡屠殺許多人，藉由他們的生命能量，她才得以製造出保護殼來覆蓋大樓。我去那裡，是因爲我要利用女神賜給我對死亡的感應力，來幫助那些無辜的靈魂順利離開人間，前往該去的地方。」

「那些發亮的球體！全都是一個個靈魂？」

桑納托絲點點頭。「是的，他們被困在人間，因爲他們的死亡過程太暴力。我想幫助他們順利離開這裡。」

「哇，太神奇了！」

桑納托絲露出美麗笑容。「生命本來就很神奇。」

「對，的確是。等等，桑納托絲，所以，妳幫助的是人類的靈魂？」

「是的。」她淡淡地說。

「可是，妳是**吸血鬼**欸。」

女祭司長笑得更燦爛。「我想，這一點毋庸置疑。」

「是啊，」亞當伸手抹過他那頭完美的頭髮。「可是，妳的同類在妳幫助**人類**靈魂的時候攻擊妳。」

「亞當，我活了五百多年，在這五百多年裡，我學到的就是，人性取決於個人的選擇，而非由基因所決定。簡單來說，我認爲人類和吸血鬼同樣具有人性，並非截然不同。」

「但奈菲瑞特顯然不這麼認爲。」亞當說。

「奈菲瑞特發狂了，她已經走火入魔，變成危險人物。」

「她派來殺我們的東西到底是什麼？」亞當問。

「是具體成形的邪惡力量。它們聽從奈菲瑞特的命令，因爲她拿祭品攏絡它們，所以它們願意對她忠心。」桑納托絲直接看著攝影機，繼續說：「我要在此鄭重強調，不管奈菲瑞特提出任何威脅，請所有人類絕對不要靠近馬佑大樓。奈菲瑞特是從死亡中汲取力量，所以，請務必遠離馬佑大樓。沒有死亡，她的力量自然會逐漸消失。」

亞當怔愣，滿臉驚嚇，隨後才把視線撇離攝影機。「馬克思刑警，你同意桑納托絲剛剛的呼籲嗎？」

攝影師把鏡頭對準一臉憤怒的馬克思刑警。他毫不遲疑，鎮定地說：「我同意。陶沙市警局已經在馬佑大樓的四周架起路障。任何人，包括警察或軍隊，都不准靠近該大樓。」

「馬佑大樓裡不是有奈菲瑞特挾持的人質嗎？」亞當問。

「沒錯，不過，我們目前還沒掌握到人質的數目和身分。」馬克思說：「我知道他們的家人一定很焦急，陶沙市警局開放了一條免付費的電話專線，供民眾詢問或通報失聯親友。民眾若有相關問題，請透過此專線詢問。」

「本新聞臺福斯二十三會把這條專線的電話號碼打在螢幕下方。」亞當說。

「謝謝。」馬克思說，但看不出有感激之意。

「馬克思警官，我有個問題，非問不可。如果，你們不准任何人靠近馬佑大樓，那要怎麼阻止奈菲瑞特繼續爲非作歹呢？」亞當問。

「我會去阻止她，跟我同陣線的吸血鬼和雛鬼會跟我一起去對抗她。奈菲瑞特乃我族類，所以，我們有責任制止她的惡行。」卡羅納說。

所有人，包括攝影師，全都聚焦在這個有翅膀的不死生物。

「卡羅納，你應該不是吸血鬼吧？」亞當說。

「不是。」

「那，你到底是什麼生物？」

他沒一絲遲疑，回答的語氣彷彿在閒聊前一天的晚餐吃了什麼。「我叫卡羅納，是冥神俄瑞波斯的不死兄弟。許久以前，太初之時，我是女神妮克絲的伴侶暨戰士。可是，我做了錯誤決定，從此，便脫離了女神，由另一個世界墜落到人間。」

一陣無聲無息的靜默，久久之後，亞當開口。「那你來人間做什麼？」

卡羅納挺起寬闊的肩膀，直視著攝影機，說：「我想試著彌補過去所犯的錯，祈求妮克絲的原諒。」

「嗯。」亞當吞口水的聲音清晰可聞。「在我看來，你確實做了將功贖罪的事。你救了你的女祭司長，還有很多吸血鬼和雛鬼，以及刑警和我。如果你可以成功阻止奈菲瑞特，那我眞的要稱你為超人了。」

卡羅納揚起他豐滿的嘴唇，說：「那，如果你有機會見到妮克絲，把這些告訴她，我會非常感激你。」

「沒問題。」亞當說，接著把注意力轉向桑納托絲。「妳有什麼想補充的嗎，女祭司長？有沒有什麼是市民可以協助的？」

「有。」她說：「我要請大家祈禱，給我們正面的信念和能量。夜之屋絕對會竭盡所能保護陶沙市市民，不過，我們也希望能獲得神靈的幫助。」

「祈禱？跟誰祈禱，上帝或女神？」亞當說。

「當然都可以。我相信心誠則靈，用什麼樣的專有名詞去描述並不重要。」

亞當笑著說：「我也這麼相信。」接著，他面向攝影機，說：「我們大家一起祈禱，願奈菲瑞特的瘋狂行徑能被阻止，願陶沙市裡的種種暴力能畫下句點，願馬佑大樓的僵局能很快結束。以上是福斯二十三臺記者亞當．帕魯卡爲您所做的報導，請各位鎖定本新聞臺，我們會持續爲您提供最新消息。」

「冥神俄瑞波斯的兄弟。眞有意思，是不是？」阿嬤說，看著亞當跟桑納托絲握手，感謝她和卡羅納接受訪問。

「妳之前就知道他是冥神俄瑞波斯的兄弟嗎？」戴米恩悄聲問我。

「嗯，呃，知道。」我說：「幾天前他跟我提過。」

「可是，這幾天我們太忙了。」史塔克說。

戴米恩搓搓額頭。「我印象中，某本吸血鬼古詩集裡，有幾個地方提過月亮之子和黑夜戰士，另外，也有幾處，照例以太陽之子和妮克絲的伴侶來描述冥神俄瑞波斯。一開始，我以爲冥神俄瑞波斯有不同的名字，不過，現在回想起來，原來是有兩個不死生物。」

「難怪卡羅納會憤怒好幾世紀。」阿嬤說。

「是啊，他原本是妮克絲的戰士和伴侶，後來竟然連另一個世界的大門都進不了，那種感覺一定很不好受。」戴米恩說，一雙大眼同情地看著卡羅納。

「他以前姦淫擄掠還殺人，誰知道他墜落人間之前，在另一個世界幹過什麼壞事啊。那種人，不需要同情他。」史塔克說。

「每個人都值得有第二次機會，**記塔嘎阿思哈亞**，」阿嬤說，用她給史塔克的切羅基族名字來稱呼他——意思是公雞。「我記得不久前，**你**才被給過第二次機會。」

史塔克低頭看著自己的腳。

我深吸一口氣，說：「我也是。」

阿嬤揚起眉，疑惑地看著我。

「今天，我被給了第二次機會。」我解釋，視線從阿嬤移到朋友，一個一個看著他們，最後，目光停留在史塔克身上。「我們這群人，都很幸運，有第二次的機會，我很高興卡羅納的第二次機會可以由我們給他。」

阿嬤摸摸我的手。「妳確實該找一天這麼告訴他，**嗚威記阿給亞**。我想，妳會很驚訝地發現，妳的話是多麼有意義啊。」

10 愛芙羅黛蒂

「太扯了！你們一定不相信現在YouTube上在瘋傳什麼影片！」妮可從觀眾席跑上舞臺，像個瘋子一樣猛揮手上的iPad。

愛芙羅黛蒂瞪她一眼，拂掉她手上的iPad。「不會吧？我們**剛剛才**開完會欸，妳竟然在我發言的時候，上網逛YouTube？」

「對，」妮可翻翻白眼，說：「妳認清事實吧，這年頭誰不逛YouTube啊。這個，妳非看不可。」她把iPad塞給愛芙羅黛蒂。

「當老師的好可憐，現在的學生都這麼不長進。」愛芙羅黛蒂說，還是不理會妮可硬遞上來的iPad。

「喔我的天哪，那是卡羅納嗎？在YouTube上欸？」史蒂薇．蕾擠到愛芙羅黛蒂身邊，雙眼直盯著螢幕。

「什麼？卡羅納？」蕾諾比亞一聽，立刻衝到史蒂薇．蕾旁邊，達瑞司和利乏音也緊跟在後。

「好，我來看看，反正我已經跟所有學生說過了，我們會、再次、拯救世界。」愛芙羅黛蒂終於把視線瞥向螢幕，雙眼登時睜得又圓又大。「啊，哇靠！妳到現在才說啊？快點播出來看看。」她抓著iPad，猛按重新播放鍵，並把音量調到最大。

影片拍得不是很專業，不過前面還算清晰。一開始，鏡頭聚焦在桑納托絲。她站在一棟看起來像被砲火蹂躪過、整個牆面似乎覆蓋著一塊黑布簾的建築物前。大家看著這位女祭司長施念咒語，高舉雙手，托著一大群發亮的美麗球體。那些球體被施放到空中時，鏡頭仍聚焦在桑納托絲身上，不過從背影可以看出奈菲瑞特正在咆哮。

「死神的老女人，妳無權管到我的神殿！」

鏡頭一轉，大家看見奈菲瑞特站在那棟想必是馬佑大樓的建築物前。

「她眞的有毛病欸。」史蒂薇．蕾說。

愛芙羅黛蒂繼續盯著螢幕，對史蒂薇．蕾說：「妳只能說出這種評論嗎，鄉巴佬？」

「我覺得，她根本是從瘋人院跑出來的。」妮可說。

「又沒人問妳……」愛芙羅黛蒂開始損妮可，但影片上的爆炸畫面打斷她。

「啊，天哪！」蕾諾比亞倒抽一口氣，看著奈菲瑞特噴射出一群黑暗東西，追殺桑納托絲等人。

「我父親一定會保護他們的！」利乏音說。

「看看他那矯捷的身手。」達瑞司以恭敬的語氣平靜地說：「他的速度和爆發力，太不可思議。」

愛芙羅黛蒂還沒機會附和，只見到這段影片結束。最後畫面是手持攝影機的人匆忙奔入那輛悍馬車，不過，他還是設法捕捉到奈菲瑞特和她那些血淋淋的黑暗觸鬚滑入馬佑大樓內的畫面。

接著，訪問開始。愛芙羅黛蒂看見福斯二十三臺的畫面上除了有桑納托絲，還有卡羅納——竟然毫不遮掩大剌剌地張開翅膀——坐在她旁邊時，驚訝得掉了下巴，半晌後才趕緊閉上嘴巴，免得醜態百出。

「我叫卡羅納，是冥神俄瑞波斯的不死兄弟。許久以前，太初之時，我是女神妮克絲的伴侶暨戰士。可是，我做了錯誤決定，從此，便脫離了女神，由另一個世界墜落到人間。」

「冥神俄瑞波斯的兄弟？他在開玩笑吧！」愛芙羅黛蒂覺得腦子快爆炸。

「這是真的。」達瑞司靜靜地說。

這時，影片結束，螢幕變黑。愛芙羅黛蒂直瞅著他，說：「你**早就知道**？」

「對，卡羅納告訴過柔依、史塔克和我。」達瑞司承認。

「而你們都認爲這事沒重要到需要告訴我們其他人？」蕾諾比亞問，看起來跟愛芙羅黛蒂一樣很不高興。

達瑞司聳聳他寬闊的肩膀。「老實說，我對他的話多少存疑，畢竟，打從他出現在這裡，我就對他打了個大問號。」

「可是，現在你相信他的話。」利乏音說。

「利乏音，你以前知不知道你父親是冥神俄瑞波斯的兄弟？」史蒂薇．蕾問。

鳥男孩流露出難過的眼神。「父親**不曾**提過。」

「這代表，你之前不知道？」愛芙羅黛蒂問。

「是的。」利乏音說，口氣和他父親相像到讓人覺得恐怖。

「這一來，一切都不一樣了。」蕾諾比亞說。

「是啊，太棒了。」妮可像彈簧頭公仔，點頭如搗蒜。「這代表我們這隊人馬有妮克絲的戰士相助。」

「不對，」愛芙羅黛蒂冷冷地說：「這代表，我們這隊有一個人曾是妮克絲的戰士，但後來他搞砸了，而且狀況糟到被踢出另一個世界。這一點都不棒，好嗎？」

「他說過，他會設法將功贖罪。」利乇音說。

「況且，他救了桑納托絲和其他人。」達瑞司說。

「抱歉，但我就是還沒準備好，不想盲目地跟卡羅納同一組。」愛芙羅黛蒂說。

「我認爲，忽略眼前的事實，才是盲目。」利乇音說，指著iPad的黑螢幕。

「我認爲，關於卡羅納，我們還有很多不知道的事。」說到這裡，愛芙羅黛蒂打住，狠狠地看了達瑞司一眼。「或者，起碼**我們多數人**都還不知道。現在，如果你沒別的事要做，或許應該去召集那些有戰士天分的雛鬼，我會很感激。我敢說，桑納托絲很希望有人可以直接上戰場。看了YouTube上那段瘋女人的影片，我可以感覺得到，奈菲瑞特完全不會甩卡羅納這隊人馬。」愛芙羅黛蒂說完，往自己的額頭拍了一下，以譏諷的口吻繼續說：「等等！說不定那個天殺的奈菲瑞特跟所有人一樣，早就知道卡羅納和冥神俄瑞波斯有關係，**只有我不知道**。」語畢，她把頭髮往後一甩，扭腰擺臀離去。

愛芙羅黛蒂走出禮堂，放慢腳步，思緒才跟上她的情緒。她的心臟怦怦跳，胃好難受。她好氣，快氣炸了。

不，這不是真的，我沒生氣，我只是很驚訝，很煩亂。

愛芙羅黛蒂嘆了一大口氣，離開人行道，走向那棵正綻放新芽的橡樹，在樹底下挑了張長椅坐下，伸手將一頭濃密的金髮往後捋，這才發現，手顫抖得好厲害。

達瑞司竟然有事瞞著她，而且是重要的事。以前，她還以爲他跟地球上其他的男人不一樣。她以爲他對她百分之百坦誠，百分之百忠心，最重要的是，**她以為他愛她愛到永遠不會對她撒謊，或者隱瞞她任何事**。

從說謊的次數，可以眞正衡量對方愛你／妳有多深。這一點，愛芙羅黛蒂從很小就知道，因爲她就是一路看著父母之間的謊言次數往上增加。他們在人前裝出完美夫妻的形象，私底下根本恨死了對方，就像他們恨她這個女兒一樣。除了在公開場合扮演夫妻角色，其他時間他們根本是各過各的分居狀態，超過十年不曾同房，當然也沒有祕密共享。

他們可說每天都在撒謊。

愛芙羅黛蒂八歲那年，就對自己發誓，她絕對不要父母那樣的婚姻。在她遇見達瑞司之前，她不曾讓任何男孩眞正走進她的生命，不曾讓他們重要到足以讓她在乎他們是否說謊。因爲，要說謊，也必定是**她**先說。要欺騙，也必定是**她**先欺騙。談分手，也絕對**她**先開口。

「我的美人兒，我可以感覺到妳很難過，拜託，跟我談談。」

愛芙羅黛蒂循著聲音抬起頭，但沒看著達瑞司的眼睛，而是把視線瞟向他的肩膀後方。

「有什麼好談的？」

他往她身邊坐下，用手背輕拭她臉頰上的淚。她彈開，急急擦拂另一邊的臉頰。直到這會兒，她才意識到自己落淚了！

「我想談談我們的事。」他說。

「是嗎？繼續像以前那樣，會比較輕鬆吧？我們可以繼續假裝『永遠在談戀愛』啊。」她伸出手指，在半空中比劃，強調這幾個諷刺的字眼。

「我從來都沒在假裝，妳知道的，愛芙羅黛蒂。」他冷靜眞誠地說。

她很想摑他一巴掌，狠狠地傷他的心，讓他感覺到害怕，就算只比她的恐懼多一絲絲也好。但她沒做出任何暴力的舉動，因爲，這樣做就代表她失控了，代表她已經變成她的母親。所以，愛芙羅黛蒂決定用言語攻擊他。

「我哪知道你有沒有在裝啊？我又不是你肚子裡的蛔蟲，我甚至沒辦法像個眞正的女祭司，感受到你的感覺欸，不過，無所謂啦，別擔心，沒事的，反正我們現在有一堆鳥事等著做，因爲，黑暗勢力又像往常，準備統治我們的世界啦。」

「黑暗閃到一邊等著吧。因爲，妳才是我的世界，如果沒有妳，我也會沒了自己。」

愛芙羅黛蒂很想站起來，頭也不回，轉身離開。她很想回到以前那般的鐵石心腸，免得自己受傷。所謂的以前，就是柔依和她那群蠢蛋幫以及達瑞司改變她之前。

她眞的很想狠下心，可是，不知怎地，達瑞司的話好像說對了什麼，讓她的雙腳忽然決定順從她的心，而非她的理性。

愛芙羅黛蒂看著他的雙眼，說：「你對我撒謊。」

「沒有，我的美人兒，我只不過有些事情沒告訴妳。」

「爲什麼？你爲什麼要隱瞞我？卡羅納是冥神俄瑞波斯的兄弟，這可是他媽的大事欸！」

「我不關心卡羅納，也不在乎他說了什麼或者沒說什麼，我只關心妳，只在乎妳說過的話。」

「我？」愛芙羅黛蒂對他皺起眉頭。「你在說什麼啊？我可從沒提過卡羅納和冥神俄瑞波斯有可能是兄弟。」

達瑞司緩緩露出甜蜜的笑容。「這就對了啊。如果，妳，我的美人兒，被女神賜予天賦的睿智女先知沒有看出卡羅納的過往身分，那我何必去提起那長著翅膀的不死生物隨口說的話呢？愛芙羅黛蒂，如果，卡羅納和冥神俄瑞波斯是兄弟這件事眞的那麼重要，我們非知道不可，我相信**妳**一定會告訴**我**。」

愛芙羅黛蒂搖搖頭，明白達瑞司所說的話之後，整個人頭暈目眩。

他握住她的手。「我有沒有告訴過妳，我有多愛妳？」

「沒……沒有。」她低聲說，心裡想著，**如果你沒那個心，拜託，別說出口。千萬別說。**

「我整個人，整個心，深深地愛著妳。」他說。

淚水滑落她的臉頰，但這次她沒把頭撇開。

「別怕。」他說。

「我怕，我還是會怕。」她承認。

「我也怕，可是，有妳在身邊——眞的跟妳同心，不是爲了心安而假裝跟妳在一起——面對所有恐懼，我都能克服。」

「可是，你是戰士，我不是，我什麼都不是，我只是……」她支吾，說不出口，但那些話語充斥在她的心頭：我只是一個有糟糕母親的女兒。這個母親教我恨，還告訴我，永遠永遠都不要相信愛這種東西。

「妳是我見過最勇敢的人。」達瑞司嚴肅地說：「還有，妳跟妳的母親不一樣，妳永遠都不會變成她。」

「那你永遠都不能對我說謊。」

她這句話不是問句，但他一聽，立刻從長椅上起身，單膝落地，把她的手抓來放在他的心臟位置，說：「愛芙羅黛蒂，妮克絲的女先知，我對妳起誓，我絕對不對妳撒謊，要是我沒對妳說實話，就讓我被土埋，讓我的靈永遠找不到前往另一個世界的路。」

愛芙羅黛蒂一聽，嚇得全身發抖，趕緊拉起達瑞司，把他摟入懷中。「夠了，別這麼說！任何人都有可能不小心撒謊！我不接受你這番誓詞！」

達瑞司的身子稍微後傾，輕輕抓著她顫抖的肩膀，笑著說：「可是我不是**任何人**，我是妳的人，妳的戰士，妳的愛人，妳的伴侶。我發誓永遠不對妳撒謊，因爲這會嚴重傷害到妳，我寧可永世被土埋，也不願傷害妳。」

她凝視著達瑞司，看著他眼裡的眞心，就在這時，她的心裡有東西釋放掉了。那東西，細小但尖銳，深深嵌在她的心裡好久，好久，好久了。她倒抽一口氣，然後深呼吸，緩緩吐氣。

「消失了。」她低喃道。

「什麼東西消失了，美人兒？」

「我的恐懼，消失了。達瑞司，你把它趕走了。」愛芙羅黛蒂知道，她這些話聽起來幼稚愚蠢，但她不在乎。這輩子第一次，她不再害怕失去愛。「我不能失去你！」她脫口而出。

「不會的。」他又笑著說：「妳永遠不會失去我。還有，不是我趕走了妳的恐懼，是妳自己把它釋放掉了。」

「噢，」她輕聲說，好像終於懂了。「對不起，我花了這麼久的時間才釋放掉它。」

「妳就是需要這麼多時間啊。等待的每一分鐘，我都不後悔。」

達瑞司又親吻她，愛芙羅黛蒂感受到一種全然的幸福感。

直到被元牲的聲音打斷。「達瑞司！原來你在這裡，快來，他們聚集在大門口！」

愛芙羅黛蒂靠在達瑞司的肩膀，對著元牲不悅地皺起眉頭。「喂，搞什麼啊，如果你只是因爲柔依和那群蠢蛋幫回來，就壞了我的好事，你就等著看我怎麼……」

「不是柔依啦！」元牲說：「是人類！學校大門口聚集了一群人類，他們要求進入校園，希望我們保護他們，免得被奈菲瑞特殺害！」

「喔，如果是這樣，那應該讓他們進來啊。」達瑞司說，從椅子上站起來，並伸手拉愛芙羅黛蒂。「妳是不是也這麼認爲，美人兒？」

她嘆了一口氣，嘟噥說：「好，隨便，只要人群裡沒政客就行了。」

11 柔依

「啊，要命！是暴民嗎？這不是火上添油嗎？」我無力地嘆了一口氣。我們穿越二十一街和尤帝卡街的紅綠燈，看見學校後，發現眼前這超詭異的景象。現在已經過了午夜十二點，馬路上一片漆黑，照理說該空蕩無人才對，但學校的巨大鐵柵門竟然開著，還有一大群人擠在門口，人群占據的範圍離門足足有十呎之遠。突出於牆面的銅製老燭臺裡的兩盞煤油燈，熒熒搖曳，在人群中投射出一個半圓形的陰影。人群之多，甚至溢到校門口左右兩側的馬路上，在學校照明燈以外的地方，我看見人行道上有幾輛車的深暗輪廓，看起來像被棄置在那裡，感覺好突兀。

「除了學校的燈籠外，你們有看到什麼東西正在燃燒嗎？比方說，巨大的十字架？」坐在後座的簫妮，從史塔克和我之間伸出頭，想看個仔細。

「停車，我在這裡下車，交給我來處理！」卡羅納說。

「不！」桑納托絲、馬克思和阿嬤同時喊道。

「他們看起來不像生氣。」桑納托絲說。

刑警馬克思踩煞車，打開車窗。大夥兒凝神靜聽，然後他說：「雖然從這裡看不清楚，不過，我並沒聽見咆哮怒罵的聲音。」

「我的夜視能力比你們好，我看得出來，沒有推擠或驚慌亂竄的情形。大家看起來還算鎮定。」桑納托絲說。

「嗯，爲了以防萬一，我看還是得讓他們知道，夜之屋也是有法律的。」

刑警抓起他從歐尼克大樓指揮哨拿來的攜帶型警示燈，往他那側的車頂用力放上去，然後打開電源，警示燈開始輪流閃爍著藍燈和紅燈。如果你曾經開著車，經過一〇一街和林恩街之間的「南區中學」，明明看到前有學校的標誌，卻沒在四線道的大馬路上完全停車，你就會很熟悉這種閃著警示燈的警車。其實，這不是我的**個人經驗談**，我只是要說，親自待在閃著警示燈的車子裡，感覺滿怪的。

馬克思把警示燈拿起來，重新用力放下去，這次，比閃光更讓人不舒服的鳴笛聲尖響了兩次。閃燈和鳴笛，合作無間。群眾一陣騷動，轉身望向我們，發現陶沙市警局的車輛，立刻讓出一條路，讓我們的悍馬車得以順利駛入學校。

原本堅固鐵柵門應該緊閉之處，此刻站了愛芙羅黛蒂、達瑞司、史蒂薇·蕾、利乏音、蕾諾比亞和元牲。他們排成一列擋在車道，構成一道人肉柵門。

「他們站在門口幹麼？」史塔克說出我們確實正在想的問題。

「但願他們開啓大門，是明智的決定。」桑納托絲說。

我默默地同意這句話，同時把視線優先瞥向愛芙羅黛蒂。如果她一臉不爽，或者手裡拿著飲料，那就代表情況不妙。可能是有人要燒十字架，或者有市民在憤怒咆哮。不過，此刻她的臉上只有困惑表情，我的意思是，明顯滿頭霧水的樣子。她一手插在臀側，還聳聳肩。這時，蕾諾比亞正跟群眾裡某個我沒能看清楚的人交談，還對他點點頭。

「愛芙羅黛蒂的表情看起來很困惑，不像驚慌。」我大聲說出這出人意料的觀察結果。「還有，蕾諾比亞好像可以接受這些群眾，所以，不管發生什麼事，應該不是可怕的壞事。」

「瑪麗・安潔拉修女和艾蜜莉修女也來了欸。喔，我現在看到了！最前面是一群修女。」阿嬤指著遠方，還揮起手來。「如果她們是跟著人群一起來的，那應該沒事啦。」

「有道理。不過，我還是先把車開入校園內，停好後，大家才能出去。還有，我要你們全部待在校門內，也就是夜之屋的校園裡。如果有人叫你們到校門外，絕對不要理會。」馬克思說。

我看見阿嬤擺出要罵人的表情，不過桑納托絲匆忙的一句「同意，刑警」，讓她決定不出聲。

我好高興。好吧，或許是因爲我剛出獄還不滿二十四小時，不過，說眞的，一群人類在學校大門附近徘徊，即使是一群認識的人，而且過程平和，都會讓我緊張得胃揪成一團。更何況現在已經超過午夜十二點，而且沒多久前奈菲瑞特才從馬佑大樓的露臺扔下爆裂破碎的屍骸。所以，這會兒，我眞的很不想指責或忤逆馬克思和桑納托絲。其實，我現在最希望的，是我未來漫長無趣的人生（但願能漫長無趣啊）都不會再忤逆任何人。

卡羅納下車。

「喂，是不是那個長翅膀的傢伙啊？」群眾裡有人喊道。

「哇，冥神俄瑞波斯之子欸！」另一個人說，不僅資訊錯誤，**而且**，連俄瑞波斯都發音成餓了布施，惹得史塔克以咳嗽來掩飾噗哧。

我用手肘戳了一下史塔克，他給我一個冷傲可愛的招牌笑容，還用嘴型重複一次**餓了布施**！我賞他一個白眼。

「好，好。」刑警馬克思說，舉起雙手，要大家冷靜。「這裡沒什麼好看的，請各位往前移動，不要擋住出入口。」

「唉呀，別擔心啦，刑警，我們沒要擋住出入口。我們只是希望能進去學校。」一個包著頭巾的高個兒修女以毅然的姿態，邁開大步朝他走來，露出慈祥的溫暖笑容。「真高興又見到你，凱文。」

「瑪麗・安潔拉修女，妳好。」刑警馬克思以復古的行禮方式，佯裝拉一下帽子，對她致意。「妳們幾位女士怎麼這麼晚來這裡拜訪啊。」

「噢，凱文，我們不是來這裡拜訪。」她回答得很含蓄。

馬克思還沒開口詢問，就見阿嬤從他身邊走過去，到校門口，對修女說：「瑪麗・安潔拉修女，我稍早前才想到妳呢。」兩人迅速擁抱了一下。

修女呵呵笑，以多數旁觀群眾都聽得到的音量說：「妳是什麼時候想到我啊？在你們被黑暗攻擊之前還是之後？妳的生活過得可真『多采多姿』啊，席薇雅。」

已經來到我身邊的愛芙羅黛蒂哼了一聲，說：「老人家的生活不該那麼『多采多姿』的。」

「我們也不該那麼『多采多姿』啊。」我低聲嘟噥。

阿嬤笑笑，好像聽見我們的話。「是黑暗攻擊我們之後，就在桑納托絲呼籲陶沙市市民幫我們禱告時。」

「啊，眞巧，我們就是來這裡幫你們禱告的。」

「請解釋清楚一些，好姊妹。」桑納托絲說，我留意到她並沒像阿嬤那樣，熱絡地跟修女打招呼。我瞥向卡羅納，他緊緊跟在她的身邊，彷彿深怕黑暗絲線隨時會出現。

「拜託，少在那裡拐彎抹角啦。」愛芙羅黛蒂低聲嘟噥，隨即大步上前，說：「他們想要我們保護他們啦。」

我跟上前，但史塔克抓住我的手肘，要我別那麼衝動。

「我相信他們想要的，應該是『避難』。」蕾諾比亞說。

「妳這兩個字是政治正確的語彙。」愛芙羅黛蒂說。

「如果我們懂得政治正確，就不會在這裡了。」閃爍的燈火當中，一個嬌小的婦女開口說道。後面一個體型削瘦的男人走上前，站在瑪麗．安潔拉修女的旁邊。婦女恭敬地對桑納托絲點頭致意。「沙洛姆（Shalom），女祭司長。」她以猶太語的「平安」，問候桑納托絲。

「平安，梅格麗特拉比②。」桑納托絲說。現在，他們更靠近燈源，我才看清楚那對夫妻有點眼熟。「平安，史帝芬拉比。眞高興見到我們以色列聖殿的鄰居。」

我這才想起來爲什麼這對男女這麼眼熟。伯恩斯坦夫妻，最近才成爲猶太會堂「以色列聖殿」的拉比，而且他們的會堂，確實就在夜之屋旁邊，靠近尤帝卡廣場的那一側。我想起學校開放日那晚——園遊會被迫以悲劇和死亡結束之前——他們超愛阿嬤做的巧克力餅乾。

「所以，你們眞的打算來這裡避難？」桑納托絲問拉比夫妻，但分貝之高，顯然所有人都聽見了。

「是的。」梅格麗特拉比說，她和丈夫，以及站在他們背後的所有人，全都點點頭。

「本篤修道會也是來這裡尋求庇護。」瑪麗．安潔拉修女說。

「我們諸聖堂也是。」一位從陰暗處走出來的年長婦女說道。她一頭金髮光澤不再，但雙目炯炯有神，即便在微弱的光線下，那雙眼睛仍明亮如藍晶。她直直走向桑納托絲，不理會怒目盯著她的刑警馬克思，對桑納托絲伸出手，說：「我們差不多該正式見面了。我是蘇珊．格林姆，諸聖堂善牧部的主任。如我所言，我們也是來尋求庇護的。」

② 拉比（Rabbi），猶太教的宗教導師。

桑納托絲遲疑了一下，望向蕾諾比亞，得到一個笑笑的回應。然後，她望向卡羅納，但他皺起眉頭。接著，我驚訝地發現她回頭望向我。我迎視她的雙眼，出於直覺地對她微笑，點點頭。

桑納托絲面向蘇珊，行吸血鬼的傳統禮，抓著自己的前臂，以充滿妮克絲力量的聲音，大聲說：「我以夜之屋女祭司長的身分，歡迎各位來此尋求庇護！」

我聽到在我旁邊的史塔克嘆了一口氣，低聲說：**「唉，要命……」**

柔依

「不行，鮑比！媽咪跟你說過多少次，不可以摸那個高大叔叔的翅膀！」一個滿臉疲憊的女性從體育場的沙地上抓起搖搖晃晃的學步兒。寶寶伸長了手，想去摸卡羅納的翅膀。

我咬著臉頰，努力克制，免得噗哧笑出來。這個有翅膀的不死生物不悅地嘟噥，躲到一旁，免得被沾滿泥土的小指頭碰到。學步兒不停扭動，想掙脫媽媽那雙累壞的手臂。卡羅納趕緊避開她。想當然耳，卡羅納所到之處，總會引起所有人的注意，這種萬眾矚目的感覺，把他搞得很疲憊。他一臉虛脫，怪的是，他的傷口竟然還沒完全癒合，粉紅和發皺的傷疤看起來好痛。我看，他在歐尼克大樓屋頂休養生息的時間一定不夠，才沒能完全康復。這時，愛芙羅黛蒂的聲音「喂！」吸引了我的注意力。

「柔、鄉巴佬……過來，快！」愛芙羅黛蒂叫我們。史蒂薇・蕾和我放下準備搬進體育館的一大箱礦泉水，跟著愛芙羅黛蒂去稍遠的陰暗處，有妮克絲雕像的小神龕那裡。

「唉，我快累死了。」史蒂薇・蕾說。

「眞的。」我附和。

「我們應該好好休息一下的。」愛芙羅黛蒂說，扔了兩罐可樂給史蒂薇・蕾和我，然後，讓人驚訝地，她竟也打開自己手上的那罐可樂。

「可樂？妳？我還以爲妳討厭喝可樂欸。」

「我是討厭啊。這不是可樂，是罐裝香檳。」她說，拔開貼在纖細粉紅瓶身上的吸管，開心地就著粉紅小吸管喝香檳。

「香檳裝在罐子裡，怎麼會有人想到這種點子啊？」史蒂薇・蕾說。

「隨便一個有文化素養的人都想得到啊。」

「我可不知道。」我說。

「所以我就說嘛。」愛芙羅黛蒂說，將目光瞟向卡羅納。站在體育場中央的他，看起來像在尋找什麼人。不過，大家也都看得出來，對於那些盯著他看的人，他故意視而不見。

「卡羅納加上人類，尤其是小人兒，簡直就是上帝預警人類會有的大災難。」

「我完全同意。」我說：「你們會不會覺得他看起來很累？」

愛芙羅黛蒂哼了一聲。「**大家**看起來都很累。」

「我覺得他平常就是那種表情啊，只不過現在疲憊一些，所以，其實我還滿同情那個想拔他羽毛的小寶寶。」史蒂薇・蕾說。

「卡羅納是不死生物，他不會有事的，至於那個想拔他羽毛的寶寶，才叫人刮目相看咧。」愛芙羅黛蒂說：「不曉得可以用什麼來賄賂那小鬼，好讓他眞的去拔。或者，最好是他媽媽同意讓他去拔。妳們看，那個媽媽會喜歡含羞草雞尾酒嗎？」

「她看起來很需要來杯酒，而且是**沒加柳橙汁**的高濃度雞尾酒。說不定，她會喜歡妳手上那種粉紅色的罐裝香檳喔。」史蒂薇・蕾說。

「史蒂薇・蕾，我很少說妳說得對，因爲妳通常說的都不對，但這次妳說對了。」愛芙羅黛蒂說：「不過，我覺得我需要的不只是這種小罐子的酒。看來，得來個『凱歌寡婦』才夠。」

「凱歌寡婦？她也是以色列聖殿的人嗎？」史蒂薇・蕾說。

「唉，妳這個無知可憐的小村姑。」愛芙羅黛蒂說，搖搖頭，很無力的樣子。

卡羅納剛剛走過學步兒旁邊，惹得寶寶又蠢蠢欲動。咦，他好像朝我們這裡過來。「拜託，告訴我，他不是要來找我們。」

「我也希望能這麼告訴妳啊。」愛芙羅黛蒂說。

「他那樣子眞像超級大信鴿。」史蒂薇．蕾說。

「我們要不要主動上前，跟他打招呼。」我問，打了個哈欠，往學校的時鐘瞥一眼，早上五點半，再一個小時左右，太陽就出來了。難得我終於能體會紅雛鬼那種虛脫疲憊的感覺。

「去幫卡羅納解圍，讓他脫離人類的注目？才不要咧，他慢慢等唄。」愛芙羅黛蒂說。

「我同意。」史蒂薇．蕾說。

我聳聳肩，又打了哈欠。「好吧，反正我累到不想動。」

桑納托絲認爲安置（那一大群）人類的最佳場所是體育館，因爲，那是學校裡最大的建築物。我覺得這主意非常棒。體育館夠大，把他們全都集中在那裡，比較容易管理。當然啦，體育館大部分是沙地，畢竟那是戰士訓練的主要場所，但這時，那些沙子就麻煩了。沙子、睡袋，和那些疲憊又害怕、心情煩亂、瞠目結舌的人類就是不搭呀，所以，我們所有人

——除了桑納托絲、阿嬤、刑警馬克思，以及各教派的帶頭者——花了好幾個小時，在體育館鋪上防水的塑膠睡墊，設法把戰士的訓練場地加以改造，最後終於弄出一個看起來像因應龍捲風來襲而設立的臨時收容所。其實，現在這樣跟原本相比，好不了多少，但起碼不會沾得全身是沙，而且多少能讓每個家庭的睡覺空間整齊區隔出來。

「瞧，」愛芙羅黛蒂用肩膀撞我一下。「那個叫史蒂芬．伯恩斯坦的拉比，好像對卡羅納很有興趣，我敢說他一定正在問他各種很扯的猶太教律問題。」

「卡羅納活該，」我說：「誰叫他不好好穿上衣服。穿個衣服又不會死。」

「就是說嘛？他幹麼成天袒胸露背啊？」愛芙羅黛蒂附和我的話。

「喂，妳們兩個，快看。」史蒂薇．蕾說：「我覺得妮可和夏琳感情變得很好欸。眞讓人高興。妮可眞的變了很多，再說，夏琳也需要找個好閨蜜，尤其在柔對人家發神經之後。」史蒂薇．蕾說，隨即補上一句。「不好意思啊，柔，我沒惡意。」

我嘆了一口氣。「沒關係啦。我確實對她亂發神經。我也很高興她能結交到知心的好朋友。」

愛芙羅黛蒂和我把目光望向這兩個黑髮女孩，正在一起鋪睡袋的兩人看起來眞的超麻吉。一直看著她們的我，發現這兩個女孩會互碰肩膀，頭還會靠在一起，忍不住驚訝地揚起眉，後來甚至看到妮可伸手將夏琳散落到臉龐的頭髮撥開，還撫摸她的臉頰，這情景竟讓我想起史塔克跟我調情的畫面，感覺好怪呀。我清清喉嚨，說：「嗯，她們好像很**親密**。」

「所有人都該有死黨啊！」史蒂薇・蕾笑著對我說。

「呃，史蒂薇・蕾，」我開始說出我的觀察，同時繼續看著妮可和夏琳相互摸來摸去，眼神傳情。「我覺得，她們好像……」

「啊，天哪，柔，妳把夏琳嚇到變成同性戀了！」愛芙羅黛蒂說。

我對她皺起眉。「留點口德。」

「喔我的天哪！」史蒂薇・蕾的雙眼睜成兩倍大，因爲我們都看見妮可偷偷往夏琳的頸子迅速吻了一下。「我眞不知道妳有本事把人嚇到變成同性戀欸。」

「說眞的，鄉巴佬，我再問妳一次，妳眞的是智障嗎？」

「妳明明知道我很討厭聽到那兩個字。」史蒂薇・蕾說。

「妳明明知道我不在乎妳對那兩個字的感受。」

「妳們兩個明明知道妳們鬥嘴時，我的頭有多痛。愛芙羅黛蒂，拜託妳，別對夏琳和妮可說話惡毒喔，人家想愛誰就愛誰。史蒂薇・蕾，我來回答妳的問題，同性戀不可能是被嚇出來的。眞是夠了。」

「哼，我才不在乎她要愛誰，**或者**要跟誰睡，我只想等著看一場即將上演的好戲。」愛芙羅黛蒂指著夏琳和妮可正在鋪的床邊不遠處。「我們那帥到像超人克拉克的艾瑞克，就要出場嘍。我看，他八成也看到了她們剛剛那個吻。」

「是滴，」史蒂薇・蕾說：「他絕對看到了。快看看他。」

「神魂顛倒啊。阿嬤一定會說，他那樣子，簡直讓人神魂顛倒。」我說：「我知道我不該這麼做，可是我眞的很想看看即將上演的好戲。」

「妳在開玩笑嗎？我甚至想錄起來，反覆播放欸。」愛芙羅黛蒂說。

艾瑞克已經在跟夏琳說話。即使離他們有段距離，我還是看得出他正對她露出他一百瓦電力的明星笑容。

「我知道他有時很渾球，不過，妳得承認，他眞的是可愛的大帥哥。」史蒂薇・蕾說：「雖然不像利乏音那麼棒，但還是很迷人。」

愛芙羅黛蒂發出作嘔的聲音。

妮可見到情敵，毫不遲疑，也沒退縮，直接黏在夏琳身邊，還伸手親密地摟著她的纖腰，直盯著艾瑞克，一副要將夏琳據爲己有的模樣。

「我就知道，妮可一定是扮演比較陽剛的T。」愛芙羅黛蒂說。

「艾瑞克那樣子，好像整顆頭快要從下巴中央的凹處爆炸開來。」我說。

「柔依，桑納托絲在找妳，還有史蒂薇．蕾和愛芙羅黛蒂。她要妳們三個跟她去校務會議室。如果，妳們已經看夠**人類**的話。」卡羅納的語氣充滿譏諷，還把頭戳向我們剛剛眞正在看的那三個**非人類**。

被他這麼一叫，我們三個心虛地嚇了一大跳。照例，最先恢復鎭定的是愛芙羅黛蒂。

「呃，眞感謝妮克絲和小耶穌，讓我們能在日出之前離開這裡。」愛芙羅黛蒂說：「看來我得花好幾天，才能把腳下這雙閃閃發亮的Jimmy Choo平底鞋裡的沙子給弄乾淨。我眞的比較適合當女先知，不適合當搬運工。」說完後，她甩甩頭髮，扭腰擺臀走向門口，我還聽見她用吸管吸光最後一滴香檳的聲音。

「好，呃，謝謝。」我呆呆地對卡羅納說：「要不要也去叫史塔克、達瑞司和利乏音？」

「男士們夠忙了。」卡羅納說，瞥向正奮力搞定那一大塊帆布的三位男士。

「喔，好，那我們走吧。」史蒂薇．蕾說，對利乏音揮手道別。我則迅速給史塔克一個飛吻，然後追上史蒂薇．蕾的腳步，離開體育館。

12 柔依

我們經過走廊，準備進入校務會議室時，遇到瑪麗・安潔拉修女、女拉比，以及諸聖堂善牧部的主任。

「柔依、愛芙羅黛蒂、史蒂薇・蕾。」修女跟我們打招呼，指著她旁邊的兩名婦女說：「我來介紹妳們三個認識一下，這位是梅格麗特・伯恩斯坦拉比，這是蘇珊・格林姆。」

「歡喜相聚。」我們三個回應得不怎麼整齊。

她們兩個看起來很累，不過還是對我們微笑。「我們很高興能認識你們，還受你們款待。」女拉比說。

「是啊，很謝謝你們辛苦打點，讓我們能安頓下來。」蘇珊說。

我們點點頭，意思是**不客氣**。她們兩位離去後，瑪麗・安潔拉修女直視著我的眼睛，說：「祝妳好運，柔依。」

「她好像知道些什麼我們不知道的事。」愛芙羅黛蒂悄聲說。

我嘆了一口氣，同意她的話。快接近會議室時，我差點撞上簫妮。她從角落衝出來，眼睛到處瞄，就是沒看正前方。

「唉呀，小心一點。」我說，趕緊抓住她，免得我們任何一個跌倒。

「妳幹麼急急忙忙啊？」史蒂薇．蕾問：「我媽看妳這樣，一定會說，妳是頭髮著火了呀？」

簫妮揚起眉，說：「我寧可頭髮著火，也不願貓咪不見。我到處都找不到我的小惡魔。」

我好高興我在牢裡時，簫妮和克拉米夏去了舊火車站，把所有的貓，當然還有那隻狗女爵帶回夜之屋。我回到夜之屋後，回寢室準備換衣服，一打開門，我的貓咪娜拉就往我奔過來。我緊緊抱住她，緊到她超不爽，往我的臉打了一個噴嚏。

「幹麼那麼緊張？妳應該知道的，這裡的貓咪本來就很自由，愛來就來，愛去就去。我也不知道我的梅蕾菲森這會兒跑去哪裡啊。」愛芙羅黛蒂說。

「希望不在這附近。」史蒂薇．蕾壓低聲音嘟噥。

我趕緊在愛芙羅黛蒂開始發飆之前插話。「我同意愛芙羅黛蒂說的，小惡魔很可能太高興能離開坑道，此刻正在哪個角落舒展腳爪呢。」

「我原本也這麼想，可是小惡魔從來不會錯過晚餐的。一次都沒有過。我習慣在日出之前餵他，結果今天我搖晃偉嘉貓糧時，他並沒像往常一樣立刻奔過來，所以我就開始找他，你們有沒有發現，今天貓咪變得很神祕，來無影去無蹤？」

我想了一下。我們去馬佑大樓之前，我還看到我的娜拉，不過回來之後，確實沒見到她。這會兒，更仔細回想，才發現這幾個小時眞的連隻貓影都沒見到。「對欸，經妳這麼一提，我才注意到我也沒見到半隻貓。女爵和戴米恩及史塔克在體育館，可是坎咪沒在那裡，娜拉也不知跑哪裡去。」

「這有什麼好驚訝的？拜託，用膝蓋想也知道，體育館到處都是人，就算我不是貓，也想躲起來。牠們暫時失蹤，沒什麼好大驚小怪的啦。」

「說得也是。」史蒂薇・蕾說：「貓咪本來就是孤僻奇怪的動物。無意冒犯啊。」她補上最後一句時，瞥了愛芙羅黛蒂一眼。

「我就喜歡奇怪。就像我以前說的，『正常』被過度強調了。」

「好吧，那我就努力不去擔心我的小惡魔。不好意思，差點撞到妳們，待會兒見。」

「跟我們一起去會議室吧，小雛鬼。」卡羅納的聲音把大家嚇了一跳。

「這傢伙就是超級怪的那一種，來無影去無蹤。」史蒂薇・蕾壓低聲音對我說。

「謝謝，不過，不用了。」簫妮對他說：「就我所知，沒人離開校務會議室時，會說『哇！好好玩！眞想再來一次！』」

我噗哧一笑，揮手要簫妮先走，但這時冒出一股直覺，讓我的嘴巴說出這些話。「其實，如果妳能參加，我會很感激。」

簫妮頓住，嘆了一口氣，聳聳肩。「好吧，我想，去開會應該比去體育館鋪床好吧。」

我笑笑，謝謝她，於是我們五人進會議室。

桑納托絲和阿嬤並肩而坐，蕾諾比亞也在旁邊，不過看見刑警馬克思叉著手，站在桑納托絲後面，我倒是有點意外。就在我以爲會議室內只有我們幾個時，忽見後門的陰暗處有動靜，仔細一看，發現元牲在那裡，像保安人員一樣地站著，連看都沒看我一眼。

「柔依、愛芙羅黛蒂、史蒂薇·蕾、卡羅納，進來，請坐。」桑納托絲說：「簫妮，我不記得我有叫妳來。」

「是我要她參加的。」我說。

「那也歡迎她。」桑納托絲說，示意我們就坐。

直到快接近桌子，我才發現桌上那個電腦的大螢幕亮著。我眨眨眼，不敢置信，但隨即露出笑容，疾步走到桌邊。

「史迦赫！哇，好高興見到妳！」我衝口而出。

女王笑笑，回應我的方式就比我莊重多了（而且人家這樣才是正確的）。「歡喜相聚，柔依，我也很高興見到妳。」

「我們打電話給史迦赫女王，想請她的戰士幫我們傳達訊息給她。」桑納托絲說。

「出乎我們意料，但也讓人很高興，女王竟然親自接我們的電話。」阿嬤補充。

我迅速在腦中計算一下：如果陶沙市是早上六點鐘，這代表在蘇格蘭是接近中午十二點。這種時間，史迦赫怎麼會醒著沒睡覺啊？我定睛細瞧女王，她坐在私人書房的那張大木桌後面。這畫面看起來很正常，可是她的樣子不太正常：頭髮凌亂，臉上沾著汙泥，而且，我傾身靠近螢幕，再看個仔細……「血！妳的臉上怎麼會有血和泥土？妳還好嗎？」

「我還活著。」史迦赫說。我覺得她根本沒正面回答我的問題。

「羞若思呢？」愛芙羅黛蒂問，故意說錯史迦赫那個守護人的名字。

「是修洛斯，」女王清楚正確地說出他的名字，瞇眼覷向愛芙羅黛蒂，說：「他正在執行白天的守衛勤務，保護島嶼的安全。」

「等等，保護**白天**的島嶼？」我疑惑地搖搖頭。「妳的島嶼不是具有自我保護的能力嗎？尤其在白天。」

「光亮和黑暗取得平衡時，確實如此。」史迦赫說。

「柔依鳥兒，」阿嬤摸著我的手，彷彿要給我力量，然後對我說：「奈菲瑞特讓世界失衡了。古代的黑暗力量開始削弱光亮力量。」

我的膝蓋一軟，重重跌坐在椅子上。史蒂薇．蕾也在我旁邊癱坐下來。愛芙羅黛蒂則在我們背後來回踱步，還差點撞上刑警馬克思。至於簫妮，選了最靠近蕾諾比亞的那張椅子。

「可是，奈菲瑞特已經發狂很久了，爲什麼忽然能讓天下大亂？」我說。

「喔，孩子。」桑納托絲說，語氣很難過。「這不是一夕之間發生的，自從奈菲瑞特把囚禁在地下的卡羅納釋放出來後，可怕的黑暗浪潮就逐漸升高，現在達到最高峰。」

我對著卡羅納皺起眉頭。他正站在另一側的門邊，胸膛赤裸，面無表情，不發一語。

「現在，他站在我們這一邊，所以，對黑暗/光亮勢力的平衡，應該有益，而不是有害。」我說。

「這不是你輸一分我就贏一分的遊戲。兩股力量一旦失衡，就會像洪汎開始氾濫，擋都無法擋。卡羅納只是即將崩塌的水庫所出現的第一道裂縫。」

「那就把那道蠢裂縫塞回去啊！」愛芙羅黛蒂說。

「沒錯。」桑納托絲附和，「所以，我們才要打電話給史迦赫。」

「那，我們該怎麼做？」我問。

「你們要傾聽不同時代和不同世界的智慧。古老力量啓動了，所以，你們必須藉由古老智慧，才能越過浪頭，修復失衡的狀態。」

「我那些狗屁靈視就已經夠神祕了，妳說話可以不要那麼玄嗎？」愛芙羅黛蒂說。

「果眞是目中無人的小先知。」我以爲史迦赫準備透過Skype狠狠教訓愛芙羅黛蒂一頓，沒想到她說完這句話，就把目光轉向我，接下來說的話，即便相隔數千哩，讓我聽得手臂上的寒毛直豎。「刑警馬克思已經跟我說過妳和公園那兩個男人之間發生的事。桑納托絲和妳的阿嬤則告訴我，妳對他們的暴力行徑，並非偶發事件。妳近日的脫序，跟那塊占卜石脫離不了干係。」

「對，可是它已經不在我身上了。」我趕緊要她放心。「我絕對不會再使用它了。」

「孩子，妳從沒使用過它，是**它**在使用**妳**。」她說。

我的喉頭一陣乾澀，但我還是深吸一口氣，然後說：「我知道，所以，我跟馬克思刑警認罪時，就把它給了愛芙羅黛蒂。」

「告訴我，公園事件發生的那一天，還有之前幾天，妳的身心狀況。」史迦赫說。

我遲疑了一下，試圖整理思緒，半晌後我終於開口。「那陣子，我經常生氣，還覺得沮喪、惱怒，成天氣呼呼的。」

「妳利用占卜石，再次觀看那面鏡子，就是反射出奈菲瑞特殘破過往的那面鏡子。之後，妳那種莫名憤怒的狀況更嚴重嗎？」

我睜大雙眼。「我沒想過這問題欸，不過，妳說的對，好像變得更嚴重。」我本能地搓搓手掌上那道被占卜石灼傷的隆起疤痕。「它變得更常發燙，而且，我會忽然失去時間感。」我一股腦兒迸出後面這句，而且開始閃躲朋友的眼睛，因爲，這事我**從沒**告訴過他們。

「妳失去時間感的期間，有見到什麼嗎？」她問。

「有。」我緩緩地承認。唉，眞討厭她聽到我的回答後所露出的表情。

「是像靈精的東西嗎？就是妳和我在斯凱島時，見到的那些元素精靈？」

「不是，」我打了個寒顫。「它們或許是靈精，但不是我在斯凱島上見到的那種元素靈體。它們，很可怕。」

「有些靈精本來就很可怕。它們跟我們一樣，有些會選擇黑暗。妳是何時看見它們的？是在妳用占卜石救出妳阿嬤的之前或之後？」

「之前。」我說。

「柔依，有個事實妳必須知道：古魔法可以撥亂反正，讓光亮與黑暗再次平衡，也就是說，妳的占卜石是贏得這場戰爭的主要關鍵。」

「可是，我非得把它交給別人保管不可，因爲我拿著它，只會出亂子，完全沒有幫助。」我說。

「但願情況如妳想的那麼簡單。」桑納托絲說。她和阿嬤及史迦赫相覷一眼。我看得出來，在我進會議室之前，她們就討論過占卜石的事。

果然，阿嬤拍拍我的手，說：「**嗚威記阿給亞**，其他人無法啓動占卜石，因爲，它只會爲妳發熱，這代表，它選擇了妳，只有妳能透過它來施展古魔法。」

「好吧，那我該怎麼做？」我問。但一想到又要碰那東西，我的胃就開始揪緊。

「我同意柔依說的。」愛芙羅黛蒂說：「簡單一句話，告訴她該怎麼做。」

「就是啊，柔之前曾狠狠教訓過黑暗勢力和奈菲瑞特欸。我們大家齊心協力戰勝過她。」史蒂薇．蕾附和。

「古魔法的本質變幻無常，難以捉摸，所以，我只能告訴妳什麼**不可以**做。」史迦赫說：「想讓它發揮力量，去平衡黑暗和光亮，不作亂敗壞，就必須讓一個既不是侵略者，但也不是受害者的女祭司來指揮它。這位女祭司的意念必須完全純正，沒有一絲報復心或防衛心。」

「柔依非得用它來防衛不可！」馬克思大聲說：「奈菲瑞特心狠手辣，不只想奴役陶沙市，或許還想統治全世界。」

「不是『或許』，」卡羅納說：「她確實有這種野心。奈菲瑞特要的，不只是讓幾個倒楣鬼膜拜她。她想當唯一的女神，來統治世界，讓所有人變成她的奴隸。」

「如果柔依不能帶著防衛心來使用它，那該如何讓占卜石阻止奈菲瑞特？」馬克思問。

「警官先生，古魔法本身是中性的，它的原始本質是一種中性力量，是好，是壞，全賴持有它的女祭司決定。如果她的動機不是完全無私利他，就會引發混亂災難。」接著，史迦赫把目光轉向我。「妳的眼前就有活生生的例子。根據我們對奈菲瑞特背景的了解，加上她目前的所作所為，我相信，我們可以很明確地推論，她使用古魔法已經很長一段時間，說不定遠在她被標記之前。」

「可是我從沒看她戴過占卜石。」我說。

「占卜石只是古魔法的媒介之一。想想看那些隨時隨地掩護她的黑暗絲線。它們是一種非常基本、非常原始的生命體，無法獨立存在，只能依附在光亮和黑暗這種遠古力量之下。我知道這些，是因為在另一個世界，我跟各種型態的黑暗奮戰過好幾世紀。它有可能以迷人是會讓妳以爲是狡猾的面貌出現，畢竟，黑暗能以各種面貌呈現，而且，有些面貌乍看之下，會讓妳以爲是盟友。」

「我覺得，那些噁心的蛇東西怎麼看都不是好東西啊。」史蒂薇．蕾說。

「奈菲瑞特很少提及她的過去，不過，我知道，在她被標記的那一晚，她剛被父親強暴。」蕾諾比亞說：「後來某種東西幫助她熬過那段可怕經歷，而幫助她的，不是哪個雛鬼朋友，甚或夜之屋的導師。根據芝加哥夜之屋的明確紀錄，她後來回老家，徒手勒死父親，當時，她甚至還沒蛻變爲成鬼。法醫的相驗報告清楚寫著，凶手力道驚人，死者的頭顱幾乎被扭斷。」

「她犯下這種案子，卻逍遙法外？」馬克思問。

「那時是一八〇〇年代末啊，當時民智未開，警官先生。芝加哥夜之屋和吸血鬼最高委員會當時認爲，最好的處置方式就是把她逐出該州，讓她自己另闢蹊徑，看哪兒能療傷，就往哪兒去。」桑納托絲說。

蕾諾比亞接著說道。「警官，另外也請你記住，是那個男人先強暴傷害他十六歲的女兒。」

「最高委員會的紀錄記載著，奈菲瑞特身上有許多人類的咬痕。這代表，在躡蹤使者找到她的那一晚，她才被嚴重家暴過。」

這時，我震驚地想起她說過的話。「就在我被標記，來到夜之屋後，奈菲瑞特告訴過我，她被父母傷害過。」我說。

「她的母親死於難產，父親可說禽獸不如。」蕾諾比亞說：「我們這些從奈菲瑞特年輕時就認識她的人，都聽說過她被標記那晚所經歷的事。」

「我很遺憾她有那樣的可憐過往，但這不能改變眼前的事實：她這個不死生物就像一顆不定時炸彈，絕對需要有人去制止她。」馬克思說。

「我們沒說大家應該念在她的可憐過往，原諒她的所作所為。」史迦赫說：「我們要說的重點是，柔依應該從她身上學到教訓。」史迦赫的灼灼目光簡直要射穿我。「古魔法被奈菲瑞特吸引，奈菲瑞特發現自己可以使用它來遂行其願。同樣地，它也被妳吸引，而且曾被妳使用過。」

「好，對，可是，我不想被拿來和奈菲瑞特相比。」我說。

「可是，妳開始使用占卜石之後所發生的狀況，跟奈菲瑞特非常相像。**它利用妳的同時，也腐化了妳。**」

我彷彿被她一拳打中內臟。「我永遠都不會像奈菲瑞特！」

「爲了朋友，也爲了妳自己，難道妳從沒希望可以掌控身邊的所有人，以便讓一切變得更好？」史迦赫這道問題像利箭刺向我。

「好，我是有過這念頭，可是我又不是要做壞事！我只是希望大家都能做出正確的決定，這樣一來，世界上就不會有那些很扯的事。」

「正確的決定？所謂的正確，是根據誰的標準？」桑納托絲問。

「嗯，是我吧，因爲有這種希望的人是我。」我覺得自己掉入陷阱了。

「意念！」史迦赫回頭來對我厲聲叮囑。「古魔法是中性的，是好是壞，全由使用它的女祭司的意念所決定！女祭司絕不可以出於報復、沮喪或爲了一己私利來使用它。妳的意念必須完全純正，完全爲了大局著想，即便妳有可能被犧牲，淪爲古魔法的工具。」

「我好怕。」我坦承我的感覺。阿嬤捏捏我的手，希望藉此給我力量。「而且，我不知道該怎麼照妳說的去做。我需要妳的幫助！」

「只有妳能幫助妳自己。成熟一點，小女祭司，讓大家知道爲什麼妮克絲要賜給妳這麼大的天賦。」史迦赫說：「可是，妳得加快腳步，去掌控占卜石，這樣一來，我們才有機會阻止奈菲瑞特，讓光亮和黑暗重新恢復平衡。」

女王的銳利雙眼轉向桑納托絲。「女祭司長，妳應該明白，你們必須控制住奈菲瑞特，這樣，才能減緩邪惡勢力的汙染速度。」

「在不使用古魔法的狀況下，我們可以怎麼控制她呢？妳有何建議。」桑納托絲這問題，讓我的臉頰因羞愧而發燙。我知道，她大可不必這麼問的，因爲，我應該成熟到有能力使用占卜石來幫助她。

「尋求古代的儀式和咒語。」史迦赫說：「不要想著打敗奈菲瑞特，沒有古魔法，你們不可能打敗她。只要想著孤立她，讓她分心，讓她煩躁。任何事情都行，只要能迫使她重新思考她的陰謀和詭計，任何能阻礙她的事物，都有幫助。」

「還有，再給柔依一點時間，讓她去找出掌控古魔法的方式。」阿嬤說。

我給阿嬤忐忑的一笑，眞希望我對自己，能像她對我那麼有信心。

「我保證，我會努力試試看。」我說。

「不能**試試看**，柔依，用**試的**，太危險了。除非妳**確定**自己毫無負面意念，如恐懼和憤怒、自私、積怨、仇恨，甚至煩躁或沮喪，妳才能行動。這時候，妳才可以指揮並掌控古魔法。在此之前，占卜石必須交給愛芙羅黛蒂保管，不能讓它靠近妳。我們可不想同時對兩個曾被女神賜與天賦，而後變成不死生物的女祭司宣戰。」

我眞不敢相信她會說這種話！聽她那口氣，好像我眞的會變成另一個奈菲瑞特！

「我不是不死生物！我只是一個少女，而且我完全不想跟古魔法或該死的占卜石有任何牽扯！」

「我可以想見當年奈菲瑞特也說過同樣的話，不過，她現在已經絕非『只是一個少女』了。」史迦赫說。

我還沒從這段驚人之語中恢復鎮定，就聽到桑納托絲補充說明。「柔依，在我這輩子所認識的雛鬼當中，跟妳一樣這麼有天賦的，就只有一個人。那就是奈菲瑞特。」

我緊緊抓著阿嬤的手，感覺世界快要崩裂了。

「現在，我得回去處理我的棘手問題了。」史迦赫說：「我對妳有信心，柔依我相信妳會找到方法，把古魔法的力量帶進光亮的陣營，幫助我們對抗黑暗。祝福你，祝福滿滿，直到下次相聚。」

Skype斷線，留下一屋子的闃寂。

柔依

「顯然都是你的錯。」愛芙羅黛蒂對卡羅納說，注意力回到我之前，又補上一句。「如果你敢說我是《魔戒》裡的佛羅多，我就發火給你看。」

「我又沒惡意，愛芙羅黛蒂，對柔來說，妳確實在扮演佛羅多的角色啊，幫她保管那個等同於魔戒的占卜石。」史蒂薇．蕾說。

「如果可以這樣比喻，那妳就是那個又矮又肥的山姆衛斯．詹吉。」愛芙羅黛蒂說。

「青少年？」馬克思在我們的背後嘟噥。「平衡正邪勢力這種大事，怎麼會交給青少年呢？」

我對他皺起眉頭。

「這事我也納悶了好幾個月。」卡羅納說。

「我只堅持有意義的討論！」桑納托絲的聲音從會議室另一頭傳來，就連馬克思和卡羅納都聞之膽怯。

「其實，」我怯怯地說：「馬克思刑警的話讓我開始思考。」

「我沒惡意。」馬克思堅持說道。

「喔，我知道。」我說：「我不覺得你的話冒犯到我，因爲你說的是實話。正邪勢力的平衡，爲什麼要繫在我這個少女身上？」我趕緊往下說，不希望思緒被打斷。「或許，重點不在於我，或者我們任何人。史迦赫說，關鍵點是古魔法。基本上，我只是搭順風車——基於我們沒人知道的理由，占卜石就是在我身上才能發揮作用。所以，就像我說的，重點不是**我**，而是古魔法。」

「妳想說什麼，柔依鳥兒？」阿嬤問。

「嗯，古魔法也對史迦赫起作用。桑納托絲、蕾諾比亞，如果我說錯，請妳們兩位糾正我。史迦赫，不正是那座具古魔法的小島的具體化身？」

「的確是。」桑納托絲說，蕾諾比亞點頭附和。

「古魔法存在於土地裡，」阿嬤說，坐在椅子上的她挺直脊背。「我們的切羅基族祖先就是這麼相信的。」

「奧克拉荷馬州人也認爲，這片紅土地上有古老力量。」卡羅納說：「就是這股力量，在我誕生後不久，把我吸引來這裡，而我從另一個世界墜落人間後，又被它吸引，回到這裡。」

「但它把你囚禁了好幾世紀。」桑納托絲說。

卡羅納的下巴繃得好緊，但還是點點頭，「沒錯。」

「阿嬤，妳還記得嗎？我被標記那天，正是我跑去妳的薰衣草田時。」理出思緒後，我的語氣堅定多了。「我在找妳時，還昏倒了。」

「我記得。」阿嬤說：「那是妮克絲第一次對妳現身。」

「對！她告訴我，我必須成爲她在人間的眼睛和耳朵，而這對眼耳，要設法找到正邪之間的平衡。」

「原來那時女神就透過妳來警告我們了。」桑納托絲說。

「看來，我們花了好長一段時間才聽懂女神的警告。」史蒂薇．蕾說。

「不只你們現在才聽懂，」我說：「其實我也是，一直到現在，我才眞正明白妮克絲給我的警告。之前，我幾乎只注意到她說光亮未必帶來良善，黑暗不一定等於邪惡。我以爲，妮克絲是要告訴我，小心奈菲瑞特，因爲她外表迷人，但內心很邪惡。」

「眞的是這樣欸。」愛芙羅黛蒂說。

「完全正確。」史蒂薇．蕾說。

「對，不過，我們應該再看看妮克絲說的其他話。我記得她告訴我，我很特別，是她的第一個**嗚威記阿給亞，安納伊，散諾易**。」

「夜的女兒。」阿嬤替我翻譯這些切羅基族語的意思。

「不過，她不只說這些，妮克絲還說，我很特別，是因爲我身上流著古老的血液，同時又能理解這個現代世界。」

「而妳的血液裡，具有古代切羅基族女智者的力量。」阿嬤說：「那些女智者，能從土地汲取能量。」

「從**這片**土地。」桑納托絲說。

「十九世紀時，切羅基族曾被迫徒步遷徙，這段所謂『淚之旅』的遷徙終點，正是奧克拉荷馬州。」阿嬤說。

「我和奈菲瑞特，也被吸引來這片土地。」卡羅納說：「我們別忘了，柔依有著埃雅的靈魂，而埃雅，就是誕生於這片土地。」

我實在不願繼續想下去，趕緊說：「此外，元牲也是藉由我母親的血，加上阿嬤那片薰衣草田的力量，才得以誕生。」

馬克思皺起眉頭。「元牲？」

「是我本人。」他說，從陰暗處走出來。

「等等。」馬克思說：「你的額頭上沒有新月記號。我還以為你是女祭司長的某個伴侶之類的。」

想到元牲被誤認為桑納托絲的伴侶，我就尷尬得臉頰紅燙。

元牲不理會我，以眼神詢問桑納托絲。她輕輕地點了一下頭，於是他迎視馬克思的雙眼，以充滿力道的自信口吻說：「我不是人類，也不是吸血鬼，我是古魔法所創造的工具，而那種古魔法的目的是報復與摧毀。」

「不過，他也有靈魂，有能力做選擇，唾棄報復與摧毀。你做到這些了，元牲。」阿嬤說。

「喔，那很棒！」馬克思說，仔細打量元牲。「如果他有古魔法的力量，那不就能幫助我們對抗奈菲瑞特？」

「重點不在於對抗奈菲瑞特，」我說，還是不看著元牲。「重點在於他是如何誕生的，還有我也是。我們是如何誕生於這片土地，體內的血液又如何回溯到幾代前的這塊地方。」

「我們必須使用這塊土地的力量來對抗奈菲瑞特，起碼在柔依能掌控占卜石之前，只能仰賴這片土地。」愛芙羅黛蒂說。

「喔我的天哪！我知道了！」簫妮舉起手。「不好意思，不好意思，我不是故意打岔，可是我認爲，我已經知道該怎麼做了。」

「簫妮，妳的意思是什麼？」桑納托絲說。

她放下手，急切地說：「史迦赫剛剛說，要藉由最古老的咒語和儀式來擾亂奈菲瑞特。然後妳說，我們必須阻止她，免得邪惡力量擴散出去。答案就在眼前嘛！桑納托絲，妳前兩天才教過我們啊。」

「簫妮，請說清楚一點。」桑納托絲說。

「我們要用的是埃及豔后克麗奧佩脫拉的隔護儀式！我們可以把陶沙市當成亞歷山卓港！」簫妮興奮地說。

「我聽不懂她說的。」馬克思說。

「我聽懂了。」蕾諾比亞說。

「大家都應該懂才是。」桑納托絲說：「不過，我們也該知道，女祭司長在施念克麗奧佩脫拉咒語時，必須閉關，禁食禱告三天。」

「依照奈菲瑞特的殺戮速度，我們可沒三天可以等。」馬克思冷冷地說。

「可是，我們有蘊藏在這塊土地的古代力量，」我說：「難道不能用這種力量來強化咒語，讓它盡早發揮作用嗎？」

「很有趣的主意。」桑納托絲說：「施咒的地點，必須是一個充滿能量的地方，而且盡可能靠近馬佑大樓。而且，進行儀式、施念咒語的女祭司，必須隔離在該地，閉關起來冥想祈禱，確定並淨化意念。」

「那這個人不會是我。」我說：「我的意思不是說，我還沒成熟到足以當個能擔起重任的女祭司長，我的意思是，我得弄清楚該怎麼掌控占卜石，以便能在最快時間，熟練地使用它來對付奈菲瑞特。」

「我同意，柔依，我是夜之屋的女祭司長，我有責任來施咒，並讓這個咒語依照我的意願持續有效下去。」桑納托絲說。

「火是克麗奧佩脫拉咒語的基礎核心，所以，我陪著妳。」簫妮說：「需要陪多久，就待多久。」

桑納托絲恭敬地對簫妮鞠躬致意。「孩子，我非常感謝妳的陪伴，也謝謝妳願意加持咒語的能量。」

「喔，感謝偉大的大地之母！我知道一個地方很有能量，絕對適合妳們！」阿嬤說。接下來她說話時，還一邊拍打桌面，以強調她的話。「諮議橡樹。好幾世紀以來，它的古老力量就統治著克里克印第安人的布斯克聖地，而且，從那裡，步行就可及馬佑飯店。」

「蕾諾比亞，愛芙羅黛蒂，柔依，史蒂薇．蕾，和簫妮，妳們覺得如何？同意席薇雅．紅鳥的提議嗎？」桑納托絲問。

「同意。」蕾諾比亞說。

「同意。」簫妮說。

「同意。」史蒂薇・蕾說。

「聽起來可行。」愛芙羅黛蒂說。

我迎視阿嬤的目光，看見她那雙眼睛閃爍著智慧、慈愛和眞理的光芒。「當然同意。」我說。

「好，那大家先休息吧。傍晚時，柔依的守護圈成員就到那個能量之地，日落後，我就來進行保護儀式，施念咒語，祈求妮克絲賜給我們力量。選擇已定，如我所願。」

13 柔依

「史塔克，你有沒有見到娜拉？」

「沒有。妳快上床睡覺啦。她大概跟其他貓忙著讓這裡的鼠輩知道牠們回來了。」他拍拍他旁邊的床鋪，聲音明顯帶著睏意。一個多小時前太陽就升起了，難怪他忽然元氣大失。

「可是娜拉通常會跟我一起睡。」

「哪有，她有時會跑去跟史蒂薇．蕾睡。」他打了個大哈欠。「別擔心了，快過來。開完校務會議後，妳就壓力重重。放心，妳會弄清楚怎麼使用占卜石的，我對妳有信心。現在窮擔心也解決不了問題。躺下來吧，我來幫妳按摩肩膀。」

我看著他，忍不住漾起微笑。我不只好愛好愛他幫我按摩肩膀，更愛他一頭亂髮和惺忪的眼睛，看起來性感又可愛。他說的對，擔心無法幫助我搞懂該怎麼使用那個蠢占卜石，所以，我決定聽話，上床窩在他旁邊，背對著他，讓他有力的拇指開始搓揉我肩胛骨之間那個經常隆起的壓力點，然後沉浸在純粹的幸福中，舒服地呻吟。

「你眞是一個超完美男友。」我說。

「瞧，妳把憂慮拋開，放輕鬆，人就變聰明了。」他說，又打了個哈欠。

「我沒事了，睡覺吧。」

「我知道妳沒事了，可是，如果妳安靜幾分鐘，讓我好好呵護妳的肩膀，妳會更沒事。」他親吻我的後頸。

「好，不過，你累的話，可以隨時喊停喔。」我說，在他的按摩下徹底放鬆。

「柔，我永遠不會對妳喊停，妳知道的。」史塔克又親吻我的後頸。

我幸福地吁歎。「我愛妳。」

「我也愛妳。」他說。在他的手停住之前，我已經全身暖烘烘，軟綿綿，感覺到疲憊。

我閉上眼，笑著進入夢鄉。

大概兩分半鐘後，我的眼皮倏地睜開。我坐起身，屏息凝聽。

「你有沒有聽到什麼聲音？」我問史塔克。

他含糊地嘟噥些什麼，好像是「貓……好……不要……擔心……」，隨即翻身，用毯子蓋住耳朵，開始輕聲打鼾。

「竟然沒戰士值勤。」我嘀咕，打了個哈欠，伸伸懶腰。我眞的得回去睡覺，畢竟鬧鐘都設好了，得準時起床，排隊搭上那輛沒車窗的校車，在黃昏之前抵達諮議橡樹。誰知道隔護咒術會逼得奈菲瑞特使出什麼瘋狂手段啊？要命，她本來就夠……

就在這時，我又聽見了，而且很確定是什麼吵醒我。雖然不是很清楚，但我非常肯定有貓咪在哀叫。

而這會兒，我的床腳，並沒有總是不爽的貓博士娜拉蜷縮成一團橘色毛球呀！

我盡可能放低音量，悄悄地穿上牛仔褲，拿著鞋子，只穿襪子躡腳走到門口。我靜靜地打開門，沒發出半點聲音，專注於正面思考，穿越空蕩無人的宿舍交誼廳，走到外頭，眼睛被早晨的陽光刺得猛眨眼。再怎麼樣我都不可能回樓上拿太陽眼鏡，所以只能用手遮著眼睛，一邊大喊：「娜拉！喵喵，喵喵，喵喵！快來，娜拉！」然後，屏息凝聽，等著她回應。

又聽見了！絕對是貓咪的哀叫聲，而且，聽起來肯定是遇上麻煩了。我無法確定是不是娜拉，不過，我聽出那聲音來自學校東牆附近。

不好的事情總是在那裡發生！我拔腿從宿舍後方跑向東牆，邊跑邊喊，「喵喵，喵喵！娜拉！」

貓咪繼續哀叫。此刻，我的心情既高興又難過。高興的是，我順利循著聲音找到正確方位了，難過的是，愈靠近，那哀叫聲就愈顯悲悽。

接下來那聲哀號，聽得我胃揪緊。現在，我跟那棵老橡樹的距離近到足以確定貓咪就在樹上的某個地方。**天哪，怎麼是這棵樹呢**？就是這棵樹，被逃出地底囚籠的卡羅納劈成兩半。就在這棵樹，我們發現傑克陳屍於此。就在這棵樹，我目睹了噁心的古魔法生物。

我放慢腳步，緩緩靠近這棵讓人毛骨悚然的樹。其實，我喜歡樹，眞的喜歡，比如另一個世界那片神聖樹林，我就愛得不得了。還有，我也愛我對土的感應力，即使我和土元素的契合度比不上我和靈元素，不過，我還是很愛土元素。總而言之，平常我對樹眞的沒什麼意見。

可是，這棵樹不同。

卡羅納被囚禁的地穴就在它的下面，而且，卡羅納把它劈成兩半後，樹形變得很詭異，看起來像一隻凍死後趴伏在洞穴上方的野獸屍骸。校園裡的樹，此刻都抽芽冒新枝，青翠蓊鬱，唯獨它例外。眼前的老橡木，光禿黑汙，殘缺猙獰。枝椏成了數都數不清的一隻隻鉗爪。

「喵……呦……嗚！」

「娜拉！」我一把將她抱入懷裡，猛親她的濕潤貓鼻。想當然耳，她朝我打了個噴嚏。

「呦……嗚？」

娜拉仍在我的懷裡不停扭動，這時，我又聽見一隻貓在叫，低頭一看。「坎咪？」他走向我，磨蹭我的腳，金毛到處掉。「我敢說戴米恩一定不知道你跑到這裡。你應該窩在女爵和戴米恩身邊，乖乖睡覺的。」

「喵……呦……嗚！」

聽到這聲喵，我不用四下張望，就知道聲音來自那隻白色大貓。我朝著老橡樹的殘破樹根望過去，果然見到那裡坐了一隻皺著臉，蜷縮成一團白色毛球，看起來酷酷的貓。「梅蕾菲森，愛芙羅黛蒂如果知道妳跑到這裡驚嚇其他貓，她肯定不高興。」我說：「嗯，或許我說錯了，妳不是來這裡嚇其他貓。不過，反正妳不應該學她啦。眞是的，妳以爲……」這時，樹附近的陰暗處出現騷動，我這才發現，這棵陰森森的老橡木被夜之屋的貓咪徹底包圍了。

我雖然抱著娜拉，卻覺得彷彿有冰塊沿著我的脊椎往下滑般令人毛骨悚然。「怎麼會這樣？」

「我也正在納悶。」

元牲的聲音嚇到了我，害我把娜拉抱得過緊。她不悅地嘟噥一聲，從我的懷裡掙開，走到樹四周的貓群中。

「是妳要這些貓來這裡的嗎？」

「我？」我對他搖搖頭。「當然不是。如果你了解貓，就知道牠們沒辦法讓你**使喚**的。」

「我確實對貓不了解。」

「總之，我只是循著貓的可憐哀叫聲來到這裡。其實，應該說那聲音吵醒了我，我以爲娜拉發生什麼事，不過她看起來好得很。」

「哀叫聲？什麼哀叫聲？我只聽到妳跟貓說話。」

我對他皺起眉頭，張嘴準備跟他解釋一個顯而易見的事實：**某種東西**把我引來這裡，**那東西**驚動了貓咪，也驚動到他。我的意思是，既然他願意開金口跟我說話，大可不必口氣那麼差。但這時貓咪打斷了我。

「呦……嗚！」那可憐兮兮的哀叫聲好像永遠都停不了。

「來自那裡，在樹上。」我伸手遮擋光線，瞇眼望向殘枝斷椏。

「那裡！」元性指著方向。「我看見了！」

我循著他的手指看，果然見到牠。在最頂端的枝椏處，掛著一隻大貓。是一隻橘白色相間的長毛虎斑貓。牠的橘色跟娜拉那種鮮橘不一樣，比較柔和，類似被乳脂稀釋過的橘色。打量到牠的眼睛時——那雙讓人驚歎的藍黃色眼睛，閃爍著慧黠光芒，我總覺得這貓看起來挺眼熟的，於是瞇眼細瞧，想搞清楚這是誰的貓。

「哇靠！是史蓋拉！奈菲瑞特的貓。」我說。

「奈菲瑞特的貓？他怎麼會在這裡？他應該跟她在一起才對啊。」

「呦……嗚！」一陣風吹得史蓋拉腳下的枝椏搖搖顫顫，他嚇得尖叫哀號，還倉皇地抓緊開始移位的棲息點。

「他要掉下來了。」元牲說，由於動作過於迅速，把貓咪嚇得亂竄。

「喂，小心一點，史蓋拉是出了名的惡貓。元牲，我是說眞的，貓咪的個性基本上就跟牠們所選擇的雛鬼或成鬼一樣。大家都知道奈菲瑞特很……」

「小柔，我就是不能眼睜睜看著他掉下來！」

他這句話堵住了我的嘴。他不只口氣像西斯，而且跟西斯一樣，會做出非常愚蠢，但非常窩心的事。當然，或許他會搞砸，就像西斯經常搞砸事情，可是，我能怎麼辦呢？只能等著幫他收拾殘局啊。然後，想著，嗯……

「喂！」我喊道，這時他已經像猴子一樣爬到樹上。「我之前是沒聽說過這種事啦，不過，我在想，如果貓所屬的吸血鬼走上歧途，那牠會不會，嗯，想自殺或什麼的。所以，史蓋拉之所以爬到那麼高，說不定就是因為奈菲瑞特變成邪惡瘋婆子，他無法接受。」

「我不會眼睜睜看著任何人自殺，不管是雛鬼、成鬼或討厭的人類，就連貓也一樣。不管那個人或貓原本有多可惡。」

「好吧，願妮克絲助妳一臂之力。」

「我也這麼希望。」

「呦……嗚！」元牲一抓到史蓋拉腳下的那叢樹枝，他就立刻尖叫，還發出可怕的低號聲，嚇得元牲趕緊後退。

「試試看，跟他說話，好好跟他喵一喵。」

「跟他喵一喵？什麼意思？」

「唉，他連這個都不懂，真的沒救。」我對娜拉說。她打了個噴嚏，似乎在附和我的話。其他貓咪抬頭看著史蓋拉，彷彿等著目睹什麼。我不知該怎麼回答元牲，只能對他說：「唉，反正就是跟他說話，我記得，他是一隻很聰明的貓。」

「好吧，我試試看。」元牲把身子一提，讓自己坐在幾乎跟史蓋拉同高的位置，然後清清喉嚨，以隨興的聊天口吻，跟貓咪說話。「歡喜相聚啊，史蓋拉，我知道奈菲瑞特是你挑選的成鬼，其實，我也跟她有關係，所以，我可以了解你的一些感覺。她也傷害了我，而且還繼續在傷害其他人。可是，我不能讓你傷害自己，我決定要保護這所學校，而你，也是這所學校的一份子。」

接下來發生的事眞的是我見過最扯的——話說，我還眞的見過不少很扯的事。史蓋拉側著頭，彷彿在聆聽元牲說話。

「史蓋拉，」元牲以嚴肅的口吻繼續說：「我會保護你，但你也得保護自己才行。」

接著，元牲伸出手。

史蓋拉緩緩地往前移動，直到元牲碰觸可及的距離。我屏住呼吸，等著這隻巨貓再次低號，伸出爪子賞他一巴掌。然而，史蓋拉沒這麼做，而是嗅嗅元牲，然後，下巴開始磨蹭元牲的手。站在他們下方的我，清楚看見元牲臉上的笑容。他試探性地輕拍貓咪，史蓋拉楞了一下，側著頭，再次打量元牲。

「你可以不要讓奈菲瑞特的黑暗力量毀掉你。」元牲以眞誠的口吻告訴史蓋拉，並撫摸他的下巴。

這次，史蓋拉毫不遲疑，敏捷地跳入元牲的懷裡。

殘破橡樹底下的所有貓咪開心地呼嚕叫。

元牲回到地面時，手裡緊緊抱著史蓋拉。這巨貓似乎也主動緊挨著他，還把毛茸茸的頭抵著元牲的下巴。當元牲走向我，我甚至能聽見史蓋拉舒服的呼嚕聲。

「上面出現奇蹟了。」元牲說，月光石般的眼睛閃爍著光芒。

「對。」我吸吸鼻子，用衣袖抹抹臉頰。「史蓋拉選擇你，現在，你們屬於彼此了。」元牲低頭看著史蓋拉，鍾愛地對貓咪撫摸久久。史蓋拉一直閉著眼，但呼嚕聲大鳴，彷佛睡得正舒服。

「小柔，他好棒！」

我笑中帶淚，說：「是啊，他眞的很棒。」

元牲凝視著我，然後不自覺地把手伸入牛仔褲口袋，掏出面紙遞給我。「妳又一把鼻涕一把眼淚了。」

「喔，我想也是。」

我們四目對望，但他隨即把頭撇開，可是，我已經看見他的受傷表情了。

「對不起，我不該叫妳小柔。」

「妳想怎麼叫我，就怎麼叫。」我說。

他再次迎視我的雙眼，我看見一抹憤怒閃過他的臉。「妳不用爲了對我友善，刻意把我想成西斯。」

「該死，元牲，我對你友善，是因為我喜歡你！你救了我的阿嬤，還願意抱著剛剛拯救下來的那隻惡貓。你人眞的很好呀！」我頓住，重新控制音量後，才繼續說下去：「所以，我才對你友善啊。」

「但願眞是如此。」他說。

「元牲，我答應過你，絕對不騙你，永遠對你說實話。我有一堆鳥事要處理，用不著把撒謊這一項加進去。」

「妳說的是實話，對吧？」

「對，我句句實言。」我抹抹臉，又吸吸鼻子。「謝謝你給我面紙。」

「不客氣。」

「你的房間有貓用品嗎？」

他遲疑了一下，輕聲說：「其實，我沒有房間。」

「那你都睡哪裡？」

「我不睡覺。」

天哪！他甚至不是人類！萬分驚訝的我，腦海浮現他完全變身為牛時的畫面。我心一橫，把那畫面拋到腦後。

「嗯，那你現在得有房間才行，因爲貓需要地方睡覺、進食，還有，嗯，你知道貓砂盆嗎？」

「貓砂是什麼？」

我對他笑笑，說：「來吧，卡羅納也不睡覺的，所以你現在可以去找他。他會幫你弄個房間，還有貓糧和貓砂盆。」我對娜拉喵一喵，她立刻走向我，跳進我的懷裡。這時，我發現所有的貓都不見了。

「你想，卡羅納懂貓嗎？」我們並肩去找卡羅納時，元牲問我。

「肯定懂。他以前是妮克絲的戰士，在另一個世界，貓咪的地位可重要了。女神超愛貓的。」

元牲一臉失神，然後問我：「小柔，妳認爲史蓋拉選擇我，是不是代表妮克絲在乎我？我是說，有那麼一點在乎我？」

「當然是。」我只能這樣回答他。話一說完，我又哽咽了，元牲只好再遞面紙給我。

14 卡羅納

「好，我告訴你，我眞的覺得很奇怪。你不覺得奇怪嗎？」刑警馬克思問卡羅納。兩人離開男生宿舍，他趨前跟這個長著翅膀的不死生物並肩而行，走入陽光燦爛的美麗午後。

卡羅納揚起眉，斜覷了刑警一眼。眞不習慣和人這樣隨興交談，尤其對方還是個人類。可是，馬克思似乎完全不會對他大驚小怪，而且，也不會根據他的過往，認定他是惡魔。他對待我的方式，彷彿我們是**一起出生入死的弟兄**。有此感受的卡羅納，內心生起一股小小的驚喜。

接著，他發現，自己竟然很喜歡刑警的陪伴，再次驚喜一番。

「奇怪？你是說，原本屬於不死發瘋吸血鬼的貓，選擇了一個使用古魔法製造出來做爲黑暗武器的生物，是一件很奇怪的事？接著，我們還得對那個看起來像楞小子的生物解釋，該如何餵貓，如何清理貓砂盆。」卡羅納哼了一聲，「刑警，我認爲，奇怪還不足以形容咧。」

「眞高興聽你這麼說！」

刑警往卡羅納的肩膀拍下去，彷彿卡羅納是他同支隊伍的好夥伴。卡羅納咬著牙忍耐，因爲馬克思的無心一拍，讓他還沒痊癒的傷口陣陣發疼。不過，卡羅納很確定他的咕噥聲在別人聽來，比較像是同意馬克思的話，而非不舒服的呻吟。

馬克思只顧著聊天，完全沒意識到卡羅納的痛。他呵呵笑，繼續說：「是啊，那小伙子搔著那隻該死巨貓的下巴時，我眞的看到那雙眼睛在發亮呢。」

「貓的眼睛？還是小伙子的眼睛？」卡羅納開開小玩笑，不理會持續發疼的傷口。

「小伙子的啦。難道貓的眼睛也會發亮？」馬克思搖搖頭。「不用說，不用告訴我。現在，我終於明白爲什麼我妹會說，有一些吸血鬼的事，人類最好別追問，免得傷害到我們的心智。追問下去，很可能發瘋。」

卡羅納呵呵笑。「我想，這是因爲我們所處的這個時代太奇怪，而不是人類沒有能力理解這些非正常的事物。」

「或許你說的對。這年頭眞的很怪。」

兩人沒再交談，沉默地並肩而行，但卡羅納完全不覺得這樣的沉默讓人尷尬。他們就像兩個準備去保護自己摯愛的男人。

原來，一家人的感覺就是這樣，我好喜歡這種感覺啊！這想法自己冒了出來，害卡羅納一時分寸大亂。夜之屋是怎麼變成他的家的？卡羅納完全不明白，可是，現在就連那個他一開始試圖色誘，而後試圖摧毀的女孩柔依．紅鳥，都對他信任到主動來找他，尋求建議，請他協助元牲，照顧那隻原本隸屬於奈菲瑞特，但後來選擇工具人當知交的貓。

接下來，第三個驚喜出現了。

「喂，別介意啊，我不是故意刺探。我妹老是說，我當了刑警後，就養成這種愛窺探別人隱私的壞習慣。」

卡羅納恍然回神。「不好意思，我剛剛在想別的事情。你是不是問我什麼？」

「對，不過，這問題太涉及隱私，尤其對你來說。所以，算了。唉，在天下又大亂之前，我看我得擠出幾小時來閉目養神一下。」馬克思說。

「你可以問我任何問題啊。我們要一起對抗黑暗，所以得先建立彼此的信任感。」

兩人走到女生宿舍時，馬克思停步，倚著偌大的露臺階梯。「好吧。我是在納悶，爲什麼妮克絲不親自從天堂下來，阻止奈菲瑞特，畢竟，她是女神的前女祭司長。我想，奈菲瑞特這樣濫用她的法力，妮克絲肯定很生氣。」

「首先，妮克絲並不住在天堂，或者，起碼不是住在當代西方文明認爲的天堂。」

「對喔，不好意思，我忘了幾年前我妹跟我解釋過這部分。妮克絲住在另一個世界，對吧？」

「沒錯，妮克絲的國度在另一個世界。」

「所以，你曾去過那裡？」

「曾經有好幾個世紀，那裡也是我的國度。」卡羅納緩緩地說，一時之間還不習慣跟別人談論女神或另一個世界。

「如果你覺得隱私被侵犯，我可以立刻打住……」

「我不介意。」卡羅納說，而且，這才發現，他是很眞誠地在回答馬克思的問題。

「那麼，你跟妮克絲很熟吧。」

卡羅納深深吸氣，緩緩吐出幾口長長的氣。刑警的問題，其實很容易回答，但答起來會讓人心碎。

「我**曾經**跟她很熟，非常非常熟。」

「我懂了。曾經。」馬克思彷彿把沉思過程大聲說出來。「難怪現在會這樣。妮克絲變了，不再是你以前所認識的她，或許，她對當代世界沒興趣了。這也不能怪她啦。所以，她才會放任奈菲瑞特濫用女神賜與的天賦，爲非作歹，不只傷害人類，也傷害雛鬼和成鬼。」

「不是這樣的。我們的女神沒有對我們失去興趣。」

卡羅納的視線從馬克思移向簫妮，她正沿著人行道走向他們，手裡還抱著一隻灰貓。她戴著墨鏡，上衣的兜帽還拉起來幾乎蓋住整張臉，不過，他仍看得出來，陽光讓她很不舒服。**她一定快要蛻變了**，卡羅納心想。想到簫妮蛻變後會成為吸血鬼女祭司，他竟有一種非常類似於驕傲的感覺。

這種感覺，讓他的口氣嚴肅了起來。「簫妮，妳應該待在寢室睡覺的，陽光對妳有害。」

她做出安靜的「噓」手勢，不理會他的話，不過，還是走過他們身邊，去宿舍屋頂下的陰暗處躲陽光。

「我這就上床睡覺，我剛剛是去找我的小惡魔。不過，在我進宿舍之前，有些觀念我希望幫馬克思刑警釐清一下。」她那雙眞誠的眼眸凝視著刑警。「妮克絲沒對我們失去興趣。」她重複剛剛的話。

馬克思的視線游移在卡羅納和簫妮之間。他還來不及回應，雛鬼就繼續說：「別問卡羅納關於妮克絲的事。」她用眼神向卡羅納道歉。「我知道這種話聽起來讓人不舒服，但我不是故意這麼殘酷。」她重新把注意力放在馬克思身上，跟他解釋。「卡羅納**墮落了**，所以，他不再是妮克絲的最佳見證人，刑警。如果你對我們的女神有任何疑問，你可以問我。我每天都跟她說話，有時她甚至會回應我。」

「好吧，那可否請妳跟我解釋一下，爲什麼妮克絲會站在一旁，啥事都不做，眼睜睜看著奈菲瑞特製造這麼多痛苦和災難？是她給了奈菲瑞特天賦，這女人才有辦法把法力練得這麼強吧。**起碼**，妮克絲可以收回她所賜給奈菲瑞特的天賦啊，這樣才對嘛。我就是想不通，女神怎麼會袖手旁觀，什麼都不做。我很尊敬你們的女神，可是她的作爲，好像不是一個慈愛的神該做的。」

「妮克絲不會收回她賜給奈菲瑞特或任何人的天賦，因爲，她對我們的愛，是無條件的，她信守自己的諾言，即便我們沒遵守我們的諾言，甚至背叛她。」簫妮解釋的時候，卡羅納就叉著手，裝出意興闌珊的樣子，但其實，他一動也不動，甚至連呼吸都停止，全神專注地聆聽。

「而且，她之所以沒跳下來拯救世界，是**因為**，她太愛我們，堅持讓我們擁有自由意志。」她停了一下，繼續說：「你有孩子嗎？馬克思警官？」

「有，兩個女兒，九歲和十一歲。」

「你會永遠不讓她們犯錯嗎？或者，稍微好一點，讓她們犯錯，但你會立刻出面，替她們承擔所有責任？」

「我想，如果這樣做，我會寵出兩個不知好歹的小鬼。」他說。

「你認為，被寵壞的她們，長大後會變成什麼樣的人？」簫妮問。

「自私，不負責任，**如果**她們能眞正長大的話。」

「這就對了！」簫妮笑著說：「如果妮克絲為我們承擔所有我們做出的錯誤決定，或者，不讓我們自己做決定——無論我們做出的決定是好或是壞——那我們要怎麼學習、長大，變得成熟呢？」

卡羅納終於克制不住，不再沉默。「如果妮克絲接手，一切就會簡單多了！我對她的認識，足以讓我跟你們保證，她絕對是仁慈良善的女神。她給我們的承諾，是我們任何人都無法給予的，無論是吸血鬼或人類。」

「如果妮克絲插手，光亮和黑暗就會永遠失衡。」簫妮說。

「這樣光亮會贏啊！這不正是我們要的嗎？」卡羅納說。

「喔我的天哪！你知不知道自己要的是什麼啊？」

「知道！我要和平！我希望暴力和殺戮被制止，背叛和破壞得以終結。」

「不！」簫妮提出異議。「你要的是終結自由意志，讓大家變成《瓦力》裡那些癡肥的人類，或者比那樣更糟。」

「妳在說什麼啊？」

「我知道她在說什麼。《瓦力》是皮克斯動畫公司拍的電影。她的意思是，我們會變成毫無動力，懶懶散散，不用大腦的白癡。」馬克思搔搔下巴。「其實，我在想，或許她說的對，你們最近去過州慶園遊會嗎？」刑警被自己的笑話逗得哈哈大笑，卡羅納則一頭霧水。

簫妮繼續板著臉，對馬克思的冷笑話，嘴角連個五度角都沒揚。她嚴肅地看著卡羅納的眼睛，對他說：「你如果這樣想，就永遠不可能親近妮克絲。你必須拋開控制欲，學著眞正信任，眞正相信，眞正去愛。」說完後，她親吻懷裡那隻已經睡著的灰貓的頭頂。「好，這樣有回答到你的問題嗎？馬克思警官。」

「不算完全回答，不過，我可以接受。」他說。

「太好了！那我要回去睡覺了。傍晚見。」她跳上最後幾個階梯，消失在女生宿舍裡。

「我也要去睡覺了。桑納托絲說，我可以在教師宿舍的行軍床窩一晚。你看起來也累壞了，要不要一起去？」

「不用。我要接元牲的班。我們輪班巡守校園。」他說。

「只有你們兩個在輪，眞辛苦。要不要我陪你？」

卡羅納看著刑警，他的黑眼圈清晰可見，步履沉重蹣跚。「下次吧，不過，很謝謝你的提議。」

「不客氣啦，在外頭小心一點。就像那小妞說的，傍晚見嘍。」

卡羅納點點頭，開始走向遠處的圍牆，努力不讓簫妮的話語在他的腦海反覆播放，但它們就是停不了。

麗奈特

「這些服裝完全不對！」奈菲瑞特邊說邊搖頭，還怒目瞪著麗奈特慎重挑選來穿這些服裝的人。嚇得發抖的他們，身上那些服裝照理說必須符合一九二〇年代的風格。

如果現在一切屬於正常狀況，或者，只要其中一個情況是正常的也行，麗奈特大概只會輕描淡寫地說，最近的這場活動遇到了一些阻礙。但這會兒，人生忽然扯到極點的麗奈特決定了，這輩子她辦的最後一場活動，就是一名自殺炸彈客穿著綁滿火藥，即將爆炸的背心。而穿上這件該死背心的人，就是她自己。

「女神，您還記得我需要的兩樣東西嗎？時間和資源。」

「我**什麼**都記得。」

麗奈特的手在身體前方交握，免得奈菲瑞特看出它們正在強烈顫抖。然後，努力讓腦袋清楚思考，並專注在此刻最該做的事情上——面對客戶要求，好讓活動順利進行。

「所以，爲女神籌畫活動，才會比幫人類或吸血鬼辦活動更讓人振奮啊。」麗奈特說。聽到這番奉承，奈菲瑞特原本半瞇的怒眼立刻柔和起來。「有什麼妳需要的，我沒提供？接下來的膜拜活動，昨晚都定案了啊。現在都快傍晚了，我只不過想先看一下我的奴民們待會兒跳查爾斯頓舞要穿的服裝。我相信陶沙市有很多戲劇服裝社，而妳，有無上限的**預算**可以使用。所以，妳給我好好解釋，爲什麼這些服裝沒一件有二〇年代的感覺。」

「在陶沙市，像樣的戲劇服裝社只有兩間，『愛爾蕾』和『大禮帽』。」麗奈特開始解釋。

「只有兩間？」奈菲瑞特嘆了一口氣，說：「我眞該去芝加哥建立我的聖殿。芝加哥到處都有品質一流的名店。凱莉！我的酒杯空了！」

凱莉機器人——麗奈特偷偷給那個像機器人的櫃臺小姐取了這個綽號——匆忙爬上樓梯，來到奈菲瑞特斜倚的寶座，爲似乎永遠喝不夠的女神再次斟滿鮮紅酒液。

「親愛的麗奈特，不好意思啊，剛剛打斷妳，妳繼續解釋，爲何會有這齣可笑鬧劇。」

她修長的豔紅指甲朝下方的舞池動一動，指著那群服裝完全不對的奴民。

「我跟這兩家服裝社的老闆聯絡過，他們就是不願意送衣服過來。」麗奈特隨即簡短地告訴奈菲瑞特，關於馬佑大樓的新聞報導，然後等著瘋狂的場面發生。

沒想到，奈菲瑞特沒發飆，反而非常鎮定，以輕柔的沉思口吻，問道：「他們爲何拒絕我？」

「他們說，警方已經把馬佑周圍重重封鎖起來，任何人都不可能靠近我們。」

奈菲瑞特的尖銳指甲輕敲著酒杯，側著頭，一副沉思模樣。接著，一臉豁然，笑著說：「這好解決。警方不准人類進入，所以，他們的注意力是放在封鎖線外，肯定不會想到大樓裡有人溜出去。」

「溜出去？」

「對。可不是隨便任何人都能溜出去。這事，我只准妳做。」

麗奈特震驚到必須倚著鐵欄杆。「我？」

「親愛的，妳的耳朵有問題嗎？」

「不……不是。」麗奈特回答得呑呑吐吐。

「凱莉，幫麗奈特倒杯酒，看她一臉蒼白的。」麗奈特滿懷感激地咕嚕灌下酒，同時聽著奈菲瑞特開始說明這瘋狂提議。「這件事對妳來說應該輕而易舉才是，妳就從後門溜出去，就是他們堆放噁臭垃圾的地方，我想，爬牆對妳來說應該不是問題，妳的體能狀況看起來挺好的。當然啦，我會叫朱德森陪著妳，有什麼問題，他會幫妳的。朱德森，你要確保麗奈特平安回來，還有，替她提重物，知道吧？」

朱德森像機器人般點點頭，眼神空洞地說：「是的，女神。」

「很好！我會叫凱莉幫你們叫計程車，就叫司機去，嗯，第四街和丹佛街交叉口的中央圖書館接你們，那裡夠遠，不在警方的封鎖線內，但又沒遠到必須搭計程車才回得來。任何重物都交給朱德森來提。」

麗奈特的心臟怦怦跳。**她要朱德森跟著我，這樣我就非得回來不可。可是，沒有奈菲瑞特在一旁指揮，他不過是個機器人。或許，我可以趁機溜開，尤其是到了圖書館之後，那裡應該有人可以……**

「還有，我先把話說清楚了，麗奈特，我不會讓妳和朱德森單獨出這趟任務的，這樣風險太大。我會派我幾個孩子跟著你們。」女神低下頭，撫摸著纏繞在她腳上的黑色蛇東西。「一旦妳有任何遲疑，它們會立刻靠近妳，到時候，妳和朱德森兩個人就會變得很相像。我是說跟現在比起來。」

麗奈特立刻把思緒拉回軌道。**工作！我要專心在工作上！**

「有什麼問題嗎，親愛的？對於我的作法，妳應當沒問題才是。」

「真的，我很同意這個溜出去的點子。」麗奈特專注想著她的世界唯一僅存的正常東西，把所有心思放在完成任務上。「警方絕不可能想到有人會從馬佑大樓溜出去，不過，我比較擔心的是回來，雖然您說，他們一心只想著別讓人靠近馬佑大樓。」

「妳這擔心有道理，我都忘了妳無法讀取我的心思——畢竟，我可以輕而易舉知道妳在想什麼。關於這問題，也很容易解決。你們等到太陽下山再出去。到時天色已黑，加上警方疏於注意，你們應該可以順利溜出去。回來時，我的孩子會召喚濛霧與魔法、暗影與煙靄，讓黑暗掩護妳。」

麗奈特張口結舌看著她，不知該如何回答，同時小心翼翼地不讓自己冒出任何念頭。

「妳不用擔心，被黑暗掩護不會怎樣的，嗯，或許我應該說得精準一點，它不會傷**妳**一根寒毛的。我那些孩子確實必須飽餐一頓，所以，今晚某個計程車司機除了能拿到車資和小費，還能獲得特殊待遇呢！」奈菲瑞特的笑聲聽起來殘酷又瘋狂。

麗奈特將酒杯往嘴巴一倒，大大灌下一口。

「好啦，叫那些披綢戴緞的可悲奴民回房間吧。下次見到他們時，可得讓我驚豔才行。」奈菲瑞特雙手一拍，下令，彷彿法老君王叫奴隸滾開。「麗奈特，妳去換掉那身衣服，改穿輕鬆便褲和深色上衣，我可不希望妳不經意惹人注目。去吧，太陽下山後再行動。」

「是的，女神。」麗奈特屈膝行禮，顫抖著身子退下，走向電梯，準備回到奈菲瑞特賞給她的四樓房間。電梯門一關上，她立刻雙手摀住嘴巴，就怕自己放聲尖叫。麗奈特第一次發現，她根本不可能逃離奈菲瑞特的瘋狂掌心，所以，問題不是她會不會死在這女人的手裡，而是，什麼時候死，怎麼個死法。

15 柔依

「這棵樹好大啊！眞高興那場愚蠢的大冰災沒有毀掉它。我在網路上看到，今年冬天，陶沙市很多豆梨樹死掉，死亡率創歷史新高欸。」史蒂薇·蕾說。我們一行人搭乘的廂型車沒車窗，而且太陽也幾乎要下山了，可是挨擠在我旁邊的史蒂薇·蕾還是用白毯子把自己整個罩住，只露出兩顆眼睛，活像萬聖節的鬼。桑納托絲說，大家都得保護好自己，不能有任何閃失，所以，隨我們前往的紅成鬼史蒂薇·蕾和紅雛鬼夏琳就把全身包得緊緊的。至於另一個紅成鬼史塔克，則氣沖沖地留在學校。

「我們不能讓學校最珍貴的資產承擔不必要的風險。」史塔克說他非要跟我去不可時，桑納托絲這麼告訴他：「而你，年輕威勇的戰士，正是我們的珍貴資產。」

我也很希望史塔克能跟我去，可是，我很同意桑納托絲說的，所以，我告訴史塔克，反正我們離學校不遠，等太陽完全下山，他就可以來找我們。

結果，我的盤算全被桑納托絲否決。她說，不行，史塔克不能去找我們，因爲他必須暫時和元牲交換職務，由他負責守護學校，而元牲隨我們去，負責保護守護圈和我。

我大可提出抗議，推翻桑納托絲的命令，因爲，史塔克是**我的**誓約戰士，即使是女祭司長也不能使喚他。可是，待會兒桑納托絲在馬佑大樓附近施咒時，卡羅納必須在場，萬一基於某種可怕的原因，事情不像她所預期得那麼順利，他必須在現場應付奈菲瑞特使出的任何詭譎手段。所以，桑納托絲必須派自己的戰士離校，這是爲了所有人好。在這種情況下，如果我沒像她一樣顧全大局，那未免太幼稚，太自私了吧。

這點史塔克也知道——當我們的車子駛離，我從他目送我們離開的眼神看得出來。可是，我並沒因此更容易接受他不在我身邊的事實。

「柔，妳根本沒在聽我說話。」史蒂薇．蕾說，還打了我一下。

「有啊，我有在聽，妳說那棵樹很大。」

從她全身上下唯一露出的眼睛，我看得出她對我皺起眉頭。「我不只說這些。算了，現在妳有專心聽就好了。妳以前來過這裡嗎？我覺得這地方比我想得酷欸。」

「有，以前跟我阿嬤來過。」我說，默默地甩開跟史塔克分離的不安。「她喜歡來這裡參加布斯克節，即使這是美國克里克印第安人的節慶，跟切羅基族無關。阿嬤說，只要是正面能量，她都願意親近，不管是哪一族的活動。」

「妳的阿嬤非常有智慧。」桑納托絲說。

「布斯克節是什麼？」縮著身子，躲在史蒂薇·蕾旁邊的夏琳問。她裹著毯子，以便阻隔夕陽餘暉，同時緊緊握著代表水元素的藍色蠟燭。也難怪她這樣緊張兮兮，因爲連我都焦慮到幾乎每根指甲都被摳裂了。

「我查過資料，」戴米恩替我回答，因爲我的心裡正忙自言自語。「這是一種很棒的神聖儀式，是古代克里克族每年最重要的慶典，在這段節慶期間，各個部落齊聚一堂，一起進行淨化儀式，解決糾紛，償還債務。一八三六年，阿拉巴馬州克里克自治區的羅卻帕卡分會在陶沙市發起這個節慶活動。許久之前，古克里克族被迫離開家園，展開漫長艱辛的遷徙，這段歷史，跟切羅基族那段血淚交織的『淚之旅』非常類似。後來倖存者把家鄉阿拉巴馬州那場大火的殘餘灰燼，撒在這棵樹下，然後以它爲中心，舉行布斯克節的活動，並固定於此商議族人大事，同時宣布這裡是陶沙市的羅卻帕卡，是他們的新家。」

聽完後，大家鴉雀無聲，靜靜地望著車子的擋風玻璃，看著那棵樹，想著戴米恩剛剛說的話。這段故事我知道，阿嬤第一次帶我來這個小公園時，就告訴過我。現在這棵被命爲諮議橡樹的四周，已經規劃成小公園。

「聽起來是一個充滿能量的地方。」在我背後的元牲說。

「沒錯，而且這個能量絕對是正面的。」桑納托絲說。

「接下來，妳得告訴我們，該做什麼，不該做什麼。」負責開車的刑警馬克思說。桑納托絲認為他和元牲是待會兒施咒儀式的最佳守護人。當地人類，交由馬克思警官來搞定，至於元牲，則負責所有的超自然狀況。這兩位守護人，看起來毫無威嚇架式。馬克思高大英挺，讓我聯想到影集《疑犯追蹤》裡那個前中情局探員約翰．里斯（只差一套黑西裝！）。而元牲，看起來分明就是個可愛的小伙子，高個兒、金髮、身材健美。在沒變成可怕的牛獸時，他唯一讓人覺得怪的，是他那雙眼睛，可是，如果沒認眞看著那雙眼，妳只會覺得它們那抹淡淡的淺藍好美，好像……

「柔依．紅鳥！專心一點！」

桑納托絲的話語倏地射穿我內心那團濛霧，把我嚇了一大跳。「我很專心啊。」我想都沒想就這麼回答她。

「那妳告訴我，我剛剛跟馬克思說些什麼？」她問我，還轉過身，狠狠地看著我。

我嘆了一口氣，老實回答。「對不起，妳說的對，我不專心，我會努力專心。」

「不是努力專心！是必須專心！」她喝令。

這時，戴米恩壓低聲音冒出一句：「尤達嗎？」他用《星際大戰》裡那個具有超強原力和崇高品德的尤達來比喻桑納托絲，讓整輛悍馬車的氣氛頓時輕鬆起來。史蒂薇．蕾咯咯笑，夏琳則低聲罵他：「白癡！」

桑納托絲重重地嘆了一口氣，臉色頓時和緩一些。「大家都很緊張。不過，忐忑不安，相互發脾氣，不是好事。柔依，我跟妳對不起，剛剛我口氣太重。我們重來一次。」

「謝謝妳。」我說：「我絕對會非常專注。」

「我也是。」戴米恩說。

「我會非常認眞聽妳說話。」史蒂薇．蕾說。

「還有我！」簫妮和夏琳齊聲說。

元牲和馬克思沒說話，因爲整趟車程，他們的注意力就一直放在桑納托絲身上。

「很好，你們所有人聽著，」桑納托絲說：「我剛剛告訴馬克思刑警，我很感激他先來勘查過場地，還把柵門打開，讓我們可以靠近這棵聖樹。」

「不客氣。」馬克思說：「你們需要的鍛鐵桌我也拿來了，已經放在樹下，就照妳的吩咐，放在樹下往南幾步遠的地方。這樣可以嗎？」

廂型車停在一處人行道，從人行道旁的樓梯，就可以走到諮議橡樹公園。聖樹所在的隆起小丘，現在已成爲整個公園的正中心。聖樹四周被鐵欄圍住，但柵門已經開啓，樹底下果然有一張精心打造的鍛鐵桌。

「看起來很棒。」桑納托絲說，她舉起一只籃子，開始解釋。「從現在開始，你們每個人必須全神貫注，想著你們要保護的事物。那就是保護陶沙市，免受奈菲瑞特的黑暗勢力所威脅。而你們為什麼要保護陶沙市？是因為，你們要讓光亮與黑暗重新恢復平衡。」

「連元牲和我也要想著這些？」刑警問。

「當然。」桑納托絲說：「你們雖然不是守護圈的成員，但你們的能量會影響守護圈。不然，你認為我為什麼要挑選你們兩個當守護人？」

元牲開口了。「妳利用我們，是因為我們可以被犧牲。」

馬克思的眉毛頓時揚起，張嘴準備說話，但桑納托絲搶先他一步。「你們**並非**可以被犧牲。」她嚴肅地說：「我選擇你們兩位，是因為你們具有守護人的性格。舉行這個儀式時，需要周圍有這種性格的能量。所以，元牲，年輕人，我跟你保證，我絕不利用人。」

元牲緩緩地點頭。「女祭司長，謝謝妳告訴我這些。」

「對，我也高興聽到妳這番話。」馬克思說。

「好。簫妮，妳應該知道，這個儀式最重要的元素是火。」

「知道。」簫妮說。

「我要請妳把聖杯、儀式用的火柴，以及我裝在牛皮囊中的肉桂油拿去鐵桌上。」桑納托絲將那只美麗杯身蝕刻著妮克絲圖案的巨大水晶杯、裝滿黏稠液體的鬆軟褐色囊袋，以及一盒儀式專用的長火柴拿給簫妮。「在桌子的南邊站定後，把肉桂油倒入聖杯，火柴就直接放在桌上。」

「好，沒問題。」簫妮說：「我複習了《雛鬼手冊》的儀式章節，所以，該怎麼做，我都清楚了。」

「很好。那就靠妳和妳的元素了。」

「沒問題的，我保證。」

「謝謝妳，孩子。」桑納托絲說：「除此之外，我對各位的要求，就是不管守護圈裡或外面發生什麼事，你們只需要意念明確，信念堅定，剩下的，全交給我。」

有一種直覺，像搔不到的癢處，糾纏著我，讓我忍不住開口問道。「是不是守護圈內會發生什麼奇怪的事？」

「奇怪的事？不會。在進行重大儀式時，施咒的女祭司長耗盡能量，並不奇怪。」

「那，妳不會有事吧？」史蒂薇．蕾問。

「我相信我不會有事的，起碼咒術持續的期間，都沒問題，至於之後，就不敢說。」

「之後，妳會怎樣呢？」戴米恩問：「我研究過克麗奧佩脫拉的保護儀式，她施咒時，並沒發生什麼怪事。」

「克麗奧佩脫拉有時間禁食，做準備，我沒有充裕時間。反正，你們只要記住，就算我說可以關閉守護圈，你們也不可以移動我。我必須留在能量之地，將這塊土地的保護能量汲引過來，這樣，我所施的咒語才能持續有效。」

「可是，我們不能把妳一個人丟在這裡。」戴米恩說。

廂型車外一陣騷動，吸引了我的視線，隨即，我驚喜地睜大了眼。「桑納托絲不會一個人的。」我說，指著才剛停在對街路邊的那輛藍色小金龜車。大家看著幾個人陸續走下我的金龜車：阿嬤、瑪麗．安潔拉修女、梅格麗特．伯恩斯坦拉比，以及蘇珊．格林姆。

阿嬤領著她們走向我們這輛廂型車的副駕駛座那一側，然後，靜靜等著桑納托絲打開車窗。

「歡喜相聚，女祭司長。」阿嬤說，笑得好燦爛。

「席薇雅？妳和這幾位女士來這裡做什麼？」桑納托絲說。

「我的靈告訴我，妳需要有人看著妳。我們就是來這裡幫忙看顧妳。」阿嬤說：「我已經幫我們幾個人做過薰沐儀式，並且確立明確意念——保護陶沙市。所以，我們準備好了，就等妳開始。」

桑納托絲把手伸出敞開的車窗，握著阿嬤的手。「謝謝妳，我的朋友，妳們這群朋友。」她說，激動得聲音都啞了。

「太陽終於下山了！」史蒂薇・蕾說，拉開身上的毯子。

「那我們來得正是時候。」瑪麗・安潔拉修女說。

「好，我們開始吧。」桑納托絲說：「柔依，麻煩代表靈的妳，領著妳的元素成員，在聖樹的四周各就各位。妳自己要站在桌子頂端，背向史蒂薇・蕾。我每召喚一個元素，妳就跟著我轉方向。」

「好，我明白。」我說。

「大家手上都有蠟燭了嗎？」我們五個都舉高自己手上的柱狀蠟燭。桑納托絲很滿意，笑著說：「我知道守護圈的成員準備好了。柔依，開始吧。」

我很自然地跟著低呼：「**顧妮克絲與我們同在**。」接著，這句話在所有人之間迴盪，而且力量變得更強。

真棒，我心想，**感覺真的好棒**。

我深吸一口氣，將廂型車的車門拉開，在人行道上等著我五位朋友一一下車。然後，我像童話中的吹笛手，走到前頭，領著他們爬上樓梯，走過柵門，靠近聖樹。

這棵古老的大橡樹似乎隨著我的靠近變得愈來愈巨大。它的枝椏不羈蔓生，張牙舞爪似的，除了上下延伸還橫著長。我發現枝椏冒新芽了，可是還不見嫩葉成形。就算如此，一些巨大樹枝還是懸拂地面。我繞過那些大樹枝，走到樹下的鐵桌。簫妮跟著我，而戴米恩、夏琳和史蒂薇．蕾則默默地各就各位，圍著我繞一圈。阿嬤和其他女士也站在柵欄內，但她們小心翼翼地不跨入桑納托絲即將設立的守護圈。刑警馬克思和元牲則留在柵欄外，四處走動，留意外面動靜，隨時準備行動。

簫妮將濃稠的液體倒入水晶杯，一旁的我，深吸一口氣，將熟悉的肉桂氣味吸進去。倒完後，她跟我眼神交會了幾秒鐘。

「祝福滿滿。」我輕聲對她說。

「妳也祝福滿滿。」她回答，然後走向守護圈的南側，在她所屬的位置就定位。

柵門附近有動靜吸引了我的注意力，原來桑納托絲脫下身上的長斗篷。她往前走時，我驚訝得屏住呼吸。這位女祭司長穿著一件彷彿有生命的鮮紅長禮服，一走動，絲質裙襬款款生波。除了裙襬部分，這件高領長袖的禮服非常合身，讓她看起來宛如剛從一池閃亮的鮮血中起身。她的身上沒任何首飾配件，唯一有的是臀際繫著一條細長的皮織腰帶。腰帶上掛著鞘袋，袋內裝著一把儀式刀，刀柄上滿滿的紅寶石在漸弱的光線中都能閃閃發亮。

她一靠近守護圈，立刻拿起儀式專用火柴，走向戴米恩。我跟著她一起面向東方，她點燃蠟燭後，輕碰戴米恩手上那根代表風元素的黃蠟燭。「風，以妮克絲之名，我喚汝來到守護圈。」

戴米恩的頭髮應聲揚起。他的元素已經奔向他了。

桑納托絲沿著順時針方向走到簫妮面前。這女孩高舉著紅蠟燭，期待地等著女祭司長到來。

「火，以妮克絲之名，我喚汝來到守護圈。」

桑納托絲甚至還沒碰到簫妮的蠟燭，它就自己爆出火焰。簫妮咧嘴露出的笑容就跟她的元素一樣燦亮。

桑納托絲移動到西側，看著夏琳，說：「水，以妮克絲之名，我喚汝來到守護圈。」

海水鹹味隨著守護圈四周一陣打旋的風撲鼻而來，這風是火元素啓動之後所形成的。

女祭司長移動到史蒂薇·蕾面前，站定後，用火柴碰觸她手上的綠蠟燭。「土，以妮克絲之名，我喚汝來到守護圈。」

我立刻聞到整個守護圈瀰漫著阿嬤的薰衣草田的氣味。接著，阿嬤的歡笑聲傳來，我知道我們的元素正充滿這個神聖空間。

接著，桑納托絲在我面前站定。

「靈，以妮克絲之名，我喚汝來到守護圈。」她點燃我的紫蠟燭，守護圈完整設立，一陣靈性喜悅立刻湧現。

「喔，好美。」伯恩斯坦拉比驚嘆。我的視線沿著我的蠟燭延伸出去，看到一條銀線飄浮在守護圈的上方，連接著每個元素。

「感謝妳，女神，請繼續與我同在，強化我的力量，不管接下來會發生什麼事，我都心甘情願接受我的命運。話語既出，如我所願。」桑納托絲以恭敬的口吻輕聲說，然後閉上眼，深吸一口氣，吐息三回。緊接著，毫不猶豫地左手拿聖杯，右手舀起濃稠液體，走到戴米恩面前，從那裡開始，繞行守護圈，邊走邊將肉桂油灑在地上，同時施念咒語：

我召喚火來看顧、祝福並引導這場儀式。火元素摯愛的雛鬼簫妮已將肉桂油倒入聖杯中，我特於守護圈抹油，以榮耀火，並宣示我意念已定，為的是請求火來保護陶沙市。我於此聲讀遠古之前首次由妮克絲另一位女兒克麗奧佩脫拉召喚你時所言之古代真理，以示我純善意念。

然後，桑納托絲以充滿力道的清晰聲音，大聲朗讀這位古埃及女人之誓：

歡呼！妮克絲聖尊！前來施展咒術，助我順利無誤！

歡呼！雙眼定睛於火的她！我沒玷汙女神所思所為之事！

歡呼！虛妄話語的終結者！我沒讓自己被怒火吞沒！

歡呼！全知女神，造物者！我從不以妳之名咀咒！

唸到最後一句時，桑納托絲回到守護圈中央。此刻，整個守護圈瀰漫著肉桂香味，及一種很神奇的充電感覺。我知道，這種充電感覺，是因爲它帶有強烈的魔力在其中。

桑納托絲點燃聖杯中的殘餘肉桂油，灼火熾紅如她的衣裳，也如簫妮的蠟燭。接著，她把燃燒的聖杯高舉過頭，說：

在純善的儀式意念下，我舉火立下保護之誓。它的力量蘊於我，透過我，它的焰火恆常持久，熊熊吞噬對陶沙市起惡念或行暴力者。我尤其請求焰火保護陶沙市中心，因為黑暗已

占領該區域。埋葬所有惡念者，不讓邪惡從焰火中逃脫！

桑納托絲的話語仍繚繞眾人之耳時，就見她抓著儀式刀的刀柄，從鞘袋一拔而出。她繼續握著燃燒的聖杯，走向手持柱燭的簫妮，對她恭敬行禮，說：「我感謝妳，火之子，謝謝妳給予妳的元素。」接著，從簫妮手中拿起蠟燭，將它放入燃燒的聖杯。火焰立刻吞噬蠟燭，愈燒愈旺，愈燒愈熱，但桑納托絲毫不畏怵。她高舉聖杯，另一手將刀刃緩緩劃過火焰三次，並以充滿力道的聲音說出這些話：

我與焰同在。即便日正當中，也入保護之火。我從火而來，烈陽炙傷不了我。明白我的純善意念者，灼燒不了我，然而，汝之火，能保城市平安，能割剮妄窺此儀式者，猶如此刃劃過燭身。

唸完後，桑納托絲以發燙紅亮的儀式刀在燃燒的紅蠟燭刻下陶沙市字樣，然後，走向我。她身上的淋漓汗水閃閃發亮，連一頭摻雜銀絲的長髮也因汗水而顯光滑。她大口喘氣，但看起來沒被灼傷，只是渾身發燙，虛脫疲憊。

「謝謝你，靈，你可以離開了，祝福滿滿。」她說，我照例吹熄我的蠟燭，跟我最愛的元素道別。

接著，桑納托絲走向史蒂薇・蕾、夏琳、簫妮和戴米恩，感謝並祝福每個元素，直到銀線化成一陣閃光，而後消失。桑納托絲回到圓圈的中央，同我站在桌子邊，將仍燃燒的聖杯放在桌上，小心翼翼地看著，確定整根蠟燭徹底燃盡。火焰熄滅後，桑納托絲舉起儀式刀，往腳邊的地上插進去，同時喊道：**「我已為汝等施作保護咒語，接下來妮克絲任何所為，皆如我所願！」**

就在儀式刀整個沒入土裡，只露出刀柄時，北方天空，陶沙市中心的正上方，爆出一陣血紅色閃光，緊接著，夜空迴盪著瘋狂與盛怒的尖叫。

「啊，賜福的女神，感謝您。隔護之咒已成。」桑納托絲說完，立刻癱軟，倒在地上。

「桑納托絲！」我要衝過去，但雙腿忽然動不了。才跨出一步，它們就像果凍般撐不住我。我雙膝一軟，跪了下去。頭暈目眩中，我看見簫妮也倒了，趕緊轉頭喊戴米恩，卻正好見到他兩眼一翻，昏厥過去。接著，這片充滿能量的土地似乎開始旋轉，不知怎地，我變成躺著，耳邊還響起分貝漸高的奇怪聲音。我的視線穿越諮議橡樹的枝椏，看著清朗夜空，發現亮光點點，但這時，我的視野逐漸變小，接著，只有寂靜闃黑。

16 奈菲瑞特

「麗奈特，親愛的，妳穿黑色看起來眞美，這件古典線條的休閒褲非常適合妳。我覺得這種淑女休閒褲比牛仔褲更好看，更有女人味，妳說是不是？」

「是的，我也這麼認爲。牛仔褲有損女人的時尚感。」麗奈特還發簌了一下，彷彿眞的很受不了牛仔褲。「我尤其討厭那種寬鬆粗獷的剪裁。穿這種牛仔褲的女孩家裡沒鏡子嗎？沒媽媽幫忙留意穿著打扮嗎？眞是夠難看的。」

奈菲瑞特對奴民咧嘴一笑，心想，麗奈特眞有意思，竟對自己的同類做出如此明目張膽的偏激評論。就連這一刻，奈菲瑞特都可以感覺到麗奈特身上散發的陣陣恐懼和忐忑，但她還是有辦法跟奈菲瑞特眞誠地閒聊，而且說話內容還這麼有趣。

「我年紀還小時，從沒聽過女人穿牛仔褲。進入二十世紀，確實有很多事情得跟著潮流走，不過，女人穿吊帶牛仔褲，實在稱不上流行。」奈菲瑞特說。

「妳這番話，我再同意不過。我不是女神，所以，我沒機會活在十九世紀，」麗奈特說到這裡，還優雅地對奈菲瑞特深蹲行禮。此舉永遠能討女神歡心。「不過，我也知道當時的時尚風格比現在像樣多了。」

「妳的頭腦很清楚，親愛的，所以，我非常期待妳拿回新服裝後，為我舉辦的盛大膜拜儀式。準備好出發了嗎？」

麗奈特楞了一下，隨即輕點個頭，說出奈菲瑞特等著聽到的話：「如果您認為我已準備妥當，那我就準備好了。」

「朱德森，好好照顧麗奈特啊，她可是我最愛的奴民。要是她出了什麼狀況，我可會不高興喔。」

「是的，女神。」朱德森像機器人般回答。

對朱德森下的這道命令，純粹是為了麗奈特著想。奈菲瑞特並沒期待這個被卷鬚占據的門房會有其他答案，因為，占據他的那條黑暗卷鬚會讓他乖乖聽話的，不過，麗奈特可得提醒一下才行。必須讓她知道，即使不在女神的視線範圍內，她也逃不出女神的手掌心。女神是喜歡這個人類寵物，不過，這不代表她可以相信她。

奈菲瑞特低頭看著在她四周蠕動不停的黑暗絲線，伸手撫摸著三條最粗最長的卷鬚，享受它們沁涼柔軟的觸感。「我要你們隨同麗奈特和朱德森外出，但別讓人類看見你們。你們可以各自享用一個人類祭品，不過，必須等到麗奈特買完衣服，安全離開服裝店。如果要吃計程車司機，得先讓他把麗奈特和朱德森送回圖書館，才可以吃掉他。好，我的命令在此：**黑夜和濛霧促魔法成真，麗奈特和朱德森得受掩護。平安送回他們，毫髮不得傷，我會歡喜迎接你們！**」

她撫摸著她特地挑選出來的卷鬚，節奏有韻的命令變成一道強制咒語。奈菲瑞特可以感覺到麗奈特的恐懼和嫌惡。女神知道她的孩子讓人類作嘔，她也知道麗奈特最害怕的不是死，而是被它們占據。然而，這個人類不曾顯露她的嫌惡。她始終戴著愉快的面具，這一點，讓奈菲瑞特很欣賞。畢竟這得有相當的天分和韌性才辦得到。

她還欣賞麗奈特願意爲奈菲瑞特做任何事，只求**不被**那些卷鬚占據。這就是奈菲瑞特所認可，且能爲她所掌控的忠誠。她對著她最愛的奴民微笑，說：「麗奈特，爲了表示我對妳的欣賞，我決定親自掩護妳離開這座神殿。我仔細想過了，讓妳狼狽地鑽出那堆垃圾，溜出去幫我執行任務，實在不安。」

「眞的嗎？謝謝妳，女神。」麗奈特說，這次的驚訝是眞誠的。

奈菲瑞特哈哈笑，揮手要麗奈特跟著她穿越舞池，來到氣派的門廳，站在銅製的玻璃大門邊。

「不需要再等一下嗎？」麗奈特說，勇敢地不露懼色。「太陽才剛下山，天色還沒全暗。」

「妳不用擔心這個。」奈菲瑞特要她放心，還親暱地把手搭在她的肩膀。「就算天色沒全黑，我也可以召喚黑夜的力量來掩護妳。」兩人走到服務臺，想當然耳，凱莉正眼觀四面耳聽八方地守在崗位上。「我的神殿外頭有人鬼鬼祟祟嗎？」

「我沒見到，女神，就連警察都跟我們保持距離。」

「很好，不過，我只是好奇問一問。麗奈特，放心，我會把妳掩護得很好，待會兒所有警察只會看到暗影和濛霧，絕對看不到你們。」

「太好了。」麗奈特說。

「凱莉，幫麗奈特和朱德森叫車。跟司機說，去中央圖書館的正門等一對郎才女貌的夫妻。」

「是的，女神。」

「好，麗奈特，現在跟我到門邊，我會在門內召喚濛霧和暗影，妳就等著我示意。」奈菲瑞特伸出手，以君王姿態往門一揮。「然後，妳和朱德森便可離開。盡速到丹佛街，可別讓計程車等太久，到時車子跑掉，你們和我這些飢餓的孩子，會被困在那裡的。」

「不會的，我們不會壞事的。」麗奈特趕緊說，然後補上一句：「女神，我可以問一個問題嗎？」

「親愛的，當然可以。」

「我要怎麼穿越妳的……」她開始支吾，顯然找不到正確的字眼。「妳的保護簾幕？」

她終於說出口。

「放心，我一下令，它自然會分開，讓你們通過。」奈菲瑞特看得出來，麗奈特仍有所疑問未解。「如果有什麼事情困擾妳，儘管說，我會幫妳解決的。」

「我擔心血和氣味。我怕衣服會沾到血。」麗奈特趕緊回答。

「這確實會讓人擔心。穿著沾血的衣服去購物，的確不妥，還會引人側目，暴露行蹤。不過，親愛的，別擔心，妳和朱德森穿越我的屏障時，絕對不會沾血或染氣味的。」

「謝謝妳，女神。」麗奈特是眞的鬆了一口氣。

「不客氣。現在，你們就去處理我交辦的任務吧。」奈菲瑞特轉身面向門，高舉雙手，視線穿越覆蓋著黑暗的玻璃，望向外面的黑夜。

聆聽我，黑暗與暗影

我的命令，必須回應。
讓夜色和漆黑掩護我的奴僕
以意念遮蔽，以我的大能掩護
誰都無法見，除了黑暗和我的眼
讓他們化身為暗影，如我所願！

奈菲瑞特可以感覺到神殿外頭的黑夜力量簌簌顫動。聆聽她召喚的，正是夜晚才會出現的東西——最深黝的暗影，以及，連滿盈月光都穿透不了的漆黑。他們的回應隨著她的心跳節奏砰砰震過她的身體。她收攏它們，全神貫注於它們，準備好釋放這些黑暗詭祕的東西，好讓它們掩護麗奈特和朱德森，就像它們經常掩護那些擁抱它們的人。

就在奈菲瑞特唸出咒語的那一刻，她感覺到了。神殿的外牆彷彿在顫抖。奈菲瑞特閃過一個念頭，有怪事發生，但當時她太專注於暗影和黑夜，所以沒去理會，反而雙手往大門一揮，等著她的黑夜來臨，好施展隱匿魔法，同時，以念力派遣她那些吸飽血的孩子陪同麗奈特和朱德森離開。

如奈菲瑞特所料，麗奈特不讓自己有一絲遲疑。女神已經讀過這個人類的心思，知道她認爲遲疑等同於懦弱，而麗奈特向來不示弱。所以，她大步走向大門，將門推開，毅然地穿越已經敞出一條通道的血簾，進入掩護的暗影中。

「咦，你們還在等什麼？」奈菲瑞特不悅地瞟了朱德森和那三條卷鬚一眼。「跟上去啊！」

朱德森以機器人的走路姿態往前邁步，纏在他腳上的三條黑暗卷鬚也跟著移動，可是，他們沒能穿越她的神殿血簾，進入奈菲瑞特召來的掩護暗影中，因爲，他們撞上了一道猩紅色的火牆。

霎時，奈菲瑞特震驚到無法做出回應，只能呆望著放聲尖叫還不斷拍打衣服，想滅熄火焰的朱德森。三條卷鬚一見到火，立刻放開他，急速蠕奔回奈菲瑞特身邊。

「隱匿魔法退去！」這道命令之後緊接著一陣雷鳴，一道月光穿透奈菲瑞特的遮蔽暗影，照亮了圓睜著眼睛、驚愕地呆站在人行道中央的麗奈特。

也讓那個不死生物清楚現身。他大步走到馬路中央，展開雙翼，舉矛備戰。這一幕，就足以把奈菲瑞特刺激得跳腳。

「孩子！把卡羅納弄殘，我就讓你們盡情享用他的不朽血液！」她吼著下令。

圍繞著她的黑暗卷鬚立刻衝出陰暗處，奔向卡羅納。當第一批卷鬚衝破她的保護簾，火牆忽然熊熊燃燒，將它們吞噬殆盡。

「不！我的孩子！回來，快回來！」第二批沒被火焰吞噬的卷鬚倉皇回到她的身邊，緊緊圍繞著她。「你在做什麼？」她對卡羅納咆哮。

「我投明棄暗了。要不是妳滿腦子只有自己，應該早就發現。」他說，然後對麗奈特伸出手。「跟我來，妳就可以脫離她了。」

「她是我的女神，我不能跟你走。」

奈菲瑞特不敢相信麗奈特說出這話的語氣竟是那麼認命，甚至嫌惡，毫無崇拜的意思，所以，她勃然大怒。「滾回來，麗奈特！我在命令妳！」

卡羅納不理會奈菲瑞特，一隻手仍伸向麗奈特，並對她說：「我們已經囚禁奈菲瑞特，任何心懷惡意者都無法進出她的神殿。而她，是不可能摒棄邪惡意念的。跟我來，她傷不了妳。」

麗奈特躊躇，轉頭看著奈菲瑞特，顯然正在評估狀況。

「妳是我的奴民！妳必須照我的話做！」奈菲瑞特再也克制不住，往前移動，決心要逼迫麗奈特表現出忠誠，但爆裂的火牆立刻往她燒過去。女神踉蹌後退，憤怒痛苦地尖叫，那聲音，響徹陶沙市中心的夜空。

麗奈特轉身背對奈菲瑞特，抓住卡羅納的手。「帶我離開這裡！」

「我正要這麼做。」他說。

「麗奈特，妳給我聽著！」奈菲瑞特對著人類離去的背影吼道，「我會破除這個魔咒，不讓這道火牆囚禁我。等我出去之後，看妳往哪兒躲。我會找到妳的，到時，我會把妳據爲己有！」

麗奈特一個踉蹌，幸好卡羅納有力的手抓牢了她。他繼續往前走，不理會奈菲瑞特。

「卡羅納，你也給我聽著！等我出去，我也會去找你。你永遠別忘記，我曾經綑綁你，掌控你，讓你對我言聽計從，將來我也可以再度支配你！」

長著翅膀的不死生物甚至懶得停下來迴身看她，只轉頭回應：「對，我記得，我也記得妳無法再約束我了。」

「下次，我不會再這麼寬宏大量。我**發誓，下次碰到你，我絕對會毀掉你，就像你當初背叛妮克絲時，她把你毀掉一樣！**」

這番話讓長著翅膀的不死生物戛然停步。他轉身，看著她，回應她時的語氣就如同火牆般熾烈。「妳知道我選擇墜落人間時，爲什麼妮克絲沒摧毀我？因爲，妮克絲是眞神，一個慈愛、良善、忠實、可親的女神。而妳呢？妳就像一個任性的小孩，一個冒牌貨，一個篡位者。不管妳進行多少報復，製造多少混亂，**妳永遠都不可能成為女神！**」

奈菲瑞特看著他和麗奈特消失在夜色中，只能對著夜空怒吼出她的憤懣。

柔依

我醒來時，聞到烤玉米和溫熱鹹奶油的熟悉氣味，那香噴噴的美味讓仍處於痞寐狀態的我忍不住泛起微笑。我在阿嬤的屋子裡，阿嬤烤了全宇宙最好吃的玉米。

可是，我一睜開眼就後悔了。原來，我只是躺在阿嬤的百衲被上，但不是在她家。我的視線穿越大橡樹的低懸枝椏，望著夜空。接著，回憶追上了我的感官，我立刻起身坐著。

「慢慢來，柔依，妳可別站起來。」瑪麗．安潔拉修女說。她疾步走向我，回頭喊道：

「柔依醒了。」

「來，喝下這個。」她遞給我一只塑膠杯。我聞出來了，是摻了血的酒，頓時口水直流。但我還是遲疑了一下，才接過杯子，因爲，從修女手中接過摻了血的酒，感覺很怪，似乎還帶點不敬。

她拍拍我的肩膀。「這可以讓你清醒一些。喝掉吧，恢復點元氣。」

「謝謝。我最近沒機會告訴妳，我眞的覺得妳好棒，妳……妳對我很重要。」我吸吸鼻子，喉頭已經哽著淚水了。

瑪麗．安潔拉修女笑笑，說：「嗯，謝謝妳，柔依，我知道妳的意思，不過，我跟妳保證，等妳喝下這個，情緒就會平復一些。」

「好。」我又吸吸鼻子，拿起杯子一飲而盡。其實我不愛喝酒，尤其是紅酒，可是，**我愛血**，雖然這聽起來讓人不舒服。摻了血的酒，喝起來就像液體巧克力，黑黝順口。這酒一入口，我的味蕾立刻嘗到甜美滋味，幾秒之後，一股力量貫穿全身，抹去我噙在眼眶的淚，也除淨我腦袋裡的蜘蛛網。我四處張望，看見史蒂薇．蕾、戴米恩和夏琳。他們站在公園的公共烤肉架旁，啃著烤玉米。**嗯，起碼那氣味不是我想像出來的**。阿嬤笑著走向我，手中的紙盤上有一根玉米，另一手拿著塑膠杯。我也對她笑笑，這時忽然想到我**還沒**看到某些人。

「桑納托絲和簫妮呢？」

阿嬤將紙盤遞給我，說：「吃吧，先讓自己清醒一點再說，**嗚威記阿給亞**。桑納托絲在裡面，受到很好的照顧。」她對著我背後的某處點點頭，我轉身看，發現她指的是那棵巨樹底下。

一片白色帆布披在低懸的枝椏上方，下襬穿過枝椏之間，形成一頂小帳篷，帳篷底下就是那張儀式用的鍛鐵桌。蘇珊．格林姆和伯恩斯坦拉比坐在帳篷前端開口的兩側。這兩位阿姨都閉上眼，雙手交疊，靜靜地冥想祈禱。從帳篷開口處望進去，我見到桌上放了五根點燃的柱燭，散發出搖曳的溫暖燭光。桌子底下有一團毯子，我看得出來毯子底下是一個人，靜靜地躺在臨時拼湊出來的床墊上。而床墊旁邊的地面上，簫妮就坐在那裡，拿著杯子喝東西，旁邊的紙盤上有兩根啃過的玉米。她跟我四目相對，對我苦笑了一下。

我想站起來，但阿嬤往我的肩膀壓下去，阻止我，還坐到我旁邊。「先吃，先喝。除了桑納托絲，妳是最後一個甦醒的。」

「所以，她沒事？只是在睡覺？」我就著滿嘴的玉米問阿嬤。

「她應該沒事，不過還沒醒。柔依鳥兒，告訴我，妳記得剛剛睡著時的夢境嗎？」

我搖搖頭。「我只記得我看見所有人昏過去，後來我也昏倒，然後我聞到妳的烤玉米，我以爲我在妳家。」

她笑笑，說：「我是有備而來。通常布斯克節的慶典結束後，要吃玉米。我覺得它也很適合在這場儀式之後吃。」

「太適合了，阿嬤，而且好好吃喔。妳烤的玉米都好好吃。」我快速嚼了幾下，嚥下去之後，問阿嬤：「成功了嗎？我們成功隔開馬佑大樓和陶沙市了嗎？」

「嗯，我不知道馬佑的情況，不過，陶沙市被隔離起來了。」

我循著聲音抬起頭，看見刑警馬克思走向我。他一手拿著電話，臉上是震驚不已的表情。

「什麼意思？」我問。

「意思是，桑納托絲執行的古代咒語奏效了，效果就跟克麗奧佩脫拉對亞歷山卓城施的咒一樣。報案中心湧入一堆電話。在某幾個地方出現的火牆把一些人困在城裡，也不讓外面的人進入陶沙市。就連準備要來奧援的聯邦調查局幹員都進不來。」

「桑納托絲的咒語說，任何懷惡意者都不得進出陶沙市。」我說：「哇，眞的奏效了！」

「調查局幹員或許很渾蛋，但他們應該不會對我們懷著惡意吧。」馬克思說。

「他們訴諸暴力，你認爲，暴力屬於正面或負面，刑警？」元牲問，加入我們的談話。

馬克思皺起眉頭。「如果要我約略分類，我當然會說暴力是負面的，可是，實際情況沒這麼簡單。暴力也可以被正面使用，比如用來保護弱小，服務人民。關於這樣的暴力，我多少知道一些。」

阿嬷點點頭，表示認同。「刑警，我們很清楚你的辛苦，畢竟這行你已經幹了一輩子。」

「我也懂暴力。」元牲說：「所以，我對它才有如此深刻的體認。不管意念良善或邪惡，總能找到非暴力的方法來達成任務。桑納托絲見過太多死亡，想必也很明白這一點。她所施的咒術就跟古魔法一樣原始質樸，我相信柔依會說，古魔法成功的關鍵無它，全憑意念而定。」

「桑納托絲的意念不只要阻止奈菲瑞特，也要阻止這個失衡世界的所有暴力和混亂。」我說。

「妳果然懂。」元牲說。

我正準備告訴他，我當然懂，而且很同意這樣的觀點，但這時，我口袋裡的手機開始瘋狂震動。「不好意思，我以為我關機了。」我說，將它拿出口袋，發現螢幕上是愛芙羅黛蒂的相片。

「快跟妳的女先知說話吧。」阿嬤說。

我點了手機螢幕。「嗨。」我說。

「快回來，立刻。」愛芙羅黛蒂說。

「怎麼了？」

「卡羅納回來了，咒語成功了，而且奈菲瑞特的人質逃出一個。現在，用生氣來形容奈菲瑞特，絕對是輕描淡寫，就好像叫名牌精品LV的創辦人路易·威登去製作可愛小錢包。」

「好，我們這就上路。」我關掉電話，面向我們的觀眾史蒂薇·蕾、戴米恩和夏琳。「成功了，非常成功，卡羅納還救出一個人質。他們正在夜之屋等我們。」

「奈菲瑞特大概氣炸了。」阿嬤說。

「氣到怎樣都消不了怒氣吧。」戴米恩說。

我望向桑納托絲所在的帳篷，剛好看見簫妮朝我們走過來。她一臉疲憊，不過看起來應該沒事。「咒術成功了。」我告訴她。

簫妮點點頭。「我知道，保護牆的火每次燒起來，我都可以感覺得到。」

「妳應該再吃點東西，」戴米恩說：「妳看起來還有點恍惚。」

「我這裡還有三明治和玉米。」阿嬤說，將手伸入那似乎是無底洞的野餐籃裡。

「妳看起來眞的很累。妳還好嗎？」我問簫妮。

她沒回答，我等得開始擔心起來。終於，她開口了。「我沒有不好，但也沒有很好。我猜，桑納托絲也跟我一樣。」

「她醒了嗎？」我的視線繞過簫妮，望向桑納托絲，但只見到女祭司長一動也不動的身形。

「她不是在睡覺。」簫妮說：「她是在冥想。咒術要靠她的心念力量和我的元素力量，才能持續奏效。」

「妳們兩個能撐多久？」刑警馬克思問。

簫妮的肩膀一垮，說：「我不知道。很難，眞的很難，而且，很耗元氣。那感覺就像我沒動，卻跑了一場馬拉松。眞不曉得克麗奧佩脫拉怎麼有辦法讓咒術維持那麼多年。」

「她使用了古魔法。」我說，感覺好愧疚。「眞希望我能幫妳們！」

「妳當然可以，柔，我們很確定，我們也相信妳會弄清楚可以怎麼幫她們。」史蒂薇・蕾說。

「回學校吧，柔，安靜地冥想、祈禱，去做妳認爲可以幫助妳弄懂怎麼使用占卜石的任何事。」簫妮說：「桑納托絲和我絕對沒辦法像克麗奧佩脫拉那樣撐上好幾年。」

「等等，妳不跟我們回去？」我問。

「我要待在這裡陪桑納托絲，除非她不再需要我。我答應過她。」

聽到她這句話，我的第一個念頭是：**萬一我要施咒，沒有了火元素，那該怎麼辦**？可是，我沒機會開口說出我的擔心，就見一輛車轟隆駛來，緊急刹車，停在公園旁的路邊。大夥兒目瞪口呆。

「一九六八年的流線型福特野馬Mustang，甚至可能是改款過的Bullitt。銀色黑條紋，就像電影《驚天動地六十秒》裡那輛經典名車『艾琳諾』——眞的是絕世美人啊。」刑警馬克思說，露出那種愛車怪咖看見酷炫車子時的激賞表情。

下車的人是艾瑞克。

「我以爲艾瑞克開的是全新的紅色野馬。」夏琳說。

「之前是啊，不過，那輛他賣掉了，改買這一輛。」戴米恩說。

「想也知道。」史蒂薇．蕾和我異口同聲說。

「小姐，對人家好一點，艾瑞克是個很不錯的年輕人啊。」阿嬤說。

「他散發的顏色確實愈來愈美。」夏琳說：「不過，他依舊不是我的菜。」

我眞高興此刻愛芙羅黛蒂沒跟我們在一起，不過，光是想到她對艾瑞克的評語，我就得咬唇克制，免得咯咯笑出來。

「嗨，各位，你們施的咒術還不賴。」艾瑞克說，目光游移到帳篷。「桑納托絲還好吧？」

「目前還可以。」簫妮說。

「意思是，她和咒術撐不了太久？」艾瑞克問。

簫妮無力地嘆了一口氣。「聽著，艾瑞克，我們非常盡力了！」

「不是，不是啦，妳誤會了，我不是在批評你們。你們做得非常棒。是卡羅納叫我來替換馬克思和元牲，幫忙守著桑納托絲，因爲他要你們全部的人回夜之屋，我只是想知道，我要在這裡待多久。」

我對他皺起眉。「說得好像你很**介意**被派到這裡？」

他沮喪地伸手耙過頭髮。「不是！這樣說又錯了。好，我從頭說一次好了。」他轉身，再次面對我們，這時的艾瑞克，十足的明星架式——迷人、微笑、親切。「嗨，各位！你們做得很棒，咒術很成功！卡羅納說，請大家回夜之屋，我會留在這裡，照顧桑納托絲和簫妮，**需要待多久，我就留多久**。」

我繼續皺眉看著他，對他說：「沒人知道咒術可以維持多久，桑納托絲很努力冥思，無法說話，簫妮用她的火元素幫女祭司長，除此之外，大家都幫不上忙。」

「此外，在她們維持咒術效力的同時，有四位女智者會在一旁守護她們。」

「那，我們其他人就準備回學校吧？」我說，站起來，拍拍牛仔褲。

大家點點頭，除了元牲。他若有所思地打量艾瑞克，然後，問：「卡羅納有提到我的名字，我也要回去嗎？」

「有呀，卡羅納說，你和馬克思得回學校，所以，要我來協助你們保護桑納托絲。」元牲看看艾瑞克，再看看我，表情很不開心。「怎麼了？」我問。

「嗯，小柔，艾瑞克又不是戰士。」元牲說。這句話完全就是那種「我說起話來百分之百像西斯」的嚇死人語氣。

「喂，我聽你放屁！」艾瑞克說，氣得兩頰鼓得像河豚。「就算我不是戰士，也能阻止那些愛管閒事的人類來騷擾桑納托絲和其他女士。」

「我無意對吸血鬼不敬。」元牲說，完全不理會艾瑞克——所以使得情況更糟——逕自對著我說：「我只是希望我們的人能確實受到保護。」

「**我們的**人？」艾瑞克以譏諷的口吻說：「可沒人跟你同類啊，牛小子。」

「好，夠了，」我說，這時馬克思也擋在他們兩人之間，因爲那個白癡艾瑞克看起來準備對元牲揮拳了。「不准你們在這塊神聖土地上打架。」

「這是褻瀆神。」阿嬤說，難過地對艾瑞克搖搖頭。「艾瑞克．奈特，我以爲你已經變成熟了。」

他往後退，閃躲阿嬤的目光。「對不起，妳說的是。」

「你該道歉的對像是元牲，不是我。」阿嬤說。

「我錯了，對不起。」艾瑞克說，還伸出手，準備跟元牲握手。

「我接受你的道歉。」元牲握住他的前臂，以傳統吸血鬼之禮回應他。「我眞的無意貶損你。」

「嗯，其實，我是有點故意貶損你。」艾瑞克說：「因爲，你說我不是戰士，踩到我的痛處。」

「我明白了，」元牲說：「以後我說話會謹慎一點。」

「很好，這塊聖地所代表的正是能量——齊心合一，化解敵意的能量。」阿嬤滿意地說。然後，她轉向我。「**嗚威記阿給亞**，和妳的守護圈成員回學校吧，我們會守著簫妮和女祭司長。妳不用擔心她們。」阿嬤緊緊抱住我。「我的愛與妳同在，它會給妳力量和智慧。」

我抱著她，好希望我**和**朋友多少能具備阿嬤這位女智者的智慧。

17 愛芙羅黛蒂

「我不信任她，完全無法信任。」愛芙羅黛蒂領著柔依一行人走進夜之屋的大門時，第一句話就這麼說。事實上，她甚至擋住了柔依的路，站在她面前，雙手插腰，皺眉看著大家，同時感覺到壓力大到肩胛骨之間的部位被壓得發疼。「下次你們再把我丟著，要我去處理一大群人類，我絕對不幹。我寧可一個人，沒半點法力，單獨去面對奈菲瑞特，也不願意再跟一個神經質的媽咪解釋：**不會啦，雛鬼和成鬼不會想吃掉一群睡在他們屋簷底下的人類啦，沒人會吃掉妳，或你們那個流著鼻涕的小寶貝**！有夠煩人的！誰要吃掉他們啊？幾乎每個都肥得跟豬一樣。噁！」

「愛芙羅黛蒂，說慢一點，我聽不懂妳說的那個『她』是誰，還有爲什麼媽咪要問妳蠢問題。」柔依說。

「那個她，就是麗奈特．威澤斯本，奈菲瑞特的前爪牙。至於那些媽咪會問我問題，是因爲她們放眼望去，唯一不具威脅性，也非雛鬼／成鬼的，就只有我。」

「如果她們認爲愛芙羅黛蒂不具威脅性，那肯定是識人不清。」史蒂薇．蕾說。

愛芙羅黛蒂斜瞟她一眼。「閉嘴，鄉巴佬。」

「妳說的是麗奈特．威澤斯本？『永恆傳情』的老闆？」戴米恩問。

「對。對。」愛芙羅黛蒂說：「你怎麼知道？」

戴米恩咧嘴一笑，說：「因爲我喜歡看《奧克拉荷馬州的新娘》雜誌啊，很多超棒的婚禮都是『永恆傳情』籌辦的欸。」

「你眞的很**娘**欸。」愛芙羅黛蒂對他說。

「很好，你們終於回來了。」卡羅納說，大步走入門廳。

「我也正想對你這麼說呢。你要跟他們說明最新狀況，或者由我來說？」愛芙羅黛蒂說。

「我要去校園輪替達瑞司和史塔克的班，讓他們休息一下，妳跟柔依和大家說明好了。」卡羅納停頓一下，才又接著說：「戰士的部分，就由我來說明。刑警馬克思、元牲，你們願意和我一起巡視校園嗎？」

他們點點頭，跟著卡羅納離開。

愛芙羅黛蒂嘆了一口氣，眞希望能跟他們一起去，這樣就能見到達瑞司，即便這代表她

得忍受元牲、卡羅納和馬克思在場。感覺她和她的完美戰士已經好久好久沒有輕鬆的獨處時光

「呼叫愛芙羅黛蒂！喂？有人在家嗎？」戴米恩說。

「就是說嘛。妳不是說要讓我們知道最新狀況嗎？」史蒂薇．蕾說。

「急什麼急啊，蠢蛋幫，我這不就要說了咩。跟我到醫護室。蕾諾比亞把威澤斯本小姐藏在那裡的小房間。其實，我認爲應該把她放在地窖，不過，蕾諾比亞不同意，讓人難以置信的是，連卡羅納也不贊同。跟奈菲瑞特打交道那段時間，顯然讓這個女人瀕臨崩潰邊緣。說實在的，我們誰沒跟奈菲瑞特打過交道啊？」愛芙羅黛蒂開始邁開大步往前走，我們倉皇地跟上前。

「學校有地窖嗎？」夏琳問。

「沒有，當然沒有。」戴米恩要她放心，「別被愛芙羅黛蒂唬了。」說完後他伸手去拉愛芙羅黛蒂的衣袖。「慢一點，我們剛做完隔護儀式，現在累得要命。」

愛芙羅黛蒂瞇眼看著戴米恩，一副不爽的樣子，幸好柔立刻介入。「戴米恩說的對，況且，我們在後面追著妳，沒辦法聽到妳要說的那些瘋狂事件。還有，我們似乎不該在妳說的那個女人面前討論最新狀況，尤其是她還無法讓妳信任她。所以，我們去餐廳吧，讓我們吃

點東西，恢復元氣，妳就在餐廳告訴我們那個麗奈特・威澤斯本的事。」

愛芙羅黛蒂提醒柔，「餐廳現在都是人類欸。一群吵得要死，緊張兮兮，快被嚇死的討厭人類。」

「好吧，那，我們去教師餐廳。」柔說。

「哇！我沒去過那裡欸！妳確定可以嗎？」史蒂薇・蕾興奮地尖著嗓子說。

「我確定可以。」柔依搶在愛芙羅黛蒂之前回答。

愛芙羅黛蒂挑著眉，走到一旁，手一揮，要柔帶頭。「好啊，就由妳這個成熟大女孩帶路吧。」

於是，柔依恭敬不如從命。

柔依

愛芙羅黛蒂把威澤斯本小姐所描述的馬佑狀況告訴大家後，眾人驚愕得沉默好久。

夏琳顫抖的手抹抹臉，說：「死魚眼，我看見奈菲瑞特散發的就是這種顏色，她的內在就是這樣，已經死了。」

「那些人，」戴米恩啞著嗓子說：「她最後會把他們全都殺死。」

愛芙羅黛蒂點點頭。「我聽著麗奈特的描述，忽然之間，我就一點一滴拼湊出上次那個靈視的全貌了。啊，天哪，我竟然用了比喻的說法。」她看著我，揚起眉，說：「前陣子妳忙著當潑婦，所以，我沒機會告訴妳我出現靈視，不過，現在我就唸我最痛恨的詩來補償妳吧。」說完，她閉上眼睛，開始朗誦。

大權在握，意味著重責大任
享受權力帶來的痛快之際，得衡量逼迫眉梢的懸頂之劍
當她開始相信古老之道是滿足她所有需求的那把鑰匙
也正是一切崩壞，光亮滲血的開始……

愛芙羅黛蒂睜開眼，跟我四目相對。「我以為這首詩談的人是妳。」她條列理由時，還舉起一根根手指來輔助說明。「首先，妳很厲害，確實握有大權。第二，妳有時確實像個領袖，大家也都聽從妳的領導，這代表妳握有……」說到這裡，愛芙羅黛蒂打住，伸手往美麗的教師餐廳大大一揮，說：「接著，最後一部分提到，她相信古老之道是滿足她所有需求的那把鑰匙，也正是一切崩壞，光亮滲血的開始。聽起來，像是妳使用了占卜石，擾亂了光亮與黑暗的平衡。」

「這個分析確實有道理。」戴米恩說。

「感謝你啊，戴米恩皇后。對，聽起來合理，不過，顯然不正確。我忽略了懸頂之劍那部分，因爲我懶得去查這個詞彙的意思。沒辦法啊，我就是不喜歡比喻象徵這種玩意兒。不過，後來我們發現妳沒殺公園裡的那兩個人，而且還發現奈菲瑞特屠殺了很多人，甚至把馬佑大樓當成她的神殿，還自封爲女神，我就決定去弄清楚懸頂之劍的意思。」

「這個意思，是指可怕的事情即將發生，對吧?」史蒂薇·蕾說。

「多數人這麼認爲，」戴米恩以老師的口吻說：「其實，這是一則古老的寓言。古代有個弄臣，名叫達摩克勒斯（Damocles），基本上，他成天無所事事，唯一的工作就是取悅諂媚國王。有一天，達摩克勒斯隨口說，能當國王眞好，國王就說了類似的話：『好啊，既然你覺得當國王很棒，那來吧，我的王位換你坐。』達摩克勒斯接受國王的提議，享受了一段如同志遊行般的歡樂時光……」說到這裡，戴米恩打住，開始咯咯笑。「同志遊行！嘻嘻。」

「喂，拜託，快點說下去，不然就換我來說。」愛芙羅黛蒂催促。

戴米恩克制住自己後，繼續往下說：「總之，坐上王位的達摩克勒斯好不快活，大半晌後才發現他的頭頂上方有一條細如馬毛的繩子，繩子最尾端繫了一把劍。忽然間，達摩克勒斯不再覺得當國王很棒，反而拜託國王讓他回到原本的人生。」

「噢，所以凡人生活沒那麼糟，大家要記得災禍隨時會出現。」我說，頓時豁然開朗了。「每個人都應該知足常樂才對。」

「對，如果有人能用國家公共頻道講寓言故事那傢伙的方式來解釋事情，我就懂靈視的隱喻了——不要羨慕你所沒有的，因爲別人那看似超棒的人生其實都有代價，而且愈奢華的人生，責任也愈大。總之，我認爲這個預言說的是奈菲瑞特，而不是妳。」愛芙羅黛蒂做出結論。

「這代表，我們徹底搞砸了，因爲那首詩說的根本**不是**柔依嘛。」夏琳說。

「啥？」我說。

「柔依，如果這個預言指的是妳，妳就會聽進去吧。」她繼續說：「其實，妳已經聽進去了。妳知道古魔法很重要，不過，妳知道那力量的關鍵在於妳和妳的動機，而不是怎樣從古魔法獲得力量。對吧？」

「完全正確。」我同意，這時又更豁然開朗了。「啊，我明白了！它在警告我們奈菲瑞特會做什麼事。她會喚醒古魔法，擾亂光亮和黑暗之間的平衡。」

「而且，她不達目的絕不罷休。」戴米恩說。

「對。」我說：「所以答案很簡單，那就是，我們必須阻止她，一勞永逸地阻止她。」

「最好妳知道該怎麼做。」愛芙羅黛蒂說。

「謝謝大家，現在，我有頭緒了。我們需要的，是找出奈菲瑞特頭頂上方那把懸頂之劍。」

卡羅納

「起碼那道保護火牆限制了她。」卡羅納對達瑞司、史塔克、元甡和刑警詳細說明奈菲瑞特在她的「神殿」所進行的恐怖遊戲後，第一個回應的人是達瑞司。

「那也只是暫時的。」元甡說。

馬克思點點頭。「對，桑納托絲和簫妮耗盡全部能量才築起那道火牆，光是這樣，她們就付出了很大的代價。就連她們自己，都不曉得能這個咒術的效力能維持多久——尤其它所限制的不只是馬佑大樓，而是把整個陶沙市圈在保護網裡。」

「這樣做是比較好的，你應該知道吧？」戴米恩發現刑警以質疑的眼神看著他，趕緊這麼說：「現在，我們最不需要的就是引起全國關注。這樣說吧，愈少人目睹奈菲瑞特的瘋狂行徑，我們就愈容易掃除她的勢力。」

「你依然相信我們可以阻止她？」馬克思問。

「我相信。」卡羅納說，打從心底相信。「我在另一個世界，跟各種形式的黑暗勢力搏鬥過，對抗黑暗的戰爭不會每次都贏，因為，只要有光亮，必然會有黑暗，可是，光亮確實贏過幾次。奈菲瑞特只是另一種頑強邪惡的黑暗型態，我相信這次光亮一定會戰勝的。」

「可是要打一場這樣的仗，讓光亮／黑暗重新恢復平衡，代表你會損失一些東西。」馬克思說。

「是的。」卡羅納說，語氣凝重。「我最大的損失是內在的。我曾讓黑暗腐蝕我內在一些純潔、真切的東西，結果，黑暗就贏了那場戰爭。」

「那你憑什麼認為這次你不會又被黑暗打垮，輸掉這場戰役？而且，把我們拖下水。」史塔克問。

「你自己也曾敗給黑暗，小伙子，」卡羅納反擊這傲慢的年輕人。「你又憑什麼認為這次你不會又被黑暗打垮，輸掉這場戰役？」

史塔克被激怒了，毫不遲疑地回答。「因爲我愛柔依，而且我宣誓過，我會遵循妮克絲的道。」

「那我跟你保證，我也一樣。我絕不會輸的，因爲愛，也因爲我曾起的誓。我知道背棄誓言的感覺，我絕不會重蹈覆轍，永遠都不會。」卡羅納說，伸手抹過汗涔涔的額頭——這是唯一會洩漏他有傷未癒的跡象。昨晚受的傷，到現在仍讓他痛苦難當。**我得爬得高高，或許到妮克絲神殿的屋頂，在那裡，我血液裡的不死魔力才能療癒我的傷。我得擠出時間……非得擠出時間療傷不可。**

「嗨，大個兒，你確定你不需要休息一下嗎？」馬克思問。

卡羅納揮揮手，要他別擔心，並閃避這個連他都想問自己的問題。「刑警，我想請你幫個忙。」

「當然沒問題，尤其跟鏟除奈菲瑞特有關的，我絕對幫。」

「我希望你去訊問麗奈特。雖然她才經歷人生最恐怖的經歷，但從她的表現看來，她並不單純只是一個被嚇壞的人類。對於我們問的任何問題，她都能毫無困難立刻回答——尤其是奈菲瑞特的那些生物是如何占據人類。此外，她還能清楚地說出多少人被困在馬佑大樓裡，以及奈菲瑞特怎麼對待他們，以及多少人完全受她控制。」

「聽起來她很配合啊。」馬克思說。

「對，看似如此，可是，我總覺得有兩件事怪怪的。」

「第一，她一直在問奈菲瑞特的事。」

「奈菲瑞特的事？比如什麼？」馬克思問。

「比如，奈菲瑞特發生了什麼事，爲什麼她會變得如此瘋狂？還有，她是怎麼得到那種法力，她眞的是女神嗎？如果她是女神，那我們要怎麼阻止她。」

「我不怪她會問這些問題。」史塔克說：「如果今天被奈菲瑞特挾持的人是我，我也會想多了解她。」

「同意。」卡羅納說：「不過，第二件事，就讓我多所疑慮。當我要她跟我一起走時，她顯得很猶豫。」

「如果是我叫她跟我走，我猜，她絕對會拒絕。」馬克思說，接著詳細說明：「這不難理解，因爲我沒有防護網之類的東西，而且奈菲瑞特絕對不可能讓她離開那裡。」

「確實如此，不過，我的直覺告訴我，麗奈特不只是外表看起來那樣。她說，今天晚上奈菲瑞特逼迫她去外頭跑腿辦事，而且還派黑暗絲線及一個被卷鬚占領的僕人跟著她，以確保她乖乖辦完事就會回馬佑。可是，她一離開奈菲瑞特的神殿，就立刻被奈菲瑞特的隱匿魔法給罩住，那時他們還沒來到她身邊。」

「她怎麼解釋這件事？」馬克思問。

「她說，後來奈菲瑞特為了讓其他人質知道，她是女神最愛的奴民，所以，允許她單獨離開大樓。」卡羅納說。

「聽起來不妙。麗奈特會不會出現斯德哥爾摩症候群？」

「那是什麼？」史塔克問。

「人質為了求生存，會出現的一種防衛機制。」達瑞司說。

「啊，沒想到你竟然懂。」馬克思說。

達瑞司撇起嘴角，說：「刑警，我們戰士的訓練不只是耍刀舞劍摸槍枝，也包括心理學——了解人類和吸血鬼的心理狀態。」

「我沒受過戰士訓練。」元牲說。

「我也沒有。我是天生的戰士。」卡羅納說到這裡，停頓一下，瞥了史塔克一眼，說：「這孩子還沒受過足夠的訓練。還是麻煩刑警直接說明吧。」

「我離開學校好一段時間了，不過，就我記得，基本上，必須符合幾個條件才算是斯德哥爾摩症候群。首先，該人質必須認為自己的生命受到威脅，而且挾持者會真的做出其所威脅的事。」馬克思說。

「威澤斯本小姐符合此狀況。」卡羅納說。

「接著，挾持者給予人質的任何小恩惠，都是在令人質恐懼的情況下進行。」達瑞司補充。

「奈菲瑞特給她美酒，和她討論膜拜儀式該如何籌辦時，也讓她看到那六十個人的身上所竄出的黑暗絲線。這一點上也符合。」史塔克說。

「對。」馬克思說：「最後，該人質無從取得別人對該情境的看法，只能得知挾持者的觀點。而且，該人質認爲自己毫無能力逃脫該情境。」

「這兩點都符合威澤斯本的情況。」史塔克說。

「難怪她會對奈菲瑞特好奇。她之所以想了解奈菲瑞特，不是因爲擔心，而是因爲她已經迷戀她。」達瑞司說。

「我會跟她談一談。」馬克思說，語氣凝重。「先把她關起來，但別讓她有受到威脅的感覺。卡羅納，你的直覺是對的，不能信任她。」

卡羅納

天哪，他累慘了！終於有機會獨處的卡羅納，不再克制，開始允許自己疲態盡出，任憑翅膀頹垂，拖在地上；還有痛得難受的肩膀。其實，他全身都在痛！

長著翅膀的不死生物抬頭看著妮克絲神殿的屋頂，長長地吐出一口虛脫的氣。**就這麼辦吧，別想太多。天亮前我得跟史塔克交班，所以，非得讓持續作痛的傷口盡快痊癒不可。**他低著頭，邁開幾大步，使力哼一聲，奮力一躍，強迫虛弱的翅膀拍打空氣，讓自己得以飛離地面，以便抓住神殿斜尖屋頂的房檐。設法把自己撐上屋頂後，他癱軟無力地趴著，大口喘著氣。

忽然，一道烈陽炙燒著他。卡羅納即便虛弱，出於本能，還是開始閃躲，並厲聲說：「俄瑞波斯！降低你的光，你這會引來全校側目的。」

毒豔陽光立刻減弱，變成溫和微光。「兄弟，你看起來不太好。」

卡羅納抓住屋頂最尖端，讓自己坐起，背靠著石砌煙囪，努力裝作一副若無其事的樣子。「那你呢，就跟每次出現在我面前時一樣，總是惹人厭。」

冥神俄瑞波斯沒發怒，反而認眞端詳哥哥，然後說：「你發生了一些事。」

「對，我棄暗投明了，但我的耐心依然有限。這是我今天第二次必須跟人解釋我的態度，對我來說，兩次已經過多了。俄瑞波斯，你幹麼來這裡？」

「妮克絲要我來看看你。看來她的憂慮果然是對的。」

卡羅納心跳加速。**妮克絲擔憂我！**但他仍小心翼翼不露神色，繼續戴著一張無動於衷的面具，免得俄瑞波斯趁機利用他的脆弱——精神上的或肉體上的。「告訴女神，我很感激她的關心，不過，我只是在執行她的飭令。妮克絲要我保護大家，不受奈菲瑞特欺凌，我只是做到她要求的。她還說，奈菲瑞特墮落瘋狂至此，我也有責任，所以，我必須負責制止奈菲瑞特。就像我的人類朋友馬克思刑警說的，**這裡沒什麼好看的，快滾。**」

「我記得妮克絲的飭令，」冥神俄瑞波斯說：「因爲捎來這飭令的人正是我，所以，我也很清楚她曾這麼說過。」說到這裡，冥神俄瑞波斯的手往上大大一揮，夜空立刻出現一段灼亮如烈陽的文字：「**倘若心真的再次敞迎，原諒就能戰勝憎恨，而愛將得勝……得勝……**」

女神的飭令再次刺燒了卡羅納的心和眼睛。他把頭撇開，閃避那些發亮的文字，它們立刻消失。

「跟你一樣，我也清楚記得妮克絲的話語。」卡羅納說。

「所以呢？」

「所以，俄瑞波斯！我有怎樣的一顆心，以及妮克絲要不要原諒我，都不關你的事。」

冥神俄瑞波斯聳聳肩，「我只是來這裡傳達女神對你的關心。」

「告訴女神，如果她眞的關心我，下次請她自己來看我。」卡羅納忍不住這麼說。

俄瑞波斯哈哈大笑。「正如你所言，這是你和妮克絲之間的事，跟我無關，所以，如果你認爲她還願意聽你說話，要說你自己去跟她說。」

「我會這麼做的，等我打敗奈菲瑞特。」卡羅納說。**到時，妮克絲一定願意聽我說話，一定願意原諒我**。

「你的語氣聽起來很有把握，不過，看你這樣子，不像已經準備好可以跟黑暗一決死戰。」冥神俄瑞波斯揶揄他。

卡羅納挺直肩背，怒視著兄弟。「我看起來就像剛剛打敗黑暗！你之所以辨認不出一個剛奮戰過的戰士，是因爲你不曾奮戰過，對吧？」

俄瑞波斯剛才的戲謔口吻消失，轉爲嚴肅。「墜落人間的是你，而我，到現在仍留在她的身邊。所以，你認爲，在你缺席的這麼長一段時間，是誰在保護她的安全？」

卡羅納幾乎要出口駁斥他，但話語在說出口前就消失了。這位長著翅膀的不死生物反而虛弱地點點頭，說：「對，我知道是誰在保護女神。黑暗好對付嗎？」

俄瑞波斯面露訝色，震驚到花了些片刻才鎮定下來，回答卡羅納。「不好對付。我不是眞正的戰士，你才是，我的職責不在此。我想，在這方面，我並沒能成功取代你。」

卡羅納看著弟弟那雙金色的眼眸。「不過，妮克絲還是平安沒事。」

「對。」

「既然她平安沒事，那你就盡到了一個眞戰士的職責。」

冥神俄瑞波斯驚訝地眨了好幾次眼。「你這番恭維，讓我不知該說什麼。」

卡羅納苦笑了一下，說：「那我就成功達到讓你閉嘴的目的了。現在，回另一個世界吧，繼續守住我不該離開卻擅離的崗位。」

「你永遠都那麼傲慢，就連攀上神殿屋頂的力氣幾乎沒有，還想理直氣壯地指使我。卡羅納，聽我一勸，繼續傲慢下去，你會付出昂貴代價的。」

「兄弟，我已經付出代價了。我的傲慢讓我失去了女神。」卡羅納說。

「那你怎麼還沒學會改掉你的傲慢呢？卡羅納，你在這裡做什麼？爲什麼非要留在這裡支配凡人呢？」

「你說我因為傲慢而留在人間？那我得說你是個瞎眼的傻子！我在這裡，不是因為傲慢，或者想統治凡人，我留在這裡，純粹是因為出於職責！對我們某些人來說，生命的意義不是在陽光下嬉戲，尋歡作樂。對我而言，我的意義在於對抗奈菲瑞特，不只是因為女神要我這麼做，更因為這是我宣誓過的職責。」

俄瑞波斯直盯著他，露出卡羅納無法理解的表情。「看來，老哥你改變的不只是立場，不過，受妮克絲所託，我還是要提醒你，要想打敗奈菲瑞特的關鍵點，在於妮克絲對你的信任，所以，你自己要小心一點。你的所作所為影響到的，不只有你自己。」

「對，我知道，我一日為戰士，終身為戰士。你走吧，陽光，你的出現讓我的頭好痛。」卡羅納說，並在弟弟從屋頂跳開時，奮力使出正在衰微的能量，以一道月光擊向俄瑞波斯。俄瑞波斯故意在半空流連一會兒，以炫耀他的充沛精力和敏捷行動力，半晌後，才消失在一陣熠熠閃爍的金光中。

卡羅納搖搖頭，抓著煙囪當施力點，把自己撐起來，一邊嘟囔：「我們兩個怎麼會是孿生子呢？他那樣子簡直就像一隻成天吠個不停的狗，只為了保護他的狗骨頭，但沒人注意到他連牙齒都沒有。」終於站穩後，卡羅納抬起頭，帶著歉意的眼神往上瞥。「我無意對妳不敬，把妳比喻成一根狗骨頭，女神。」

接著，他敞開雙臂，頭後仰，擁抱迷濛夜空裡嗡嗡作響的不朽魔力，召喚能量來療癒他的身體，就在這時，他幾乎很確定自己聽到了風中傳來的女神笑聲。

俄瑞波斯

已經不在卡羅納目視距離內的俄瑞波斯，看著哥哥汲取兄弟倆見面所產生的神聖能量。

他看起來好累，好孤單，但也好有決心。卡羅納變了，真的跟以前不一樣。

沒錯，卡羅納仍傲慢到讓人難以忍受，就算弟弟放低姿態對他說好話，他還是一副傲慢德性。不過，他今天還是稱讚了俄瑞波斯，還敬重他在卡羅納缺席的那許多許多年，爲他扮演妮克絲戰士的角色。

俄瑞波斯泛起微笑。他始終相信，哥哥那刺蝟般的外表底下，藏著一個英雄。雖然他無法也不該改變人間發生的一切，況且妮克絲也絕不會讓他這麼做——這一點，俄瑞波斯再清楚不過——但他還是給予哥哥最大的祝福：

胞弟我給你祝福

願你內在的英雄綻出
接受命運的安排
絕對不背棄諾言

俄瑞波斯將這段祝福說進風裡，讓風兒將它們吹離哥哥的耳朵遠遠的。卡羅納雖然變了，但應該還沒變到願意接受老弟的祝福，畢竟兄弟之間有太多誤解、忌妒和衝突。不可能的，卡羅納一定聽不進這些祝福的話，但妮克絲會聽，黑暗也會聽到。應該要讓妮克絲知道，她那位墜落人間的戰士，已經往光亮邁出不只一步。而黑暗——想到這裡，俄瑞波斯苦笑了一下——黑暗也應該知道這位長著翅膀的英雄有多厲害才是。

18 簫妮

簫妮累到連自己的頭髮都覺得沉重。她很高興，眞的非常高興紅鳥阿嬤和其他阿姨能陪著她和桑納托絲。光靠她自己，是可以守護女祭司長，並讓她的元素力量集中一段時間，可是，她絕對不可能搭起帳篷，準備食物，幫大家補充營養，把小公園變成一個庇護所。這些都由紅鳥阿嬤和其他阿姨做好了，而且她們還持續維持這個庇護所的運作。所以，現在簫妮只需要在離桑納托絲幾呎的那個火槽待著——這是紅鳥阿嬤爲她建造的，坐在地上，凝視著跳舞的火焰，設法從火焰中汲取一些能量，來穩住自己。

「啊。」簫妮呻吟。又一股力量襲向她，讓她難受得彎下腰，捧著肚子。

「妳還好嗎？」

無法開口說話的簫妮點點頭，連看都沒看艾瑞克，逕自將注意力放在篝火上，全心聚焦在它的熱度、它的美和它帶給她的熟悉感，以能量引導它，鼓勵它愈燒愈旺。趁著她的元素力量奔竄全身，她截取一些來強化自己，免得暈過去。這是她幾小時前，又暈過去之後所學到的技巧。簫妮緩緩地吸氣、吐氣，吸氣，吐氣……直到元素消退，她又能坐挺身子。

在她旁邊的艾瑞克嚇壞了，卻無計可施。「妳會暈過去嗎？要不要我去找紅鳥阿嬤？」

「不會。」她的聲音粗嘎得像砂紙。她清清喉嚨之後，繼續說：「不必去叫人，不過，我想喝點東西，吃點東西。」

「喔，對不起，在這裡。」他拿起剛剛放在旁邊地上的盤子和杯子。「我剛剛就是帶食物來給妳。」

簫妮拿起盤子，有氣無力地笑著說：「我想，我對阿嬤的巧克力脆片和薰衣草餅上癮了。說眞的，我愛它們愛到就像跟它們談戀愛。」她咬下一大口鬆軟美味的餅乾，又拿起杯子喝了一大口。「餅乾和甜茶，還有什麼比這更具奧克拉荷馬州的風格呢？」

艾瑞克笑笑，鬆了一大口氣，開始相信她不會再痛苦得彎下腰，或者昏厥過去。「我想，唯一比這更具奧克拉荷馬州風格的吃法，是餅乾配口味怪怪的胡椒博士牌可樂。」

簫妮皺起臉，說：「奧克人的風格才不是這樣咧，那是草莽鄉下人的作風。我雖然不是土生土長的奧克人，但我很確定他們和鄉下人不同。」

「看來，妳好多了。」艾瑞克說。

簫妮又咬了一口餅乾，就著滿嘴的餅乾說話。「跟我痛苦得彎下腰時相比？那當然是好多了。至於有沒有好很多？沒有。」

「妳為什麼會忽然痛苦得彎下腰？」

「當懷有惡意的人試圖進入陶沙市，我們剛剛築起的火牆就會燒起來，這時，火會貫穿我的全身，我必須集中精神來強化它。」她解釋。

「那時，妳會不舒服？」

「對，那感覺就像環狀運動做得快累死時，又多加入一組動作。更慘的是，我必須反覆不停地做，毫無喘息時間。」

艾瑞克半晌沒說話，只是啃著餅乾，凝視著火焰。簫妮對此沒意見，反而覺得兩人靜靜地看著火，也挺好的。

「妳很堅強。」他終於開口說話。「比我之前認為的堅強許多。」

「之前？」

「就是妳和依琳，嗯，妳知道的。」他尷尬地解釋。

「之前我們還是孿生的時候。」她說。

他點點頭。「對。對不起，我呆頭呆腦的，哪壺不開提哪壺。這種時候，妳最不需要的是悲傷情緒。對不起，有時候我眞的很白目，可是，我不是故意的。」

簫妮發現自己對他微笑。「喂，這是一種天賦啊——不是故意白目，但就是那麼白目。」

他怯怯地笑著看她。「很爛的天賦。」

「沒錯，不過，也是天賦啊，畢竟不是所有人都有這種爛天賦。」她說：「況且，你很會演戲，**真的**非常會演。說不定哪天你去好萊塢發展時，這種無意使出來的白目會派得上用場。」

「我應該不會去好萊塢了。」他說。

簫妮發現他說出口的剎那，他自己臉上也出現驚愕的表情。

「這是你第一次這麼說？」她輕聲問他。

「這是我第一次出現這種念頭。」他說，看起來回神了，不過臉色蒼白，一臉猶豫。

「我根本不知道自己爲什麼這麼說。」

簫妮喝完剩下的甜茶，然後說：「嗯，那你原本爲什麼想去好萊塢？」

「我想當明星。」他連想都不用想，立刻回答。

「爲什麼？」她問。

「因爲我想出名啊。」他說。

「爲什麼想出名？」她追問。

這次，他花了一些時間才回答。「這樣，大家就會覺得我很重要。」

「你爲什麼要在乎別人怎麼看你？」

他將目光移向火焰。「因爲我已經受夠別人認爲我一無是處，只會露出迷人笑容，展現完美身材。」

簫妮端詳他的側影。她是否曾經試著看看他眾人皆知的迷人風采底下，是不是有另一面？

沒有，她不曾注意過。在她眼中，他始終都是全校最性感的帥哥。關於他，她只知道很多女孩很迷他，而且多數的校花都跟他在一起過。在艾瑞克・奈特眾所周知的外表底下，她完全不了解他。

「如果你能改變別人對你的看法，你希望他們怎麼看你？」

他的視線從篝火移到她身上，這時，她在他那雙美麗的藍眼睛裡看到了誠實和脆弱。

「我希望大家認爲我跟元牲一樣強壯，跟達瑞司一樣勇敢，跟史塔克一樣忠誠。可是，現在大家都認爲，我只不過是個一無是處、驕傲自負的帥哥。」

這麼赤裸裸的誠實自剖讓簫妮聽得驚訝無語，她努力思索該怎麼回應才好，這時，她的身體抽搐，火元素又貫穿她全身，把她當成超級導體，強化桑納托絲施行的咒術。

「啊！」她呻吟，緊緊抱住自己，專注……專注……設法強化正竄遍她全身的元素。可是，她眞的累了！這過程已經反覆持續了好幾個小時。爲什麼懷有惡意的人這麼多？他們快把她的能量榨乾了！說不定還會因此害死桑納托絲。她撐不住了，她不可能——

一隻有力的手摟住她的肩膀，艾瑞克低沉磁性的嗓音正在安撫她。「深呼吸，沒事的，妳辦得到。妳已經辦到了，記住，火是妳的元素，是妳的一部分，所以，不要對抗，要接受它。妳辦得到的，妳堅強又聰明，所以火選擇了妳。妳辦得到，我在這裡，我對妳有信心，簫妮。我知道妳辦得到。」

他的聲音就像救命索，讓簫妮緊緊抓住後，循著它找回了自己，回到熟悉的篝火。

「來，喝杯茶。」他把杯子塞入她的手中，她接過後一飲而盡。

「我再去拿餅乾給妳。」

他準備起身，摟著她肩膀的手也順勢離開，但她喘著氣阻止：「不，先不要走。可不可以留在這裡，像剛剛那樣，多待一下？」

艾瑞克對她笑笑。那微笑，不是那種千萬瓦電力，「噢超級完美」的明星式笑容，而是**發自肺腑**的眞正微笑。在那脆弱的眼神底下，簫妮看見了善意和眞正的慈悲。「妳想要我待多久，我就待多久。」他說，又緊摟著她。

「簫妮，我在想妳可能需要再吃個三明治，喝點茶。」紅鳥阿嬤說。當她看見艾瑞克坐在簫妮旁邊，還摟著她，開心地漾起笑臉。「喔，我也去拿個三明治給你，艾瑞克。」

「謝謝，紅鳥阿嬤。」他說。

「太好了，謝謝妳。」簫妮說。

「不客氣啦。」紅鳥阿嬤說，就在轉身離去前，補上一句。「幹得好呀，艾瑞克．奈特，孩子，我以你爲榮。」

簫妮仰頭看著艾瑞克，發現他竟然臉紅了，不過，和她四目相接時，他的眼神沒閃躲。

「我也開始以自己爲榮。」他說，捏了她的肩膀一下。

簫妮靠著他，從他身上汲取力量和慰藉，心裡想著，**「不尋求時，反倒得著。」現在，我知道這句俗諺的意思了**。

麗奈特

「妳幫了我們很多，威澤斯本小姐。」刑警馬克思說，闔上小小的筆記本，將筆插回外套口袋。「如果這些問題讓妳更疲憊，那我要向妳說聲抱歉。畢竟，妳才剛從死裡逃生。」

「不需要抱歉，刑警先生。」麗奈特要他放心，雖然她確實累得眼皮底下彷彿進了沙，眼皮重得想闔上。她很確定那個吸血鬼療癒師給她打的點滴裡加入了抗壓力和助眠的混和藥物。「我願意盡全力幫你們阻止奈菲瑞特。」麗奈特說完這句話後頓住，試圖整理思緒。那該死的藥物讓她口齒不清，腦袋像糨糊。「刑警，我可以問你幾個問題嗎？」

「如果妳還有力氣的話。」

「我有，不過，如果我的話說得顛三倒四，還請你見諒。」她指著點滴袋，暗示他。「他們給我打的東西肯定不是血。」

高個兒警察一聽，笑了出來。「只是一些幫助妳放鬆休息的東西啦。護士說，妳的身體剛經歷可怕的重大災難，需要好好睡一覺，幫助身體復原。」

「對，這正是我的第一個問題。我怎麼會在這裡，吸血鬼的醫護室？你們為什麼沒帶我去街道另一頭的聖約翰醫院？」

「喔，卡羅納把妳救出來後，很自然地把帶妳來這裡，我想，那個不死生物的地圖上大概沒有人類醫院吧。」

「不是他救了我，是那個築起火牆的女祭司長。」

「我想，妳或許可以說，卡羅納剛好在正確時間出現在正確地方。」刑警同意她的話。

「或者，要不要我幫妳叫救護車，送妳到聖約翰醫院。」

「明早再說吧。那道火牆，是那個女祭司長築起來的，是嗎？」

「應該說是整個團隊齊心協力讓咒術成眞。」

刑警似乎鐵了心不正面回答她的問題，所以，她決定直接切入重點。「女祭司長和她的團隊是不是用人命來獻祭，才讓咒術奏效？」

馬克思的震驚表情看起來不像裝出來的。「當然不是！女士，桑納托絲施咒時，我人就在現場。他們利用的是元素魔法，絕對不是人命。只有奈菲瑞特會用人命來達成目的。她瘋了。而她之所以殺人不眨眼，毫無悔意，不是因爲她是吸血鬼，而是因爲她根本具有反社會人格。」

「奈菲瑞特曾試圖擾亂夜之屋嗎？她有沒有試著跟這裡的任何人連絡？」

「就我所知，沒有。就學校的教職員或雛鬼領導人所知，也沒有。只要咒術繼續有效，而且奈菲瑞特繼續懷有邪惡意念，她就不可能離開馬佑大樓。」

「說不定她只是想出去買一箱她慣喝的名酒？或者，去『傑克森小姐』買一、兩件衣服？她很可能只是要出去辦一些事，尤其我已經沒在那裡爲她跑腿了。或者，她只是出去買點東西。」麗奈特可以感覺到自己說話時，心跳加速。

「不管奈菲瑞特要離開馬佑的理由是什麼，她內心真正的意念永遠跟暴力有關，所以，咒術會把它詮釋成邪惡。她不是發誓要殺了妳和卡羅納嗎？光是這個誓，就足以讓她一直被困在馬佑大樓裡。」

「她不會殺我的。她會命令黑色的蛇東西鑽入我的嘴裡，纏住我的腦子，占領我！」麗奈特一想起那情景，就被捲土重來的恐懼感嚇得渾身顫抖。刑警趕緊往門外喊：「快來人，我需要幫忙！」

那個身上的刺青像幾何圖案的吸血鬼療癒師奔入房間，皺眉瞟了刑警一眼，趕緊檢查麗奈特的生命跡象，然後調整點滴架。

「刑警，你對我這位病人的訊問夠了吧，你該離開了。」療癒師厲聲告訴馬克思。

「沒問題，我看得出來威澤斯本小姐需要休息。威澤斯本，如果妳有任何問題，或者想起什麼細節沒告訴我，來，這是我的名片。」他把名片放在床邊桌。「妳可以打電話給我。」

「威澤斯本小姐現在需要的是休息，不是打電話。」療癒師說。

「對，對。威澤斯本小姐，晚安。」

刑警離開房間後，療癒師拿了一杯冰水和一根吸管，端著杯子，讓麗奈特優雅地就著吸管喝水。

「妳在這裡很安全，麗奈特。」療癒師以冷靜撫慰的口吻說：「妳是我們的朋友和盟友。現在，整個校園擠滿了人類，他們來這裡避難，免得受到奈菲瑞特的毒害。所以，別害怕，好好在這裡休息，恢復體力，我們會保護妳的。」

麗奈特無法透過言語來感謝她，只能點點頭，擠出笑容。吸血鬼明白她的心意，輕輕地拍拍她，離開前，還幫她熄燈，只留下一盞柔和的煤氣燈。終於獨處的麗奈特往後靠著枕頭堆，閉上眼，隨著藥效整個人放鬆。

「啊，眞是的！她睡著了。」

麗奈特繼續閉著眼，小心翼翼不敢動，也不敢改變呼吸節奏。她已經把她知道的都告訴吸血鬼和刑警了，被問了一整天，也該問夠了吧。現在進來的這些人，就等她休息夠再說。

「我就說嘛，應該直接來這裡的，之前看到她時，她就一副累到快不行的樣子。」

麗奈特認得出第二個聲音是市長那個變成雛鬼的女兒愛芙羅黛蒂。不過，聽說這女孩不知怎地，失去了雛鬼的身分，變成女先知。

「柔依，愛芙羅黛蒂，史蒂薇．蕾，請妳們不要打擾這位人類。」吸血鬼療癒師語氣不耐煩的聲音傳來。「我給她一些藥，就爲了確保她今晚可以好好休息，不受打擾。」

療癒師的塑膠底鞋子踩在地板上，嘎吱嘎吱響，麗奈特聽見那聲音逐漸遠去。

「服藥服到昏迷不醒，」眾人短暫沉默後，愛芙羅黛蒂說：「她還眞幸運唷。」

「幸運？我絕不會說她幸運。」現在說話的女孩帶著濃濃的奧克腔。「奈菲瑞特肯定會追殺她到底。」

「我們不會讓奈菲瑞特得逞的。」

接下來，麗奈特認出愛芙羅黛蒂那輕蔑的哼聲。「柔，那妳得趕緊使出古魔法來阻止她才行，妳自己都說了，桑納托絲和簫妮所施的咒術恐怕撐不了太久。不過，鄉巴佬，妳說的對，我不應該說她幸運。拜她和卡羅納之賜，幸運的人是我們。」

「什麼意思？」

「簡單哪，他們兩個徹底惹毛了奈菲瑞特，所以，現在她肯定會先追殺他們。這樣，我們在奈菲瑞特的『必殺必折磨』名單上的排名就會往下滑。對我們來說，這不幸運嗎？」

「我覺得我們永遠是她名單上的前幾名。」說這話的人應該是柔依。

「靠，不會吧。」愛芙羅黛蒂說：「好啦，我要閃了，不過，我**絕不會**回體育館。我有沒告訴過你們，在你們享受施咒的過程時，學校裡湧入更多人類？」

「有，愛芙羅黛蒂，妳說過了。」

「才說過一百萬次。眞是的，我們這群當中，就屬妳最會**發牢騷**。」

「我要趁著史塔克還醒著時，趕緊去找他，就算和他一起站衛兵，我也無所謂。我們小倆口太需要好好獨處一下。」

「柔，被妳這麼一說，我也得趁著天亮前去找利乏音。」

「妳乾脆直接嫁給他，在婚戒裝上定位追蹤器，這樣，就能隨時追蹤到他的下落，就像國家地理頻道那些追蹤雁子的實境秀……」

兩個女孩的鬥嘴聲漸歇，剩下麗奈特一個人，在恐懼和藥物的作用下，逐漸麻木昏沉。

19 奈菲瑞特

「有時我忍不住納悶，我怎麼會有想被人類膜拜的慾望。」站在樓中樓的奈菲瑞特看著被凱莉叫來大廳集合的那群人，不屑地揚起嘴角。「肥、醜、打扮不入流。我看連血嘗起來都讓人想吐。凱莉，妳確定是這些人？」

「女神，是的，麗奈特的筆記本上，『沒長相沒才能』那一欄底下寫的就是這些人。」

奈菲瑞特一步步靠近凱莉，把她逼得貼在大理石柱上，接著抓住她的脖子，將她舉離地面，令她大口喘氣，扭動掙扎得像一條離開水的魚。「我告訴過妳，我永遠都不想再聽到那女人的名字！」

凱莉嚇得雙眼圓睜，面無血色。奈菲瑞特看著她，著迷於即將出現的死亡，這時，占領凱莉的那條黑暗絲線的頭忽然從她的嘴巴竄出來。女神鬆手，女孩往下滑，癱在地上，大口喘著氣。而那條卷鬚，又消失在她的身體裡。

「孩子，你阻止得好，我確實不該因爲人類犯錯而犧牲掉你。」她低頭看著凱莉。

「我原諒妳，但不准再提起那女人的名字。現在，趁著我和我的孩子挑選人，妳去給我拿瓶酒。」

女孩爬著離開，奈菲瑞特連看都沒看她一眼，逕自蹲下來撫摸那些被火牆燒傷，此刻攀在她腳邊的虛弱卷鬚。

「他們竟敢囚禁我，我會讓他們付出代價的，我發誓。他們傷了你們一個，我就要他們用一百個來償還。到時，看你們想要人類、雛鬼或吸血鬼，隨你們選。」奈菲瑞特撫摸著受傷的卷鬚，還低聲唱歌來安撫它們。「還有，等那個長著翅膀的不死生物被我摧毀後，你們就可以享用他的血。」她起身，指著挨擠在大廳正中央的驚惶人類，對她的孩子說：「在此之前，你們就先喝這群人的血，來恢復元氣。」

被火燒灼過的卷鬚緩緩蠕動，殺人時動作顯得笨拙，因爲它們沒有健康卷鬚所具備的殺人工具——身體兩側的美麗鋸齒，可以俐落地斷人手腳。所以，惱人的尖叫哀號聲，此起彼落。

她那些毫無損傷的孩子見狀，在她的四周搖搖欲欲，蠢蠢欲動，亟欲加入這場盛宴。

「跟我學著點，要有耐心。會讓你們飽餐一頓的。」終於死了第一個人類。奈菲瑞特閉上眼，把那垂死之人的能量汲引到自己身上，專注感受那股在體內奔流的力量，心裡想著，

就算味道讓人想吐，還是能滋養我們。殺掉這些人是值得的，他們是必要的犧牲。

就在最後一個人沒了呼吸時，凱莉帶著一瓶新酒回來。「啊，回來得正是時候，我正想回閣樓休息呢。」

「是的，女神。」

「好，把酒給我，回去櫃臺待著，等我吩咐。」

凱莉遵命。奈菲瑞特一個人進了通往閣樓的電梯，嫌惡地搖搖頭。她眞的無法忍受聽到麗奈特的名字，不過，她不得不承認，確實沒人可以取代她。

不悅的奈菲瑞特大步走出電梯，穿越一塵不染的閣樓寓所，走到外頭寬敞的石砌露臺。眞是沁涼如水的夜晚啊。她小心翼翼地走向石欄杆，慢慢伸出手，就在靠近欄杆時，空氣爆出紅光，燒傷了她的手指頭。

奈菲瑞特憤怒尖叫，忿忿地丟出酒杯，「叛徒！通敵！你不可能囚禁我的！」酒杯毫無阻攔地飛越火牆，掉在底下的街道上，摔得粉碎。

盛怒的奈菲瑞特繞著露臺踩步，但仍記得遠離欄杆。一股力量迴繞著她。太諷刺了吧！在她能量最飽滿時，卻被困在這地方。

一定有方法讓我離開這個牢籠，她回到屋內，重新倒一杯酒給自己時，思忖著。**就連叛**

徒卡羅納都有辦法破解我和他之間的連結，不再聽命於我。突破這道火牆應該比打破連結更容易才對。

卡羅納嘲笑她的那一幕重現腦海。

長著翅膀的不死生物甚至懶得停下來迴身看她，只轉頭回應：「對，我記得，我也記得妳無法再綁住我了。」

叛徒，毀諾背誓的王八蛋！奈菲瑞特的回憶跳到她發現他傷重的那一晚。當時，暴怒的柔依重重傷了他，但他仍一心想著自己，野心勃勃，所以決定聽從奈菲瑞特的命令，接受她要求的誓言。**「如果你，卡羅納，妮克絲的墮落戰士，違背誓言，沒能除掉柔依．紅鳥，那麼，你一日不死，我將一日掌管你的靈。」**

結果，卡羅納果真沒能摧毀那個雛鬼，雖然他成功地解除了和她之間的誓約。奈菲瑞特將酒杯舉到唇邊，試圖用酒來淹溺這件事帶給她的屈辱感覺。一想到這個，她的強烈憤恨讓手一揺，折斷了酒杯的握柄，美酒和玻璃碎片散落一地。卡羅納沒有解除他的誓約。**那誓約之所以約束不了他，是因為情況不再適用。**

「那個傻子！他是自尋死路。」奈菲瑞特不理會黑暗卷鬚正聚集在她腳邊那灘血——這是剛剛掉落的玻璃割傷她的腳所流的血。**她是不死生物**欸，割傷和流血算得了什麼。

她拿起電話，按下櫃臺的分機。

凱莉在第一聲就接起電話。「有什麼可以爲您效勞的，女神？」

「叫朱德森來找我，我有件小事要他處理，至於妳，有另一件差事要給妳。如果我記得沒錯，**那個女人**曾經把那些看起來比較像樣的膜拜者加以分類，註明他們的喜好或個性之類的，是嗎？」

「是的，女神，**那女人**曾經把那些她認爲可能對您有益的人類特別標註出來，還寫上他們的特質。」

「太好了！去把名單拿來，找出最好的奴民。」

「女神，**最好的**？」

「對，凱莉，妳聽不懂英文嗎？」

「不……不是，女神。」

「很好，那就照我的話去做。被那女人註明爲心腸最好，隨時都存好心的奴民，都給我帶來。」

「立刻遵命，女神。」

「妳當然得立刻遵命。」她說：「不過，先把名單給我，那些人晚點再帶來，我要先跟朱德森談一下。他會告訴妳，我什麼時候準備好要接見這批最好的奴民。到時，妳和所有的男僕要護送他們來我的閣樓。」

「是的，女神。」

奈菲瑞特掛上電話，勝利的笑聲帶著她血液的滋味和氣味，而她的孩子在一旁也跟著開心不已。

愛芙羅黛蒂

「說真的，柔，妳可不可以不要老是破壞人家的『好事』。我都被妳嚇得快性冷感了。」原本跟達瑞司交纏在一起的愛芙羅黛蒂起身後，拉拉衣服，但仍坐在他的大腿上。

「你們又還沒開始『辦事』，所以，嚴格說來，我們不算壞了你們的好事。」史塔克說。

「你怎麼知道她說的好事是指什麼啊？」柔問。

「妳沒看過《宅男行不行》啊。」史塔克對柔依露出他那冷傲嘲諷的招牌笑容。「現在，誰是蠢蛋？」

「拜託，**你們都是蠢蛋**，好不好。」

「喔，我想我懂了。」柔依說，臉頰紅燙起來。「喔，對不起，史塔克和我只是想找個地方獨處一下。我們想說，校園這地方，應該沒人會來。你們知道的，這裡很靠近妮克絲神殿，所以人類不會遊蕩到這裡來，而學校圍牆離這裡還有一段距離，所以，元牲或卡羅納也不會來巡視這裡。」

「加上快天亮了，嘰嘰喳喳的雛鬼也不會在外頭到處遊晃。對，達瑞司和我就是這麼想的。」愛芙羅黛蒂說。

「我們英雄所見略同啊，美人兒。」達瑞司說，抱著愛芙羅黛蒂，把身子往旁邊挪一些，好讓毯子騰出空間。「你們要不要一起坐？」

「反正你們已經壞了我們的好事。」愛芙羅黛蒂嘟噥。

「好啊。」柔依說，和史塔克手牽手坐在他們旁邊。「儀式之後，我好像還沒好好休息過。」

「人類一來，我們就忙翻了。」達瑞司說。

「而且一來就來一堆。」愛芙羅黛蒂就連打寒顫都要美美的。

「眞希望阿嬤在這裡。她一定知道怎麼應付一大群人，比如叫他們編草，或者打鼓之類的。」柔說。

「嗯，我剛剛聽到蕾諾比亞說打什麼之類的，不過我很確定她說的不是打鼓。」愛芙羅黛蒂說，搓搓開始疼痛的額頭。

「是啊，她很氣那些人類靠近她的馬。光是忙著把那些小鬼趕出馬廄，就把她和崔維斯累壞了。」史塔克說。

「我實在不該告訴那些媽咪，夜之屋的吸血鬼不會吃掉他們。我應該說，我們**全部**的吸血鬼都想吃掉他們，這樣，她們就會吞下鎮定劑，乖乖待在原地。」愛芙羅黛蒂說，同時暗自希望這該死的頭痛快點消失。「我甚至聽到好脾氣的戴米恩氣得發火欸，因爲有個小鬼問他，可不可以看他的獠牙，即使我們的戴米恩皇后已經耐著性子跟他說第七次，眞正的吸血鬼沒有獠牙。」

柔依哈哈大笑，這時，愛芙羅黛蒂才發現頭痛讓她視線模糊，視野變窄了。她才伸手抓住達瑞司，靈視就席捲而來。

愛芙羅黛蒂在空中，俯視著一波波湧向陶沙市的雲海。雖然是黑夜，但頻頻的閃電照亮陶沙市的建物所構成的天際線。她心想，**妮克絲，不是我小器，不過，我認為天氣這種事，只要問問氣象專家崔韋司·梅爾思或第六新聞臺的氣象報告就成，不需要透過我的靈視來警**

告奧克人，氣候變得很惡劣吧。這種氣候，我們奧克人早習慣了。

場景一變，現在她看到了市中心，還有東西從天空墜落。忽然，愛芙羅黛蒂不再是局外人，她在那個墜落的東西裡面，隨著它翻轉，俯衝，往下直墜。她試圖振動翅膀（翅膀？），但它們不聽使喚。她設法做好心理準備，等著墜地的剎那，可是，摔落地面的衝擊力道擴散全身，骨頭都斷了。她大口喘氣，但吸不到一絲絲空氣。逐漸模糊的視線看著身體，心臟的位置出現一個血淋淋的破洞，她的折翼癱垂在身體兩側，黑亮的羽色變為深紅，因為，她的血已經染紅了它們。

不是，就在她所暫居的心智逐漸不省人事之前，她心想，**這不是我的身體，是卡羅納的！**

警告他，好讓他自由選擇……女神的聲音成了導體，讓她得以從卡羅納的垂死身軀回到現實，回到原本的自己。

「愛芙羅黛蒂！說話呀！愛芙羅黛蒂。」柔依握著她的手。她當然看不見柔依，因為她的眼睛嚴重充血，不過她知道柔依就在旁邊，就像她知道達瑞司正抱著她，而史塔克站在前面守護著他們。

「卡羅納，」她喘著氣說：「你們必須帶我去找卡羅納。」

「妳必須喝點水，上床休息。」柔依顫抖著聲音說：「我們得幫妳把血弄乾淨。」

愛芙羅黛蒂知道自己看起來很慘。她可以感覺溫熱液體淌過她的臉，連衣服都被浸溼，但她不管這些，用力抓著柔的手。「等等再清理，**現在**，立刻帶我去找卡羅納。」

「他正在巡視校園，我去找他。」史塔克說。

「我把她帶到妮克絲神殿，那是離這裡最近的建築物。」達瑞司說。

「我會陪著她。」柔說，仍握著她的手，即使達瑞司已經站起來，準備移動。

「那我就這樣趴著，想像那裡有抗焦慮藥和美酒等著我。」愛芙羅黛蒂說，把頭靠在達瑞司強壯的肩膀上，繼續緊閉雙眼，對抗頭顱的砰砰抽痛。

卡羅納

「卡羅納！你快跟我來。愛芙羅黛蒂要找你，立刻！」史塔克一邊跑向卡羅納，一邊喊道。卡羅納正和刑警馬克思在巡視校園，同時討論該如何安置愈來愈多前來夜之屋尋求庇護的人類。卡羅納很喜歡馬克思的陪伴，還有他的幽默感。而且在妮克絲神殿的屋頂休養生息之後，卡羅納整個人精神飽滿，感覺好極了，但史塔克的出現，改變了一切。

「是不是校園安全出現漏洞？」馬克思拋出這個問題。

「不是，是愛芙羅黛蒂出現靈視，她說，她有話非得告訴卡羅納不可。」

「我立刻去找她。」卡羅納拔腿就跑。

「等等！」史塔克在後面喊他。「她不在宿舍。她在妮克絲的神殿。」

這句話沒能驅散卡羅納的不祥預兆，不過，他還是改變方向，奔向妮克絲的神殿，而史塔克和刑警則在後面努力追上他。

到了神殿門口，他努力不顯遲疑，試圖大步跨入門內，帶著信心，相信女神會准許他這麼做。可是，他的手一碰到木拱門的把手，就開始顫抖。他頓住。

從後面追趕上來的史塔克差點撞上他。「你還在等什麼？」這男孩把門用力推開，奔進門內，卡羅納屏住呼吸，跟著進入。

敞開的門沒變成石頭，也沒關起來阻擋他。妮克絲准許他進入！

緊跟在史塔克後面的卡羅納走過門廳，來到神殿的正中央。香草和薰衣草蠟燭的芬芳氣味摻混著鮮血的金屬味。愛芙羅黛蒂躺在一張古桌上，上面有一尊妮克絲的精緻雕像。達瑞司坐在桌上，把她的頭托在他的大腿。柔依正用濕衣服蓋住愛芙羅黛蒂那雙仍流血的眼睛。

「天哪！」馬克思奔進來後驚呼。「她流出來的眼淚都是血。」

「我沒在流眼淚，我是出現靈視，兩個天差地遠。」暫時失明的愛芙羅黛蒂說話時，還轉動頭部，彷彿正在聆聽。「卡羅納？你在這裡嗎？」

平常，愛芙羅黛蒂要不是惹惱卡羅納，就是將他逗笑，而且，他總是不明白，為什麼妮克絲會容忍她幾近出言不遜的行徑，然而，這會兒他一靠近她，就打從心底生起一股敬意。**這女孩是妮克絲的真正女先知，值得我尊敬**。

「是的，女先知，我在這裡回應妳的召喚。」他說，跪在桌子旁。

「很好。我出現了跟你有關的靈視。應該說，在靈視中，我變成你，而你死了。」她說，表情像痛得發抖了一下，還伸手調整那件蓋在流血眼睛上的濕衣服。

「卡羅納是不死生物，不可能死掉。」達瑞司說。

「我知道妳討厭象徵性的東西，不過，這個靈視會不會是象徵性的靈視？」柔依問。

「感覺不是象徵性的。那死亡的感覺，非常真實。」愛芙羅黛蒂說。

「我是怎麼死的？」卡羅納問。

「你從高空墜落，心臟的位置出現一個血淋淋的破洞。我不確定你是因為那個破洞而死的，或者是摔死的。還有，你的翅膀也斷了。不管怎樣，總之，在我的靈視中，你就是死了，不是象徵性的死，是真的死。」

「天哪，聽起來好可怕。」馬克思說：「她的靈視通常會成眞嗎？」

「喂，你說的那個『她』，人就在這裡。在下本人親自回答你，沒有，我的靈視不是每次都會實現。」愛芙羅黛蒂說：「重點是接下來發生的事。在靈視中，妮克絲要我警告你……」說到這裡她頓住，「這個『你』是指卡羅納，不是你，馬克思先生。妮克絲說，讓你知道我的靈視內容，這樣你才能自由選擇。」

卡羅納的目光從愛芙羅黛蒂移到妮克絲的雕像。「妳確定跟妳提到我的，是我們的女神？」

「我很清楚告訴你了。」

「那，妳確定妮克絲說，妳必須把靈視告訴我，好讓我自由選擇？」

「對，她百分之百這麼說。這又不是她第一次跟我說話，我跟妮克絲多少還算熟。」愛芙羅黛蒂以她慣有的譏諷口吻說。

「妳知道爲什麼妮克絲的神殿經常點著帶有香草和薰衣草氣味的蠟燭嗎？」卡羅納問女先知。

愛芙羅黛蒂聳聳肩。「大概是因爲這種氣味很香吧。」

「是因爲她身上就有這樣的氣味。」卡羅納告訴她。「所以，女先知，我跟妮克絲也算熟。」

「好，你贏了，不過，我認得她的聲音，我很確定是妮克絲告訴我，必須讓你知道我的靈視，好讓你自由選擇。」

卡羅納凝望著雕像，這時腦海浮現那段最痛苦的回憶。這麼多世紀以來，這是他第一次誠實地面對這段回憶。

他哭著跪在妮克絲面前。女神看著他，但不是冷若冰霜的表情，而是流露跟他一樣的悲傷和無奈。

求妳別這麼做，我的女神。

我什麼都沒做，卡羅納。這是你自己選擇的。就連我的戰士，我也賜予自由意志，雖然我沒要求他們慎用。

記憶中的妮克絲，不再是過去好幾世紀卡羅納自我欺騙那段期間，背棄他的壞女神，這次，他強迫自己真實地重現當時情景，於是，他看見了妮克絲臉龐的淚水，同時發現，表情冰冷，語氣惡毒的人是他，不是她。

我情不自禁，我被創造出來，就是會這麼感覺。這不是自由意志，這是命中註定。

身為你的女神，我要告訴你，你成為怎樣的人並非命中註定，而是由你的意志。

我無法控制自己的感覺！我無法控制我自己！卡羅納誠實地回憶那段情景，這才發現自己的語氣多像個無理取鬧的任性孩子。

他不再哭泣了，但妮克絲的悲傷似乎壓抑不住。女神淚流滿面，以哽咽的聲音說：**你，我的戰士，你做錯了。所以，你必須付出做錯的代價**。接著，她不是隨手一彈指，將他拋出去，而是在淚眼中，帶著遺憾失望的表情，集中她的神聖能量，將他選擇的後果擲向他，逼他承受。

回憶褪去，他回到現實，抬頭望著妮克絲的美麗雕像。

「我相信妳，愛芙羅黛蒂，這不是妮克絲第一次要我做選擇。」他說，下定決心要讓靈視的結局操之在己。

「妳的靈視裡有沒有什麼線索，可以幫助我們弄清楚卡羅納是如何被攻擊？」達瑞司問愛芙羅黛蒂。

愛芙羅黛蒂想了一下，然後說：「如果我是在遭遇厄運的主角裡面，會比較不容易看清楚，因爲時間變化很快，一切都很混亂，加上，發生在主角身上的事通常很可怕。我只知道這次是發生在陶沙市，應該是市中心，因爲我記得我看到下方是陶沙市的天際線。喔，對了，好像有暴風雨逼近。」

這時，遠方雷聲隆隆，隨著風勢轉強，神殿的彩繪玻璃也嘎吱搖晃。

「啊，慘了！」柔依說。

卡羅納剛甦醒的記憶力閃過幾個情境：他闖入另一個世界……他和史塔克搏鬥……史塔克死在地穴裡……妮克絲介入，她介入的代價就是他的不死能力。

卡羅納在心裡，默默同意柔依的驚呼。

20 奈菲瑞特

「謝謝你，朱德森，我就知道你能滿足我的需要。把東西放在露臺門邊的桌上吧。喔，先別走，我還有事要找你呢。如你所見，凱莉準時把我要她找的這群人帶來了。」奈菲瑞特的微笑對象除了那群一臉驚嚇，勉強踏入閣樓的人類，似乎還包括她的男僕們。不過，其實她是在對占據他們的孩子微笑。「我很欣賞妳的準時，凱莉。給我倒杯酒。」

奈菲瑞特清點人數，共十二個，兩百多個膜拜者裡，只有十二個的心腸好到麗奈特認爲值得記上一筆。不過，女神不悅並非因爲人數太少。她只是必須確定自己的數學計算沒出錯，不會到了緊要關頭卻人數不夠。「好。」她大聲說出來腦袋裡的計算過程。「五分鐘一個應該夠。從這裡到夜之屋不算遠，這樣他應該有足夠的時間和誘因來這裡。」

「女神？有什麼需要我們做的嗎？是不是要我們學習新的舞蹈？」一個外表亮眼的年輕女孩問道，還優雅地對奈菲瑞特屈膝行禮。

「妳是華爾滋的舞者之一，對吧？」奈菲瑞特說。

「是的，女神，我叫泰樂。」

奈菲瑞特嫌惡地嘆了一口氣。「唉，算了，就讓妳留著這名字。」

「謝……謝謝女神。」女孩話都說得結巴了。

「泰樂，妳說的對，日出離現在只剩一個多鐘頭，在那之前我要你們十二個人去做一件非常重要的事。爲了慶祝這麼別具意義的活動，我就打破自己的規矩，直接稱呼她的名字。那個**麗奈特**，」奈菲瑞特說出這個名字時，一副戒愼恐懼的模樣，因爲這名字對她來說，代表的是背叛。「特別在筆記本上註明，你們這十二個人特別和善。」

泰樂怯怯地露出眞誠的笑容。「她人眞好。」接著，女孩環視閣樓。「麗奈特人呢？」

奈菲瑞特提醒自己，這十二個人都用得到，才沒一掌斃了泰樂。相反地，她以極大的耐心說：「泰樂啊，我不是說了嗎？**我**是打破自己的規矩，才直接說出她的名字。我可沒說，其他人也能這麼做喔。」

「喔，對不起，女神，」泰樂趕緊說，迅速再行一個屈膝禮。

「沒關係，我可以理解。是我說得不夠清楚。沒事的，泰樂。如我所言，特別標註你們的人，是**麗奈特**，所以，我要你們明白，你們之所以來這裡，全都是她的緣故。」這話讓十二人嚇得發抖。奈菲瑞特感覺得到他們的恐懼，笑著說：「你們何不去客廳坐坐呢？我希望你們舒適自在一些。凱莉，麻煩妳倒香檳給我這些奴民。朱德森，去臥房那張小書桌，拿一張美麗的陶沙市明信片和一支筆來給我。」

趁著僕人跑腿辦事，奈菲瑞特打開通往露臺的玻璃門。夾帶著雨水氣味的冷風呼嘯灌入屋內，奈菲瑞特敞開雙臂，陶醉在暴風雨前的大氣能量中。接著，彷彿受她意念牽引似的，遠方傳來雷聲隆隆，緊接著閃電大作，整個天空變得熱鬧燦亮。「眞是壯觀的夜晚啊！我最愛的就是黎明前的暴風雨。春天的奧克拉荷馬州，太深得我心了。」

「女神，您要的明信片和筆。」

「謝謝你，朱德森。」奈菲瑞特接過明信片，以流暢的字跡在上面寫下四個字。寫完後，她抬起頭，對著那群驚惶的人類笑一笑。「現在，誰先？」奈菲瑞特點點自己的下巴，彷彿在思考。「泰樂，就妳吧！」

「有什麼可以爲您效勞的，女神？」泰樂問，口氣忐忑，但不忘給奈菲瑞特一個眞誠的微笑。

「過來，親愛的。先給妳這個。」

泰樂顫抖地靠近奈菲瑞特。「我來瞧瞧，沒錯，休閒褲的前方口袋果然可以。這種細柔質感的布料就是能做出好看的深口袋。麗奈特說的沒錯，我應該禁止人類穿牛仔褲。但願她對這一小群人的評價也是正確的。」她對泰樂笑笑，將明信片遞給她。「請放進褲子的口袋中。」

泰樂瞥了明信片一眼，然後放入口袋，問：「剛剛您說每五分鐘一個，是什麼意思？」

「嗯，泰樂，如果我算得沒錯，這代表每五分鐘你們就得死一個。朱德森、托尼，把泰樂帶過來。」

奈菲瑞特大步走向露臺，眞高興泰樂的悽慘叫聲隨即被風兒吹散。「那裡，」她指著露臺前方，「把她從那裡丟下去。丟之前先甩個幾次，這樣才丟得遠。如果我猜得沒錯，要破解把我困在這裡的鬼咒術，關鍵點就是意念。照理說，善心的泰樂應該可以穿越屏障，一路尖叫著墜到底下的人行道。」

兩個男僕毫不遲疑地將歇斯底里的女孩抓起來，前後甩動一次、兩次、三次，然後將她高高扔出露臺。奈菲瑞特好奇地看著女孩的手腳像風車不停揮舞，最後幾乎精準地落在奈菲瑞特預期的地方。

「下次瞄得更準一點啊。」她對男僕說。接著，她回到屋內，看著那些驚慌尖叫的人類。「下一個就是叫得最大聲的人！」就像燭火被悶熄般，眾人的尖叫頓時無聲。「凱莉，把廚房的計時器設定五分鐘。」她說，然後關上露臺通往屋內的門，帶著朱德森在飯店某房客（一個藥商業務代表）的房間內找到的格洛克手槍，坐在之前就選定的那張鍛鐵小圓桌旁。它的高度和穩定度，正好符合她此刻的需要。

「過來，孩子。」奈菲瑞特下令。

卷鬚立刻遵從，一窩蜂聚集在她的腳邊。她仔細打量它們，然後抓起特別肥的一根，將它放在小圓桌上。

「很快就會結束的。」她告訴等著她指令的那根卷鬚。「我會親自用我的血，來榮耀你的犧牲。」那根生物雖然嚇得發抖，但沒掙扎，也沒逃脫。奈菲瑞特很滿意地笑著說：「你很勇敢，很堅強，我的咒語正需要這種祭品。好，開始吧！」她瞄準卷鬚敞開的嘴巴，往旁邊那橡皮般的黑色肌膚戳下去，然後，俐落地撕開卷鬚的一層薄皮。

珍貴的膚肉蘊藏神奇魔力
遵守我的命令，實踐我的念力
卡羅納必須在我預告的一小時內命斃
冒牌的不死生物我必殺無疑！

奈菲瑞特拿起格洛克手槍，用血淋淋的卷鬚皮裹住槍口，並以黑暗力量遮掩武器，然後噘起豐唇，朝它吹氣。卷鬚皮被她呼出的氣碰到，立刻顫動，而後消失，完全跟槍枝融爲一體。

「如果我猜得沒錯，而我幾乎每猜必中，這絕對非常非常管用。」然後，呈現失神狀態的奈菲瑞特劃下自己的前臂內側，將血淋淋的傷口湊向那條被剝皮的卷鬚，它立刻急切地吸吮，療癒自己。

奈菲瑞特啜飲美酒，等待著。

卡羅納

「她出現靈視時，眼睛都會像這樣流血嗎？」馬克思問卡羅納。

他還沒開口，兒子就搶先一步替他回答。「對，靈視會讓她很痛苦。史蒂薇・蕾和柔依每次都很擔心她，尤其那種痛苦好像一次比一次嚴重。」

卡羅納和馬克思沒離開妮克絲神殿，不過，他們和利乏音移動到牆邊那處點著燭光，專供冥想的凹室，把空間讓給史蒂薇・蕾和戴米恩。柔依叫他們兩個拿濕毛巾、乾淨的衣物，以及一瓶紅酒進來，這瓶酒是大家激烈討論過後的共識。達瑞司試著移動愛芙羅黛蒂時，她會非常不舒服，所以，達瑞司說，就讓他的女祭司待在女神的神殿，直到復原。

老實說，卡羅納很高興有理由繼續留在神殿內。跟女神分離了這麼久，跟她處於同一屋簷下的時間永遠不嫌多，雖然他只能透過被女神祝福的能量來感受她的存在。這能量瀰漫在空氣中，就如香草和薰衣草氣味一樣具體明確。

「父親，愛芙羅黛蒂的靈視讓我很擔心。」利乏音的憂慮語氣把卡羅納的注意力從靈性事物拉回現實。

他對兒子笑笑，享受兒子的關心所帶給他的溫暖感覺。「那只是象徵性的靈視。你知道的，愛芙羅黛蒂很討厭象徵性的東西，所以，她很自然地會從眞實的角度來詮釋它。」

「可是，她眞的看見你墜落死掉。」

「而且，她說，那種死亡是眞實的，不是象徵性的。」馬克思補上一句。

卡羅納聳聳肩。「可是這會兒我人不是好好地在這裡嗎？雙腳牢牢實實地踩在地面上。」

「可是，你已經不是百分之百的不死生物。」利乏音這話的音量輕柔到馬克思忍不住納悶。「什麼意思？利乏音，你說你父親不是什麼？」

「我兒子擔心過度啦。」卡羅納打斷利乏音，並覷了他一眼，阻止他說出可能會說的話。「愛芙羅黛蒂曾透過靈視見到柔依死兩次，也見過柔依的阿嬤死掉，結果呢，柔依人好好地在這裡，席薇雅・紅鳥也平安健康地活著啊。」卡羅納伸手搭著兒子的肩膀，一方面很高興兒子關心他，但也希望兒子別那麼擔憂。「不到一小時就天亮了，你不是應該……」

刑警的電話響起，打斷他的話。馬克思瞥了手機一眼，告退到旁邊接電話。

「父親，這事我不會袖手旁觀的。」利乏音說。

「什麼事？」他故意裝作不懂。

利乏音對他皺起眉頭，說：「你可能會死。」

卡羅納呵呵笑。「不死生物不會死的，還是，你忘了奈菲瑞特為什麼給我們惹出這種麻煩？不管怎樣，史塔克只要朝她射出一箭，就能殺死她。大家都不會有事的。」

「去了另一個世界之後，你已經不一樣了，而且這種改變足以讓你以不死能力所起的誓約不再有效。」

「兒子，從另一個世界回來之後，我曾跟黑暗對戰過，那種激烈場面，足以殺死凡人，但我還不是活下來了。謝謝你關心我，可是你真的不需要擔心。」

馬克思跑入神殿裡。「奈菲瑞特正把人質從馬佑大樓的頂樓露臺往下丟，每五分鐘丟一個。已經死了兩個人，再四分鐘，死亡名單就會多一個。」

卡羅納很平靜地說：「她一定是想突破隔護咒語。」然後，轉身對柔依說：「把守護圈的成員召集到諮議橡樹，強化桑納托絲和保護咒語的力量。不管發生什麼事，絕不能讓咒語失效。」

「我來開車。」史塔克說。一行人已奔向門口。

「跟他們去吧！」愛芙羅黛蒂將達瑞司推向門。「要是奈菲瑞特跑出來，大家都完蛋。」

「利乏音，陪著史蒂薇．蕾，保護你的女祭司。」卡羅納告訴兒子。

「要搭我的車嗎？」跑向停車場時，馬克思問卡羅納。

「不用。」卡羅納說：「我用飛的比較快。我們直接在馬佑碰面。」

「小心一點。」馬克思說，對著卡羅納伸出手。

卡羅納握住他的手。「你也小心一點，朋友。」

接著，他面向利乏音，將兒子一把抓過來抱住。「你是我生命的一部分，是我最值得驕傲的那部分。」他放開利乏音，但，就在要飛上天空前，一隻柔軟的手碰觸了他的胳臂。低頭一看，是柔依．紅鳥。她睜大眼睛，以瞭然一切的眼神看著他。

「我很高興你的第二次機會是我們給你的。」她說：「我很高興你站在我們這一邊。」

沒想到她的話語對他那麼重要。他給她一個微笑，然後摸摸她的臉頰。「我也很高興。」然後，巨大翅膀用力拍擊著空氣，躍上天空。

卡羅納飛越一波波猶如浪濤翻湧的暴雨雲，幾乎追上閃電的速度。狂風朝著他呼嘯，但他不理會，因爲他有任務在身，有來自女神的飭令待他完成。他必須保護受苦的人，不管要付出什麼代價，他已經選擇以肉身擋在奈菲瑞特和那些他珍視甚至摯愛的人之間。

忽然，前方的烏雲開始翻騰，換形變貌，直到卡羅納凝眼見到一頭白牛的發亮瞳眸。白牛的身軀是龐然巨雲，牛角淌著血雨。

離上次見面已經好幾世紀，你仍然跟過去一樣讓人料想得到。白牛的聲音穿入卡羅納的心裡。**這次，我們可以達成什麼樣的互惠協議**？

「這次，沒什麼協議要達成。上次碰面時，我嘴巴上拒絕你，但我的心和實際作爲並沒拒絕你，所以，我同意你用黑暗餵養我內在脆弱的部分，毒害我的生命。但這次，我不一樣了。這次，我的嘴巴，我的心，和我的作爲，都要眞正拒絕你。」

是嗎？**月之子。如果我告訴你，我有能力修復你在人間流連那幾世紀所喪失的一切，你還會拒絕我嗎**？

「你給我的任何東西，都不值得我付出那個代價。」

可是，你都還沒聽聽我要你付出什麼代價欸。這代價，跟你之前失去的相比，微不足道呀。

「聽著，聽清楚了，白牛，雖然你的靈已病，不可能眞正明白我在說什麼。就算我無法獲得我想要的，即便我無法掌控一切，我還是**不願意**爲了目的不擇手段。愛，是無法透過邪惡來獲得。我生生世世都選擇光亮！」卡羅納舉起手，手中立刻出現一根黑瑪瑙色的長矛。「你滾吧，讓我去面對我所選擇的結果！」他將矛擲向那朵牛形狀的雷雨雲。一陣痛苦憤怒的哀號後，白牛消失了。

卡羅納握住拳頭，克制身體的一波波顫抖。「我沒時間害怕，我有責任在身。」他毅然地往前繼續飛。

卡羅納一降落在比馬佑大樓更高的歐尼克大樓的屋頂，就見到馬佑頂樓的露臺上，有兩個男人拖著一個掙扎的女人在走動。奈菲瑞特坐在露臺正中央的一張小圓桌旁，拿著水晶酒杯啜飲。

她在幹麼？為什麼要把人從露臺往下丟？卡羅納試圖弄清楚。抓著女孩的兩個男人看著奈菲瑞特，顯然在等她下令。卡羅納發現，奈菲瑞特的行爲除了瘋狂，沒其他原因可以解釋。**她就是喜歡虐待人類，況且，她可以從死亡汲取能量，或許，她這麼做是為了好玩，也為了獲得能量。或許，她只是窮極無聊，想玩一場死亡遊戲。**

奈菲瑞特點點頭，一個男人抓著女孩的手，另一個抓著她的腳，開始把女孩前後甩動，以便能將她拋過欄杆。即使狂風呼嘯，雷聲隆隆，卡羅納還是聽得到她的尖叫。

卡羅納站起來，展開翅膀，準備俯衝去接住女孩。

奈菲瑞特見到卡羅納時，舉起手槍，瞄準他，匆忙之間酒杯掉落在石地板上。

現在，卡羅納看懂她的遊戲了。

他也明白了愛芙羅黛蒂的靈視。女先知說的對，他的死亡是真實的，不是象徵性的。

感謝你，妮克絲，讓我有選擇的自由，但這次，我承擔起我的職責了，這次，我選擇光亮，不怕付出任何代價。

卡羅納從歐尼克大樓的屋頂一躍而下，雙臂和雙翅俱張，往下俯衝，試圖從瘋狂的奈菲瑞特手中搶救一條人命，這時，他讓自己成了顯著的攻擊目標。

沒想到，男人沒把女孩往下扔，而是蹲下，讓奈菲瑞特可以清楚瞄準他。紅外線一對準卡羅納的胸口，奈菲瑞特立刻扣下扳機，反覆扣下，直到槍枝裡的子彈全進了他的胸膛。

以黑暗覆裹的子彈射向卡羅納，穿透他，送入毒液，焦炙他的心臟。他試著保持直立，但身體被子彈撞擊後，失去重心，開始上下倒立，讓他失去方向感。他想要鼓動翅膀，將自己往上帶，但身體已不受控制，原本具有的超自然力量也已消失。

就這樣，在他存在的萬古歲月裡，卡羅納第二次墜落。

刑警馬克思

「他掉下來了！長著翅膀的傢伙掉下來了！立刻派救護車去馬佑大樓！」馬克思那輛沒標示警車字樣的車裡，無線電正大聲播送這件事，馬克思踩下油門，左轉往第七街奔去。他拿起麥克風，吼著說：「我是刑警馬克思，立刻清除第七街與鮑德街路口的路障，我要衝過去。」然後車子甩尾，他默默祈禱，**妮克絲，但願妳的警示能救到他……希望妳的警示能救到他……**

他加速駛過路障，馬佑大樓前的街道映入眼簾。馬克思緊握著方向盤，連胃也被人擰緊了般。卡羅納倒臥在街道正中央。馬克思不顧自己安危，將車子開到馬佑大樓和卡羅納之間，形成一道屏障，然後下車衝到卡羅納身邊，跪下來，看著這大個兒仍在呼吸，但狀況很糟，非常非常糟。外表看來骨頭似乎沒斷，頭顱也沒裂，但胸口正中央有一處邊緣不規則，看起來血淋淋的焦灼傷口，顯然是好幾顆子彈造成的傷。卡羅納墜落時的衝擊力道全落在那對巨翅上，所以，現在它們碎裂成片，散落在他的身側，好似破碎的黑色瓷器。斷裂骨頭所滲出的血，浸染了黑亮的羽毛。馬克思趕緊動手做他唯一知道該做的事——以雙掌按壓卡羅納的胸膛傷口。

「撐著點，卡羅納，救護車快來了。」

他睜開琥珀色眼眸，看著馬克思。「告訴愛芙羅黛蒂，她說對了。」他費力擠出這句話，說完後立刻咳嗽、呻吟。

「別說了，要說，你自己去跟她說。你要保持清醒，我會送你去醫院。」

「不要醫院，送我去桑納托絲那裡。」說完後他閉上眼，不再說話。

馬克思繼續跟他交談，並持續壓住傷口，但卡羅納的血還是在四周形成不斷擴大的血浪。

救護車終於來了。緊急救護人員的臉上寫著困惑和恐懼，遲遲不敢靠近。

「他媽的，你們有問題嗎？快把他弄上輪床啊！」馬克思朝他們吼叫。

「刑警，他太大了，我們抬不上輪床。」救護人員之一說道。

「我們跟你一起抬，刑警。」馬克思抬頭，看見年輕警員卡特和十幾個穿制服的警員。

馬克思點點頭，以嚴肅的表情跟他們道謝。「先把輪床拿出來，把他抬上去後，救護車由我們來開。」馬克思沒給醫護人員選擇的機會，逕自下令，對卡特說：「把他抬上救護車，數到三，一起抬。」

員警圍繞著卡羅納，奮力抬起他，至於那些斷殘的翅膀就留在血泊中。他們將輪床滑入救護車後方時，他沒發出半點聲音。要不是親自爬上車，在他身邊，看著那個駭人傷口裡的心臟仍把血液往外送，馬克思大概會以爲他死了。馬克思撕開紗布的包裝袋，將紗布壓在卡羅納的胸口，對著前方敞開的窗戶大喊，要駕駛座上的卡特，「以最快速度送我們去謠議橡樹。快！」

奈菲瑞特

「往上抬，孩子！把我抬高，讓我看看我的成果！」黑暗絲線聚集到她身邊，蠕動打旋，將她抬得老高，好讓她的視線得以越過欄杆，看到底下的街道；但同時得留心，跟欄杆保持一段距離，免得被火牆灼傷。

「太棒了！他就掉在街道的正中央。幾吋外，正是他之前傲慢嘲笑我，對我不敬，還偷走我最愛的那個奴民的地方。孩子啊，我告訴你們，**他無法再幹出這種事了**。從此之後，沒人會再背叛我。」朱德森和托尼用來引卡羅納上鉤的那女孩仍癱坐在兩人扔下她的地方，歇斯底里哭個不停。奈菲瑞特嘆了一口氣，示意孩子放她下來。她對哭泣的女孩說：「妳安全了，我之所以這樣做，是爲了保護大家，卡羅納是我的敵人，所以，他也是你們的敵人。妳應該跟我一起慶祝我們的勝利才是。」

女孩伸出顫抖的手，抹抹眼睛，但還是止不住哭泣聲。「凱莉！」奈菲瑞特喊道，女僕急急步入屋內。「他們這群人就是搞不懂，我做這些全是爲了保護大家。把他們弄走，立刻，看到他們我就頭疼。朱德森會幫妳。」

「您是要我們把他們全扔下露臺嗎？」朱德森問。

「不是，不是！不需要浪費掉他們，只要把他們押回各自的房間就行。」

「是的，女神。」朱德森和凱莉齊聲回應。朱德森把哭得歇斯底里的女孩拖離露臺，連同其他嗚嗚哭泣的人類趕出她的閣樓。

「瞧，這樣好多了。」終於，她的領地又是一片寧靜。她對那個仍站在那裡，恭敬等著她下令的廚師說：「托尼，你可以回廚房了。爲了慶祝我的勝利，給我做個蛋糕，巧克力蛋糕，上面點綴夜茉莉，可以嗎？」

「就照您的吩咐，女神。」他說，語氣木然。奈菲瑞特滿意地笑笑。被卷鬚占據後的托尼，脾氣好多了。

臉上仍掛著笑容的奈菲瑞特悠哉悠哉地踱回小圓桌，準備取酒享用，但隨即不悅地皺起眉頭。她都忘了剛剛匆忙舉槍射殺卡羅納時，打破了酒杯。「凱莉這丫頭，每次需要她時，總找不到她人。」她說，嘆了一口氣，有那麼片刻考慮要孩子去幫她拿新酒杯來。「要是你們身上長了可以凹折的拇指就好了。」她嘟噥，語氣比較像自言自語，而非對那群永遠在她附近的蛇東西說話。她站起來，這時，露臺的氛圍產生劇烈變化。

溫煦的微風變得凜冽，春天暴風雨的氣息被墓穴的腐臭味所取代。孩子全湧向她，焦慮地圍繞在她四周。

「沒什麼好怕的。」她對他們說，然後優雅地走到露臺中央，挺直脊背，以驕傲的姿態等著他現身。

白牛在她面前現形。他的龐然身體具體呈現時，她忍不住震顫。他的乳白色牛角尖端是濕的，看來曾沾過鮮血，即便只有一些些。牛皮在黎明前的微光中閃閃發亮，每道光芒都讓他附近的夜空熠熠爍爍。用白色來形容他的氣勢，未免太過簡單。奈菲瑞特凝視他愈久，就發現他的體內透出愈多七彩光芒，也讓她愈想撫摸他。

「我的王，」她說，微微對他屈膝行禮。「歡迎來到我的神殿。」

謝謝，妳這沒心沒肺的女人，我一直在看著妳呢。他的聲音轟隆傳進她的心裡，力道之強，連逼近的暴風雨都相形見絀。**妳讓我很驚豔啊——自從上次見到後，我對妳驚艷了兩次**。

「很高興聽到你這麼說，我的王。」奈菲瑞特靠近他，伸出纖細手指，碰觸他那尖銳如剃刀的牛角頂端。然後優雅地將手指放入嘴裡，品嘗血的滋味。「吸血鬼，非常古老的吸血鬼，很古老，力量很強大。原來你是因爲這個吸血鬼而疏遠我啊。不過，我不認爲他可以像我那麼毫無保留地奉獻給你。」

公牛的笑聲迴盪在四周。**那些蘇格蘭人永遠都不會輕易獻出自己。不過，在斯凱島挑選出他們後，我發現他們特別多汁美味，值得我費功夫去得到他們**。

這番話讓奈菲瑞特震驚不已，但她沒表現出來，反而笑笑，又伸手去沾牛角上的血。

「斯凱島。」她開始沉思，舔舔手指。「如果你去過史迦赫的小島捕捉獵物，那代表光亮與黑暗眞的失衡了。」

妳雖然沒心沒肺，但挺有腦筋的，真是讓我驚訝。他開始舔舐她手臂內側的嫩肉。

奈菲瑞特興奮地顫動。「謝謝你，我的王，你剛剛說，曾對我驚豔兩次，可否告訴我，我做了什麼值得讓神聖的你注意到？」

第一次是在教堂。長久以來我始終納悶，妳會不會像全心擁抱不死能力那樣，真正接受妳的本性。後來，看到妳在教堂那令人嘆為觀止的屠殺中，全然擁抱了自己的本性和不死能力，我豈能不對妳刮目相看呢。

奈菲瑞特對他露出挑逗的笑容。「你在奉承我。」

妳讓我刮目相看，所以，我很樂意奉承妳。

「那第二次的驚豔呢？」她慫恿他說下去，因爲她發現他現在比較有興趣的似乎是舔嘗她的肌膚，而不是繼續奉承她。

妳很清楚第二次才剛發生。

「卡羅納的死。」奈菲瑞特以恭敬的語氣說出這句話，彷彿在對自己祈禱般。「我從沒這麼享受過……自從上次膜拜你之後。」

啊，現在是妳奉承我了，妳這沒心沒肺的女人。

「如同往常，我的王，我永遠都想奉承你啊。」奈菲瑞特說。

妳真的想永遠奉承我嗎？她腦袋裡的聲音強烈到幾乎讓她頭痛。

「你有什麼提議嗎？」她問，撫摸他那結實的頸項，享受他強韌的牛皮觸感。

我可以讓妳離開這道囚籠。妳可以跟著我遊走於各個國度，我可以讓妳當我的伴侶，滿足妳的願望。

「這提議眞誘人啊，我的王。」奈菲瑞特說，又伸手去沾牛角上的血，慢慢品嘗，以爭取時間來思考該如何回答。**我都已經自稱為女神了，幹麼去當別人的伴侶啊？我都已經是不死生物了，何必受誓約所綁，去服侍其他神呢？**「可以給我時間考慮嗎？」

當然可以。在妳考慮的期間，我要送妳一項禮物。我可以讓他們所施的保護咒語失效，把妳從火牆中釋放出來。

「我的王，你對我眞是太好了。」奈菲瑞特說，心裡暗想，**你也真懂得綁住人，趁機讓我又欠你一次人情。**「不過，我想靠自己的力量掙脫這囚籠。這樣，才有機會讓你刮目相看啊。」

話一說完，奈菲瑞特立刻察覺到公牛不高興。**哼，還第三次驚豔咧。**

「但願不是讓你失望的驚豔。」奈菲瑞特趕緊又撫摸他的脖子安撫他。

妳想太多了，妳這沒心沒肺的女人。活了亙古之久，我早就發現，愈想要某種東西，就愈要付出最鍾愛的祭品才能得到。

說完後，他的腳蹄在石地上磨擦，準備離開，震得屋頂開始晃動。震耳欲聾的一聲轟，白牛消失在捲雲中，只留下蹄印。

桑納托絲

「柔依鳥兒？」

桑納托絲聽出席薇雅・紅鳥的聲音帶著憂慮，於是睜開眼。簫妮也從帳篷的開口處探頭出來。遠方風勢漸強，雷鳴轟隆。當她和簫妮在臨時拼湊的帳篷內休息時，那幾個婦人已經把帳篷鞏固得足以抵擋即將到來的暴風雨。

「怎麼了？」桑納托絲問，聲音顯得疲憊。

徹夜守在簫妮身邊的艾瑞克從帳篷外喊道，「柔依來了，守護圈的其他成員也來了，還有史塔克、達瑞司和利乏音，我最好……」

「快！」柔依的喊叫聲音甚至壓過了風聲。「奈菲瑞特試圖破解我們的隔護咒術了。我們得趕緊設立守護圈，增強妳的能量。」

桑納托絲坐起身，抓住桌子以穩定身子。她還虛弱頭暈，但沒感覺到咒術的效力減弱。「柔依，如果妳覺得非得這麼做不可，那就設立守護圈，不過，我並沒感受到我們的屏障受到任何干擾。」

「我也沒感覺到。」簫妮說：「我甚至覺得它的效力變得更強，因爲天色已晚，加上暴風雨逼近，大家終於乖乖待在家裡，沒人在附近逗留。」

「我們還是要設立守護圈。」柔依以堅決的口氣告訴桑納托絲。「不必麻煩到妳，我可以拿著代表靈的蠟燭，將元素力量導向妳。」這時，戴米恩、夏琳和史蒂薇．蕾已經就定位。柔依進帳棚拿靈蠟燭。「不好意思，簫妮，我知道妳累了，不過還是要麻煩妳坐到帳篷外頭。我會盡最大的努力把火的力量引導到妳身上。」

「來，我來幫妳。」艾瑞克對簫妮伸出手。她靠在他身上，走了幾步之後，無力地癱坐在地上，面向著帳篷。

「柔依，告訴我，發生什麼事，妳爲什麼如此驚慌？」桑納托絲問。

「奈菲瑞特將人質從馬佑大樓的屋頂往下丟，她想破壞屏障。」柔依長話短說，這時守護圈成員都就定位。她拿起聖壇桌上的長火柴。

桑納托絲努力整理思緒，站起來，癱軟地靠著桌子。「不對，就像簫妮說的，屏障很牢固，沒有破壞的跡象。奈菲瑞特一定有其他目的，她……」桑納托絲忽然驚愕地倒抽一口氣，雙膝癱軟。

「達瑞司！史塔克！快來幫我！桑納托絲不對勁，她昏倒了。」

「不，」桑納托絲費力擠出話語。「不是我！是卡羅納！」

「她說什麼？」史塔克問。他和達瑞司正設法讓她舒服一些。

「她說了卡羅納的名字。」柔依靜靜地說，彷彿已經猜到桑納托絲所知道的事。

救護車的鳴笛聲愈來愈近。「扶我站起來，快扶我站起來！」桑納托絲說：「柔依，準備守護圈，我得汲取守護圈的力量，但不是爲了屏障。」

「對不起。」柔依說，抓著她的手，捏了一下，然後去拿儀式用的火柴，走到東邊，面向戴米恩。

桑納托絲穩住自己，做好準備。柔依回到中間，面向她，召喚靈元素，然後說：「風、火、水、土和靈！請充滿女祭司長桑納托絲，給她力量去面對即將到來的事。」

桑納托絲挺直身子，深吸一口氣，感覺五元素的力量在血管內奔流，彷彿取代了血液，接著，她離開史塔克和達瑞司一步，不再讓他們攙扶。救護車緊急剎車，停在夏安大道的中央。

「我，利乏音，在這裡。」這男孩從剛剛就一直站在守護圈外面，史蒂薇．蕾的旁邊。

「妳要我進入守護圈？」

「你非得進來不可。快。」桑納托絲說。

利乏音憂慮地看了史蒂薇・蕾一眼，然後走近那條串起五元素，並把守護圈圍起來的發亮銀線。銀光絲線晃動，自己往後退縮，開啓了一個足以讓利乏音進入的縫隙，然後又自己密合。

「我感覺不對勁。」利乏音對桑納托絲說。

桑納托絲凝視男孩的眼睛，說：「是你的父親，爲了他，你要堅強。」

這時，救護車的後門開啓，刑警馬克思和幾個警員把卡羅納從車裡抬出來，利乏音見狀，立刻臉色蒼白。

「父親！」

桑納托絲的手搭在他的胳臂上，阻止他離開。「他得來我們這裡，守護圈會歡迎他，就像剛剛歡迎你一樣。」桑納托絲提高音量，喊道：「刑警馬克思，把我的戰士帶過來。」

忽然雷聲轟鳴，閃電大作，天空出現陣陣亮光，席薇雅在公園四周點起的燭光頓時變成螢火蟲發出的渺渺光芒。

「我無法靠我一個人把他帶過去。」馬克思在發亮的守護圈外喊道。

「能扛起卡羅納的，守護圈都歡迎。」桑納托絲說。

於是，馬克思毫不遲疑，往前走，其他警員也跟著移動，將卡羅納帶到桑納托絲的面前，並讓他輕輕躺在她的腳邊。

利乏音哭了。桑納托絲的視線從卡羅納的殘翅移轉到他胸口那塊幾乎止不了血的濕紅紗布，看著血不停沿著他的胸膛往下流。最後，她的視線停駐在他那張毫無血色的臉，然後，視線沒移動，對馬克思說：「馬克思刑警，謝謝你把他帶來給我。」

「奈菲瑞特趁他在半空時射殺他！手槍裡的子彈全都射光。當時他想拯救那個就要被奈菲瑞特扔下露臺的女孩，而我，只能袖手旁觀，什麼都做不了。」

「你已經做了該做的。你是他的好朋友。」

「我希望可以跟他當更久的朋友啊。」刑警說，抹去臉上的淚。

「他是不是**快死了**？」利乏音的眼睛蒙上震驚與哀傷。

「對。」卡羅納說，睜開了眼。「來我這裡，兒子。」他虛弱地舉起手。

利乏音跪在父親身邊，抓住他的手。「不！你不會死！你是不死生物！」

卡羅納咳嗽，嘴角吐出摻著血的白沫，以微弱的聲音說：「我早知道會這樣。這是我的選擇，利乏音，記住，**我自己**的選擇。」卡羅納的視線離開兒子，移到史塔克，他沉默地站在桑納托絲旁。「利用我給你的一些不死能力來尋求光亮，保護你的女祭司。」說完後，卡羅納的眼神開始渙散，他眨眨眼，費力環顧四周，終於看到了柔依。「原諒我，我給妳帶來的痛苦。」

「我打從心底原諒你了。」柔依說。

卡羅納又咳出更多血，痛苦地皺起臉，然後，伸手摸了兒子的臉，對他說：「我最好的都遺傳給你，去找你的兄弟，照顧他們，還有，守護著史蒂薇．蕾，如果你失去她，你也會失去自己。」

「爸爸，我會照你說的去做。」利乏音哭著說：「我愛你。」

「我永遠愛你，永永遠遠。」卡羅納說。最後，他逐漸消失的視力找到了桑納托絲。

「謝謝妳信任我。」

桑納托絲難過得胸口像壓了一塊大石頭，但她還是笑著對他說：「在你之前，我沒接受過任何戰士的誓約，在你之後，也不會有。你是一個值得信任的優秀守護者。」

卡羅納一雙血紅斑斑的嘴唇往上揚，露出滿意的微笑。「我沒有違背我的誓約……」他倒抽半口氣，胸膛不再起伏，琥珀的眼眸也沒了視焦。卡羅納死了。

21 卡羅納

死亡比卡羅納想像得更痛苦，雖然在他萬古的生命裡，他很少想到死亡。對他來說，對死亡的熟悉是出於一種抽象的角度，畢竟，他殺人無數。他殺人，有些是替天行道，有些則不然。但離開另一個世界之後，他奪走的人命，多半不是死有餘辜。

在他垂死之際，讓他懊悔的就是這些命喪於他的無辜性命，以及在他接受兒子的愛，與接受他確實失去妮克絲之前所浪費掉的光陰。這是他生命中的三大遺憾，然而，在他死亡時，最讓他難以忍受的，還是回顧失去女神這件事。

吸不到空氣時，他的視線逐漸灰淡，最後黑暗。終於，殘翅的疼痛消失，胸口的灼燒感也逐漸冷卻。在他無法想像的死亡真正降臨前，卡羅納只有幾秒鐘做好準備，接著，就一片漆黑。

「卡羅納，伸出手，握住我的手。」

被漆黑團團壓住的卡羅納，聽到桑納托絲的聲音。他試圖呼吸，但吸不到氣。他試圖睜眼，但怎樣都看不見。卡羅納的靈不停撞擊周圍將他囚禁的牆面。

「卡羅納！你得抓住我的手。」

我看不見妳的手！

「你不需要看見，只要憑著信心，相信它就在那裡。卡羅納，抓住我的手。」

目盲的卡羅納伸出手。桑納托絲果然在那裡！他看不見她，但可以感覺到她那隻溫暖可靠的手。她拉著他的手時，他使出全力抓緊。咻！一陣亮光和聲音，卡羅納看見了。他搖晃踉蹌，但桑納托絲緊緊抓住他。

「沒問題了，戰士，你脫離肉體之軀了。」桑納托絲說。

卡羅納低頭一看，在一陣突如其來，類似暈眩的感覺中，他看見自己殘破的身軀。他趕緊將視線移回桑納托絲。

我死了。

「你死了。」

我只能看見妳，摸到妳，是因為妳對死亡有感應力？

「對，你只能看見我，但在這個國度，你什麼都感覺不到，除了我幫助你脫離肉體那一握。事實上，你看得見別人，但他們或許看不到你。」桑納托絲揮手指著四周。

卡羅納眨眨眼。視力變得很怪。當他看著桑納托絲，一切都很正常，但看著其他東西時，彷彿是透過一塊濛濛霧霧的厚鏡片。他環顧四周，見到了樹木和一圈人。趕緊回瞥他的身體，這次，他見到利乏音跪在屍體旁，哭得很傷心。

叫他別哭，告訴他，我在這裡，就在他身旁。

「如果你眞想這麼告訴他，我就幫你說。不過，你要知道，我能和你溝通的時間有限。我的天賦是有侷限的。」

我該怎麼辦？**我該怎麼幫他**？

「你再也幫不了他，幫不了這個國度的任何人。該是你往前移動的時候了。」

卡羅納直直看著桑納托絲。妳的意思是，去另一個世界——妮克絲的國度。

「對。」

卡羅納感覺之前靈被困在血肉之軀時的驚慌又出現了。**她放逐了我，她不會接納我的**。

「你怎麼確定妮克絲不會接納你？」

卡羅納思緒奔騰。他想起當年闖入另一個世界，要求妮克絲原諒時，發生了什麼事。妮克絲以堅定的口吻告訴他：「如果你值得原諒，再來求我原諒你……在此之前，你的靈和你的肉體，都不得進入我的國度。」

我求過她，但妮克絲不原諒我，她不准我進入她的國度。

「那時，你的作爲值得她原諒嗎？」

不，當然不值得！可是，現在我就值得她原諒嗎？這麼多世紀以來，我選擇憤怒和忌妒，揚棄信任和愛，對女神和她的子民造成許多傷害，這樣的罪過，我豈能彌補得了？

「這問題，你得鼓起勇氣，自己去問女神。」桑納托絲說。

要是她拒絕原諒我，我會怎樣？

忽然，桑納托絲的眼睛因爲感受到那些痛楚和痛苦而變得好蒼老。「如果妮克絲不准許你進入另一個世界，那你只能流連在你死亡時的國度。」

不被活人聽見，不被看見？桑納托絲點點頭。**會流連多久的時間？**

「亙古是多久？」

卡羅納一聽，不寒而慄，視線回到兒子。**那，妳可不可以事先知道妮克絲是否願意接納我？**

「可以，不過，到時候我就無法再與你溝通。」她說，語氣很難過。

要是她拒絕我，那我要在人間守護我的兒子。

「他不會知道你在守護他。」桑納托絲說。

如果妳告訴他，他就會知道。

「如果你希望我告訴他，我就告訴他。」

對，這是我的希望。他再次凝視她的目光。**我準備好了，現在該怎麼做**？

「現在，你是透過我才得以看見這個世界，所以，只要放開我的手，你就會往上飛。」

謝謝妳，桑納托絲，謝謝妳為我做的一切。

「卡羅納，我永永遠遠都祈禱你祝福滿滿。」死亡使者女祭司長一舉起手，卡羅納便放掉她的手。他的靈，開始高飛……飛得高高……

卡羅納很熟悉飛翔的感覺。在人間和另一個世界，他都飛翔過，如果有時間和興致，他還可以細數他飛翔過的其他國度——通常，他去這些國度，都是爲了女神所交辦的事項。

但現在這種飛翔，是他從未有過的。

一開始，他整個人被黑暗包圍，只能被動地祈求自己能繼續往上飄，就在他心生絕望，以爲妮克絲已經做出決定，認定他不值得她原諒時，前面的黑暗開始波動，閃閃發光，接著出現的虹彩讓他想起古老島嶼卡布里四周的海水顏色。

黃澄的天空也起了波動，接著，像窗簾般展開，露出一片他所熟悉的赭色圓形大地。大地後方，有兩棵樹，山楂和花楸樹。卡羅納認出它們了。以前他和妮克絲經常來這裡，這是通往她那片神聖樹林的入口處。這兩棵樹的多瘤枝椏綁著色彩繽紛的布條，每一條都是女神和旅經此國度者的祈願。布條隨風飄揚，色彩萬化變千，數不盡的祈願也一條一條呈現出來。在吊夢樹的後方，是妮克絲的遼闊聖地。卡羅納熟知這裡的每一寸土地，每一棵樹，每一條粼粼溪流，以及被苔癬覆蓋的幽谷。

即使身邊沒有女神，卡羅納還是好想再次走進那裡，再次讓樹林的靜謐充滿他的心。他的飛翔抵達目的地了。卡羅納踏上赭色大地，等待著。

柔依

卡羅納死了！這是讓人難以置信，但又不容否認的事實。我一直站在桑納托絲旁邊，拿著代表靈的蠟燭，看著卡羅納死去。臨死之前，他還笑著說，他沒違背誓約。利乏音崩潰了。他趴在父親的身上，哭得肝腸寸斷。史蒂薇・蕾仍站在我背後，北方的位置，但我可以感覺到她焦躁不安，準備離開守護圈，來安慰利乏音。我不怪她。所以，我準備吹熄靈蠟燭，關閉守護圈，但這時桑納托絲對卡羅納伸出手，彷彿他能伸手抓住她的手。看到這一幕，我想起桑納托絲交代我，要設立守護圈。**柔依，準備守護圈，我得汲取守**

護圈的力量……

桑納托絲知道卡羅納快死了，所以，她需要我們為他設立守護圈！

「史蒂薇・蕾，妳必須留在原地。」我轉頭看著我的死黨，她正哭得唏哩嘩啦。「我們不可以關閉守護圈，桑納托絲需要守護圈，這代表卡羅納也需要。」

「可是他死了！」史蒂薇・蕾哭著說：「利乏音現在需要我。」

「史蒂薇・蕾，桑納托絲**是**死亡使者，對死亡有感應力，就像妳能感應到土元素。」我說：「既然她要求我們設立守護圈，我們就應該信任她，可以關閉時，她一定會告訴我們。」

史蒂薇・蕾手上的蠟燭隨著她起伏的肩膀不停抖動，不過，她還是點點頭，沒離開守護圈。

我把注意力轉回桑納托絲身上。她伸長了手，整個人好像凍住，但臉上表情不斷變化，彷彿正在跟某人進行心靈交流。

「妳知道現在是什麼情況嗎？」刑警馬克思問我。他臉色蒼白，神情哀戚，身上沾滿了卡羅納的血。

其實我也不曉得，不過我還是聽從心底的聲音，告訴他：「桑納托絲正在幫助卡羅納的靈魂找到去處。記得嗎？桑納托絲也在馬佑大樓前幫助過死者。」

馬克思瞇起眼，放低音量，悄聲對我說：「可是我沒見到馬佑大樓前的那種發光體。」

「那些發光體是人類的靈魂。即便今天發生這樣的事，我們還是無法否認好幾世紀以來卡羅納是不死生物，所以，或許他的靈魂看起來很不一樣。」

我錯了。桑納托絲忽然動了起來，手往上一甩，彷彿在擲飛盤，這時，一個發亮的銀色球體——跟她在馬佑大樓前召集的那些發亮球體非常相似——飛向黎明前的雷雨雲中。

「桑納托絲說的對，世間萬物並沒有多大的不同。」馬克思說。

「喔天哪！快看上面！」夏琳指著天空。

大家往上看，發現阿肯色河上方的天空出現波動，接著敞開，卡羅納就站在一片赭紅色的圓形地面上。這地方，我再熟悉不過。

「這是通往另一個世界的入口和吊夢樹！」站在守護圈外的史塔克說。

「還有妮克絲的神聖樹林。」我補充。我們四目相接，互給對方一個微笑。我倆都很熟悉這地方，因爲，就是在這裡，史塔克爲了救我，差點喪命。

「孩子，把你的視線離開那具曾是你父親的軀殼，抬起頭看看他現在的樣子。」桑納托絲說，將手搭在利乏音的肩上。

他一抬頭，剛好見到妮克絲從樹林裡出來，走向卡羅納，旁邊跟著另一個長著翅膀的不死生物，他看起來跟卡羅納非常相像，除了翅膀是金色，而且比較小巧精緻。

「那一定是俄瑞波斯。」戴米恩說。

卡羅納雙膝一跪，垂下頭。這一幕所傳達的訊息讓眾人看得出神。

妮克絲，我跪在妳面前，請求妳的原諒。卡羅納的聲音輕易地從另一個世界傳到人間。我甚至聽得出他有多脆弱，多忐忑。

你是真心問她，或者只是害怕永生永世被迫滯留凡間？俄瑞波斯問。他的語氣聽起來並不惡毒，而是出於好奇，但即便如此，我還是可以感覺到我心中有把怒火正熊熊燃起。他幹麼忽然插嘴，搶先妮克絲一步說話？

卡羅納依舊垂著頭，彷彿不敢看女神，但這次說話時多了點自信。**女神，我來這裡純粹只是祈求妳的原諒。對於我鑄下的任何錯，我願意承擔任何後果。**

就在俄瑞波斯又開口，準備說話時，利乏音跳起來，對他吼道：「別煩他！他又不是在跟你說話！」

卡羅納好像聽不到利乏音的咆哮，但俄瑞波斯就此安靜了。

「這才對嘛！」史蒂薇．蕾說，還打了一個小嗝。「別煩利乏音的爸爸，他是在請求妮克絲的原諒，又不是你。」

我屏住呼吸，看著妮克絲那雙美麗慈祥的眼睛撇離卡羅納，轉向我們。她往前一步，我看見她的輕柔長袍拂過卡羅納的手臂，他激動地顫抖。妮克絲舉起手，往前面的天空一抹，忽然，她不再位於高高的天上，而是來到我們面前！

「歡喜相聚，歡喜散場，期待歡喜再聚，我親愛的子民。」女神說。

「歡喜相聚，歡喜散場，期待歡喜再聚。」回應聲飄盪在守護圈當中。這時，守護圈熠熠發光，亮到幾乎讓人難以注視。

妮克絲走近桑納托絲，女祭司長深深地對女神鞠躬。「我們之間不必這麼客套，」妮克絲對她的女祭司長說，輕碰她的手臂，要她起身。「都認識多久了呀。」

「謝謝妳，女神。」桑納托絲說。

「妳做得很好，女兒，」妮克絲告訴她：「隔護咒術很不容易執行，但妳的意念夠純正，妳辦到了。」

「我會竭盡所能讓它持續有效。」桑納托絲說。

妮克絲笑笑。「果然是我的死亡女祭司。」然後，女神轉向利乏音，他仍站在卡羅納的屍體旁邊哭泣，但雙眼直視著父親——應該說那個仍跪在地上的父親的靈魂——似乎沒看見妮克絲。她越過卡羅納的身體，碰觸他的肩膀，輕聲說：「你的悲傷得著安慰了，孩子。」

利乏音被她這麼一碰，驚搖了一下，這才注意到女神。他睜大眼睛，說：「謝謝妳。」

就這樣，他的哭泣緩和下來，凝視著妮克絲時，哭聲已止住。

接著，妮克絲轉向我。今天她的髮色柔淡到幾乎是白色，如皎潔的滿月，雙眼則是薰衣草色。那是一種難以言喻的美，讓人無法直視太久。

「柔依·紅鳥，在場所有凡人當中，卡羅納傷妳最深。他欺騙妳，誘惑妳，還試圖殺害妳。怨恨、憤怒、忌妒的他還謀殺妳摯愛的人。妳裡面有一個少女靈魂，由古代女智者所創造，由大地之母的吐息而獲得生命，這少女囚禁了他，逼使他對妳族人犯下的暴行付出代價。柔依，妳知道這些嗎？」

我用力嚥氣。「我知道。」

「那麼，從妳的靈魂深處，坦白告訴我，柔依·紅鳥，我應該原諒卡羅納嗎？」

被她這麼一問，我驚愕無語。**我**？**我怎麼有資格來論他的罪**？

就在努力想著該怎麼回答時，我感覺到阿嬷的手滑入我的掌心。「以智慧來思考，誠實以告，**嗚威記阿給亞**。」

我看著卡羅納。妮克絲說的對，他做了許多很可怕的事，不只對我，也對我摯愛的人，連切羅基族也受過他的迫害。他還製造出一群怪物，仿人鴉，恐嚇脅迫老弱婦孺數世紀之久。接著，我的目光從他移轉到利乏音。他以前也是那群怪物之一，但，愛拯救了他。在連利乏音都無法原諒自己的情況下，妮克絲選擇原諒他。

於是，我知道我該怎麼回答女神的問題了。

「女神，我相信妳已經原諒卡羅納，妳只是要他做出值得妳原諒的作爲。」

「那麼，小女祭司，他做到了嗎？他值得被原諒嗎？妳能原諒他？」

我捏捏阿嬤的手。「是的，他值得被原諒，我可以原諒他。」我以篤定的語氣說：「他爲自己贏得了第二次機會。」

卡羅納

跪著的卡羅納看見妮克絲對柔依微笑，但女神沒回應她，反而對俄瑞波斯說話。「看來你的任務結束了，老友。」

俄瑞波斯的笑容就跟夏日陽光一樣燦爛。「他花了好長一段時間才做到，不過，我始終對他有信心，不曾懷疑過他的誠心。」

女神揚起一道細眉，說：「不曾懷疑過？」

「是啊，幾乎不曾懷疑過。我會懷念折磨他的日子。」

「你不該折磨他，你應該幫助他找到路，回到我們身邊。」女神說。

「唉，妳我都知道，卡羅納有多頑固啊。」俄瑞波斯走向卡羅納——他正一臉震驚地看著弟弟。「告訴我，如果之前我告訴你，這數不清的日子裡，其實我是你最好的盟友，你會相信嗎？」

「我不可能相信。」卡羅納脫口而出。

俄瑞波斯發自肺腑地哈哈大笑。「果然！事實上，從我們被創造的那天起，我的生命只有一個目的，那就是討**我們**女神的歡心。而你，我漂泊的哥哥，以前總能讓她非常喜悅啊。」

卡羅納不解地猛搖頭。「可是，沒有我，你就是她的伴侶啊！」

「不，卡羅納，這幾世紀以來，你都誤會了。不管你和妮克絲之間發生什麼事，我永遠只是她的朋友。我從來都不是她的伴侶。」

「現在別捉弄我。」卡羅納說，他不是生氣，只是覺得俄瑞波斯再玩弄他一次，他肯定會心碎。

俄瑞波斯嘆了一口氣，望向妮克絲，說：「要我繼續說嗎？」

「說吧，朋友。」妮克絲說：「或許他已經準備好聆聽弟弟的心聲。」

於是，俄瑞波斯對卡羅納說：「誰是我的父親？」

卡羅納皺眉，說：「當然是太陽啊。」

「那你的父親呢？」

「月亮。」

「那，女神最受尊崇的象徵符號是什麼？是什麼燃亮了她的天空？是什麼跟隨著她，時時變化，隨著她的永恆喜悅，或圓或缺？」

「月亮。」卡羅納激動得聲音都啞了。

「對女神來說，我是春夏的溫暖友誼。而你，你被創造出來，是爲了永恆陪伴她，保護她，愛著她。你只需要做出選擇，讓自己成爲一個値得她愛的人。終於，你辦到了，祝福滿滿，兄弟。」俄瑞波斯朝卡羅納伸出手。

但卡羅納沒跟他握手，而是凝視著俄瑞波斯，終於恍然大悟了。「打從一開始，我就誤解你。你可以原諒我嗎？」

「老哥，我看著你受苦好幾世紀，我當然願意原諒你啊。」

「謝謝你，俄瑞波斯。」卡羅納起身，還是沒跟弟弟握手，反而將弟弟一把拉入懷中。兩人分開後，卡羅納似乎無意抹掉臉頰上的兩行淚。他對弟弟微笑，俄瑞波斯的臉頰也濕濡了。這時，旁邊出現動靜，把俄瑞波斯的視線拉離哥哥。妮克絲站到卡羅納的前面。俄瑞波斯退後幾步，好讓哥哥能單獨面對女神。

卡羅納雙膝落地。

「我做錯好多事。」他說，直視著妮克絲。她的靠近，讓他激動得顫抖。「我選擇憤怒和忌妒，拋棄了愛和信任。我背叛妳，讓黑暗進入妳的國度。我怨恨兄弟，因為我自己沒有安全感。我墜落人間後，還犯下諸多暴行。」淚水自卡羅納的臉頰滑落。「我沒資格開口要求，可是，我真的想問，妮克絲，我的女神，我真摯唯一的愛，妳願意原諒我嗎？」

妮克絲對他伸出手，以充滿愛意的語氣輕聲說：「喔，卡羅納，你知道我有多想你嗎！」

他看著她那隻纖細的手，忽然無法移動，就連抬頭看著她都辦不到。終於能抬起頭時，整個人沉浸在滿滿的幸福喜悅中，幾乎連話都說不出口。

「妳原諒我了。」他說，連聲音都顫抖。

「我原諒你了。」

「妳愛我。」

「對，我一直愛著你。」

卡羅納終於握住她的手，但還是跪著，沒起身。「妮克絲，夜之女神，我以我的身、我的心、我的靈向妳起誓，我會永遠愛妳，保護妳。我請求妳接受我的戰士誓約。」

「我滿心歡喜地接受你的誓約，並且當它永遠有效力。」妮克絲說話時，卡羅納四周的空氣粼粼閃爍。能量沖刷過他的翅膀，讓翅膀原本的黑亮顏色變成滿月的皎潔銀白。

卡羅納開心地高聲歡笑，起身，就在另一個世界的天幕閉合之前，他將女神摟入懷裡，沉浸在她獻上的親吻中。

22 柔依

另一個世界的天幕閉合之後，半晌之久，沒人開口。大家都在啜泣，就連警員們也是。終於，刑警馬克思打破沉默。他走到桑納托絲身邊，出乎眾人意料地——從桑納托絲的表情看來，連她也沒料想到——將桑納托絲一把抱入懷中。

「就算我是不死生物，剛剛那一幕，也會是我這輩子見過最不可思議的景象。謝謝妳讓我們有機會目睹。」他說。

其他五名員警點點頭，伸手抹淚。

桑納托絲笑笑，輕輕地離開馬克思的懷抱。「不客氣，刑警先生，不過，讓大家目睹這一幕的，不是我，是妮克絲。」

「在很快地解決掉奈菲瑞特之後，我希望妳同意讓我改天親自拜訪妮克絲的神殿，在她的聖壇獻上禮物。我知道這聽起來很扯，不過經歷過今天的事情後，我真的感覺自己跟你們的女神很親近。」

「一點都不扯。妮克絲和我很樂意接受你的贈禮。你知道嗎？馬克思刑警，妮克絲不只是**我們的**女神，她屬於任何尋求她的人。」接著，桑納托絲的視線找到我。「柔依，妳可以關閉守護圈了。」

我差點忘了手上仍拿著點燃的靈蠟燭。我迅速以相反的順序感謝各元素，並一一送走它們。阿嬤進入剛剛桑納托絲所待的帳篷內，從床墊上拿了一條毯子出來，輕輕蓋住卡羅納的遺體。

我一吹熄史蒂薇・蕾的蠟燭，她就奔向利乏音，緊緊擁著他。史塔克也站到我身邊，抱住我，對我說他有多愛我。

「我永遠不會離開妳，我發誓。」他說：「我不在乎元牲、西斯，甚至那個笨蛋艾瑞克。」說完後他頓住，彷彿忽然發現艾瑞克就在我們幾呎外，簫妮的旁邊。「不好意思啊，老兄，我沒惡意。」

艾瑞克聳聳肩，「沒關係啦。」他說，但沒往史塔克或我瞥一眼。他可愛的眼神，專心地看著簫妮，流露出滿滿的關心。

我雙手捧著史塔克的臉，告訴他：「放心，我永遠不會讓你離開我。」然後我親吻他，那感覺就像經過了亙古後終於重逢。

就在這時，風兒將雷雨雲吹走。忽然間，大夥兒站在黎明前的粉紅柔黃晨曦中。

「喔哦。」我對史塔克說：「你和史蒂薇．蕾還有夏琳，得趕緊找掩護了。」

「還有七分鐘才天亮。」史塔克說：「不過，妳說的是。」

我不情願地離開他的懷抱，走向桑納托絲，想攙扶她回帳篷，沒想到，她看起來完全不像進行完隔護咒術時那麼疲憊。事實上，除了黑眼圈，這會兒她看起來簡直是精神飽滿。

「妳看起來好多了欸。」我說。

桑納托絲點點頭，笑著說：「引導卡羅納的靈回到另一個世界，好像具有提升能量的效果，這點讓我很感激。不過，我怕這股能量維持不了太久，所以，我們趕緊長話短說吧，尤其天快亮了，紅成鬼和紅雛鬼得趕緊躲到室內。刑警馬克思答應要送卡羅納的遺體回夜之屋，我想請妳幫忙搭建他的火葬柴堆，負責他的火葬儀式，可以嗎？」

「當然沒問題。」我說。

「簫妮，」桑納托絲把她叫過來。「卡羅納的死給了我一些能量，所以，我想妳可以離開我一陣子，回到夜之屋，以最快速度用妳的元素幫助卡羅納的火葬儀式。妳願意幫我的戰士嗎？」

「能點燃卡羅納的火葬柴堆，是我的榮幸。」簫妮說。

這女孩的精神也飽滿多了，爲此，我默默感謝卡羅納。

「我會看守著我父親的火葬柴堆，從日出到日落。」利乏音邊說，邊擦拭眼睛。「不過，我們得動作快一點。再六分鐘我就會變身，這代表史蒂薇．蕾也會被太陽燒傷。」

「你就會變……」馬克思開口追問，但隨即打住，搖搖頭，說：「算了，改天再問。我的人和我會負責處理大個子的遺體，你們其他人先去忙吧。待會兒夜之屋見。」

我抱抱阿嬤。「妳給女神的回應，展現了妳的智慧。」她對我說，然後放開我。「我非常以妳爲榮，**嗚威記阿給亞**。」

「席薇雅，如果妳和其他女士需要休息，儘管好好休息，我很確定妳們休息時，我一個人沒事的。」桑納托絲說。

瑪麗．安潔拉修女走到阿嬤旁邊，伯恩斯坦拉比和蘇珊．格林姆女士也跟上前。這幾位女士好像回春似的，變得好年輕，彷彿剛剛流的淚水洗去了她們身上幾年的歲月。

「我們選擇和妳待在這個聖地。」修女說，其他女士點頭附和。

「經過那一幕，誰有辦法休息呢？」伯恩斯坦拉比說。

「我也留下來，確保沒人騷擾妳們。」艾瑞克說，接著補上一句，「如果妳們同意的話。」

「我們非常感謝你願意留下來保護我們，艾瑞克。」阿嬤說。

「的確。」桑納托絲附和。她對艾瑞克和四位女智者鞠躬道謝。「我非常感激各位，謝謝你們大家。」

史蒂薇．蕾拉住利乏音的手，將他拖向廂型車，不讓他目睹馬克思和其他員警抬起他父親的遺體。史塔克、夏琳、戴米恩和我跟上前，魚貫上車，而簫妮則進了艾瑞克的車。

在車子裡，沒人說話。我思索著該對利乏音說什麼。告訴他，我很遺憾他失去父親？或者恭喜他，他父親重回女神的身邊？看大家沉默不語，我猜想他們都跟我一樣——就連史蒂薇．蕾也是——煎熬著該說些什麼。

幸好，利乏音自己開口，幫大家解了圍。「我替父親高興。」他輕聲說：「他終於回到長久以來思慕的地方。以前，即使他決定跟隨光亮，誓言效忠桑納托絲那段期間，我都可以感覺到他的寂寞依舊。或許，比以前更糟。」

史蒂薇．蕾說：「我想，當你的爹地終於接受愛——剛開始是你的愛，然後是妮克絲的愛，那就像在牛終於跑出穀倉後，關上穀倉的門。不可能回頭去過那種沒有愛的人生。」

「牛？」利乏音說。我聽得出來他話裡帶著笑意。

坐在前面副駕駛座的我轉身，剛好看見他在對她微笑。「她的意思是，一旦他發現他需要愛，他就沒有藉口拒絕愛了。他必須承認，他眞的需要妮克絲的愛，才會快樂，即使當初是他離開她，不是她背棄他。」

利乏音點點頭。「他現在很快樂，我感覺得到。妮克絲就是用這種方式來安慰我。她讓我感覺到他的喜悅。」他微笑，再次抹去淚水。「而且我知道，終有一天我們會再見面。」

「你確定你不是不死生物？」夏琳問：「你的光氳顏色看起來跟他之前很像欸。」

「我很確定。」他說，一手摟著史蒂薇．蕾。「我只是一個幸運的男孩，只是剛好很像我父親。」利乏音凝視我的眼睛，說：「柔依，就照桑納托絲的話去做。盡速舉行父親的火葬儀式，讓簫妮快快點燃火葬柴堆後，回到諮議橡樹。」

「你知道的，要召集全校師生沒那麼簡單，尤其今天看起來會是大晴天。」我說。

「不需要全校師生都在。我在就行了，我會守護著父親。」

我點點頭，趕緊眨眨眼，免得又哭得一把鼻涕一把眼淚。

史塔克將車駛入夜之屋的大門。車子一停入建築物附設的停車棚，利乏音就快速吻了一下史蒂薇．蕾，對她說：「我愛妳。」然後看著我們其他人，說：「其實我變成鳥的時候，沒你們想得那麼糟。」說完後，他就推開車門。

他的腳幾乎沒碰觸地面，就發出一聲刺耳的尖叫，把所有人嚇了一跳，除了史蒂薇．

蕾。尖叫聲隨即變成鴉啼，一隻龐然黑鳥從利乏音的衣服底下迸出來，巨翅鼓動，飛出停車棚，遨翔在清晨的天空中，繞著夜之屋打轉。

「太驚人了。」史塔克說，瞇起眼睛，還伸手遮在眼睛上方，抵擋朝陽，就爲了能繼續追蹤利乏音的飛行方向。

「是啊，他告訴我，那過程並沒多痛苦。」史蒂薇．蕾說，跟著史塔克瞇起眼睛。「我不信他的話，但看他這麼努力讓我相信，我就覺得很感動。」

「喂，你們該上床休息了。」我說，把史塔克、史蒂薇．蕾和夏琳趕入屋內。

「除非妳也跟我回房間。」史塔克說，還打了個大哈欠。

「我會回房，但我得先去找達瑞司和愛芙羅黛蒂。我得請他們去找崔維斯和幾個人類幫忙，搭建卡羅納的火葬柴堆。簫妮得在桑納托絲的能量消耗完之前趕回去幫她。」

「我來幫妳。」戴米恩說：「我去把現在的狀況告訴崔維斯和蕾諾比亞。」

「我去監督人類搭建火葬柴堆。」簫妮說：「嗯，不過，我得先去弄一件附兜帽的外套和太陽眼鏡。」

「那我可以……」我用一個吻阻止史塔克說下去，然後附在他的唇邊告訴他：「麻煩你好好睡覺，這樣才能健康強壯。我的功力可不像妮克絲，禁不起失去你。」

史塔克楞住，把我擁入懷中，接受我的建議。

麗奈特

「妳該休息了。」那個身上有幾何刺青圖案，名叫瑪格瑞塔的亞裔療癒師告訴麗奈特：「是不是不舒服？」

「不是，我很好。我只是不習慣白天睡覺。」麗奈特要吸血鬼放心。她站在窗邊，將厚重的黑窗簾拉開，看著一群人把圓木頭和一塊塊木板搬到校園綠地的正中央。「瑪格瑞塔，妳知道他們在做什麼嗎？」

療癒師往窗邊靠近一些，望向窗外，但又沒近到會被晨曦曬到。「我知道啊，」她說：「他們在搭建火葬柴堆。」

「火葬柴堆？」麗奈特倒抽一口氣。「有人死掉？」

「對，有人死掉。」

「誰？」

瑪格瑞塔端詳她片刻，然後聳聳肩，說：「我看，讓妳知道也無妨。卡羅納死了。」

「被她殺死了？」麗奈特想大聲一點說話都沒辦法，她就是不由自主地壓低聲音。「奈菲瑞特殺死他？」

瑪格瑞塔點點頭。

「喔，天哪！他不是不死生物嗎？」

「看來不是。」療癒師說。

麗奈特雙膝一軟，踉蹌跌坐床上。「她是不是讓咒語失效了？她是不是離開馬佑大樓了？」

「沒有，咒語仍然有效，起碼現在有效。妳確定不要我給妳一些幫助睡眠的藥？」

麗奈特失神地搖搖頭。「不用，我沒事。真的。沒事。我……我只是需要獨處一下。」

她迎視療癒師那雙銳利的眼，補上一句：「卡羅納救了我，所以，他的死訊讓我很震驚。」

「大家都難以置信。」瑪格瑞塔說：「那我就讓妳獨處一下。我人在走廊另一頭，有任何需要，按下床頭的紅色按鈕。」

「我會的，謝謝妳，瑪格瑞塔。」

吸血鬼離開後，麗奈特思緒奔騰。**奈菲瑞特被困在馬佑大樓，竟然還殺得了不死生物！萬一她逃出來，後果絕對會很慘，非常慘**。麗奈特在心裡搖搖頭，糾正自己。不是**萬一**，而是**當**她逃出來。拉芳特市長的女兒和另外兩個女孩都說了，女祭司長所施的咒術遲早會失效。她們還說，她們很幸運，因爲奈菲瑞特會先追殺卡羅納和她。**現在，卡羅納死了，只剩下我**。麗奈特嚇得頭暈目眩。連號稱不死的戰士都逃不過她的掌心，連女祭司長的隔護咒術都阻擋不了她，就甭提這所學校的石牆和一小群青少年，還有吸血鬼老師。他們壓根不可能阻止她的。

如果麗奈特繼續留在這裡，那就等於站在鐵定輸的那一邊，絕對會被奈菲瑞特那些陰險的蛇東西找到，而且被占據身體。

不！麗奈特強迫自己放慢呼吸，深深吸入長長的氣，有力吐出長長的氣。她努力擊退驚恐的情緒，就像被奈菲瑞特囚禁時每一分鐘的努力。**不！**她糾正自己。**我不是奈菲瑞特的囚犯，我是她的員工，她最得寵的員工。我是她的活動企劃人，之前我對她有價值，未來也會是她不可或缺的好幫手。**

於是，麗奈特靜靜地迅速走到小衣櫃，拿出吸血鬼幫她吊在那裡的衣服。脫掉病人服，換上自己的休閒長褲和毛衣。脫掉拖鞋，換上昨晚穿的、那雙好看的黑色芭蕾平底鞋。

然後，麗奈特躡手躡腳地走過走廊，經過療癒師辦公室的門口時，停步片刻，望向瑪格瑞塔的後腦，發現她盯著電腦的大螢幕，螢幕上正播放當地新聞。麗奈特驚嚇但靜靜看著某人的iPhone所拍攝的卡羅納的死亡過程。一開始，畫面聚焦在屋頂露臺，彷彿正等著什麼事發生。忽然，不死生物出現，張著巨大翅膀，在天空盤旋，後來他面向露臺時，雙手也張開，彷彿準備好要去接什麼東西似的。**或者，什麼人**。麗奈特第一次出現這個念頭。接著，她聽見幾聲爆裂音，一聲接一聲，卡羅納的身體猛然往後倒。**槍聲**。麗奈特聽出來了。**奈菲瑞特開槍射殺他！**攝影鏡頭一路拍到卡羅納墜落。他上下顛倒，仰躺著墜落在街道正中央，全身血淋淋，幾乎粉身碎骨。而那個地點，正是不久前他帶著她離開馬佑大樓的地方。

麗奈特無法移動，直到瑪格瑞特按下重播鍵，影片又播放一次，她才移動雙腿。她屏住呼吸，走出去，悄悄地關上門。

這時，她還是沒停步。她知道自己所在位置是校園邊緣一棟建築物的三樓。她知道該怎麼離開校園，因為刑警和卡羅納開車送她來這裡時，她一路非常清醒。她發現這會兒校園內的停車場滿滿都是車子，有些人只好把車停在尤帝卡街的路邊。

麗奈特走到一樓的出入口，停步，擬妥計畫。如果出去時有人質問她，她就說她決定回家，因為她那已成年的女兒需要她。夜之屋不會把人囚禁起來的。如果沒人認出她，她就可以自由來去。

要是被認出來，被擋下來呢？

那他們一定會硬要我留下來。可是，他們沒理由這麼做，雖然這裡是夜之屋，但也在美國境內，我又沒犯法，誰都不能囚禁我！

麗奈特一路走到鐵柵大門，才發現自己根本毋須擔心被擋下來或盤問。學校圍牆附近沒人巡邏，大家的注意力都在校園內。

從夜之屋到馬佑大樓將近五公里，麗奈特一邊走，一邊讓自己放鬆，好讓頭腦能清楚思考，並整理思緒。她專心想著這二十多年來她最重要的事——事業成功。

我要把由我起頭的工作做完。我要把由我起頭的工作做完。我要把由我起頭的工作做完……

走到西五街時，她的意念已經非常堅決。她平靜地走著，不疾不徐，最後看見路障和基層警員。他們倚在警車上，喝咖啡聊天。附近有民眾逗留，他們脖子上掛著識別牌的鍊子，麗奈特認出其中幾個是當地新聞臺的記者。她保持平靜，繼續往前走，輕鬆地扮演起這二十年來她演過無數次的角色——徹底融入背景中。這是一種很特別、很重要的才能。從工作中，她學到，要當個成功的活動籌辦人，必須有能力跟裝飾物等道具融合在一起，也就是要讓自己留在畫框外，讓眾人的焦點放在主角身上，而非妳身上。

如同過往的許許多多次，這一次，這招也奏效。馬佑大樓映入眼簾，她靜靜地溜過路障的最後一輛警車，看見一個基層警員站在警車旁，顯然在安撫一個金髮的胖女人。她哭得歇斯底里，握著一個禿頭高個兒男人的手。

「我們要知道，我們的女兒是不是平安沒事！」禿頭男人的咆哮聲壓過女人的哭泣聲。

「她叫凱莉．傑克森，是馬佑旅館的櫃臺人員。」

「拜託讓我們看看她！」女人啜泣。

「傑克森先生和夫人，你們得往後退，拜託。我了解你們很著急，可是我們在市中心的車站就有聯絡中心，受害人的家屬可以去那裡詢問所有的事情。」

「他們什麼屁都說不出來啊！」傑克森先生說。

「他們知道的，一定都會說……」

麗奈特屏息，準備從那名無暇注意到她的員警身邊偷偷溜過去。

「喂，等等！妳得待在警車後方。」警員喚她。「任何人都不准越過這裡。」

麗奈特轉身，對他笑一笑。「喔，沒問題，警察先生，我只是想謝謝你，在這麼艱難的情況下表現得這麼好。我很感激你們犧牲奉獻，爲民眾服務，我相信傑克森夫妻也很感激你。」他回她一個笑臉，然後肩膀放鬆，繼續把注意力放回那對夫妻身上，麗奈特趁機溜進封鎖線內。血液流動的聲音在她的耳朵內砰砰作響，所以她聽不見警員在背後的咆哮。**跑就**

對了，拚命地跑，妳的命就靠這一搏了，她這麼告訴自己。

麗奈特拚命跑，旁邊的建物似乎咻咻而過，她等著被擒抱撂倒，甚至等著被子彈擊中。她不敢想像自己能成功。

麗奈特對自己能順利抵達被血簾罩住的馬佑大樓，驚訝到沒心思遲疑，立刻衝向大門，完全沒去留意那已經變成建物外皮的噁臭血腥簾幕。

「女神！讓我進去！奈菲瑞特，拜託！我回來找妳了！」她用拳頭敲著光亮滑溜的門。

「小姐，退回這裡！」警察追到她了，衝上來抓住她的手臂。

火牆劈啪作響，他身上立刻著火。

麗奈特驚恐地看著他踉蹌往後退，痛苦地哀叫，其他原本拉住傑克森夫妻，不讓他們跟著她往前衝的警員立刻脫下外套，往他身上撲打，試圖滅火。

忽然，一種類似繃帶從新傷口撕下來的聲音傳來，黑紅色的簾幕應聲裂開，馬佑大樓的大門也敞開。

麗奈特衝入門內，大口喘著氣。

「妳竟敢離開我！」

奈菲瑞特站在一樓大廳和樓中樓之間的平臺上。黑色的蛇東西在她腳邊蠢蠢蠕動，滿滿覆蓋住平臺的白色大理石地面，乍看之下，地面彷彿也和蛇東西一樣活跳跳的。

從夜之屋走到這裡的兩小時當中，麗奈特不斷強化心裡的唯一念頭，所以，她立刻走到大廳中央，屈膝一跪，垂頭一鞠。

「女神，原諒我，我錯了，我不該在妳還沒正式結束我的工作，不再需要我之前，就擅自離開這裡。」

「妳竟讓他帶妳走！妳背叛我！」

「女神，原諒我。我這麼祈求，不是因爲我值得妳原諒，而是因爲妳值得獲得更好的服務。」

「我值得妳對我忠心不渝！」奈菲瑞特一邊從平臺往下滑，一邊怒斥麗奈特。

「對。」麗奈特說，繼續垂著頭，同時緊閉雙眼，免得看到奈菲瑞特腳邊那些滑溜的蛇東西。「妳擁有我不渝的忠心。我回來完全是出於自願。」

「妳爲何回來？」

「我回來是因爲我要把工作完成。我從事這一行這麼多年，不曾把工作做到一半跑掉，我不想開先例。」麗奈特說得很眞誠。

「好，那我就來看看是不是像妳說的那樣！」

麗奈特感覺到奈菲瑞特入侵她，開始盤查她的心思。她顫抖，屏息，等著女神離開。奈菲瑞特離開後，她的太陽穴砰砰作痛。

「妳確實是自願回來這裡的。妳想完成妳的工作。」

麗奈特聽見奈菲瑞特聲音裡的驚訝，鬆了一大口氣，睜開眼睛，但還是沒抬起頭。

「請原諒我，請讓我把妳所交辦的事情完成。」她說。

「別想唬我！我可以感覺到妳的忠誠有多少，也可以感覺到妳這麼做是出於恐懼，是爲了妳自己。」

「我不否認，女神。打從我爲您提供服務的那一刻起，我就不曾否認過。」

「不，妳控制妳的恐懼，妳是出於壯大事業的自私立場來爲我效力。或者，應該說在妳背叛我之前，妳是抱著這種心態。」奈菲瑞特的語氣軟化了。

「我到現在仍是，」麗奈特說：「不然，我怎麼能通過那道火牆，沒被燒傷呢。我完全沒有壞意圖啊。」

仍垂著頭的麗奈特知道女神正在踱步，因爲她腳邊那些噁心的蛇東西正隨著她前後移動。

終於，奈菲瑞特停步，離麗奈特之近，甚至可以讓麗奈特看到她那雙赤裸的腳。「看著我。」她下令。

麗奈特抬起頭，毫不畏懼地迎視女神的目光。

「妳說的都是眞的，不過，告訴我，爲什麼我不該讓我的孩子占據妳。如果叫它們占據，妳還是有能力替我辦事，而且我還毋須擔心妳會逃跑。妳最近的忠誠度很令人懷疑，我看，這是最好的解決之道。」

麗奈特深吸一口氣，將幾乎要噎死她的那股驚慌感壓抑下去。在這種強顏裝出來的平靜狀況下，她沒辦法說出原本想說的話，沒辦法說出她練習了千百遍，熟悉到滿腦子只有該想法的那些話。她說出口的，是她原本專注處理奈菲瑞特任務的單一念頭底下，那些瑣碎沉默的想法。「因爲，我相信妳是眞的在乎我，而且妳知道我有多怕被妳的孩子占據。女神，我可以給妳我在夜之屋聽到的消息，來表示我對妳比之前更忠誠。我聽到柔依、愛芙羅黛蒂和史蒂薇・蕾說話。她們說，隔護屛障快要耗盡桑納托絲的精力了，它愈有效，對她的耗損就愈大，直到她撐不住爲止。」

奈菲瑞特面無表情，半晌後才慢慢地彎下腰，雙手捧著麗奈特的臉。

麗奈特呆楞，無法思考，無法移動。

奈菲瑞特忽然傾身，嘴巴往她的雙唇整個貼上去，給她一個完整但輕柔的吻。

「起身，麗奈特，我親愛的奴民。來我身邊，當我的左右手，這個位置是妳應得的，在妳稍縱即逝的凡人壽命結束之前，妳就留在我身邊。即便妳壽命已盡，妳的女神也會永遠追悼妳。」

奈菲瑞特扶麗奈特站起來，甚至在她踉蹌時，幫忙穩住她。

「凱莉！我摯愛的麗奈特和我要去露臺欣賞落日，把我最愛的那瓶酒拿來，順便帶點營養的食物。」奈菲瑞特停頓一下，「什錦燉肉如何？這是補充精力的最佳食物。」

麗奈特感覺到一種前所未有的超脫現實感。她點點頭，說：「好，麻煩您了，女神。」

「妳聽見了吧，凱莉！麗奈特要燉肉！去幫她弄一份。還有，問問托尼，我的巧克力蛋糕好了沒。巧克力最能搭配我愛的紅酒。」

凱莉機器人倉皇離去，奈菲瑞特帶麗奈特到她的閣樓，沿路輕聲細語和她交談。

「親愛的，妳說，妳去夜之屋之後，他們有沒有凶狠待妳？」

「沒有，他們沒對我凶狠，但他們也沒信任我。」

「妳真的看見桑納托絲費力撐著，讓咒語持續有效？」

「沒有，我只是看見市長的女兒愛芙羅黛蒂，還有療癒師。」她告訴女神。

「那些臭生物不算真正的吸血鬼療癒師，勉強只能說是助理。依妳看，她們有我的任何一種能力嗎？」

「沒有。」麗奈特說，語氣聽起來眞的很吃驚。「我不覺得有。」

「這就對了，親愛的麗奈特。妳放心，要是她們誰敢傷害妳，我都有辦法療癒妳。」

「謝謝妳，女神。」

「我想，刑警馬克思應該問了妳很多事。」

麗奈特不理會沿著脊椎往下擴散的寒慄，老老實實回答女神的話。「是的，他想知道您的神殿裡有多少人。」

「親愛的，那妳告訴他了嗎？」

「有，」麗奈特毫不遲疑地說：「我告訴他了。我還說，您的僕人對您忠心耿耿。」

奈菲瑞特一聽，原本籠罩在綠眸裡的烏雲立刻消散，對麗奈特溫柔地一笑，說：「他聽到妳這麼說，一定很不開心。」

「對，愛芙羅黛蒂和卡羅納也不開心。」

這回答讓奈菲瑞特樂得發出邪惡的尖笑聲。

這時，兩人已走到閣樓的露臺，奈菲瑞特要麗奈特坐在小圓桌旁那兩張吧檯椅的其中一張。桌上有一把手槍，就是電影裡的人拿著四處揮舞的危險東西。麗奈特看得不寒而慄。她是土生土長的奧克拉荷馬州人，但她痛恨槍枝。

女神坐在她旁邊，親暱地靠向她。「妳知道今天我殺了卡羅納吧？」

麗奈特點點頭。「知道，我看到新聞了。」

奈菲瑞特笑得好開心。「有人拍到了？太棒了！喔，這樣吧，麗奈特，等我們可以自由離開這地方，我要妳去找最好的攝影團隊，花多少錢都無所謂。我要他們忠實記錄我一統天下的盛事。」

「是的，女神。」麗奈特說。

「嗯，對，應該要找人來拍攝，不過，我要妳負責剪輯影片。內容必須正確精準。妳明白我的意思嗎？」

「是的，我明白。」麗奈特說，瞬間充滿自信，又扮演起她所熟悉的角色。「我不會允許影片出現任何令人不悅或不妥的畫面。」

「喔，說到不悅和不妥。妳開小差時，我看了妳整理的名單。怕妳待會兒發現奴民變少了，所以，先跟妳說一下。我想，妳應該很高興我先處理掉那些被妳列爲沒才華的醜八怪。」

麗奈特只遲疑了一下，立刻點點頭，說：「女神，如果您想處理掉一些人，那些正是我會建議您優先處理的名單。」

「我親愛的麗奈特，妳真是聰明啊。」

凱莉疾步進入，端著銀盤子，上面有一瓶紅酒，兩個水晶酒杯，以及兩片看起來美味可口，還用嬌美小白花點綴的巧克力蛋糕。麗奈特立刻留意到，平常面無表情的凱莉機器人，此刻一臉憂慮。

「啊，妳來了，凱莉。我正在想，妳是不是迷路了呢。我想，托尼正忙著料理麗奈特要的燉肉吧？」

「是的，女神，他正在煮燉肉。不過，紅酒出了點問題。」

奈菲瑞特皺起眉，瞄了酒瓶一眼後，眉頭鎖得更深。「凱莉，這不是我最愛的那一款。」

「女神，妳最愛的紅酒都沒了。」凱莉趕緊解釋。

「沒了？怎麼可能？」

「女神，您都喝光了。我們不能外出買酒，酒商也不幫我們送。還有，托尼要我向您真誠道歉，他說，廚房的食材也都沒了。」凱莉將餐盤放在桌上，站在一旁發抖，顯然等著奈菲瑞特發飆。麗奈特也做好心理準備，等著接下來的火爆場面。

沒想到她們都猜錯了。女神沒發怒，反而平靜地說：「幫我和麗奈特倒這瓶酒，暫時先喝這個。還有，告訴托尼，我聽到他的憂慮了。」

凱莉遵照奈菲瑞特的命令，顫抖著手倒酒。她離開後，奈菲瑞特舉起酒杯，搖晃一下，仔細端詳，彷彿裡面藏著什麼偉大難解之謎的答案。接著，女神優雅地嗅一嗅，啜飲一口，微微皺起臉。

「中上，還算可以入口。」她說：「來，親愛的，妳喝喝看，給點意見。」

麗奈特搖晃酒杯，嗅一嗅，然後啜飲。「女神，我同意您的看法。比不上您平常喝的那一款，不過還算可以接受。」

「對，還算可以接受。」奈菲瑞特說，繼續搖晃酒杯，啜飲，並低頭看著露臺的中央。

麗奈特知道何時該閉上嘴巴，比如這會兒，她就將視線從女神身上移開，低頭喝自己的酒。這麼懂得知所進退，非常好，非常好。

「麗奈特，親愛的，如果我對妳說，**愈想要某種東西，就愈要付出最鍾愛的祭品才能得到**。妳會怎麼詮釋這句話呢？」

久未進食，加上濃烈的酒精作祟，麗奈特微醺到足以讓她不加思索地開口回答。「簡單啊，這正是我在這裡的原因啊。對我來說，沒有什麼事物或什麼人比得上事業成功和倖存下來。爲了這兩樣，可以我放棄生命的其他東西，而且我知道這會很值得。」

「沒有什麼事物或什麼人……」女神沉思，然後豐滿的嘴唇一揚，緩緩露出微笑，久久不褪。「聽了妳和我一個**夥伴**的話之後，我剛剛忽然明白該怎麼破解桑納托絲的咒術了。現在，我們先吃蛋糕，籌畫一下陶沙市有史以來最壯觀的盛會吧！」

23 柔依

卡羅納的葬禮進行的速度很快，氣氛哀戚，但也讓人開心。崔維斯和簫妮配合無間，默契之好，彷彿能讀到對方的心思。達瑞司和元牲搭了棚子，幫簫妮遮住陽光，所以她就站在棚子底下，指揮元牲、崔維斯和一群人類，其中包括刑警馬克思和其他幫忙處理卡羅納遺體的警員，以及幾個被他們說服來幫忙的男人。

在大家各自忙碌的期間，一隻巨大的渡鴉——一看就知道是利乏音——棲息在棚子屋頂的邊緣，就在簫妮上方，側著頭，專注安靜地看著一切。

正午時分，簫妮確認過圓木和木板搭建得很完美，便開始進行將卡羅納的遺體移入火葬柴堆的儀式。刑警馬克思和達瑞司扛著擔架前方。幾個陶沙市警局的員警穿著剛熨整過的制服，連同穿著全身黑的元牲幫忙抬著擔架，以整齊劃一的步伐，慢慢走向火葬柴堆。我和簫妮、戴米恩、蕾諾比亞及艾瑞克在火葬柴堆旁邊等候。至於愛芙羅黛蒂，最後一分鐘才戴著香奈兒的厚重圓形墨鏡出現。

「妳還好吧？」我輕聲問她。

「不好，可是蠢蛋幫消失了好幾個，總得有人出來當代表。」

我對她微笑，迅速抱她一下。「我幫大家謝謝妳。」

「夠了。我是說眞的。我有宿醉時，可承受不了太多這種公開抱抱的舉動。或者，就連沒宿醉，也消受不了。」

接著，大家的注意力都轉向被抬進中央綠地的卡羅納遺體。一條巨大的銀色方巾蓋住他。隨著他愈來愈靠近火葬柴堆，午後的陽光似乎益發燦爛，將不停飄動的銀色方巾映得閃閃發亮，宛如液態水銀。

「太神奇了。」我說：「從沒見過這樣的布。」

「我是在戲劇教室找到的，然後拿給戴米恩，請他做成卡羅納的裹屍布。」艾瑞克說：「不過，在室內看起來沒像現在這麼閃亮。」

「是俄瑞波斯。」戴米恩說：「他爲了哥哥，對陽光施了魔法。」

我聽了好感動，趕緊眨眨眼，專心不讓自己哭出來，所以沒注意到那些人類，直到簫妮提到他們。

「哇，看看那些人類！」

由崔維斯帶頭，面容哀戚的長長人龍從體育館延伸而出。

「他們很喜歡他。」蕾諾比亞說，隨即發現我以疑惑的眼神看她一眼，於是繼續解釋：「人類對卡羅納深深著迷，不過，看來他們也是眞的喜歡他。他耐心地回答他們的問題，而且被孩童亂扯羽毛時，也沒發脾氣。」

「所以，那些小鬼是眞的去拔他的羽毛。」愛芙羅黛蒂說：「可惜我沒看到。」

「還有，他接受訪問時，看起來眞像個英雄。」蕾諾比亞說：「YouTube那段影片，在網路上瘋傳。」

「卡羅納的確是英雄。」簫妮以堅定的口吻說：「他救了利乏音，也拚命救出紅鳥阿嬤，在馬佑大樓前，還救了我們大家。他甚至試圖去救一個他不認識的人。他的人生犯過可怕的錯，但最後，他站在正義的一方，做出了正確的選擇。」

「而且，妮克絲原諒他了。」我說，附和簫妮的話。

低空盤旋在我們頭頂上方的渡鴉嘎嘎啼鳴，彷彿也贊同簫妮的話，接著飛向最靠近火葬柴堆的那棵橡樹，棲息在往火葬柴堆延伸的一根大枝椏上。

「柔依，我來幫崔維斯召集大家。妳準備好了就開始。」簫妮說，我點點頭，然後告訴她：「我認爲，妳應該先跟大家說說話。我和他有太多個人恩怨，不適合在這種場合發表談話。」她抗議，但我打斷她。「我的意思不是我現在仍然討厭他，其實，我對他改觀已經有好一段時間了，不過，還稱不上是他的朋友。我認爲，他的朋友應該在他的葬禮上說說話，而妳稱得上是他的朋友。」

「我同意柔的看法。」愛芙羅黛蒂說。

「我也同意。」戴米恩說。

「可是我不知道該說些什麼。」簫妮說。

「可以，妳可以的。」艾瑞克握住她的手，親暱地對她一笑。「妳很擅長表達妳的感覺，爲了卡羅納，就表達一下吧。」

哈！這兩人果然關係不尋常！說真的，我好替他們高興。

「好吧，我試試看。」簫妮說。

「我會拿著火炬跟在妳後面。妳需要火炬時，就讓我知道。」我說。

簫妮點點頭，抬起下巴，毅然地沿著大家圍起來的圈子移動，最後走到卡羅納的火葬柴堆前。

原本就安靜的群眾現在更是闃寂一片，我聽見簫妮深吸一大口氣，然後開始說話。「卡羅納是我們的女祭司長的戰士，是這所夜之屋的守護者，他是我的朋友，是利乏音的父親。

這些角色，無論戰士、朋友和父親，都非常重要，但他的身分不止於此，他還是行走於人間的古代生物，無論好或壞，他都提醒我們，我們的世界充滿神祕的力量。卡羅納具體證明了這些力量令人敬畏但也令人恐懼，令人害怕但也令人著迷，美妙同時也恐怖。他是我們的超級英雄，可是，就算是超級英雄，偶爾也會犯錯，我們的英雄正是如此，但最後，他還是遵守誓約，不惜犧牲自己保護我們。日後，當我想起卡羅納，我會以尊敬和愛來懷念他。最重要的，永遠是愛。」

簫妮對我示意，我往前一步，將手中的火炬遞給她。

「現在，請大家往後退三大步，我要點燃卡羅納的火葬柴堆，它將會燒得又熱又旺，可是，大家毋須害怕，火會聽我的命令，我跟大家保證，我只會利用火來保護大家，服務良善和光亮。」我看見她和刑警馬克思及其他基層警員相視笑了一下。大家往後退得夠遠後，簫妮開始說：「火，我召喚你來我這裡，照亮卡羅納前往另一個世界的路途！」

她將火炬碰觸火葬柴堆，立刻生起熊熊大火，彷彿噴火器啓動。同一刻，一道光芒從西方射過來，讓簫妮那團原本就驚人的火焰燒得更旺。大夥兒趕緊後退，但沒人害怕或驚慌。卡羅納那暫時變成渡鴉的兒子在我們上方不停哀鳴。這時，天空出現一團黑影繞圈盤桓，在火葬柴堆投射出奇怪的陰影，風中傳來呼應利乏音的哀啼聲，我這才發現，我聽到的聲音不只來自一隻渡鴉，而是好幾百隻。

柔依

除了藉由火的幫助，我們認爲烈陽也出力幫忙，使勁發熱，讓火葬柴堆的燃燒速度快到我前所未見。雖然大家都累得哈欠連連，愛芙羅黛蒂、戴米恩、艾瑞克和我都沒離開。沒人說什麼，但我猜想他們都跟我一樣，不想拋下利乏音獨自棲息在樹上，可憐地哀啼不已。史蒂薇・蕾應該也會希望我們在。唉，卡羅納也是這麼希望吧，所以大家都留下來。

多數人類都漫步回體育館了，有幾個孩童在戰士的健身房找到跳繩，開心地在步道上玩耍起來。

愛芙羅黛蒂從墨鏡的黑框上緣望向孩子。「我眞搞不懂，爲什麼有人堅決要生孩子。」

我對一個笑到尖叫的小鬼皺起眉頭，同時很確定我們的愛犬女爵也怒吠了幾聲。

「我該回去找桑納托絲了。」簫妮說：「不過，我喜歡小孩欸。我還當過保母喔，之前幫我爸媽的朋友看孩子，他們家有錢到遊戲間就跟玩具反斗城一樣。」

愛芙羅黛蒂微微地聳了一下肩膀，說：「妳父母爲什麼那麼討厭妳？」

這時，刑警馬克思走過來。「很棒的葬禮，簫妮，妳的演說非常棒。」

「謝謝。」她說，對高個兒刑警笑笑。

「嗨，我正要把救護車開回聖約翰醫院，因爲其他警員都該下班了。晚一點我會開著我的警車回來這裡過夜。」

「你不用回家陪女兒嗎？她們一定很想你。」簫妮說。

馬克思笑笑。「我的妻小都在那裡呢。」他指向那群正在跳繩的女孩。

「想也知道她們都在這裡。」愛芙羅黛蒂嘟噥。

大家不理會她。「要搭我們的便車嗎？」馬克思問簫妮：「回警局途中，我可以讓妳在諮議橡樹下車。」

艾瑞克清清喉嚨，說：「如果各位沒意見，我想載簫妮回去，然後在那裡待一陣子。」

我聳聳肩。「我沒意見啊。」

「太好了！」艾瑞克對簫妮露出燦爛笑臉。「那，麻煩妳跟元牲說一聲，明天日出前再來跟我換班就行了。我知道這些人類夠戰士忙的了。」

「我會告訴他的。」我說，然後，大家散開，各忙各的，除了愛芙羅黛蒂。

「他們什麼時候變成一對的？」愛芙羅黛蒂問。

「對吧？我也這麼納悶。」

「大概是夏琳轉性愛女人，他得找個備胎。」

「愛芙羅黛蒂，妳知不知道妳這句話充滿刻板印象？」

「知道啊。我痛恨的是抽象、比喻性的語言，又不是刻板印象的語言。」她說，還給我一個白眼。

我對她皺起眉，搖搖頭，說：「簫妮是個很棒的女孩，而且人家很漂亮，光憑這些理由，艾瑞克就會想跟她在一起，絕不是因為他需要找人來替補夏琳。」

愛芙羅黛蒂準備反駁我，但隨即打住，想了一下，說：「其實，妳說的對，艾瑞克已經變了，不再是『我們交往過、那個花心的艾瑞克』。」她還在空中比出引號來強調一番。「他現在變得還不錯。不過，別把我這些話告訴他啊。」

「不會的。」

「而且，」愛芙羅黛蒂看著他們並肩走在人行道上，繼續說：「他們我想起影集《醜聞風暴》裡的總統和危機處理公司的老闆奧莉維亞。我說的是黑美人和白種男人的戀情。這樣的故事很迷人，也打破白種男人的傳統戀愛觀。天曉得那些男人眞的需要思想改造一下才行。」

「這是妳說過的話當中，最政治正確的。」

「不客氣，智障。」她說：「快去睡覺吧，太陽下山後見。」不過，就在她扭腰擺臀離去前，克拉米夏跑過來，腳踩著超過膝蓋的六吋漆皮馬靴，兜帽拉起來蓋住頭，應該是怕她那一頭火紅色的假髮亂掉。就算她戴著會反射的金色墨鏡，我也看得出來她繃著臉。

「妳的馬靴太誇張了吧。」愛芙羅黛蒂對她說。

「別惹我喔，我還沒睡覺。」克拉米夏從她那只巨大的托特包裡拿出一張紫色的筆記紙，朝我們遞過來。

「啊，要命！」愛芙羅黛蒂退後一步，「給柔。」

「幹麼裝成一副妳懂詩啊，況且，又不是我自己想來這裡找妳們。拿著啦，柔。」她把紙張遞給我。「給妳的。」

我好想尖叫，像摸到蜘蛛般將它甩到地上，但我終究得成熟一點，**而且**懂事明理一點。

所以，我只能嘆一口氣，接過紙張，大聲讀出克拉米夏感應到的詩：

如同死亡，在所難免

古魔法的施展，實屬必然

他的犧牲，理當接受

「啊，太晚了吧？」愛芙羅黛蒂說：「連我都看得出來，這首俳句什麼的說的是卡羅納。他已經死了啦。」

「別、說、話。」克拉米夏對愛芙羅黛蒂舉起一根手指示意要她安靜，然後轉向我，顯然認爲她已經掌控住愛芙羅黛蒂了。「我有一種強烈感覺，妳非得把那顆占卜石從佛羅多那裡拿回來不可。」

「妳敢再叫我佛羅多，我就用我的梳子打妳喔。」

「噓！」我要朋友安靜，然後對克拉米夏說：「我得先弄懂如何不讓自己變成奈菲瑞特，才能使用古魔法。」

「奈菲瑞特崩壞了，而妳沒崩壞。古魔法是我們打敗她的唯一機會，妳非得使用它不可，不然，妳就沒機會擔心自己會變成另一個賤人，因爲，到時，我們都會是那個瘋婆子的奴隸。」克拉米夏猛然轉頭，怒目瞥了愛芙羅黛蒂一眼，說：「我要走了，免得她說出跟奴隸有關的蠢笑話，逼我對她來個《黑色終結令》，狠狠扁她一頓。」說完後，克拉米夏蹬著超高馬靴，搖搖擺擺離開。

「黑色終結令是什麼東東啊？」

「我哪知道。」我說。

「或許我們可以問問簫妮。」

我嘆了一口氣，「或許我們應該把心思放在我該如何使用那塊蠢石頭！」

「要聽我的意見嗎？」

我又想嘆氣，但這次克制住。「好吧。」

「反正妳就戴上它。妳已經知道我們用得著它，所以戴上後隨時反省自己，我們也會幫忙看著妳，這次會公然地盯著妳。要是妳變得暴躁，蠢蛋幫會好好修理妳的。我說的修理，除了象徵意義，還包括眞正的修理喔。」

「看來我別無選擇了，是吧？」

「妳沒選擇了。奈菲瑞特已經殺掉卡羅納，她很快就會弄清楚怎麼破解隔護咒術。到時，她一定會來追殺我們，尤其是妳。但後果還是所有人來承擔。」

「妳說的對，好，把那塊蠢石頭還我。」

愛芙羅黛蒂把手伸入衣服的領口底下，拉出一條細緻的銀鍊子。這條鍊子長到她不需要解開，就能直接從頭上拿出來。鍊子上就掛著那塊看起來無害，其實很可怕的占卜石。

「每次看到它，我就會想到椰子口味，像救生圈形狀的糖果。」我說，超不想碰占卜石的。「不過，這條鍊子很漂亮。」

「是白金的，妳可別把它弄壞了，我會跟妳要回來的。我說的是鍊子，不是占卜石。好了，別磨蹭了，快拿去。」她遞出鍊子，我非得接下不可。「妳知道的，施展古魔法的第一步就是對自己有信心，柔，如果妳不相信妳辦得到，妳就不可能辦到。」

「我知道。」我把鍊子掛在脖子上，將占卜石塞入T恤的領口底下，然後等著它出現異狀。

愛芙羅黛蒂哼了一聲，說：「還眞的咧？當初妳可是戴著它到處晃了幾個禮拜，妳才開始亂發脾氣的。」

「嗯，會有異狀的！」我爲自己辯解。

「是喔，對啦，奧克拉荷馬州會有女的民主黨員進參議院，地獄會結凍，豬仔會飛上天啦。放輕鬆，壓力對事情沒幫助。」

「好，對，妳說的對。」

「我眞喜歡聽到妳在一個句子裡兩次說我對。」

「妳別聽習慣，我不會常說的。」愛芙羅黛蒂翻白眼，扭腰擺臀地走掉，我在她的背後喊道：「喂，我要發個群組簡訊，叫大家到教師餐廳集合吃早餐，順便好好腦力激盪一下。日落後十五分鐘集合。」

「集合時間改爲日落後一小時又十五分鐘，我就幫妳發簡訊。」

「愛芙羅黛蒂，我們眞的得從長計議一下。」

「柔依，我們眞的得好好睡個夠。」

我咬住嘴唇，心想，她看起來確實累壞了，而我也覺得很疲憊。「好吧。」我說。

「喔，對了，我知道妳是要以世界末日爲藉口，占據成鬼的餐廳，我告訴妳，這個點子我喜歡！」她對我挑挑眉，扭腰擺臀離去。

我搖搖頭，打了一個哈欠，開始走向女生宿舍，但一發現那方向有幾個正在跳繩的小鬼睜大眼睛看著我，彷彿準備要拔我的羽毛，我立刻腳跟一轉，往後來個一百八十度大轉彎。

「眞慘，看來卡羅納比我親切多了。」我喃喃自語。

「妳一向很親切啊，小柔。」

「要死啦，元牲！你可不可以不要偷偷摸摸跟在我後面嚇我。」

「我是小跑步巡視校園，哪有偷偷摸摸跟蹤妳。」他說：「是妳自言自語那麼大聲，所以才沒聽見我靠近。還有史蓋拉。」他對著圍牆上點點頭，那隻橘色的大貓正在踱步，老虎般的腳掌不停移動，試圖跟上元牲。「妳爲什麼認爲卡羅納比妳親切？」

遠方傳來小女孩的咯咯笑聲，我往那方向一指，說：「他願意讓她們拔他的羽毛，而我則是特地繞道，避開她們。」

元牲笑著說：「這不代表妳比較不親切啊，這代表妳比較聰明。年輕的人類也會讓我的耳朵刺痛。」

我對他笑笑，眞高興有了史蓋拉，我們相處起來似乎可以輕鬆一些。「年輕的人類喜歡你，尤其是年輕的女人。她們認爲你超級性感。」我揶揄他，但話一出口，立刻後悔，因爲原本朋友之間的輕鬆氣氛頓時消失。

「我要去巡邏了，祝福滿滿，柔依。」

他準備小跑步離開，但手腕被我抓住。「等等，我不是故意讓你不高興。」

他那寬闊的肩膀往下一垂，「我沒不高興，我只是覺得受夠了。」

「**受夠了**？」我問，不懂他在說什麼。

「我受夠了我根本不是我外表看起來那樣。如果那些小女生知道我會變成什麼樣的生物，肯定怕死我了。」

「喔，」我懂了。「可是，她們並不知道啊，況且，你現在又沒變成任何生物。你何不像利乏音那樣？他珍惜把握變成**人類**的每一分鐘，不讓自己每天都會變成鳥的事實毀掉他的人生。」

我看得出來，這番話讓元牲開始思考一些事。起碼，他沒跑步離開，或者變得冷漠疏離。我們並肩沉默走了一段路，他終於開口時，聲音小到幾乎像悄悄話。

「我也想那樣，可是利乏音有兩個東西是我所沒有的。我想，我永遠都得不到這兩個東西。」

見他沒繼續說下去，我追問：「哪兩個東西？」

「妮克絲的原諒，以及女人的愛。」

我當然先從那個不會啓動炸彈的主題開始問起。「爲什麼你認爲妮克絲沒原諒你？你有求過她原諒嗎？」

「每天都求。」他說：「我每天都放一根蠟燭在她雕像的腳邊，求她原諒。」

「嗯，那你怎麼確定女神沒原諒你？你已經選擇她的道，你現在只做正確的事，甚至還從奈菲瑞特手中救出我阿嬤。」

「妮克絲從沒跟我說過話。」他聲音裡的憂傷讓他整個人老了好幾萬歲。

「我們很多人都沒聽過妮克絲說話啊。」我說。

「不是這樣的，我知道，妮克絲現身過很多次，她今天也出現過。」

「嗯，對啦，可是——」

「女神知道我的本質，她不想跟我有牽扯。」

「元牲，不是這樣的，妮克絲准許西斯的靈魂進入你裡面，讓你可以選擇不只當個工具人。」

他凝視我的眼睛，說：「她這樣做不是爲了我，是爲了妳。」

我不知該說些什麼。我曾聽見妮克絲的聲音，然後以她的權威口吻說話，也曾感受到一種直覺，知道自己走在正確的道路上，但此刻，我毫無這些感覺。只覺得爲元牲感到難過。

「還有，第二個東西。妳應該知道爲什麼我永遠都不可能得到。」他說。

「元牲，我在乎你，可是我已經有史塔克了。關係改變的話，會讓情況變得很複雜。」

「不，柔依，妳並不在乎我，妳在乎的是**西斯**，所以，情況才會變複雜。我要去巡邏了。」他給我一個苦甜參半的笑臉。「祝福滿滿。」

他離開後，我才發現胸口那塊圓形的小石頭又散發出熱度了。

「古魔法。」我凝視著他的背影，低聲說。「元牲絕對跟古魔法有關係。」**所以這個事實到底可以怎麼幫我**？

我毫無頭緒。但我一定會弄明白。我拿出手機，迅速發了通簡訊給愛芙羅黛蒂：**群組簡訊也發給元牲**。然後等著。終於，我還沒走回宿舍，我的手機就發出《星際大戰》裡長相如猩猩的烏奇族的叫聲，通知我她回覆了，**好，快去睡覺**。

我的雙腳沉重到我得拖著它們才能上樓回寢室。房內好冷、好暗、好寂靜。我真高興史塔克熟睡了。我不想吵醒他，讓他感受到我的難過和壓力，畢竟，再過不久，我就得跟他解釋占卜石的事情。況且，我完全不想告訴他元牲的事，所以，我靜靜地刷牙，洗臉，一個人操心。

我得把娜拉抱走，才能躺在史塔克身旁。這小妮子不悅地咕噥一聲，繞了一圈，往我的腳邊趴下去，給自己騰出一個她專屬的小窩。她肥肥的身體整個癱平，開始舒服地嗚嗚。我閉上眼睛。

睡吧，睡吧，睡吧。

我嘆了一口氣，拍拍枕頭後，拿起枕頭離開史塔克，免得輾轉反側的我把他吵醒了。

「妳又在擔心了。」史塔克的聲音睡意頗濃。他伸手拉我過去，一隻手找到我的肩膀，開始輕輕搓揉。

「沒關係，你不必幫我按摩，我知道你累了。」我說。

他撥開我肩膀上的頭髮，親吻我的後頸。「我知道我不必這麼做，但我想這麼做。」

「謝謝你這麼體貼我。」我輕聲說。

「我會永遠體貼妳，柔依，永永遠遠。」他說。在他的撫摸下，我墜入夢鄉。

24 麗奈特

「麗奈特，親愛的，妳看起來好美！」奈菲瑞特笑著，繞著她走一圈。「我就知道我的禮服很適合妳。妳穿這件，看起來比原來那身衣服瘦多了。」

「喔，我最近好像瘦了一些。」她說，往下撫過絲質禮服。麗奈特往奈菲瑞特的長鏡瞥了自己一眼。**我看起來確實很美，即便得鬆開衣服上原本被束攏起來的腰圍部分，我才能穿上它**。「而且妳說的對，凡人也應該打扮時髦，讓自己看起來美美的。」

「我說的當然都對，我是女神！」

麗奈特看著奈菲瑞特優雅地繞著房間轉圈，身上的金色長禮服飛舞飄揚，那些蛇東西也興奮地在她的腳踝旁顫顫蠕動，彷彿是噁心版的小狗。

凱莉走進閣樓，「女神，您的奴民已經在大廳集合完畢，等著您賞光出席。」

麗奈特對凱莉機器人點點頭，表示認可——這位櫃臺小姐完全遵照麗奈特教她的方式對奈菲瑞特說話。奈菲瑞特旋轉經過凱莉時，將這位呆楞的櫃臺小姐摟入懷中，對她下令：

「跟我跳華爾滋！」

自從她弄懂怎麼破解隔護咒術後，她就一直這麼興奮，彷彿得了狂躁症般。奈菲瑞特的興奮讓麗奈特很擔心，她太清楚物極必反的真理。等她的情緒跌下來，我絕對會被颱風尾掃到，麗奈特告訴自己。奈菲瑞特告訴過我，她最欣賞我的地方，就是我有精準的生存直覺。

「麗奈特，發什麼呆啊，專心一點。」

麗奈特立刻把注意力放在奈菲瑞特身上，等著她發飆，沒想到她毫無慍色，繼續和凱莉跳舞，還拉著她轉最後一圈。然後笑著幫自己紅熱的臉搧風，重複剛剛說過的話，完全沒對麗奈特發怒，或有任何不悅。

「我剛剛是在問妳，有沒有確定托尼照我的話做。妳知道的，這小伙子的智商比旋轉發條玩具高不了多少。」

「喔，有，女神，我當然遵照您的吩咐了。」麗奈特要她放心，「我來找您之前，就反覆確認過所有事情。托尼完全依照您的要求去做，用剩下的所有食物準備了大餐，還將僅剩的紅酒和各類飲料拿出來，供您的奴民享用。」

「連我的員工也有吧？」奈菲瑞特給凱莉一個寵愛的微笑。

麗奈特點點頭。「是的，連您的員工也有。」

「那妳吃得愉快嗎，凱莉？」奈菲瑞特問她，表現得好像很在乎她的答案。

「很愉快，女神。」

「太好了！」她開心大笑，然後對凱莉比出一個「退下」的手勢。「去吧，先去大廳等我們，叫四重奏開始演奏我指定的那首曲子，芭蕾舞劇《吉賽兒》的最後一幕。」

「是的，女神。」

現在，只剩下奈菲瑞特和麗奈特。奈菲瑞特說：「來，麗奈特，幫我看看我這髮型好不好。」

「女神，我很樂意，不過，我得承認，我對髮型不是很懂。」

「喔，只要確定美髮師幫我插在後腦勺的花朵沒有掉就行了，剛剛跳了一場舞呢。對了，那個美髮師叫什麼名字？她滿厲害的。」

「艾莉森。」麗奈特說，同時將一根滿天星插回奈菲瑞特的深紅頭髮上。

「對，對，艾莉森，這名字挺不錯的，我很高興她能撐到這時候，有機會享用出關大餐。」

「我也很高興。」麗奈特附和。被雇來馬佑飯店打點婚禮的四位美髮造型師，只剩下這位仍活著。麗奈特心想，婚禮那一晚，感覺像是好幾世紀前的事。

「麗奈特，我很遺憾妳無法出席宴會大餐，不過，想到我們提前共進了晚餐，我還是很開心。希望妳不介意只吃到燉肉。還有，那瓶酒也不是我最愛的上選美酒。」

「我們的餐點很棒，我吃得很滿意，連酒也合我胃口。」麗奈特說，不敢相信奈菲瑞特的口氣竟能如此眞誠。女神的裡面彷彿被人按下什麼開關，她的態度跟之前截然不同。

麗奈特眞怕自己會希望她這種態度持續下去。

「現在，差不多午夜了，大家都穿上最好的衣裳，也飯飽酒足了。完美的出關儀式應該都準備就緒了。」奈菲瑞特說。

「這正是我最眞切的期望。」麗奈特說，然後抓住這個機會問奈菲瑞特。「女神，妳確定這場出關儀式，沒有什麼需要我做的？」

「啊，親愛的麗奈特，沒有，我跟妳說過了，妳的責任就是確保其他人準備就緒，等著盛大的出關儀式。剩下的，由我來，因爲這得仰賴女神的魔法。」

「就照您說的，女神。您先請。」麗奈特屈膝行禮，看著奈菲瑞特和那群蠢蠢蠕動的黑暗絲線從她身邊拂行而去。她恭敬地跟在她的後頭進電梯，不理會那些膺觸冰冷的蛇東西急急緊跟著奈菲瑞特，從她的腳滑過去。其實，麗奈特很自豪，對於奈菲瑞特這些生物給她的噁心感，她已經愈來愈能輕鬆地壓抑住。這一點，奈菲瑞特很欣賞，而能讓奈菲瑞特欣賞的事，就是好事。

麗奈特有點擔心，不曉得奈菲瑞特會怎樣帶他們離開馬佑大樓。她對女神的計畫毫無所悉，她只知道奈菲瑞特一副勝券在握的模樣。女神似乎百分之百確定能破解咒語，把他們帶出馬佑大樓，而且對此非常開心。女神開心，就跟女神讚賞她一樣，絕對是好事。

「麗奈特，親愛的，妳去過義大利嗎？」

這突如其來的問題把麗奈特嚇得猛眨眼。「是的，我去過，我去過羅馬和威尼斯，蘇連多和卡布里。」

「妳喜歡義大利嗎？」

「非常喜歡。」她以自信的口吻對女神說：「是不是需要我幫您規劃義大利行程？」

「喔，先看看今晚的狀況再說吧。就像妳說的，妳需要時間和資源，才能辦出完美的活動。」

麗奈特略感困惑，但還是點點頭。奈菲瑞特願意引述她的話，應該就是好徵兆。她撫平女神叫她穿的美麗禮服，拍拍頭髮整理一下。麗奈特絕對得讓自己風光體面地參加這個活動才行。

柔依

「好，既然我被指派擔任這群蠢蛋幫的祕書，那我就把各位的可悲計畫摘要說明一下。」愛芙羅黛蒂說，往她的黃色活頁簿瞄了一眼——但我發現那本簿子裡幾乎都是她順手寫下的達瑞司的名字嘛！然後說：「我們沒有，完全沒有，徹底沒有任何計畫。我們腦力激盪了好幾小時，在這個教師餐廳坐到我的屁股都快黏在椅子上了，卻什麼計畫都沒有。」她啃著布朗尼軟糖的邊緣，這是廚師一個多小時前端來給我們的。「要是繼續坐下去，我的屁股就會變得跟這張沙發椅一樣大。」

「才不是這樣。」我說：「妳屁股變大那部分或許對，但，我們絕對不是沒有，完全沒有，徹底沒有任何計畫。我們知道我需使用古魔法才殺得死奈菲瑞特。所以，我要戴上這個。」我像呈堂證供般舉高占卜石，給大家看。「而且，我不會像上次那樣嚇壞，或者亂發火什麼的。所以，我可以使用它，不會讓自己變成可怕東西。我的意思是，雖然我還不確定該怎麼做，但我有把握。」

「元牲出現時，占卜石會發熱。」史塔克補充，同時不悅地看了元牲一眼。

「可是，並非每次都這樣。」戴米恩說。

「柔，占卜石現在有發熱嗎？」史蒂薇．蕾問我。

回答之前，我先握住占卜石確認。我搖搖頭，說：「沒有，就一塊普通石頭，沒發熱，也沒變冷。」

「你們不可能殺得死奈菲瑞特。」元甡說，大家驚訝地望向他。這幾個小時，他從頭到尾就坐在角落，聽大家發言，幾乎沒說半句話。

「是喔，眞天才咧，這個誰不知道啊，她是不死生物嘛。」愛芙羅黛蒂說。

「可是，柔依剛剛說她要用古魔法來殺死奈菲瑞特。一小時前戴米恩也這麼說過。四十五分鐘前，妳也說了。史蒂薇．蕾則是在大家一坐下來就……」

「好，好，大家都懂了。」我打斷他的話，感覺他每多說一個字，我的怒氣指數就上升一格。「大家都知道她沒辦法被殺死。」

「起碼我們認爲她無法被殺死。」利乏音說：「我父親是不死生物，他還不是死了。」

一陣難過的靜默，大半晌後元甡才打破沉默，但聲音聽起來格外刺耳，格外尷尬。

「我相信這正是問題的核心。因爲卡羅納所發生的事，使得你們沒問對問題。你們知道奈菲瑞特是不死生物，但你們卻相信柔依如果夠厲害，就有辦法殺死她。我認爲，就是這個錯誤想法，讓大家無法找到解決方案。」元牲說完後往前傾，仔細端詳利乏音，彷彿要讓大家對這主題更有興趣。「沒人跟我解釋過這些事，但你們大家似乎都知道答案，只是沒說出口。如果我說出這些話，讓你們覺得不舒服，請原諒我。不過，你可以告訴我嗎？你的父親明明是活了好幾個世紀的不死生物，為何還會被殺死？」

史塔克站起來，將手放在利乏音的肩膀上，說：「我來替他回答。」他狠狠地看著元牲一眼，然後說：「當卡羅納殺死西斯——就是靈魂跑到你裡面的那個小子，柔依難過到靈魂解離成碎片，被困在另一個世界。我跟隨她去了另一個世界，試圖將她救回來。卡羅納也去了，因為奈菲瑞特控制了他，要他去阻止柔依回來人間。卡羅納和我在另一個世界廝殺，他贏了，我輸了，他殺了我。但卡羅納作假，所以妮克絲出面介入。照理說他根本不該出現在另一個世界，因為女神禁止他進入那個國度。他是技術犯規，偷溜進去的。」

我看見元牲一臉茫然，便進一步解釋。「妮克絲禁止卡羅納的人進去另一個世界，但沒特別說他的靈也不准進入。所以，他就以靈的型態，而非肉體的型態回到另一個世界。」

元牲點點頭。「我明白了。」

「由於父親違反了女神的飭令，女神便要求他把部分的不死能力給史塔克。」利乏音說。

「卡羅納遵照她的命令，所以我今天才能站在這裡。」史塔克說。

「我明白了，」元牲說：「不過，正因如此，他才會死。」

「那你現在應該也明白，爲什麼大家不願提起這個話題了吧？」史蒂薇．蕾說，握住利乏音的手，靠在他身上。

「我當然明白，我無意挖出各位的傷心事。利乏音，請容我跟你致歉。」元牲說。

「我接受你的道歉。」利乏音說：「我們都知道我的父親犯過許多錯，只是回想起這些事情，確實很難受。」

「可是我們需要理出所有的線索，才能找出方法來**擊敗**奈菲瑞特啊，而了解她的不死能力，正是必要的。」元牲說。

「她不像卡羅納，有致命弱點。」我說。

「她確實不像卡羅納和希臘神話中的第一勇士阿基里斯，有致命弱點。」戴米恩以老師的口吻說：「不過，或許我們可以從她的過往找到什麼來打擊她。」

「我們已經這麼做過了。占卜石曾經變成一面鏡子，映照出她那段被父親毆打強暴的殘破經歷。」我說：「當時之所以有用，是因爲她被嚇到，才讓元牲有機可乘，用牛角刺她，將她從頂樓露臺甩下去。再使出這招，嚇不了她了。」

「不過，當時她確實脆弱到足以被擊倒，雖然只是暫時的。」元牲說。

「就是以暴制暴嘛。」愛芙羅黛蒂說：「無意冒犯啊，牛小子，不過，你下次變身時，可以試著變得跟奈菲瑞特所化身的蜘蛛一樣噁心。」

聽到這裡，我不寒而慄，實在很不喜歡腦子裡閃過的那種畫面——元牲正常的外表底下隱藏的另一個樣子。

「我知道你無意冒犯。」元牲說。

「元牲，那你殺得了她嗎？」我問。

他緩緩搖頭。「我在閣樓時，用盡我所有的力量跟她廝殺，但還是沒能殺死她。我們需要的，是妳和我曾對她做過的事，只是希望這次效果可以更持久一些。我們需要打造一個囚籠來關住不死生物，而不是一種武器去殺死她。」

「靠，」我立刻坐挺，「埃雅！」

「埃雅是什麼東西？」元牲問。

「她不是東西，是人。」我說得很急，試圖趕上我的思緒。「埃雅是以泥土所創造出來的少女，被吹了一口氣後才有生命——」

「透過古魔法才有的生命。」愛芙羅黛蒂幫我把話說完。

我點點頭。「對，是透過古魔法。她色誘卡羅納，讓他進入地底下。」

「因爲，除非不死生物本身跟土有連結，否則，他們一進入地底，就會變得很虛弱。」戴米恩說，語氣跟我的內心一樣興奮。

「奈菲瑞特跟土沒有連結，她是竊取垂死者的靈魂，來獲得能量。」夏琳說：「她可以說是一個吸靈魂的血蛭。」

「少女埃雅之所以能囚禁我父親，是因爲她是以大地之母的古魔法和女智者所凝聚的元素力量所創造出來的。那些女智者之所以這麼做，是爲了保護族人。」利乏音說：「她們利用這種方式，把他囚困了好幾世紀。」

「直到奈菲瑞特把他釋放出來。」我說。

「我認爲她根本不是我們吸血鬼的一份子，」史蒂薇．蕾說：「她比較像女巫，一個超級瘋狂，超級耍心機，超級惡毒的女巫。」

「喔天哪！」戴米恩驚呼，手指在iPad上飛快移動。「根據亞瑟傳說，湖中妖女妮妙把梅林囚禁在他用自己魔法打造的水晶洞穴中！這個無聊得要死的比喻，陳腔濫調，被說到爛的寓言，根本就是我們的答案嘛！」

「喂，拜託，說點正常話好嗎?現代人都聽得懂的話。」愛芙羅黛蒂說。

戴米恩甚至連對她皺眉的時間都沒有，繼續往下說：「梅林輔佐亞瑟王登上王位，記得嗎？」

「對。」我說：「他不是吸血鬼嗎？」

戴米恩搖搖頭。「不是，不是，不是，雖然大家經常這麼以為。亞瑟傳說是根據中世紀某個人類國王改寫而成，一些作家把這些故事傳奇化，例如阿弗烈德・羅德・泰尼森，T・H・懷特和瑪麗恩・季默・布拉德利，這些作家虛構了一切，包括梅林這號人物。」

「我想起來了。」史塔克說：「我讀過瑪莉・史都華所寫的《梅林三部曲》。基本上，亞瑟王是梅林一手打造出來的，但梅林被他所愛的妮妙囚困在他自己的魔法中，沒能助亞瑟王一臂之力，只能眼睜睜看著亞瑟王的卡美洛王國衰敗。起碼，我印象中故事是這樣的。我小時候讀過這故事。」

「我看過描寫這故事的迪士尼卡通《石中劍》，」史蒂薇・蕾說：「我很喜歡，可是我不記得有妮妙這個角色。」

「細節不重要啦，」戴米恩說：「重點是，這個神話的核心正是我們需要的線索。」

「所以，我們要用奈菲瑞特自己的魔法去困住她。」我說。

「不是**我們**，小柔，是妳。」元牲說。

「啊，要命。」我說，嘆了一口氣，然後灌下一大口可樂。看來，今晚是漫漫長夜了。

麗奈特

電梯停在樓中樓那一層，門打開，奈菲瑞特優雅地走出來，繞過宛如露臺般的廳廊，來到寬敞的大理石樓梯，走到寶座所在之處，這時，大廳中所有人的注意力都在她身上。麗奈特慢慢地跟在她背後，雙眼不由自主地巡視底下的人，搜尋有沒有什麼東西或什麼人會破壞她精心打造的歡宴氣氛。

一切都接近完美程度，她滿意地吁了長長一口氣。嗯，**起碼還活著的這些人外表都算中上之選**。這點絕對會讓她做起事來更容易一些。麗奈特打量他們，不得不承認，這批人眞的讓人賞心悅目，如果不去細瞧他們蒼白憂慮的臉，不去留意他們緊張到聚集成一小群一小群，彷彿要努力讓自己縮到最小，小到盡可能不被注意到。麗奈特心想，或許昏暗的光線多少可以給他們一些安全感。蠟燭都用光了，所以麗奈特要朱德森把多數的枝臺蠟燭放在奈菲瑞特的寶座四周，希望她成爲最亮的焦點後，不會注意到大廳的光線不夠。

顯然，麗奈特的計畫奏效了。大廳的光線雖然昏暗，但足以讓女士的珠寶閃閃發亮，讓所有人沉浸在柔和的暈赭色調中，除了奈菲瑞特。

奈菲瑞特舉起雙手。麗奈特站在她背後平臺的角落，看不見女神的臉，但聽得見她充滿喜悅的洪亮聲音。

「我忠誠的奴民，站在各位面前的女神，對你們充滿感激！」麗奈特舉起手，做出鼓掌的手勢，奈菲瑞特的僕人見狀，立刻跟著鼓掌，其他人也開始拍手，但顯然沒那麼熱情。

「謝謝大家，謝謝你們，你們真的太棒了！」奈菲瑞特說，掌聲漸歇，女神繼續說：「這幾天，我們共同經歷了很多事，我要你們這第一批奴民了解，你們的女神會永遠記得，她統治天下的盛業，就從這裡，從陶沙市開始，而且，是在你們的見證下展開的。」

麗奈特決定不用掌聲打斷她，何況他們的掌聲沒維持幾秒鐘就停歇。她決定等奈菲瑞特演說完，再暗示大家鼓掌。

「我要特別感謝我的員工。朱德森、凱莉，麻煩你們和其他員工站到前面來，好嗎？」

怎麼突然多了這戲碼？麗奈特心想，**她應該以冗長的演說來感謝奴民，然後等著午夜十二點的鐘聲響起……**麗奈特瞥向那座以裝置藝術框嵌在門廳牆上的大時鐘。**還有十五分鐘才十二點。之前奈菲瑞特可沒提到要特別感謝這些人呀。媽的，她千萬別以為我有準備禮物給他們才好。**

麗奈特緊張到胃開始翻攪。奈菲瑞特脫稿演出，絕不是好事。習慣站在大廳後方的職員開始往前移動。麗奈特看著他們，皺起眉頭，這些人的表情、舉止根本像機器人，完全沒有自己的意志！她不願去想像他們身體裡的蛇東西到底對他們做了什麼事，導致他們變成現在這樣子。

麗奈特壓抑住顫抖，俯望著奈菲瑞特足踝邊那一窩噁心的東西。

然而，它們不見了。女神四周沒有任何蛇東西。

太奇怪了，難道她要它們隱形起來。不對，打從離開閣樓，麗奈特就一直待在奈菲瑞特旁邊，在她說話聲音可及的範圍內，但麗奈特很確定她沒對那些生物說過話。

「啊，我忠誠的員工啊，」奈菲瑞特笑著俯視那十八個被蛇東西占據的人，他們排排站在平臺下方。「你們穿著剛燙過的衣服，看起來眞稱頭，女神我對你們很滿意。」

麗奈特只有部分注意力放在奈菲瑞特身上，因爲她發現蛇東西了。它們在大廳地板上繞成一個黑色圓圈，使得地板看起來彷彿緩緩起伏著。

「我想確認你們是否足夠忠誠。對，對，我知道你們被我的孩子占據了，除了順從，別無選擇，」奈菲瑞特以鍾愛的口吻對他們說：「可是，我還是想親口對你們表示感謝。」

麗奈特一顆心往上提。大廳的人完全沒察覺到奈菲瑞特的蛇東西正包圍著他們。應該說尚未察覺，因為大廳光線昏暗，而他們的注意力又全在奈菲瑞特身上。

「現在，為了表示我的感謝，我決定要給你們十八位最高等級的榮譽。你們應該知道，我非常愛我的孩子，對吧？」

十八個人全都像機器人般地點點頭。

「那麼，你們就會明白，我也非常愛你們，所以，決定把你們獻給我那些盤據在你們裡面的孩子。」奈菲瑞特說到這裡，開始吟唱。

十八個孩子我一一釋放！
占據、享用我給的祭品盛饗！

麗奈特的喉頭湧起苦澀膽汁。奈菲瑞特的員工開始尖叫扭動，張開嘴巴，不停地張，張到不能再張，最後，凱莉、朱德森、托尼和其他人的身體爆炸開來，模糊血肉如雨飄落，從他們嘴裡冒出來的蛇東西開始從裡到外吃掉他們。

大廳爆出尖叫聲，但奈菲瑞特彷彿沒聽見。她高舉雙手，看著她的員工一個一個死去，興奮地顫抖。牆邊出現動靜，吸引了麗奈特的震驚雙眼。一道簌簌顫動的黑紅簾幕沿著大廳牆面往下散開，朝著那一圈蛇東西移動。

這是奈菲瑞特以露臺上的祭品所製造出來的血簾。麗奈特嚇得思緒紛亂，但身體僵楞在原地。**她讓那些蛇東西回到她身邊了**。

雙手依舊高舉著，奈菲瑞特的聲音被可怖力量一放大，如洪鐘迴盪，甚至壓過底下的混亂和驚慌聲。她開始唸咒語。

時間已到
為我製造混亂喧囂。
死亡給我力量，
午夜一到滿足盡享。
失去你們，現在
奴民將對你們膜拜。
飽足朵頤
今天滿足無虞！

奈菲瑞特的雙手往兩旁張得開開，那些她稱爲孩子的可怖生物頓時變成活套索，逼近那些尖叫驚恐的人，勒宰他們，一個個都不放過。

接著，奈菲瑞特轉身面向麗奈特。一波波能量湧向女神，她的肌膚被能量震得顫晃抖動，彷彿皮肉底下的身體正在變化、增長。連她那雙綠眸，也發出炯炯的翠綠光芒。

麗奈特緊貼著牆，嚇到說不出話。

「啊，我親愛的麗奈特，我確實要把最好的留到最後。」

「拜託！不要讓它們占據我！」她衝口而出。

奈菲瑞特一臉訝異。「我當然不會讓我的孩子占據妳呀，因爲這是妳最大的恐懼，我知道，我一直都知道。」女神朝她滑行，愈來愈靠近她，直到她那如蜘蛛般的纖細手指撫摸到麗奈特的臉頰。「妳回來我身邊，光憑這一點，我就該獎勵妳，所以，我只願意讓妳當我的祭品。妳不會再害怕，不再需要力爭上游，就爲了甩開不堪的過往。親愛的，我會永遠記得妳的。」

麗奈特感覺到她的脖子被人一拽。沒痛，反而有一種奇怪的舒服感，安撫了她的驚慌。接著，她感覺到濕熱的東西淌下她的身體，浸濕了奈菲瑞特給她的衣裳。麗奈特的雙腿無法移動，全身癱軟，但女神沒讓她倒下。奈菲瑞特把麗奈特托在臂彎裡，開始吸吮她。麗奈特的世界逐漸變黑，她靜靜地流下血淚。

奈菲瑞特

奈菲瑞特吸光麗奈特的血之後，沒把她的身體放倒在地上，而是輕輕地抱起她，小心翼翼地將她放在寶座上，將她癱軟的四肢擺放好，拉平她的衣服，好讓任何看到麗奈特的人都知道，女神對她的犧牲獻上無比敬意。

「我會懷念妳的，親愛的。」奈菲瑞特對屍體說，還把麗奈特臉上的頭髮捋開，以虔敬的姿態親吻她的額頭。「妳是第一個明白自己逃不出我手掌心的人，後續當然會有很多人發現這個事實，但，妳永遠是我的第一個愛臣，也是我永遠的寵信。」她最後一次撫摸麗奈特的臉頰，然後沿著大理石樓梯往下走，進入大廳。

黑白棋盤狀的大理石地板上，散落著殘骸斷肢，但這片悉心維護過的地板，差不多不見血跡了，因爲，她的孩子很盡責地清光了血。不過，這點可想而知，畢竟那些可憐的孩子英勇保護她的神殿，已經好幾天沒吃東西。這幾天，它們遵照她的命令，盡責地堅守崗位，英勇不屈、誓死護主、忠心愛主。

它們會為我這麼做的，我知道它們會，我的孩子愛我，我也愛它們。

奈菲瑞特步入門廳，站在一面由古銅和水晶玻璃打造的大門前。頭頂上，有一只從天花板垂下，充滿藝術風格的精美時鐘。

「孩子，來我這裡。」她喚道。它們立刻奔上前。剛享用過大餐的它們精力充沛，脹得鼓鼓，擠在門廳，急著回應她的下一道命令。奈菲瑞特屈膝，將它們攏到自己身邊，撫摸心肝寶貝身上那些她熟到不能再熟的皮膚，對它們的活力驚訝不已。眞沒想到，它們眞的變成她的孩子了。

「我知道該如何破解桑納托絲的咒術，讓我們自由進出了。」她告訴它們。它們一張張沒有眼睛的臉轉向她，蠕動的身體圍繞著她。「可是，我自己辦不到，所以，你們必須幫助你們的女神，你們的母親。麗奈特說得很清楚了，桑納托絲那個老女人沒能耐一直撐著咒術，就連她自己都認爲，咒術遲早會失效。寶貝啊，你們應該知道，我這個女神可沒什麼耐心。所以，我們何必繼續苦等呢？」她親暱地拍拍最靠近她的那些孩子，同時告訴它們：「對，我們根本不需要等著咒術失效。白牛的話讓我恍然大悟，讓我知道答案了。他說，**活了亙古之久，我早就發現，愈想要某種東西，就愈要付出最鍾愛的祭品才能得到**。這輩子到目前爲止，我最大的渴望就是離開這個囚籠，以便用黑暗女神之尊來統治人間，而且永永遠遠百分之百掌控我自己的命運，這是我有史以來最強烈的渴望，而我最珍貴的東西，除了你們這些忠誠的孩子，別無他物了呀。」

奈菲瑞特起身。「所以，我不願命令你們，而是要詢問你們，是否願意讓咒語失效，讓我自由？如果願意，那，你們可能無法全部活過今晚，但有些將可以跟我繼續同在。到時候，我們要先去那背叛我的夜之屋，我們要在那裡好好享用那些雛鬼、吸血鬼和他們同夥的人類，然後，我們要進一步統治人間！聽好了！」

我以我的不死特性來發誓，
你們會我在身邊永生永世。

奈菲瑞特宣誓的力道之強，四周空氣起了陣陣漣漪。她原本蠕動的孩子瞬間靜止，靜靜地聆聽，靜靜地等待，奈菲瑞特看得滿心喜悅。

女神迴身，面向門口。「打開門！」她喊道。

她的孩子急著遵守命令，把馬佑大樓的雙扇門撐開，好讓奈菲瑞特可以看見外頭靜謐闃黑的夜晚。她再次開口時，身體裡的能量逐漸增強，她聲如洪鐘，頭髮飛揚，能量在肌膚底下飆竄，肌膚也隨著四周的黑暗魔法巍巍顫顫。

我託付你們，
喔，我的孩子
做我的血
往前奔湧
永遠不假。
我託付你們，
喔，我的孩子
做我的劍
往前揮擊
隨著我劈出全新世界。
我託付你們，
喔，我的孩子
做我的生命

勇往前進

如此一來，最後，永永遠遠，我終於得到我該得的了！

奈菲瑞特的雙手往兩旁一揮，孩子立刻衝出去，宛如黝黑閃電。火牆吞沒了第一批，奈菲瑞特看到它們死掉，難過地尖叫。但它們的死阻擋不了其他孩子。一批一批往前衝，以身撲火，一條被燒盡，另一條便上前替補。奈菲瑞特臉上掛著淚，但難過憤怒的尖叫逐漸變成勝利吶喊，因爲，那些火焰，慢慢地，無可挽回地，愈來愈弱，火牆變得愈來愈低，最後出現一聲「嘶」，宛如冰水澆熄蠟燭，隔護屏障完全消失。

25 簫妮

「眞的很難不去想到那情景，對吧？」簫妮說。她和艾瑞克望著紅鳥阿嬤和其他婦女以鼠尾草和薰衣草所覆蓋的地方——卡羅納死去的位置。兩人再度沉默無語。

「很不可思議。我知道柔依和你們其他人都見過妮克絲好幾次，不過，一想到那景象，我的頭還是暈。」

「嘿，我完全懂你的感覺。對，我以前是見過妮克絲，但我還是不習慣見到她啊。我想，我永遠都不可能習以爲常地看待她的出現。」

「哇，還有卡羅納和俄瑞波斯那一幕。」

簫妮點點頭，十分同意他，而且很高興那景象能讓他驚訝到現在。她以眼角餘光瞥向他。他變了，她喜歡他這樣的改變。

「謝謝你陪我。」她說，望向那四個裹覆著人類婦女的睡袋，然後探進帳棚裡的桑納托絲——大家離開後沒多久，她就繼續靜坐冥想。「如果沒有你，我就只能一個人寂寞地坐在這裡。」

「我很高興能在這裡陪妳。」艾瑞克說：「我喜歡跟妳在一起，而且……」

陣陣熱氣和痛苦襲向簫妮，她彎下腰，發出可怕的哀號。**利用我……以我為渠道……讓我強化咒語**。簫妮反覆對自己吟誦禱詞，身子不斷前後晃動，試圖控制她感受到的熱度、混亂和痛苦。

「沒事的，妳可以應付的，我知道妳可以的。專注，呼吸，放鬆，就像之前那樣。」艾瑞克說。

「不！」簫妮喘著氣說：「這次跟以前……不一樣！很糟。」她呻吟，側倒下去。「無法……控制。」

「簫妮，聽我說！」艾瑞克的語氣從平靜變成關切。「妳可以的，火是妳的元素，記住這一點，專注在這一點上。」

痛苦壓垮了簫妮，那感覺就像有一把火從內往外燃燒。它要求過多，她給不出來。頓時，她發現自己就要被她的元素吞沒了，就像克麗奧佩脫拉那樣。

接著，它忽然消失，就像出現時那樣讓人措手不及。她喘著氣，倒在艾瑞克的大腿上。他抱著她，顫抖著手將她的頭髮從她汗溼的額頭撥開，喃喃說道：「妳可以的……妳可以的……」

紅鳥阿嬤和瑪麗·安潔拉修女跪在旁邊，各握著她的一隻手。

「寶貝，妳清醒了沒？」紅鳥阿嬤問她。

「清……清醒了。」簫妮說：「它，消失了。剛剛那些，結束了。」

「簫妮！」一臉慘白的桑納托絲站在帳篷口，伸手抹掉帶血的淚水，說：「奈菲瑞特破解咒術了。快去警告柔依。」說完後，她癱倒在地。

簫妮掙扎著起身，奔向桑納托絲，所有人都跑過去，但大家還沒來得及靠近她，就見一陣霧氣從女祭司長前方的地面升起。迷霧滾滾如熱水沸騰，隨後出現一個女人的身形。她充滿靈氣，非常美麗，但也讓人驚懼。她伸出手，桑納托絲睜開眼，握住她的手，臉上洋溢著喜悅的笑容。

終於，輪到我握妳的手了。桑納托絲說。

隨我來，這世界束縛不了妳了。我已卸下妳替我承擔如此之久，卻表現如此稱職的重擔。妳，我摯愛的女兒，妳照顧人間的任務終於結束了。

桑納托絲笑著走入女人的懷抱，兩人化爲一陣煙，而後成了霧氣，緩緩往下降，最後消失在地面裡。

瑪麗・安潔拉修女恭敬地在胸前畫十字，簫妮聽見她開始吟誦天主教的玫瑰經。

「那是死神。」艾瑞克說：「她帶走了桑納托絲！帶走她整個身心靈！」

簫妮看著女祭司長剛剛所在之處。果然像艾瑞克說的那樣，現在，那裡只剩她的衣服平放在地面上。

「警告柔依！」紅鳥阿嬤抓住簫妮的肩膀，提醒她，「快去！」

簫妮回神，看著阿嬤憂慮的眼神。「我這就去，我們要阻止奈菲瑞特，我們非得設法阻止她不可。」她往艾瑞克的手一抓，說：「快開車載我回夜之屋，快！」

「我們會爲你們祈禱的。」伯恩斯坦拉比說。這幾個婦女在諮議橡樹底跪了下來。

「願你們所有人祝福滿滿！」紅鳥阿嬤在他們背後喊道。

柔依

「好，所以你們各有任務要辦。」戴米恩說完，大夥兒立刻起身，伸展筋骨，終於準備離開教師餐廳。

「對，戴米恩皇后、夏琳和我負責去找克拉米夏和蕾諾比亞，我們要集合女先知的超級法力，加上蕾諾比亞對奈菲瑞特背景的了解，看看能不能搞懂那個瘋女人的弱點是什麼。不過，這要等我健身完之後。」愛芙羅黛蒂說，往嘴巴塞了一大口布朗尼。

「在妳健身**之前**。這件事比妳的臀部挺翹更重要。」

愛芙羅黛蒂投給我的眼神清楚表明，**沒什麼**比得上她的臀部。幸好，她忙著嚼食物，沒空開口說話。

「我呢，去找文學課老師跟我去視聽中心，我們兩個一起查查古神話和傳說，看能不能從中找到可以幫助我們的資訊。」戴米恩說。

「元牲、利乏音和我，則去跟達瑞司、刑警馬克思和雛鬼戰士換班，由我們接替他們巡邏校園圍牆。」史塔克說。

「我們負責討論我父親的背景。」利乏音說。

「我好心疼，你不得不做這件事。」史蒂薇・蕾說。

「父親會希望我這麼做的，他一定希望自己能幫助大家阻止奈菲瑞特。」利乏音說。

「史蒂薇・蕾和我則和史迦赫用Skype開視訊會議，」我說，舉起愛芙羅黛蒂遞給我的黃色筆記簿。「我會把大家剛剛討論的問題提出來問她。」

「非常好。」戴米恩說，我心想——但並非第一次出現這種念頭——他將來肯定是很稱職的老師。

「現在是午夜十二點出頭，」我說：「我們約四點半左右回來這裡碰面，這樣，日出前大家可以聊聊各自的發現，同時一起吃晚餐。」

「好，那待會兒見……」史塔克說，彎腰給我一個吻別，這時妮可衝入餐廳，後面跟著簫妮和艾瑞克。

「桑納托絲死了，咒術失效了，奈菲瑞特跑出來了！」簫妮說，上氣不接下氣。

「發生了什麼事？妳還好嗎？」我問她。史塔克和艾瑞克則扶她坐下來。

「我沒事。我只知道好像有很大很壞的東西砸向火牆，讓火元素撐不住。它們的力道害死了桑納托絲。」簫妮大口灌下愛芙羅黛蒂拿給她的酒。

「也差點殺死簫妮。」艾瑞克說。

馬克思和達瑞司衝進來。「是奈菲瑞特，她跑出來了，正往這個方向過來。」達瑞司說。

「路障區的警員剛剛回報，她把他們一一解決掉了。」馬克思說。

我的內心非常平靜，思慮清晰，心無旁騖。「戴米恩，簫妮，夏琳和史蒂薇．蕾，你們幾個跟我來。」我說。

「沒有我，妳哪裡都別去。」史塔克說：「還有，爲什麼我們不全部留在這裡？起碼，學校四周有圍牆保護。」

「圍牆無法保護我們免受奈菲瑞特屠殺。她輕輕鬆鬆就可以越過圍牆，到時，她會先從那一大群來夜之屋尋求保護的人類下手，殺死所有人。」我告訴他：「所以，我們不要留在這裡。不過，對，你必須跟著我走。還有你，利乏音，和你，元牲。」

「妳可別以爲可以把我丟在這裡。」愛芙羅黛蒂說。

「妳非得留在這裡不可。要是我們沒能成功攔阻她，妳和達瑞司及馬克思得趕緊把大家弄出這裡。帶他們去本篤會的教堂，躲在坑道裡。她在地底下，力量會削弱一些。然後，打電話給最高委員會和史迦赫。**唉，恐怕全世界每一間夜之屋都得通知到才行**。萬一我們沒能阻止奈菲瑞特，她就不只是陶沙市的麻煩，而是全世界的災難。」我說，走向愛芙羅黛蒂，抱抱她，她也回抱我。「祈求妮克絲，幫助我們找到方法來阻止奈菲瑞特吧。」我悄聲告訴她。

愛芙羅黛蒂抓住我的肩膀，直視我的眼睛，以堅定宏亮的聲音說：「我會祈求妮克絲，讓妳繼續聰明、勇敢，就像我初見妳的第一天那樣。妳一定可以阻止她的，我知道妳可以。對自己有信心。」

「還有我們啊。」史蒂薇．蕾說，她和守護圈的其他成員站在門邊。「妳要對我們大家有信心，柔，我們絕不會讓妳失望的。」

「好，我們走吧。」我說：「讓我們一次解決掉奈菲瑞特。」

「我們要去哪裡？」史塔克問。

「去伍得沃德公園。」我看著馬克思，說：「用無線電，通知你的人往後退，並且要他們撤退時，在她的面前用喊的，跟同僚通風報信，說柔依和她的吸血鬼在公園設立守護圈，準備誘捕她。」

「然後，她會直接來找妳。」馬克思說。

「我就是這麼盤算。」我說。

「祝福滿滿。」達瑞司說。

「歡喜相聚，歡喜散場，期待歡喜再聚。我們**會**再歡喜相聚的。」我說完這句話，大夥兒就奔向停車場，魚貫進入我們那輛悍馬車。

只花幾分鐘車程就到了伍得沃德公園。「將車子開到面向市中心那座小丘。」我對史塔克下這道命令時，忽然頓悟了。**要命！原來就是這樣！**

「那裡，不就是妳以爲殺死兩個男人的地方？」史塔克說。

「對！載我們過去那裡，快！」

史塔克將車子沿著人行道快速行駛，甩尾之後，停在一棵焦黑的橡樹下。大夥兒立刻衝下車。

「好，你們大家聽著，」我說：「我有一個計畫，小小的計畫，不過起碼也是個計畫。這個小丘底部，就是奈菲瑞特殺害那兩個人之前所躲藏的洞穴——我說的是那兩個我以為被我殺死的人。」

「妳要我們圍繞著它，設立守護圈？」史蒂薇．蕾問。

「不是。我會去站在石梯的頂端，就在那裡。」我指向該處。現在，公園裡只有一盞路燈堪用，畢竟幾天前那場閃電造成的大火把這裡燒得面目全非了。不過，一盞路燈也足以讓我們清楚看見，那條連接著焦黑杜鵑花叢與空地之間的石徑。這片空地，就連接著那道可以通往馬路和洞穴的簡陋大階梯。「快，各自找方位。」

「北方在那裡！」史蒂薇．蕾指著我們前方。

「其他人就以那裡為基準，找出自己的位置。」

風、火和水點點頭。「好，散開，召喚你們的元素，不過，要等到奈菲瑞特靠得夠近，近到我們能把她圍起來，再開始設立守護圈。」

「妳的意思是，把她圍在洞穴裡。」元牲說。

我點點頭。

「就算我們設法把她逼進洞穴，後續要怎麼讓她繼續待在那裡，無法出來做亂？」史蒂薇・蕾問。

「古魔法。」我說，口氣比內心感受到的更有信心。

「那我們要怎麼讓她很靠近洞穴？」史塔克問，認真地看著我。

「嗯，她的阿基里斯腱會站在階梯上方，說話激怒她，讓她主動靠近。」我說。

「妳是說，妳是奈菲瑞特的阿基里斯腱，就像希臘神話第一勇士阿基里斯全身上下的唯一脆弱點？」戴米恩說。

「對。」我說：「自從我被標記那天，她就處心積慮要我死。她一定會來追我的。」

「我不希望妳去當釣餌。」史塔克說。

「那就在她靠得夠近時，繞著她成功地設立守護圈，這樣一來，我就會很安全。」我告訴他。

「她要碰妳，得先經過我這一關。」史塔克說。

「還有我。」元牲說。

「謝謝你們。」我告訴他們：「我對你們兩個有信心。」然後，我面向史蒂薇．蕾和利乏音：「利乏音，保護史蒂薇．蕾，我們要把奈菲瑞特困在土裡，這代表史蒂薇．蕾的元素是最重要關鍵。」

利乏音點點頭。「我永遠都會保護她。」

「戴米恩，簫妮，夏琳，先把你們的元素隱藏好，等我下指令，到時，你們就召喚它們來守護圈。你們三個是我們當中最缺乏保護的。」

戴米恩抓住簫妮和夏琳的手，說：「我們明白，我們不會讓妳失望的。」

我走向簫妮，握住她的手。史蒂薇．蕾也加入，形成一個完整的圈。「我愛你們，愛你們所有人。萬一我們的守護圈潰散，你們要趕緊離開這裡，不用理會我。趕緊回火車站底下的坑道。史蒂薇．蕾，妳要設法把大家帶到那裡，利用土元素來掩護大家，直到大家在坑道重聚。」

「除非有……」史蒂薇．蕾說話，但被我打斷。

「不！」我宏亮有力的聲音把他們嚇了一大跳。「你們必須聽我的話，要是守護圈潰散了，我會像桑納托絲那樣，因為這是我的守護圈，是我施的咒術，它會回頭來殺了我。」我說出這些話時，很清楚事實就是如此。接著，我的目光找到元牲。「要是我死了，請保護他們。」

元牲不發一語，只是點點頭。

我直視著史塔克的雙眼。「如果你仍活著，請幫元牲，將他們送到安全的地方。」

「我會的，我的女祭司長，我的女王，等我完成任務，我就隨妳到另一個世界。」史塔克說，一臉沉重地對我鞠躬。

「起碼這一次你知道去哪裡找我。」我笑著對他說：「在那入口，吊夢樹下，我等你。」

這時，遠方傳來刺耳的尖號聲。

「奈菲瑞特來了。」我說：「以我爲中心，繞成一圈，但先隱藏起來！快！願各位祝福滿滿。」

我的守護圈成員立刻各自就北、南、東、西的位置，剩下我和元牲及史塔克。我把占卜石從T恤底下拿出來，將細細的白金鍊子拉出頭頂，緊緊握在手中，看看史塔克，再看看元牲。「如果這東西改變我，拜託，在我變成另一個奈菲瑞特之前，殺了我。」

「我會照妳說的去做。」元牲說。

史塔克一臉蒼白，但還是點點頭。「我不會讓妳變成怪物的。」

「謝謝。」我說：「好，那我們就趕緊來阻止那個賤人吧，免得她傷害到我們所愛的人。」

史塔克和元牲跟隨我疾步走在石徑上。有一種詭異的似曾相識感。我氣沖沖地走過這裡，對全世界發怒，眞的只是幾天前的事嗎？感覺竟像一世紀了，而且，現在的我，和當時的我，已經完全不一樣。

我知道。**我不一樣了**。**發生在這裡的事改變我，讓我成長了**。

我走到那道大石梯的最上層，停步，指著下方山丘底部，說：「那裡，看見沒？那些圓石圍繞起來的地方，就是洞穴。我們要把她囚禁在那裡。」

這時，又一陣尖號，這次更靠近公園了。

「我先下去。」元牲說：「我會躲在階梯底部的岩石後面，奈菲瑞特預期會見到史塔克，不會想到要找我。」他看著史塔克，說：「我會變身成公牛，萬一我失控，開始攻擊你們任何一個，請務必阻止我。隨你們怎麼做都行。」

「元牲，你不會失控的。」這句話在我心裡低迴，我決定大聲說出來。這時，我的聲音不像原本的我，而是變得更年長，更有智慧，更有力道，完全充滿愛。「你的公牛已經變了，牠不再是黑暗生物。現在，你的古魔法是光亮的古魔法。」

「妳是誰？妳怎麼知道？」

剛剛那低語的聲音消失，我又變回我自己的聲音。「嗯，因爲我是你的女神的女祭司長。她跟我說這些事，也要我把這些事告訴你。」

「如果她說的都是眞的，那我的任何犧牲都會值得。」元牲說。

「絕對值得，因爲我們的女神從不說謊。」我說。

史塔克朝元牲伸出手。「祝你好運。我很高興你終於選擇跟我們站在一起。你來幫我保護柔依，是非常正確的。」

元牲以戰士之禮回應，抓住他的前臂，說：「等一切結束，希望我倆可以喝一杯，或者，六杯。」

史塔克笑著說：「就這麼辦。」

「太好了。」我說，對著他們搖搖頭。「死亡，毀滅，連女神都開口說話了，你們兩個傢伙就只想到啤酒。」

「小柔，又不是現在，是晚一點。」元牲以西斯的口吻說，然後步下階梯，三階併一階。

我轉身看著史塔克，還沒開口，他就一把將我抱入懷中，還親吻我。「好好活著。」他終於放開我時，對我這麼說。

「我會的，如果你也好好活著。」我說。

「就這麼辦。」他重複這句話。

接著，我的目光被他背後的動靜吸引過去。在街燈下，二十一街和佩歐利亞街的交口處，黑暗卷鬚成群蠕動。

「她來了。」我說，握緊占卜石，思考……思考……然後，我知道了——起碼，知道我現在該做些什麼。「就像斯凱島一樣。附著在古魔法的靈精！」

「我可以怎麼幫妳？」

「我需要尖銳的東西。」

「沒問題，我有。」史塔克跑回悍馬車，用力拉開車門，拿出裝滿利箭的軟囊袋，然後跑回來，從袋子拿出一根箭給我，說：「小心一點，它很銳利。」迅速吻了我一下後，他抽出揹在身上的弓，站在我下方三個階梯處，對我苦笑了一下，說：「我是殺不死她，但我很確定可以傷到她。」

「記住，她這人很虛華，所以，瞄準她的臉。」我說：「毀了她那張臉，她一定會氣到發狂。」

接著，我的注意力全放在她那些黑暗卷鬚上。它們蜂擁著滑入公園，看起來就像漏在海面上的一層黑油。在它們的中央，正是奈菲瑞特，被一波波的邪惡浪濤帶著往前進。

她變了，照理說我不該覺得訝異，畢竟上次針鋒相對之後，我們所有人都變了，只是我沒想到她內在的瘋狂本質終於大剌剌地顯露在外貌上。

奈菲瑞特變得比以前更巨大，尤其四肢，跟身軀相比，顯得格外突出，因爲它們變長了，尤其她的手指。而且四肢動個不停，好像連她自己都無法讓它們安定下來。

蜘蛛！天哪，她竟然讓我聯想到蜘蛛！

「靈，降臨我，」我趕緊召喚元素，免得被恐懼淹沒。話一說完，我立刻感覺到我最愛的元素充滿我，舒緩我的緊張情緒，減輕我的恐懼。

妮克絲，請妳幫助我，給我智慧和勇氣，剩下的，我會承擔起來。

女神的聲音隨著靈拂過我心頭，她的話語充滿我，驅散最後一絲的恐懼。**妳有我的祝福，柔依．紅鳥，記住，愛的力量最為強大……**

於是，我自信滿滿地走到石階的邊緣。

「奈菲瑞特！柔依．紅鳥在此。我來這裡，是因爲我受夠了妳那些狗屁把戲。妳的殺戮時間結束了，就從這一刻開始。」

奈菲瑞特那雙綠眸立刻循聲找到我，還露出蛇蠍般的陰險笑容。「乏味可笑的小毛頭，妳的意思是，妳受夠了我的**狗便便**把戲嗎？」

「並不是。」我說：「跟妳不一樣，我這人說話很中肯。我說狗屁遊戲，是因爲，妳就是狗屁。」

「哇，妳說話眞成熟呀。」她譏諷地說：「想不到我這麼快、這麼容易就找到妳，眞讓我龍心大悅啊。我還以爲我得先解決掉妳那些願意爲妳犧牲的蠢朋友，才能把妳從守護圈的中央挖出來呢。」

「奈菲瑞特，我告訴妳，妳錯了，再次大錯特錯。」

就在她一邊嘲笑我，一邊沿著人行道滑進公園時，我趁機深吸一口氣。

我可以的，我知道陶沙市是一個有古魔法的地方。有古魔法，就有靈精。

我舉起占卜石，想著史迦赫教過我的事，以及妮克絲提醒我的那些，然後用箭頭往我的掌心劃過去。我闔起手掌，擠出血液，然後舉起占卜石，說：「靈的靈精！來找我！」我對著掌心上方吹出一大口氣，將血吹向占卜石。這些血液彷彿被漩渦吸入，瞬間流過占卜石的中空處，從另一端出來時，爆出紫色亮光。

我對靈精微笑。「謝謝你們療癒我，我在此請求靈精一件事，請將你的光注入黑暗中。」我指著奈菲瑞特四周那些蠢蠢蠕動的生物。

靈精立刻衝出去，幾秒後，奈菲瑞特的四周爆出紫色光芒，把模糊血肉噴上天空。

「不！」奈菲瑞特尖叫，伸出她那詭異延展的手指，撫摸那些受傷後爬回她身邊的生物，喃喃安慰它們，眞當它們是孩子似的。然後，她挺直脊背，怒目看著我，說：「妳會後悔的！」奈菲瑞特開始往前滑行，同時下令：「徹底，**徹徹底底**，摧毀柔依・紅鳥。」

26 柔依

奈菲瑞特一下令，所有混亂傾巢而出，黑暗絲線齜著牙，蠕動著結實身軀，一波一波奔向石階。

伴隨一聲震耳欲聾的吼叫，元牲從躲藏的岩石後面跳出來，沒半點遲疑，直直衝向最龐大的一群卷鬚，用牛角刺殺它們，用腳蹄踐踏它們。

他氣勢驚人，也威嚇懾人。

「你這個背叛我的工具人！」奈菲瑞特對他咆哮。「廢物，你永遠都是個廢物！」

無法說話的元牲以吼聲回應，並持續對四周的卷鬚展開屠殺。

我震驚到無法將視線離開他，這時，我才發現，他也變了。

「他的角，」我對史塔克大聲說道：「不再是恐怖的白色了。」

「對，」史塔克說：「變成黑色，妮克絲的夜色。」

「而且就像**另外一隻**牛，他也變成好牛了。」

「柔，還是要提高警覺，不管是好牛或壞牛，都不是元牲所能控制的。」史塔克對我說：「小心奈菲瑞特。等一下她靠得夠近時，立刻設立守護圈。」史塔克說完，架起弓，對銳箭下令：「殺掉那些黑暗的王八蛋！」

銳箭齊射，對準元牲旁邊的卷鬚。史塔克瞄得很準，那頭牛完全沒被銳箭攻擊，而四周的黑暗卷鬚則紛紛中箭倒地。

「多來點卷鬚！」奈菲瑞特對著黑夜喊道：「我需要更多孩子！」

夜晚似乎能吐出黑暗卷鬚般，那些蛇東西從四面八方湧出來。

但奈菲瑞特還是靠得不夠近。

「她的臉！毀掉她的臉！」我告訴史塔克。

「打擊奈菲瑞特的虛榮心。」史塔克下令，拉弓架箭，一次發射兩支。

兩支利箭以優美的弧度，精準地同時劃過她的臉頰，將她的寶藍色刺青從中截斷，劃出皮開肉綻的血淋淋傷口。

奈菲瑞特不停尖叫，搖晃踉蹌，雙手摀著臉，就怕臉頰上的皮膚裂開來。

我原本以為傷了她，讓她無法下令，她那些黑暗卷鬚會方寸大亂，暫時失能。

但我錯了。

傷了她，反而讓它們更加激動，宛如靴刺踢中了馬。霎時，放眼望去，滿滿都是黑暗卷鬚，而元牲的怒吼已對它們構成不了威脅，頂多只是刺耳難受。

「柔依！快回悍馬車！把門窗鎖好！」史塔克對我喊道，同時射出最後一支箭。「我隨後就到！」

「我哪裡都不去。」我說。

他抬頭看我一眼，對我苦笑一下，說：「那我也哪裡都不去。」史塔克兩腿往地上穩穩一站，掄起拳頭，準備跟卷鬚來場肉搏戰。

這時，他的面前出現一把長劍。這把劍的致命之美，閃爍熠熠。史塔克的手往這把守護者之劍的劍把一握，勝利似地一吼，開始對那些撲向他的卷鬚猛劈狂砍。

但奈菲瑞特還是靠得不夠近。

憂心的我，再以銳箭劃過另一掌。這次，劃得更深，引出的血流得滿手都是。我舉高占卜石，說：「風、火、水和土之靈精，來找我！」將手掌上的血吹入占卜石中間的洞之後，我的周圍果然出現各種形體的靈精，包括鳥、小仙子、人魚和森林仙女。「不管付出什麼樣的代價，我都願意接受，只求你們幫助我靠近奈菲瑞特。」

代價就是

發自妳心底的真愛

我別無選擇。不是史塔克死，就是這個世界滅亡。「我在此起誓，我願意！」我說，靜靜地對自己下承諾，**等這一切結束，我就追隨史塔克去另一個世界，我知道去哪裡找他，就在吊夢樹底下……**

靈精們發光的頭顱迅速點了一下，表示接收到我的誓言，接著，它們圍繞著我，形成一個圓圈。

去找黑暗女神。

它們下令，帶著我移動，從史塔克身邊經過。

「柔依？妳這是幹麼？」

「留在原地，史塔克！繼續跟它們廝殺。我要去找她。」我無法看著史塔克，我知道，他不會聽我的話，我知道，他不會留在階梯上方——即便從那裡他才有機會打倒那些卷鬚。

「詹姆士．史塔克，我永遠愛你！」我大聲喊道。

接著，我奔跑，四周的靈精和我一起移動，形成一道古代魔力的堅固屏障，斥退那些試圖靠近的卷鬚。我先在奈菲瑞特的後方兜圈子，接著，把我的靈精屏障當成一頭發狂的公羊，駕著它，狠狠衝向她。

靈精從奈菲瑞特的後方撞擊她。她已經被自己血和痛楚折磨得頭昏眼花，沒注意到我們發動攻擊，所以，我成功地把她往洞穴撞過去，一步，再一步。

她迅速轉身，像隻眼鏡蛇對我嘶嘶怒鳴，修長可怖的手指劃過靠近她的靈精。是美人魚狀的水靈精。這藍色的美麗靈精被奈菲瑞特這麼一劃，發出非人類的痛苦尖叫聲，然後在地表消失。

我咬著牙，往她更靠近一步。

「妳這個小賤人！原來妳躲在那東西裡啊，妳以為古魔法可以讓我殺不了妳嗎？**我鄭重命令古魔法！任何凡人無法擊敗我！**」

她又開始攻擊靈精，這次火靈精爆炸開來。

我再次從她的背面撞擊她。這次被她攻擊到的，是一隻美麗蒼鷺形狀的靈精。

現在，我和奈菲瑞特之間只剩下森林仙女，但我還是衝向她。奈菲瑞特的利爪往靈精耙過去，痛得靈精尖叫然後消失無影，但這位黑暗女神自己也失去平衡，從奧克拉荷馬州特有的崎嶇砂岩上跌下來。

終於！靠得夠近了！

「戴米恩，你在哪裡？」我大喊。

「這裡！」他在我左側的杜鵑花叢後方探出頭。「風，我召喚你來到我們的守護圈！」

我喊道，四周立刻颳起一陣風。

「我在這裡！」簫妮主動出聲，從那棵被火燒得焦黑的樹的後方走出來。

「火，我召喚你來到我們的守護圈！」我立刻感受到火元素的熱氣。

「孩子！阻止她！殺了她！」奈菲瑞特下令。

我站穩腳步，即使我感覺到有一條卷鬚正割著我的腿。「夏琳！」

「在這裡！」她從我右側的山丘頂部對我揮手。

「水，我召喚你來到我們的守護圈！」

「史蒂薇．蕾！」我喊道，並抓起我脖子上的一尾蛇東西，往岩石砸過去。

「我就在妳後面，柔，我會挺妳的！」

我轉身，利乏音的劍在我們四周咻咻畫弧，我大喊：「土，我召喚你來到我們的守護圈！」草原的氣息立刻撲鼻而來。守護圈快完成了，只剩最後一個。我喊道：「靈，我召喚你來到我們的守護圈！」

一條銀色的寬絲帶現形，將我們五個人緊緊串聯，而奈菲瑞特，已經被我們包圍起來。

「妳以為一條繩圈就可以關住我？」狼狽的奈菲瑞特四肢跪地，臉上血跡斑斑，但傷口已經癒合。她看著我，仰天長笑，說：「妳這是幫我省掉麻煩，現在，我只要摧毀守護圈，就能一次摧毀你們五個。來吧，孩子！全到我這裡來！」

她的生物乖乖聽命，從公園各個陰暗角落出現，朝她蠕動過來，頓時，四周出現一波波黑浪。

我不理會她和那些被她叫來解決我的生物，逕自舉起我的雙手，說：「風、火、水、土和靈，聆聽我！我是柔依．紅鳥，我的祖先在天空下跳舞，以大地之母之名，帶著敬意，心存愛，呼喚你們。他們照顧這塊土地，讓人間的光亮與黑暗保持平衡。今晚，身為古代照護者的女兒，我請求你們幫助我。眼前這個特西思基利和她的生物玷汙了人間，還造成正邪勢力失衡，所以，正如在我之前的女智者，我也要祈求你們——大地之母和古魔法的力量，請你們囚禁奈菲瑞特和她那些孩子！」接著，我想像自己是一座噴泉，而元素是力量溪水，從大地深處汩汩湧出，流到我這座噴泉。然後，我將風、火、水、土和靈元素，擲向奈菲瑞特。

將我跟守護圈串聯在一起的銀絲帶飛出去，變成一個套索，套住奈菲瑞特和她的黑暗卷鬚，將他們往後拉，拖入洞穴裡。

「史蒂薇・蕾，幫我！」她立刻到我旁邊，握住我的手。

「土，」她下令：「封住他們！」洞穴四周的岩石全都發出綠光，我們腳下的大地開始震動，愈來愈強烈，直到上方的石頭紛紛墜落，如山崩般，掩埋了洞穴口。

接下來，四周寂靜到讓人難以置信。我頭重腳輕，雙膝癱軟，史蒂薇・蕾和我仍緊緊牽著手。

「史塔克！」我喊道：「你在哪裡？」淚水已經滑落我的臉頰。我知道他不會回答我的。我踉蹌，元牲抓住我。

元牲又變成男孩子了。全身是血，但活得好好的。

「放輕鬆，」他說，和史蒂薇・蕾扶我坐下。「大家都沒事。」

不是，不是所有人都沒事。

「深吸幾口氣，在妳關閉守護圈之前，向靈元素借點能量吧。」元牲說。

我呆楞地點點頭，看著仍圈住我的銀絲帶。

「柔！我們辦到了！」戴米恩跑向我們，開心地喊道。

「剛剛眞的好可怕。」夏琳說。

「但也很不可思議。」簫妮說。

我所有的守護圈成員都圍著我，而且我們辦到了，我們成功困住奈菲瑞特，然而，只有我知道，我付出了什麼代價。

「對，是很棒，可是，太折磨人了。」他說。

我抬起頭，婆婆的淚眼見到了史塔克。他就站在那裡，笑著俯視我。他的手腳好多傷，還不停流著血，但他，**活得好好的**！

「史塔克！喔我的天哪！」就在我衝入他的懷抱時，封住洞穴口的石堆開始鬆動。

「啊，不妙！」史塔克說：「那些卷鬚，它們鑽出岩石縫了。」

我站起來，就在守護圈的中央，再次舉起雙手。這時，我注意到大家的身上都是血。但我不在乎，只要史塔克還活著！

代價就是
發自妳心底的真愛

靈精的聲音迴盪在我的腦海，我這才恍悟，爲什麼史塔克仍能活著。

它們指的不是要奪走我的史塔克，而是**我本人**。輪到我了。我對朋友和這個世界的愛，當然多到足以讓我願意犧牲，以求正邪力量回歸平衡。我要用我的命，來換得奈菲瑞特的困墓下場。

「你答應我，會保護大家。」我對史塔克說。

他瞇起眼。「柔，妳要幹麼？」

我深吸一口氣，做好心理準備，然後舉起占卜石，開始往前走。**阿嬤說過，史迦赫說過，最重要的是，連妮克絲也說過——雖然我生在現代，但我的血很特別，裡面蘊含著古代的力量。現在，我就要用我的血，去封住奈菲瑞特的墓穴。**

「沒用的。」元性忽然出現在我面前，擋住我的去路。

「別擋路。」我告訴他，「還有，也別讓史塔克阻止我。我知道自己在做什麼，你說的對，沒事了。」

「不，柔依，妳堅強又聰明，但有一點，妳錯了。妳並非不死生物，不管妳做什麼，不管妳願意犧牲到什麼程度，妳都不可能有足夠的力量永生永世困住她。但我可以，我是古魔法創造出來的黑暗工具。」

「可是你已經選擇光亮。你變了。」

「那是因爲西斯的靈在我裡面，讓我做出正確選擇。但現在，我做的這個選擇，是出於愛，不只是爲了妳，小柔，也爲了你們所有人。我該這麼做，我知道我的決定是正確的。小柔，叫史塔克幫我好好照顧史蓋拉，好嗎？」他笑笑，我在他那雙月光石般的眼眸裡，見到了西斯。「喔，還記得我的兩個願望嗎？今晚，我已經實現其中一個。妮克絲透過妳對我說話了。」他伸出手，拿走我手中的占卜石項鍊，將它套過頭，讓閃閃銀亮的占卜石懸垂在他的胸膛中央。「我就是妳可以利用的古魔法。」

「那你的第二個願望呢？有個女孩愛著你？」我問，眼眶已噙滿淚水。

「下輩子吧，小柔。下輩子，妳和我，我們來個小約會，如何？有句話說的很對，唯一永遠不死的，就是愛！」

接著，西斯就從元牲那雙體貼嚴肅的眼睛中消失了。他轉身，低下頭，咆吼一聲，準備迎接古老的挑戰。奔向洞穴時，他的身體抽搐，開始變化。一靠近岩石和那些試圖鑽出的卷鬚時，他已經完全變成一頭力拔山河的美麗公牛。當他用牛角去頂洞口的岩石，身體再次產生變化，變成一面巨大黑盾，蓋住洞口，封閉它，把奈菲瑞特永遠密封在裡面。

一陣驚人的隆隆聲，接著是震耳欲聾的雷聲，從東方和西方傳來。

「怎麼一回事？」史塔克喊道。

我說我不知道，但隨即看見黑影。從東邊擴散到我們這裡來，一團巨大黑雲，逐漸增大時也具體現形——獸角、結實胸膛，還有牛的偶蹄。

「西邊！快看西邊。」簫妮喊道。

我的視線立刻移過去，見到東方牛的孿生兄弟現形，但這一頭是白色，如霜雪般白，如死亡般白，如墟墓般白。

兩頭牛在我們上方的空中交會，那撞擊聲，震撼到所有人摀住耳朵，但怎麼掩護都於事無補。我的前額一陣劇痛，我聽見朋友也跟著我哀號吶喊。我倒在地上，覺得頭快要爆開。史塔克摟住我，我發狂似地轉頭張望，看見利乏音去保護夏琳，史蒂薇·蕾則從戴米恩身邊跑到簫妮旁邊。大家都跟我一樣，痛苦地倒在地上。

我們怎麼了？天哪，現在到底是怎麼一回事？

就在我認為我已經痛苦到撐不住時，天空閃過刺眼亮光，兩頭牛同時消失，我的劇烈頭痛也瞬間停止。

我顫抖著坐起身。

「柔，妳還好嗎？發生什麼——」他的笑容打斷了他自己的話。「喔，原來如此啊！」

我皺起眉，這傢伙在說什麼啊？我搓搓臉，天哪，額頭一摸就痛。

「喔我的天哪！這眞是我見過最酷的事！」史蒂薇．蕾幾乎是尖叫著說。

仍然不解的我看著跪在簫妮身邊的她。簫妮看起來和我一樣茫然。她眨眨眼，轉頭看著我——這下子，我明白了。

我的視線從她，移到戴米恩，再移到夏琳。

「全部的人！」我說：「他們全都成功蛻變了！」

「是你們。你們所有人都蛻變了，就連妳也是，柔！」史塔克伸出手，撫摸我顴骨周圍的細緻花邊圖案——這是**真正**吸血鬼的**正統**記印。

我抬起頭，眼眶含著感激的淚水，看著一輪滿月的盈盈皎潔映照在我們身上。

「謝謝妳，妮克絲，喔，太謝謝妳了！」我對著月亮說。

柔依．紅鳥，願妳和妳的忠實朋友，永遠祝福滿滿……

到此，真正結束。

後記

妮克絲咯咯笑。「我現在可以看了嗎？」

卡羅納心想，她的笑聲眞像個無憂無慮的少女，如此迷人，永遠都那麼有吸引力。他咧嘴一笑，但還是設法裝出嚴肅的聲音，說：「還不行，女神。」

「可是我想知道你到底在幹麼！」妮克絲說。

「要是讓妳知道**我們**在幹麼，那就不是驚喜了啊。」

「俄瑞波斯，你來這裡幹麼？」卡羅納對他吼道。

「因爲我不想讓你一個人居功啊。畢竟，是我在幾世紀前發現那個東西，而且設法保存好，就等著你回來，交還給你。」俄瑞波斯說，取笑哥哥那副吹鬍子瞪眼的表情。

「不管！反正我現在就要看！」

在女神睜開眼之前，卡羅納趕緊將她的身子轉過去，好讓她在睜眼之前就面向另一個世界的最美湖泊。她睜眼後，倒抽一口氣，興奮地鼓掌，而他就站在她背後，雙手環著她的肩。

「我的船！許久之前你爲我打造的那艘船！」她轉身，抱著卡羅納，笑得好開心，還親吻他。「謝謝你！」

俄瑞波斯清清喉嚨。「那我呢？」

妮克絲張開一隻手臂，邀請俄瑞波斯來分享她的擁抱。「也謝謝你，俄瑞波斯。謝謝你對卡羅納始終抱持著信心。」

「哦，沒什麼啦。」俄瑞波斯說，抱住他們。

卡羅納回抱他一下，然後打鬧似地推開他。「沒什麼？對你來說是沒什麼，但我可是花了好幾天，才把廢置了好幾世紀的船修復好。」

「好，既然你都這麼說了，那我當然知道你的**真正**意思。」俄瑞波斯說，也嬉鬧地推了哥哥一把。

「啊，我眞的好喜歡這個驚喜。」妮克絲說，走向小船，帶著欣賞的神情，撫摸著許久之前卡羅納爲了她在船身雕鐫的花朵、星辰和月亮等圖案。「而且，你們還找到了毛皮墊和野餐籃！這份禮物眞是太完美了。」

「是我找到的。」卡羅納說，朝弟弟瞥了一眼，笑著說：「不過，是俄瑞波斯建議我用花蜜代替酒。他還特地去人間爲妳採集這些花蜜呢。」

「我是爲你們採集的。」俄瑞波斯說，也對哥哥回以笑容。「現在，我就讓你們小倆口獨自享受蕩舟之趣吧。我已經賄賂了水仙女，請她們今晚離開這座湖，不打擾你們。現在，我得再去人間一趟，去張羅要送給她們的東西。」他輕吻妮克絲的臉頰，對哥哥敬禮後，爆出一陣金光，而後消失。

卡羅納咳了一下，甩掉弟弟留在他頭髮上的閃亮碎物。「眞希望他別老是這樣。」

妮克絲摀住嘴，但仍藏不住咯咯笑意。「我覺得這陽光粉塵還滿適合你的。」

卡羅納將女神摟入懷中。「如果妳喜歡，那我就叫俄瑞波斯偶爾爆一下。」他用吻來摀住她的笑聲，然後抱起妮克絲，輕輕地將她放入船中，讓她坐在柔軟厚實的毛皮墊上。他將小船推入湖中，跳入船裡，在藍綠色的粼粼湖面上悠閒地划槳。

「如果妳想要，我們可以回到妳很愛的那座湖。不過，這樣的話，我會要求妳召喚元素來掩護我們。稍早前我去過了，妳知道嗎？它現在被稱爲火山口湖，還聚集了一堆人類。」

「我知道。」妮克絲說，手指輕掠過湖面。「你不在的這段期間，我經常去那裡。」她凝視他的眼，他看見她的瞳眸裡有著無比哀傷。「每一次，我都希望能看見你在那裡，但每次都失望而返。」

卡羅納放下槳，握著她的手。「永遠不會那樣了。我發誓，我已經排解了忌妒和憤怒，我絕不會再被衝動的情緒所左右，讓黑暗橫阻在我們之間。」卡羅納恭敬緩慢地親吻她的雙手，希望藉此驅散她那雙美麗眼眸裡的憂愁。

「我的戰士，我的愛人，犯錯的人不只有你。我也做錯了。那時，我太年輕，太稚嫩，讓我們之間存在著祕密。」

「祕密？什麼意思？」卡羅納的胃揪緊。**妮克絲會對他隱瞞什麼祕密**？

「那一晚，你看見我和俄瑞波斯在一起的那個可怕夜晚。你誤解我對他說的話，但我沒加以解釋。我應該說的，就算只是跟你保證，俄瑞波斯和我之間沒什麼。」

「不，發生那晚的事情後，我們就說好不再提那事。我們應該繼續遵守這個承諾才對。」卡羅納說，感覺鬆了一口氣。「就算當時妳解釋了，我也不會聽的，因爲，當時我滿腦子只有忌妒。」

「嗯，我錯了，我不該要你和俄瑞波斯發誓不提那件事，但我的確認爲，那晚的事件有了不錯的後續發展，即使大家都無法再提起它。」

卡羅納看著她的眼。「妳的孩子和吸血鬼都非常特別，非常優秀，我得說，我現在也非常喜歡他們。」

「你應該說的是，**我們的**孩子和吸血鬼吧？畢竟，他們是我們共同創造出來的。」

「我遵守諾言，妮克絲，我絕不會對他們，或者任何活的生物提起那件事。」卡羅納說。

「我知道。」妮克絲傾身輕吻他。「你始終堅守諾言，即使你整個人曾被黑暗與憤怒占據，所以，我才會開始希望你能找回自己，找到路，回到我身邊。」

「我永遠不會再次迷失。」

妮克絲投入他的懷抱，被他的愛和能量所包圍，感覺好滿足。

「不過，我的確很想念他們，我們的吸血鬼。」他說：「當然，還有我的兒子。」

她仰起臉，對他微笑，說：「你應該去看看利乏音。」

卡羅納驚訝地眨眨眼。「妳不介意？」

「當然不介意！他是你的兒子，而且他的伴侶還是我所愛的孩子。」

卡羅納把女神抱得好緊。「我都忘了妳不曾被忌妒和怨恨所影響。」

「親愛的，未來我也不會受影響。」接著，她的表情不再嚴肅，而是變得燦亮起來。「來看看我們的孩子，如何？」

「現在？」卡羅納看看小舟、恬靜的湖，和美麗的女神。

她笑著說：「對，現在，不過，你放心，我們可以繼續享受你給我的驚喜，不受影響。」妮克絲繼續在卡羅納的懷抱中，但改變一下方向，改成背靠他的胸膛。她的身子傾過船舷，伸手撥動湖水。他從她的肩頭望過去，看見湖面上出現字跡。

神祕湖泊，我召喚你的水晶能量
向我敞開，把我想看的點亮。

我想看見我們摯愛的人
儘管天涯之遠，卻如在身邊。

跨越時空，
讓我們看到孩子在人間的景況。

湖水緩緩打旋，漣漪點點，彷彿妮克絲在湖面上打了水漂。一會兒後，水波無痕，平靜透亮，宛如凡間的電視螢幕，以豐富的影音在他們面前播放。

「是柔依、史塔克和紅鳥阿嬤！」卡羅納說：「他們在夜之屋禮堂的後臺。」

「噓，親愛的，」妮克絲輕聲說：「我們看就好，別打擾他們。」

「柔依．紅鳥在那裡幹麼？」卡羅納掩不住好奇，還是悄聲問了女神。

妮克絲聳聳肩，沒出聲地一笑置之。卡羅納更加緊摟她的肩膀，默默承認自己確實好想知道那些被他當成家人的人，現在近況如何。

柔依

「我緊張死了，啊，胃好難受呀。」我說，努力克制摳指甲的衝動。「我看起來可以嗎？或許應該穿牛仔褲。這套衣服好像太過正式了。」我低頭看看自己，然後從這件超級正式的禮服上抓起一根淡橘色的長毛，對著那一隻淡橘色的大貓瞪了一眼。牠還裝得一臉無辜，在史塔克的大腿上磨蹭、嗚嗚。「史蓋拉，你騙不了我，你是故意甩毛的。」

「柔依，妳看起來美呆了。拜託，不要，再，換衣服了。沒時間了。還有，史蓋拉的毛就是那麼長，他想甩毛，也是很自然的，雖然次數多了一點。」史塔克說，彎腰搔著巨貓的頭。我的貓咪娜拉輕巧地踱進來，嗅嗅史蓋拉，肥肚一甩，悻悻然地走開。本來是巨貓一隻的史蓋拉，忽然變成小貓咪似的，開心地追起她來。

「我愈看愈喜歡他欸。」史塔克說，看著遠去的巨貓微笑。「而且，其實他不像外表那麼兇狠。」

「嗯，你這話可別讓你的愛犬女爵聽到。史蓋拉昨天晚上把她的鼻子撞流血，到現在還沒止住呢。」

「她自己應該學會不要去煩他啊。他的新頸圈上已經寫得很清楚，惡貓在此。」史塔克從剛剛到現在都表現得很正常，但我發現，其實，他自己決定穿上的那件蘇格蘭裙讓他很不自在。

「我覺得你的腿比我的好看。」我半開玩笑地說。

「別這樣對妳的男人說話，**嗚威記阿給亞**，人家原本就很有男子氣概了。」阿嬤揶揄，親暱地拍拍史塔克的臉頰，然後走向我，幫我順一順身上這件深紅絲絨禮服的心型低領口，愛芙羅黛蒂說服我，一定要穿這一件。接著幫我撿起女神徽章處的另一根貓毛。以銀絲線繡在心臟位置的銀色女神，雙手高舉，捧著一輪新月。「喏，這應該是史蓋拉甩在妳身上的最後一根貓毛了。柔依鳥兒，妳看起來好美，穿上這禮服，妳就成了第一位北美最高委員會的女祭司長了。」

北美最高委員會的女祭司長！我要到什麼時候，才不會聽到這個頭銜就緊張得胃揪擰啊？

阿嬷彷彿讀到我的心思，握住我的手，對我說：「等妳能自在地接受自己，自然就能輕鬆地接受這個頭銜。我相信今天完成該做的事之後，妳就能辦到。」

「對啊，柔，妳很清楚該怎麼做。快點把該做的做完，這樣會比較好。」史塔克說。

我看著他的眼，想知道他是不是忌妒或憤怒，但我沒看到這些情緒。我見到的，只有愛和信任。我深吸一口氣。「你說的對，你們說的對，我們別再浪費時間，反正糟不到哪裡去的。」

「糟？柔，妳在開玩笑嗎？會很棒的！嗨，記住，這世界很小的，我們不會失去任何人，大家只是要去幫助各地的雛鬼。」史塔克咯咯笑，對我露出他可愛冷傲的招牌笑容。

「懂嗎？**小雛鬼**。」

我搖搖頭，努力不對他翻白眼。「我懂了。」

「柔依鳥兒，妳可別認爲這是結束，妳應該把它看成是你們要展開偉大旅程。」阿嬷說。

「好，對，阿嬷，妳說的對。總之，大家離開之前，我們要再設立一次守護圈。開始吧。」史塔克站在我的一側，阿嬤站在另一側，我走上禮堂的舞臺。

禮堂裡座無虛席，就連後側和兩側的牆壁旁都站滿了人。

「怎麼會有這麼多人啊？」我努力不動嘴唇，悄聲問史塔克。

「啊，柔，妳的麥克風開著。」史蒂薇．蕾的聲音從禮堂前方的某處傳過來。

「啊，要命。」我低聲驚呼，然後抿緊雙唇，任憑那句**啊，要命**傳進觀眾耳裡。一波波笑聲回傳給我，但它們並沒帶著惡意，相反地，給我一種友善的感覺。我眨眨眼，適應舞臺的煤氣燈光後，我清楚看到，真的好多人，非常非常多的人，但他們全都仰起臉對我笑。我在一張張臉孔中搜尋，終於發現一顆金色鬈髮的頭顱，旁邊另一個金髮則是又長又直，而且絕稱不上完美。我凝視愛芙羅黛蒂的眼，她揚起一道金眉，對我點點頭。然後，我看著史蒂薇．蕾那雙炯炯閃亮的藍眼睛。她給我一個大笑臉，還伸出拇指對我比個讚。我吐出一直憋著的一口氣，清清喉嚨，開始說話。

「我要謝謝大家今晚出席北美吸血鬼最高委員會的宣誓典禮，尤其現場這些堪稱為夜之屋之友的人類朋友。」我一眼就能發現刑警馬克思站在人群中，因為他的身高可說鶴立雞群。我對他笑笑，他將手放在額頭前，假裝拉了一下隱形帽子，向我回禮。我很喜歡跟在他身邊的那六、七位基層警員，所以，我在心裡默記，下次陶沙市警局辦募款活動時，要買一此票捧場。「今天，我們要進行的活動，是吸血鬼社會前所未有的。我們要建立一個新的里程，而且要把人類納進來。」

掌聲響起，我停頓下來，真沒想到我的臉頰竟然紅燙起來。

「所以，嗯，我要先請我們最高委員會的六位新成員上臺來。」我看著閨蜜的眼睛，就從她開始。「史蒂薇．蕾！」

史蒂薇．蕾背後好幾個人拍拍她的手臂，一連串**唷荷**的歡呼聲。看見她的家人特地從八十幾公里外的亨利耶塔鎮開車來陶沙市，我忍不住漾起笑臉。史蒂薇．蕾迅速吻了利乏音一下，急急步上舞臺。

「愛芙羅黛蒂！」

所有的冥界之子戰士在達瑞司的帶領下站起來，用力鼓掌，愛芙羅黛蒂甩甩頭髮，優雅地走上舞臺。

「簫妮！」

「幹得好呀！簫妮，妳太棒了！」刑警馬克思喊道，他和其他陶沙市的警員，以及艾瑞克．奈特開心地歡呼、吹口哨。

「夏琳！」

我看到她經過艾瑞克身邊時，艾瑞克站起來，跟她擊掌，我眞的好高興。而妮可，則往夏琳的嘴巴用力親下去。

「蕾諾比亞！」

渾身散發著永恆之美的馬術夫人走上臺時，一個人高馬大的牛仔歡呼一聲，還揮舞一頂跟他十分相稱的白帽子。

「最後，我要請上臺的人，是有史以來第一位成爲最高委員會成員的男性。戴米恩！」我說，我與大家一起鼓掌歡呼，看著他羞紅著臉，開心地笑著，拉拉那一身無可挑剔的訂製西裝，擁抱亞當．帕魯卡一下，然後跑上臺。

我的朋友分散在我兩側，他們看著我，等著我的進一步指示。我壓抑緊張的情緒，坐下來，他們見狀，也跟著就坐。

好吧，我們跟聖克利門蒂島那些仍統治歐洲的最高委員會不一樣，我們沒有大理石寶座，也沒訂下大家該遵守的大規矩。而且，我們也不會將人類排除在禮堂／最高委員會的會議室之外。我們決定，從此刻開始，我們這裡的夜之屋要有不同行事風格。第一個不同，就是我們的「寶座」只會是板凳，上面鋪著還算舒適的軟坐墊，黑色布面上是學校的紫、藍綠彩格呢圖案。我坐好後，繼續主持典禮。

「現在，我要請上臺的，是吸血鬼的桂冠詩人克拉米夏，她也是妮克絲的女先知。她將加入我們一起宣誓，成爲新最高委員會的成員。克拉米夏，請上臺！」

所有的紅雛鬼高聲歡呼，克拉米夏踩著她最愛的六吋漆皮高跟馬靴——這雙靴子跟她那頂金色的鮑伯型假髮眞是絕配——喀喀喀地走上舞臺階梯。她的手上拿著她眾多紫色筆記本的其中一本，接過阿嬤遞給她的麥克風，打開本子，走到舞臺的最前面，面向我們。

「各位準備好了嗎？」

「準備好了。」我們七個人說。

「好，現在，你們跟著我唸。而且，記住，這些誓言會持續有效力，直到死亡那一天。」

「喔，應該說直到我們四年的任期結束，北美夜之屋又投票選我們爲最高委員會的成員。」我趕緊糾正她。

「對，柔說了算。」克拉米夏點點頭，完全不慌亂。她開始唸起誓言時，聲音忽然變得洪亮有力，彷彿默默觀看這場儀式的妮克絲正在灌注力量給她。

新時代需要新地方和新面孔，

重建平衡新秩序，瞻望往來新遠景。

克拉米夏說完後停下來，我們七個人異口同聲地重複她這首詩裡的誓言。

我們的考驗很大，但我們堅守真理，
我們的損失很大，但我們奮力熬過去。

她又打住，等我們跟著唸。

今晚我們發誓會站在光亮處，
以智慧、愛和才能領導眾人。

我和六位朋友一起唸誓詞時，在心底默默祈求妮克絲幫助我，幫助他們，能更有智慧，充滿愛，在使用女神賜予的能力時，不忘給別人該有的尊重。

看哪！這是新的最高委員會！

如我們所選，如我們所願！

我們七個唸最後一行時，全部起身，整齊劃一地對與會者鞠躬，底下觀眾報以熱烈掌聲。

「好，柔，現在快告訴大家吧。」史蒂薇．蕾說：「畢竟那是妳的好點子。」

我點點頭，再次緊張起來，不過我還是面對群眾，把該說的話說完。「如各位所知，我們想要打造一個全新的最高委員會，因爲我們希望全世界看到的，是一種全新的吸血鬼族群。」此話一出，群眾立刻安靜，專注聆聽。「我決定……呃，應該說**我們**七個人共同決定，我們不要把自己關在學校裡，跟外界離得遠遠的。」

「關到屁股結蜘蛛網。」史蒂薇．蕾補上一句，惹得觀眾席傳出一陣陣笑聲。

「呃，對啦，類似這個意思。」我說，對我的好閨蜜咧嘴一笑。「所以，從明天開始，你們的最高委員會將會走出校園，拜訪各地的夜之屋，傾聽成鬼和雛鬼所遇到的問題與關心的事情，同時也跟該所夜之屋附近的人類進行交流。」我深吸一口氣，以堅定的口吻，將我的朋友分派到四面八方。

「史蒂薇．蕾，妳往北方去。」

「如我所願。」她笑著說，還喜極而泣了。

「戴米恩，你往東方去。」

「如我所願。」他莊重地回答。

「簫妮，妳去南方。」

「如我所願。」她以詩歌般的語調說。

「夏琳，妳去西方。」

「如我所願。」她說，給我一個親切的微笑。

「我呢，則會留在這裡陪各位。」愛芙羅黛蒂說，她那雙靈慧的眼睛直視著我。

「如我所願。」我附和，然後面向觀眾，說：「歡喜相聚，歡喜散場，期待歡喜再聚，願大家祝福滿滿！」

大家鼓掌，這次的掌聲比剛剛嚴肅一些。我看得出來，有些人很驚訝我和我的委員會所做的決定，不過，對這樣的決定，我很有信心。況且，從朋友的表情看來，他們也有信心。我們所有人都看見了，當最高委員會脫離人民時，會造成多大的災難。我們決定不讓這種事在我們任內發生。

不過，我還有件事要做，而這件事，我還沒告訴臺上的朋友。我面向他們，說：「各位，在大家出發之前，我想請各位最後一次設立守護圈。」

「守護圈？現在？」史蒂薇・蕾問。

「對，守護圈，嗯，可以說現在。不過，你們可以先跟我去一個地方嗎？到了那裡，各位親眼看到後，會比我在這裡口頭解釋更容易。」我說。

「柔，如果妳需要我們，我們會永遠追隨妳。」戴米恩說。

「我來準備悍馬車。」史塔克說。

「我已經拿好你們的儀式用蠟燭，都放在我的野餐籃裡了。」阿嬤說。

「很好，那，走吧。蠢蛋幫又要出動了。」愛芙羅黛蒂說。

「我以為市政府同意在這一區蓋圍牆，阻止一些人來這裡探頭探腦咧。」愛芙羅黛蒂說，皺眉看著被封住的漆黑洞穴口。

「他們有說要蓋圍牆啊，不過，我請他們今天過後再開工。」我跟她解釋。

「為什麼？柔。」史蒂薇・蕾問。

「嗯，是這樣的，元牲一直來找我。」我說。

「元牲？他不就在那裡，封住洞口，阻止奈菲瑞特跑出來？」夏琳問，指著洞穴。

「是啊，不過，他也出現在我的夢裡。」我告訴朋友。

「什麼樣的夢？」愛芙羅黛蒂問。

我搖搖頭。「我眞的不知道。我醒來就忘了，只記得元牲一直叫我的名字，不管我回應他多少次，就是無法跟他有聯繫。不過，我知道他在這裡，知道他需要我。」

「妳認爲這代表什麼意思？」戴米恩說。

「嗯，我認爲，這代表他被困住了，需要由我來幫他脫困。」我說。

「等等，不可以。如果你讓他脫困……」愛芙羅黛蒂對著洞穴抬抬下巴，「奈菲瑞特和她那些噁心的爪牙就會跑出來。」

「其實，我認爲這種情況不會發生。我不是要讓元牲的古魔法失效，我只是要釋放他的靈魂。」

「可是，他的靈魂已經消失了。那晚，就在他衝向洞穴之前，大家都親眼目睹了。而且那個靈魂肯定是西斯的，他絕對離開公牛的身體了。」史蒂薇．蕾說。

「對，這就是重點啊——我不相信沒有了西斯，元牲就變得沒有靈魂。我相信元牲已經發展出他自己的靈魂，因爲他做了正確選擇，所以，現在被囚困在這裡的，是一個有靈魂的元牲。」我說。

「而且，因爲桑納托絲死了，所以，妳願意代替她來幫助元牲去另一個世界。」戴米恩說。

「嗯，我願意試試看，如果你們可以幫我的話。」

「拜託，蠢蛋幫，快圍成一圈啊。擔心什麼，還能糟到哪裡去啊？怕黑暗勢力又出來興風作浪啊？」愛芙羅黛蒂假裝打了一個大哈欠。「怕什麼，我們又不是沒經歷過，而且還成功地把它踹到屁滾尿流哩。」

「我們來幫妳，柔。」史蒂薇．蕾說。

「對，我們相信妳。」簫妮說。

「如果妳認爲元牲需要妳幫助，那我們就來這裡幫妳。」戴米恩說。

「絕對要幫。」夏琳附和。

「謝謝你們。我眞是他媽的以身爲蠢蛋幫的一份子爲傲。」我說，感動得快哭了，趕緊吸吸鼻子，抹抹眼睛。

「柔，我看妳眞的把一群蠢蛋聚在一起。好了，在妳一把鼻涕一把眼淚之前，快設立守護圈吧。」愛芙羅黛蒂說：「還有，我看妳還是不要說髒話好了，從妳嘴巴說出來，感覺就是不對。」

我咧嘴對她笑笑，這時，守護圈成員已經各自散開，各就自己熟悉的方位。阿嬤給我們每個人一根蠟燭，我走向戴米恩，開始進行彷彿是許久之前所做過的事。

「風，無所不在，所以它才會成爲我們第一個要召喚來守護圈的元素。風，我請求你聆聽我，我召喚你到守護圈來。」說完後，我用點燃的火柴碰觸黃蠟燭，我和戴米恩的四周立刻颳起咻咻的風，吹得我們頭髮飛揚。

他眼眶噙淚，笑著對我說：「你第一次召喚風來守護圈，就是這麼說的，那一次，也是我的元素第一次現身讓我看見。」

「你記得！」我說，用力眨眨眼，免得哭出來。

「我當然記得，我們全都記得，柔。」戴米恩說。

淚眼婆娑的我帶著微笑，轉身往南方，走到簫妮面前。「火讓我想到冬夜時，阿嬤小屋裡的壁爐，溫暖又安全。我請求你聆聽我，我召喚你到守護圈來。」我都還沒點燃蠟燭，簫妮的一頭紅髮就紅亮得如火燃燒。她對我咧嘴一笑，說：「繼續吧，柔，我們都挺妳。」

我繞著圓圈走向夏琳。

「奧克拉荷馬州的夏天，非得靠水來舒緩不可。曾讓我驚歎，我終於見到的，就是令人驚奇的汪洋大海。讓薰衣草田滋養茂盛的，就是雨水。我請求你聆聽我，我召喚你到守護圈來。」

夏琳的藍蠟燭一點就燃，春天花朵的氣息立刻瀰漫在我們周圍。

「我好高興妮克絲賜給我對水有感應力。」夏琳說：「我好高興我是妳的守護圈的一份子。」

「我也是，夏琳。」我告訴她。

然後，我走去站在我的閨蜜面前。

「柔，我們再來設立一次守護圈，而且做得非常完美。」史蒂薇．蕾說。

我用力嚥下從喉底生起的哽咽，說：「土支撐著我們，環繞著我們，沒有土，我們什麼都不是。我請求你聆聽我，我召喚你到守護圈來。」頓時，空氣瀰漫著綠油草原的氣息，我的閨蜜和我相視而笑。

然後，我走到圓圈中央，舉起我的紫蠟燭，準備將守護圈完成。「最後一個要召喚的元素是一切生命的根基，它讓我們獨特，而且，是它讓所有生物具有生命。請求你聆聽我，我召喚你到守護圈來。」

靈元素開始旋繞，灌入我全身，守護圈登時被一條閃亮的銀絲環串起來。我閉眼祈禱。

「妮克絲，妳應該可以想見我不確定自己來這裡做什麼，我只知道我非來不可。請指引我，給我力量。」

我張開眼，走到活埋奈菲瑞特的洞穴口，站在封住洞口的漆黑岩石前，想著桑納托絲，記起她幫助卡羅納前往另一個世界的情景，然後伸出手，說：「元牲！你得抓住我的手！」

回應比我預期的來得快許多，我還沒做好心理準備，就見一團月光石顏色的刺眼光球從漆黑的岩石中噴出來，不斷擴大延伸變化，最後，元牲出現！

「喔我的天哪，柔說的對！」史蒂薇．蕾驚愕地說。

「嗨，」我說：「你看得見我嗎？」

可以，他說，臉上綻放燦爛笑容。**妳聽到我的請求了，妳回來找我了！**

「對，我聽到了，而且，我連蠢蛋幫都一起帶來了。」我說。

蠢蛋幫，我喜歡，我會記得這群蠢蛋幫的。

「其他事，你也要記住。你要記得我回來找**你**。」

元牲一臉訝異，但隨即又綻放笑顏。**妳是真的在乎我**。

「我真的在乎你。」我說。

站在守護圈外的史塔克補上一句：「我們真的在乎你，元牲。」

元牲那雙發亮的眼睛轉向史塔克。**那我們還可以找一天一起喝一杯嗎**？

「當然！」史塔克說：「找一天。」

找一天。元牲重複道，然後看著我，問我：**現在呢**？

「現在，你不能讓女神等太久，」我說：「來，抓住我的手。」

我不確定自己是否準備好了，他說。

我對他笑笑，說：「我很確定你準備好了。」

他抓住我的手，我拉著他，舉起手，想像我要把他拋到天空。這時，串起守護圈的那道銀絲光芒注入我的身體，在一股巨大能量的推動下，元牲衝上高空。

夜空顫動，接著如帷幕般敞開，我們看到妮克絲站在一座美麗的湛藍湖泊前。卡羅納在她旁邊，微笑俯視著我們。我看著女神張開雙臂，擁抱元牲，彷彿慈母在迎接愛子回家。

「我終於做了一件完全正確的事！」我說，抹掉臉頰上的淚。

另一個世界的帷幕闔上之前，妮克絲看著我，揚嘴一笑，那神情比我之前見過的她，更年輕，更開心。接著，妮克絲，夜之女神，的的確確，對我眨眨眼。

拯救 / 菲莉絲.卡司特（P. C. Cast），克麗絲婷.卡司特（Kristin Cast）
著；郭寶蓮譯.
— 初版. — 臺北市：大塊文化，2015.11
面；　公分. —（R; 67）(夜之屋 ； 12)
譯自：Redeemed
ISBN 978-986-213-644-7(平裝)

874.57　　　　　　　　　　104020257

LOCUS

L O C U S

LOCUS

LOCUS